Les promesses du ciel et de la terre

DU MÊME AUTEUR

Chez le même éditeur

La grande muraille
Une fois sept
Mon père Edmond Michelet
Prix des Écrivains Combattants 1972
Rocheflame
J'ai choisi la terre
Prix des volcans 1975
Cette terre est toujours la vôtre
Des grives aux loups
Prix Eugène Le Roy 1979
Prix des Libraires 1980
Les palombes ne passeront plus
Les promesses du ciel et de la terre
Pour un arpent de terre
Le grand sillon
L'appel des engoulevents

Chez Succès du Livre

La grande muraille
Rocheflame
Des grives aux loups
Les palombes ne passeront plus

Claude Michelet

Les promesses du ciel et de la terre

roman

Pour Jacques et Raymonde

AU ROI CHARLES QUINT

... Et pour qu'on fasse savoir aux marchands, gens qui voudraient venir séjourner ici, qu'ils viennent, parce que cette terre est la meilleure du monde pour y habiter et s'y reproduire... Tant il est vrai qu'il semble que Dieu a créé cette terre à dessein pour que l'on ait tout sous la main...

(Extraits de lettre envoyée
par le Conquistador du Chili,
Don Pedro de Valdivia
à S. M. le Roi Charles Quint,
le 4 septembre 1545.)

La civilisation, c'est de mettre, le plus efficacement possible, de la force des hommes au service de leurs rêves, ce n'est pas mettre leurs rêves au service de leur force.

André Malraux (Discours, 1935)

PREMIÈRE PARTIE

LE RÊVE PARTAGÉ

1

L'erreur était de taille, Martial ne pouvait le nier. Mais aussi quelle idée avait-il eue de choisir justement ce lundi matin, 22 mai, pour entreprendre cette démarche ? A tant faire que de traîner depuis plus de trois mois, l'entrevue qu'il se proposait d'avoir pouvait attendre un jour de plus, ou même quinze ! Grand Dieu ! à quoi allait lui servir de faire rendre gorge à son débiteur et d'empocher les cent vingt-quatre francs qu'il devait si c'était pour perdre la vie dans les heures qui suivraient ? Et d'ailleurs, avant de palper la somme due, encore fallait-il atteindre le domicile du mauvais payeur, trouver ce dernier au gîte et le contraindre — si besoin à grands coups de pied dans les reins — à régler cette dette qui n'avait que trop traîné.

Pendant un instant, Martial Castagnier se demanda s'il n'allait pas faire demi-tour et rejoindre, au plus vite, son modeste et provisoire pied-à-terre de Bercy. Mais pourquoi s'enfuir puisque ça tiraillait de partout et qu'il était impossible de savoir où se déroulaient les batailles ? Car, maintenant, c'étaient d'authentiques combats qui avaient lieu. Il suffisait d'entendre le feu roulant des chassepots et des canons pour comprendre que la lutte n'en était plus aux engagements — parfois violents mais toujours très localisés aux dires des Parisiens — qui éclataient aux périphéries ouest et nord de la capitale depuis le mois de mars.

Et c'est bien ce qui l'avait trompé lorsqu'il avait décidé, la veille au soir, de traverser une grande partie de Paris pour régler cette affaire. Et rien ne justifiait qu'il reculât cette décision puisque tout semblait ni plus ni moins agité que les semaines précédentes.

Mais, pour une fois, la chance n'avait pas été de son côté ; depuis la nuit, les Versaillais étaient entrés dans Paris et refaisaient sa conquête rue par rue, quartier par quartier. Et celui de Grenelle où il se hâtait en rasant les murs était en train de passer entre leurs mains.

Il traversa en courant le boulevard de Grenelle, puis s'élança rue Violet et soupira ; elle était presque déserte et l'immeuble où habitait son client était là-bas, non loin, juste à l'angle du passage Fallempin. Il poussa la lourde porte cochère et se jeta brutalement dans quatre fantassins qui encadraient une jeune fille.

Il n'eut pas peur et cela impressionna sans doute les soldats, comme les impressionna sa tenue propre, élégante et soignée ; dans leur idée, les agitateurs qu'ils étaient venus châtier ne pouvaient avoir cette allure. Néanmoins, l'un d'eux, un caporal, lui réclama ses papiers et son ton déplut à Martial, sa physionomie aussi ; il avait l'air veule et écorchait tous les mots.

— Mes papiers ? dit-il en fouillant dans sa veste, oui, bien sûr.

Il les présenta tout en regardant la jeune fille immobile entre deux gardiens. Elle était affreusement pâle et d'une grande maigreur ; très jeune aussi, dix-huit ans peut-être, avec un petit visage triangulaire où brillaient les yeux d'un marron profond, presque noir.

— Qu'est-ce qu'elle a fait ? demanda-t-il.

— C'est pas votre affaire, trancha le caporal en examinant les papiers. Mais dites donc, si vous êtes de 44, vous devriez être en uniforme, chez nous ou chez ces voyous de Parisiens ! Paraît qu'ils ont enrôlé les vieux jusqu'à soixante ans, alors, un jeune comme vous !

— Je ne suis à Paris que depuis trois jours, expliqua Martial, et avant j'étais inapte, vous voulez voir mon certificat médical ?

— A quoi bon ! Tout le monde sait que les bourgeois achètent tous les certificats qu'ils veulent ! Alors, comme ça, vous êtes de Lodève, et c'est où, ça ?

— Dans le Midi.

— Midi un quart ou midi vingt ? ricana l'autre.

— Dans l'Hérault, coupa Martial en haussant les épaules.

— Ah ! grogna le caporal qui, manifestement, ignorait tout de ce département. Et qu'est-ce que vous faites à Paris ?

— Je suis négociant en vins.

— Et où qu'elles sont, vos barriques ? Dans vos poches ? grasseya l'homme, très fier de sa plaisanterie, et qui se retourna pour prendre ses compagnons à témoin.

Ils s'esclaffèrent, et Martial, excédé, regarda la jeune fille comme pour lui faire constater la bêtise crasse de ces quatre imbéciles. C'est alors qu'il eut la certitude qu'elle allait commettre un acte irrémédiable. Il lut dans son regard qu'elle se préparait à fuir, à bondir vers la porte cochère toujours entrebâillée. Mais comment pouvait-elle espérer réussir ? Les quatre abrutis, qui ricanaient toujours, la rattraperaient ou la fusilleraient avant qu'elle ait parcouru vingt mètres ! De plus, il y avait beaucoup de risques que la rue fût maintenant remplie de Versaillais...

— Non ! lança-t-il sans cesser de regarder fixement la jeune fille, mais comme s'il répondait à la stupide question du caporal.

Et il se décida en une fraction de seconde. C'était

énorme comme blague, c'était fou ! Mais tout ce qu'il vivait depuis qu'il avait entrepris son périple dans Paris bouleversé n'était-il pas fou ? Il calcula qu'il leur faudrait au moins deux minutes pour traverser la cour, atteindre le mur du fond, escalader le toit des cabinets et sauter de l'autre côté. Une fois là, que ce soit dans un jardin, une rue, ou une autre cour, ils seraient presque sauvés ; sauf s'ils se rejetaient dans une patrouille. Malgré ce risque, il n'hésita pas.

— Ecoutez, lâcha-t-il d'un ton autoritaire, je n'ai pas que ça à faire, de répondre à vos questions grotesques ! Si je suis en tort, ce qui est à prouver, j'exige que vous me conduisiez auprès d'un gradé plus responsable que vous ! Et rendez-moi mes papiers ! dit-il en les arrachant des mains du caporal.

« Plus c'est gros, mieux ça marche ! » pensa-t-il en voyant la mine gênée des militaires.

— Venez ! ordonna-t-il en se dirigeant vers la porte, allons voir votre officier !

— Mais on n'a rien contre vous ! s'exclama le caporal.

Martial s'arrêta, ouvrit un peu la porte.

— Alors, vous n'avez rien à faire ici ! dit-il sèchement en s'effaçant pour laisser passer les hommes et leur prisonnière.

Et il bondit soudain, tira violemment la jeune fille en arrière, claqua la lourde porte sur le dos des soldats, fit sauter le crochet de la serrure et s'élança.

Ils coururent pendant près de vingt minutes, s'attendant à chaque instant à prendre une volée de balles entre les épaules. Ils avaient rejoint la rue Juge, puis le boulevard de Grenelle que, par chance, les hommes de Thiers ne contrôlaient pas encore entièrement. Pourtant, malgré la certitude d'être hors de portée des troupes versaillaises, Martial n'avait pas voulu s'arrêter. Il n'avait désormais qu'une hâte, retrouver sa chambre de Bercy, y prendre son léger balluchon et fuir cette ville en ébullition où, il le pressentait, la bataille allait faire rage. Et au diable les cent vingt-quatre francs que l'autre escroc lui devait !

Il ralentit, puis s'arrêta, car il n'entendait plus, dans son dos, le souffle précipité et les pas de la jeune fille. Il se retourna et la vit à dix mètres de là, appuyée contre un réverbère. Il marcha vers elle, nota qu'elle était absolument épuisée et, si c'était possible, encore plus pâle qu'une demi-heure plus tôt, encadrée par les lignards.

— Ça ne va pas? demanda-t-il tout en ayant conscience de poser une question stupide.

Elle fit non de la tête, épongea son visage ruisselant de sueur.

— Où habitez-vous?

— Là-bas, souffla-t-elle, dans l'immeuble où vous êtes entré.

— Ah ! je vois... Il n'est donc évidemment pas possible d'y revenir... Mais, à part ça, où voulez-vous que je vous accompagne?

Elle haussa les épaules, baissa la tête.

— Allons, allons ! fit-il, maintenant tout à fait gêné en la voyant pleurer, faut réagir, quoi ! Bon, vous connaissez bien quelqu'un chez qui aller?

Elle secoua vivement la tête, s'essuya les yeux.

— Non, dit-elle enfin, ceux que je connais sont tous du quartier de Grenelle.

— Ça s'arrange pas ! grogna-t-il. Mais, au fait, pourquoi les autres vous ont-ils arrêtée?

— Quand on les a vus arriver, au petit jour, on a voulu se défendre, faire une barricade, expliqua-t-elle, mais on n'a pas eu le temps. Ils nous ont encerclés, et ils ont commencé à nous frapper. Une amie m'a dit de m'enfuir, mais ils m'ont rattrapée; c'est une voisine qui m'a dénoncée, elle m'a vue rentrer chez moi...

— Et vos parents ?

— Mon père est mort il y a quinze ans, et ma mère, l'année dernière.

— De mieux en mieux, dit-il en essayant de dissimuler sa colère.

Il s'en voulait presque de sa bonne action ou, plus exactement, il en voulait aux circonstances qui l'avaient poussé à venir en aide à cette gamine. « Je ne pouvais quand même pas la laisser entre les pattes de ces saligauds ! pensa-t-il. Ah, bon Dieu ! j'ai vraiment eu le nez creux en allant traîner dans ce quartier ce matin ! Il n'y a qu'à moi que ça arrive, des histoires pareilles ! »

— Mais, à propos, tant qu'à faire d'être dans la mélasse, je parie que vous n'avez pas un sou ?... Je l'aurais juré ! Et vos papiers ? Vos papiers, bien entendu, sont dans la poche du caporal ?

— Non, non ! ils sont là, dit-elle en touchant son corsage.

— Ah ! quand même une bonne nouvelle.

— Ça ne change pas grand-chose, murmura-t-elle. De toute façon, ils me connaissent : ils ont mon nom et mon adresse...

— C'est vrai, reconnut-il, j'avais oublié votre garce de voisine... Mais c'est pas la peine de vous remettre à pleurer, ça ne sert à rien !

Il ne savait plus que faire ni quoi dire, mais avait parfaitement conscience du ridicule de leur situation, plantés comme ils l'étaient, en pleine rue de Sèvres, au milieu d'une foule dont la fébrilité croissait de minute en minute et d'hommes en armes de plus en plus nombreux.

— Bon, excusez-moi, dit-il en lui mettant la main sur l'épaule, c'est ma faute, après tout, je n'avais qu'à vous laisser là-bas... Il soupira. Alors, qu'est-ce qu'on décide ? Moi, de toute façon, je pars. Je veux dire, je vais quitter Paris et rejoindre Lodève. Et que ça vous plaise ou non ! dit-il pour répondre au regard lourd de reproches qu'elle lui lança. Vous n'avez quand même pas cru que j'allais prendre un fusil ? D'accord, Thiers est un vendu, mais guère plus que tous les autres politiciens ! Qu'ils soient parisiens, bordelais ou versaillais, pas un ne mérite qu'on se fasse tuer pour lui ! Alors, voilà, je rentre chez moi. Si vous voulez, je peux vous laisser... Bah... Il grogna. Et dire que j'étais ici pour récupérer de l'argent ! Bon, je peux vous laisser... disons... vingt francs, ça vous permettra de tenir pendant un mois.

Elle fit oui de la tête en s'efforçant de sourire. Mais elle était brisée, et il comprit que, à moins de traîner ce remords toute sa vie, il ne pouvait pas plus l'abandonner maintenant, au bord de ce trottoir, qu'une heure plus tôt au milieu des Versaillais.

— Venez, décida-t-il en lui prenant le bras, suivez-moi, on va s'arranger autrement.

Il apprit, peu après, qu'elle s'appelait Pauline Martin, qu'elle venait d'avoir dix-huit ans, et qu'elle était repasseuse de son état.

Dès le soir, ils parvinrent à quitter la capitale sans trop de difficulté. Ils marchèrent ensuite une partie de la nuit pour atteindre cette auberge de Longjumeau où, quatre jours plus tôt, prudent, pour éviter de se les faire réquisitionner par les fédérés, Martial avait laissé son cheval et sa carriole.

Au jour, alors qu'ils s'engageaient sur la route d'Orléans, il comprit qu'il faudrait coûte que coûte éviter tous les endroits où l'on pouvait poser des questions aux voyageurs. Les gendarmes grouillaient partout, et si, comme il le pensait, le temps de la répression était venu, celui de la dénonciation l'accompagnerait sûrement.

Malgré les ronces, les fougères et les bruyères qui entravaient parfois sa marche en s'accrochant à ses mollets, Antoine Leyrac progressait à la vitesse d'un homme habitué à couvrir sa lieue et demie à l'heure. Pendant six ans, et souvent dans les pires conditions, il avait parcouru tant de milliers de kilomètres que la montée pourtant rude, au flanc de cette colline, lui paraissait douce, agréable. Il est vrai qu'ici, il était enfin chez lui, dans sa Corrèze natale, dans son univers, dans ses souvenirs; en un site et devant des horizons où, désormais, serait sa vie.

Il accéléra un peu son allure tant il avait hâte d'atteindre le sommet, de déboucher là-haut, en plein vent, en plein ciel, et de recevoir sa récompense lorsque, d'un regard, il embrasserait tout le plateau des Fonts-Miallet et apercevrait, au bout, à moins de cinq cents mètres, la grosse tête vert sombre du pin parasol qui veillait sur la maison depuis plus d'un demi-siècle.

« Et ce soir, on fera la fête! pensa-t-il en souriant, et j'oublierai tout de ces six années perdues... »

Mais il savait bien que c'était impossible car, quoi qu'il fasse, les souvenirs, tous les souvenirs de ces six longues années d'armée seraient là, définitivement gravés en lui, comme était gravé dans la chair de son flanc gauche, et sur quarante centimètres, le terrible coup de sabre qui avait failli le laisser là-bas, le nez dans la neige gelée, non loin de Chenebier, lors de la sinistre retraite du 18e corps de la deuxième armée de l'Est, le 31 janvier de cette année 1871.

Il tapota doucement ses pectoraux, frémit un peu, car la cicatrice, quoique « très belle et saine », comme avait dit le major, était encore sensible.

« Elle te gênera un sacré bout de temps pour travailler, l'avait prévenu le médecin, mais comme tu ne peux pas non plus tenir un fusil, voilà ta feuille de route. Tu peux partir, tu seras mieux au grand air qu'ici! »

Ici, c'était cet hôpital infâme de Lyon, où il venait de

passer quatre mois : temps nécessaire à son organisme pour triompher de l'infection qui s'était insinuée dans sa poitrine et son ventre ouverts.

Il franchit les derniers mètres qui le séparaient du sommet et déboucha en haut du puy. Et son sourire s'effaça. Là-bas, à l'autre bout du plateau, au lieu de la tête verte du pin parasol qu'il s'attendait à voir, frémissait une boule roussâtre aux squelettiques branches charbonneuses.

— Le diable m'étouffe, grommela-t-il, comment ontelles fait pour le laisser crever? C'est pas possible, il pétait de santé lors de mon dernier passage, il y a deux ans et demi!

Il était furieux que toute la joie de son retour fût gâchée par le spectacle désolant de cet arbre crevé. Ce pin que son grand-père maternel, Antoine, avait planté en novembre 1815, lorsque, fatigué de traîner ses guêtres, son havresac, ses cartouchières, son Charleville de neuf livres et, surtout, son immense détresse de soldat orphelin de son Empereur, il avait jeté son dévolu sur cette maison et son lopin, perdus au bout du plateau des Fonts-Miallet, à quinze kilomètres au sud de Brive. Une bicoque de trois pièces, au toit de chaume et au sol de terre battue, avec, pour tout bâtiment de ferme, une étable à peine assez grande pour loger une vache, quatre brebis, trois chèvres et un bouc. Maigre cheptel que nourrissaient à grand-peine les pauvres terres qui cernaient la propriété.

« A peine vingt cartonnées, pas tout à fait deux hectares de piètres labours et de pacages, plus le petit bois de châtaigniers, ça me semblait très grand quand j'étais gamin », songea Antoine en reprenant sa marche.

Et soudain, alors qu'il était encore à trois cents mètres de la ferme, il s'arrêta, comme pétrifié, et comprit brusquement. C'était le feu qui avait roussi les aiguilles du pin, le feu qui, dans le même temps, avait ravagé la totalité de la maison.

Il parcourut les derniers mètres lentement, péniblement, comme un homme épuisé, brisé. A la vue de sa maison réduite à quatre pans de mur noirâtres, toute la fatigue des précédents jours avait resurgi. Fatigue de ces quatre interminables journées et nuits de voyage dans ces trains qui n'en finissaient pas de ferrailler, de haleter et de fumer. Quatre jours pour venir de Lyon, en passant par Roanne et Bourges où il s'était fait démobiliser. De là, enfin civil, il avait rejoint Châteauroux, où il avait passé une partie de la nuit à attendre le train de Limoges. Et puis, via Périgueux, Brive.

Et maintenant, devant le désastre qui lui gonflait le cœur, s'apesantissait sur lui une immense lassitude, l'empoignait toute la tristesse attisée par ce qu'il avait lu et entendu sur les événements qui ensanglantaient Paris. Et l'amertume, cette amertume qui l'habitait depuis si longtemps, mais qu'il avait presque toujours réussi à refouler, l'amertume l'assaillait devant le gâchis de ces six années perdues et de cette guerre immonde, perdue elle aussi, comme le reste, comme tout. Perdue comme peut-être sa mère et ses deux sœurs, qui auraient dû être là à l'accueillir, à le fêter, à le choyer.

Et, au lieu de cela, il marchait maintenant dans les ruines où poussait l'herbe folle.

« Ça doit faire plusieurs mois que c'est arrivé, voilà pourquoi elles n'ont jamais fait répondre à mes lettres », remarqua-t-il en contemplant une grosse touffe de houlque qui croissait au milieu des gravats.

C'est en se baissant pour en saisir un brin qu'il eut la certitude que quelqu'un était là, dans son dos sans doute, quelqu'un qui l'épiait. En bon soldat, rompu à toutes les ruses de combat, il acheva son geste, arracha une tige de la graminée, la ficha entre ses lèvres puis empoigna un gros morceau de chevron brûlé mais encore solide.

« Je suis certain qu*il* y a quelqu'un dans l'étable... ». pensa-t-il en se redressant.

Elle n'avait pas brûlé, elle, mais sa porte ouverte, qui bâillait et grinçait au vent du soir, prouvait son abandon ; il marcha vers le bâtiment d'un pas décidé.

— Sors de là ! ordonna-t-il, allez, fais voir ton museau ! Il distingua une silhouette qui bougeait dans la pénombre et réitéra son ordre. Alors, tu viens ? Ou il faut que je te déloge à coups de trique ?

— Gueulez pas comme ça ! lança Martial en sortant de la grange.

Il était très dépité d'être ainsi découvert, car il avait espéré en s'installant dans l'étable, deux heures plus tôt, que nul ne le dérangerait en des lieux aussi perdus ; franchement, ce n'était pas la peine d'être venu si loin ! Il s'efforça néanmoins de faire bonne figure, sourit et désigna du doigt le gros morceau de bois qu'Antoine balançait à bout de bras.

— Ma parole, vous étiez prêt à m'assommer !

Un coup d'œil suffit à Antoine pour comprendre que l'intrus n'avait rien du chemineau qu'il s'attendait à déloger. Malgré cela, parce que l'inconnu paraissait avoir le même âge que lui — vingt-cinq, vingt-six ans — et surtout parce qu'il était chez lui, sur sa propriété, il continua à le tutoyer.

— Qu'est-ce que tu fous là ?

— Et toi ? lança Martial en adoptant lui aussi le tutoiement.

— Moi ? Mais, bon Dieu ! je suis chez moi ! s'emporta Antoine.

— Ah !... fit Martial avec une moue attristée. Il hocha la tête, dévisagea Antoine, puis s'attarda sur ses vêtements et regarda enfin le balluchon posé sur le perron de la maison brûlée. Je vais peut-être dire une bêtise, mais... Oui, je ne savais pas trop qui pouvait être assez fou pour venir se perdre ici, alors je t'ai observé depuis ton arrivée.

A te voir, j'ai comme l'impression que tu reviens de loin.. L'armée, peut-être? Et, comme Antoine acquiesçait Alors, la guerre, naturellement... Et tu n'étais pas au courant pour tout ça? acheva-t-il avec un coup de tête en direction des ruines.

— Ben, non...

— Ça doit faire un sacré choc...

— T'occupe pas de ça, grogna Antoine, et dis-moi plutôt pourquoi tu te cachais dans ma grange!

— Bof! fit Martial en haussant les épaules, c'est toute une histoire... Il palpa les poches de sa veste, sortit une boîte de cigares. Tu fumes? proposa-t-il.

— Oui, mais pas maintenant, parle d'abord! insista Antoine.

— D'accord. Je m'appelle Martial Castagnier et je rentre chez moi, à Lodève.

— Alors, qu'est-ce que tu fous ici, à presque une lieue de la route de Toulouse? Et, d'abord, comment es-tu arrivé jusque-là? Tu ne me feras pas croire que c'est avec tes petites bottines de milord que tu as fait tout ce chemin à pied!

— Bien vu, reconnut Martial. Il alluma son cigare, puis le contempla : Pas facile d'expliquer tout ça, reconnut-il. Mon cheval est derrière la grange et la carriole aussi...

— Ça existe, les auberges! lança Antoine. J'en connais une pas très loin d'ici, à Cressensac, et c'est sur ta route...

— Sans doute, dit Martial, mais faut que j'évite les auberges et les relais, voilà tout... Enfin, moi, je pourrais y aller sans risques, mais c'est à cause d'elle, dit-il avec un coup de pouce en direction de la grange. Oui, oui, expliqua-t-il devant l'air ahuri d'Antoine, il y a une jeune femme là, elle dort... Enfin, elle a la fièvre, ça ne doit pas être très grave, mais, si tu nous fous dehors, je ne sais pas où on ira...

— C'est ta femme?

— Oh non ! Tu rigoles ? Je ne la connaissais pas voici huit jours !

— Qu'est-ce que c'est que cette histoire de fous ? murmura Antoine.

— Une histoire de fous ? Oui, ça, tu peux le dire, mais une histoire honnête, foi de Castagnier !... Eh ? Qu'est-ce qui t'arrive ? s'inquiéta Martial en le voyant pâlir, tandis qu'une montée de sueur lui couvrait le front.

— Pas grave, souffla Antoine, mais il faut que je mange un peu. Je suis vraiment très fatigué... Regarde, le soleil se couche, et j'étais debout bien avant qu'il se lève. Et puis, j'ai quatre jours de voyage sur les épaules et trois heures de marche dans les pattes, sans compter tout le reste...

Il tourna les talons, récupéra sa musette et alla s'affaler au pied du pin brûlé, le dos contre le tronc rugueux.

— Crédieu ! soupira-t-il en sortant un petit quignon de pain et un demi-oignon blanc — reliquat de son repas de midi —, j'arrive, tranquille comme Baptiste et heureux comme c'est pas permis, heureux, t'as pas idée ! Et puis voilà que tout me tombe sur la tête, la maison cramée, la mère et les sœurs je ne sais pas où, et toi, là, comme un fada, qui sort de ma grange pour me raconter je ne sais trop quelles sornettes !

Il engouffra une grosse bouchée de pain et d'oignon, ferma les yeux et mastiqua longuement avant de poursuivre :

— Et tu viens d'où comme ça ?

— De Paris... Mais laisse ton pain rassis, j'ai ce qu'il faut pour dîner.

— De Paris ? insista Antoine en mordant dans son quignon. Alors, c'est vrai ce qu'on dit, qu'ils s'y battent ? Tu l'as vu ?

— Ils s'étripent, oui, depuis la veille de mon départ... Ça fusille à tous les coins de rue, et ça fait six jours maintenant.

— C'est bien ce qu'on m'a dit à Bourges, avant-hier, approuva Antoine, et c'est pour ça que le capitaine ne voulait pas me démobiliser ! Heureusement que j'avais le certificat du major, et aussi ma blessure. Et c'est vrai que Paris brûle ?

— Ça, je ne l'ai pas vu, je suis parti avant, mais je l'ai entendu dire cet après-midi à Brive... Moi, tout ce que je peux garantir, parce que je l'ai constaté, c'est que c'est pas beau, ni d'un côté ni de l'autre. Un vrai massacre...

— Les fous... murmura Antoine, ça leur suffisait pas, à tous, qu'on perde cette pute de guerre, que l'Empereur soit prisonnier, que les Prussiens nous étranglent et nous volent nos terres ? Bon Dieu ! ils n'ont donc rien compris, tous autant qu'ils sont ! Mais dis, questionna-t-il soudain en se redressant, ça serait pas des fois à cause de tout ça que tu évites les auberges ? Tu serais pas du côté des Parisiens, par hasard ?

Ils s'observèrent un long moment en silence.

— Tu veux dire du côté de ceux de la Commune ? dit enfin Martial en tirant sur son cigare. Et en supposant que je le sois, ça changerait quelque chose ? demanda-t-il avec un peu de défi dans la voix.

Antoine réfléchit, puis haussa les épaules et mordit dans son oignon.

— Non, dit-il en mastiquant, tout compte fait, je m'en fous. Et je m'en fous parce que je n'y comprends rien, à toute cette politique ! Faut dire que, pendant six ans, on ne m'a pas habitué à réfléchir à tout ça... Et puis, t'as pas une tête de tueur, c'est déjà ça... Quoique, là encore, ça prouve rien, j'ai vu des uhlans, de vrais angelots, beaux comme des filles, ça faisait presque pitié de leur décharger le chassepot dans les tripes, et pourtant, si tu les loupais, crois-moi, eux, ils te laissaient pas le temps de recharger : des loups enragés...

Il se leva, prit une gourde dans sa musette et marcha vers le puits

— Va pas plus loin, lança Martial, l'eau est foutue ; une bête est tombée dedans. Un lapin, je crois. Et ça doit faire un bon moment, car c'est tout pourri, là-dedans !

— Bon sang ! elles auraient pu couvrir ce puits avant de partir, maugréa Antoine. Une source pareille, c'est un crime de la laisser perdre !

Il se pencha au-dessus de la margelle, fit la grimace en apercevant la charogne qui flottait.

— Voilà ce qui arrive quand le malheur tombe sur une maison, dit-il en revenant vers le pin.

— Viens manger, et boire aussi, j'ai tout ce qu'il faut, dit Martial en entrant dans la grange. Il en ressortit peu après avec un panier d'osier et deux bouteilles. Elle dort toujours et elle est moins agitée que tout à l'heure, fit-il en s'asseyant. Il poussa le panier vers Antoine et commença à déboucher les bouteilles. Vas-y, sers-toi.

— Elle est malade depuis longtemps ?

— Non, hier soir. Peu avant Uzerche, on a reçu un orage terrible. Malgré la capote, on s'est retrouvés trempés en un rien de temps ; elle a dû prendre froid. Faut dire que c'est pas la graisse qui la protège ! plaisanta Martial.

Il extirpa le bouchon, renifla le goulot, sembla satisfait et remplit un gobelet qu'il tendit à Antoine.

— Du bouché ? Tu te refuses rien !

— Ça serait malheureux, c'est moi qui le vends ! Eh oui, et c'est à cause de ça que j'étais monté à Paris. Crois-moi, je n'étais pas là-haut pour faire la révolution ni pour aider les communards ! Mais, parfois, on ne te demande pas ton avis...

Antoine n'avait pas sommeil car le vin, au lieu de l'assommer, l'avait agréablement réveillé, à moins que ce ne soient les cigares qui avaient suivi le repas.

Roulé dans une couverture prêtée par Martial, il avait

préféré passer sa nuit dehors, au pied du pin parasol qui, magré son triste état, embaumait encore la résine. Et ce parfum qui flottait et imprégnait l'air frais de la nuit, c'était toute son enfance : aussi loin qu'il se souvînt, plus forte et tenace que l'odeur de l'étable, du purin, des bestiaux et des volailles, planait jadis sur la cour celle, incomparable, de cet arbre.

« Peut-être qu'il n'est pas vraiment mort, pensa-t-il, il faudra que je regarde de plus près demain, peut-être que les aiguilles sont juste roussies pour cette année, ce serait une chance. »

Il pencha un peu la tête pour mieux contempler la voie lactée qui scintillait à travers les branches du pin, puis il songea à Martial et à son aventure. Elle était incroyable, parfois invraisemblable; malgré cela, il était certain qu'elle était authentique dans ses moindres détails. D'ailleurs, dans son récit, Martial n'avait même pas cherché à se donner le beau rôle; et, s'il avait tout relaté, entre deux rasades de son excellent vin de Bordeaux, c'était uniquement pour expliquer sa présence en un lieu où il n'avait rien à faire. Surtout accompagné d'une jeune femme malade à laquelle absolument rien ne le liait. Une jeune femme qu'il avait pourtant rejointe dans la grange « Car, avait-il dit, si la petite Pauline se réveille et ne voit personne, elle va prendre peur. Et pourtant, crois-moi, j'aimerais mieux dormir dehors, parce que ton étable, sans vouloir te vexer, vraiment, elle pue trop le bouc! »

2

Lorsque Antoine s'éveilla, le jour se devinait à peine. Mais il s'annonçait superbe et chaud car, à l'est, le filet d'or qui frangeait l'horizon était pur, net, vide de tout nuage. Et, déjà, partout, malgré la pénombre qui nimbait encore les buissons et les bois, s'appelant, s'excitant, sifflant à plein gosier, chantaient les passereaux.

Il se leva sans bruit, roula sa couverture et la posa au pied du pin. Puis il se chaussa, récupéra sa gourde abandonnée depuis la veille au soir sur la margelle du puits et s'éloigna discrètement ; il savait où trouver de l'eau qu'aucune charogne n'aurait polluée.

Il fut choqué en arrivant dans leur champ, car cette terre à qui toute la famille dispensait, jadis, tant de soins était à l'abandon. C'était anormal et grave. Presque aussi grave que la maison brûlée, car c'était la preuve que ni sa mère, ni Aimée ni Octavienne, ses sœurs, n'avaient pu travailler cette pièce.

Dieu sait pourtant si elles étaient importantes, ces sept cartonnées de labour ! Elles étaient une assurance contre la famine, ni plus ni moins !

Il traversa le champ où croissaient les herbes folles, les chardons et la grande oseille, s'approcha du gros cerisier qui poussait en bordure et nota, avec stupéfaction, que l'arbre ployait sous des fruits que nul, hormis les oiseaux, ne se donnait la peine de cueillir. Ça, c'était le comble, et bien la preuve que la famille Leyrac n'habitait plus aux environs.

Inquiet et perplexe, il hâta le pas et s'engagea dans l'immense bois de châtaigniers qui couvrait le flanc nord de la colline. C'était au pied de celle-ci, presque dans la vallée, à encore cinq bonnes minutes de marche, qu'il pourrait remplir sa gourde et se laver dans cette petite source que, de mémoire d'homme, nul n'avait jamais vue tarir.

« Mais avec toutes les catastrophes que je découvre depuis hier soir, je ne serais pas étonné qu'elle soit plus sèche que de l'amadou ! » songea-t-il en dévalant la pente.

Pendant un instant, Martial crut qu'Antoine était définitivement parti et il en fut un peu dépité. Certes, il comprenait que le pauvre bougre ait voulu savoir au plus vite ce qu'était devenue sa famille, c'était humain. Malgré cela, il regrettait de n'avoir pu lui serrer la main avant son départ, histoire de lui souhaiter bonne chance et bon courage. Histoire aussi, peut-être, de recevoir en contrepartie des encouragements dont lui, aussi, avait grand besoin. Car, pour superbe que s'annonçât cette journée, il la voyait sombre.

Pauline avait certes un peu moins de fièvre que la veille au soir, mais elle était maintenant secouée par une vilaine toux sèche, et il était exclu de lui faire prendre la route dans cet état. Le mieux aurait même été de la conduire chez un médecin, mais ça...

Il se passa la main sur les joues, se demanda où il allait trouver de l'eau pour se raser et faire du café et sourit soudain en apercevant la musette d'Antoine au pied du pin.

— L'est donc pas parti, cet animal ! murmura-t-il.

Et cette certitude lui rendit sa bonne humeur. Il se sentit moins seul.

La jeune femme tenta de retenir la quinte qu'elle sentait venir, mais ses poumons brûlants et sa gorge douloureuse la trahirent. Secouée par la toux, elle s'appuya contre le mur de l'étable, reprit son souffle et se dirigea vers la porte.

Elle avait tellement conscience d'être une charge et un ennui pour Martial qu'elle était prête à feindre la bonne santé pour lui éviter le souci d'avoir à s'occuper d'une malade. Elle était presque aussi furieuse contre elle-même que six jours plus tôt, lorsque, sa frayeur tombée, elle s'était retrouvée sur la route d'Orléans, fuyant Paris, en compagnie et grâce à l'aide d'un homme dont elle ignorait absolument tout. C'est alors qu'elle s'en était voulu de cette panique qui l'avait saisie la veille, lorsqu'elle était tombée aux mains des Versaillais ; une panique insensée qui n'avait rien de commun avec toutes les peurs, même les plus grandes, qu'elle avait connues dans sa vie.

Il avait fallu vraiment qu'elle eût cédé à une terreur folle pour s'accrocher au premier passant venu ; cette attitude ne lui ressemblait pas. Jusqu'à ce jour, elle avait toujours su faire face aux événements, quels qu'ils fussent. Mais là, encadrée, bousculée, tripotée par ces quatre hommes, elle s'était effondrée ; et, maintenant, elle avait honte de ce qu'elle estimait avoir été une lâcheté. Comble de déshonneur, après avoir succombé à la frayeur et s'être stupidement donnée en spectacle, elle était maintenant malade comme une bête et à peine capable de tenir debout ! C'était à pleurer de rage !

Elle sortit dans la cour, vit Martial accroupi devant un petit feu de bois et tenta de lui sourire.

— Pourquoi vous êtes-vous levée ? lança-t-il d'un ton plein de reproche.

— Ça va beaucoup mieux, assura-t-elle en essayant d'affermir sa voix. Puis l'horizon tournoya, se brouilla, elle se sentit faiblir, crâna pourtant encore. Beaucoup mieux ! répéta-t-elle. Et elle tomba.

.

— Et alors, ils dorment encore ? s'étonna Antoine en arrivant dans la cour.

Puis il vit le feu au-dessus duquel, posée sur deux pierres, chauffait une casserole aux flancs noirs. Il renifla, s'approcha et sourit en voyant frémir le liquide rougeâtre.

« Ils vont déjeuner au vin chaud, ma foi, c'est pas si bête, surtout quand le vin est bon », pensa-t-il en déposant au pied du pin sa gourde et son grand mouchoir, noué aux quatre coins. Le cerisier devant lequel il était repassé à son retour était tellement chargé de fruits qu'il ne lui avait fallu que quelques minutes pour en cueillir plusieurs poignées.

— Ah, tu es là ! lança Martial en sortant de la grange.

— Salut ! dit Antoine, ton vin est chaud, et, si tu veux, j'ai aussi de l'eau, potable celle-là, et des cerises. Ça ne va pas ? demanda-t-il en notant l'air soucieux de Martial.

— C'est cette fichue gamine ! Bon Dieu ! au lieu de rester sagement couchée, voilà-t-il pas qu'elle se pique de sortir, là, tout à l'heure, et plaf ! je la ramasse au milieu de tes orties ! Et, maintenant, elle a une fièvre à faire cuire un œuf !... Il enleva la casserole du feu et emplit un bol de vin chaud. Enfin, je vais toujours lui faire boire ça.

— Attends, dit Antoine en fouillant dans sa musette. Il y prit une fiole ainsi qu'un sachet de cuir dans lequel il puisa quelques morceaux d'écorce brune qu'il déposa dans le bol. Et, maintenant, refais bouillir le vin, dit-il.

Ça ne peut pas lui faire de mal, au contraire, c'est de l'écorce de quinquina. Après, on mettra quelques gouttes de laudanum, tu verras, ça lui fera du bien.

— D'où sors-tu ça ?

— Bah ! à force de traîner mes guêtres j'ai fini par comprendre qu'il fallait savoir se débrouiller tout seul. Le quinquina, j'en avais en Algérie, ça m'a bien servi, et le laudanum, c'est le major de Lyon qui m'en a donné ; faut dire que j'en ai souvent besoin pour oublier mon coup de sabre...

— Tu t'y connais en... maladies ? demanda Martial en rechargeant le feu.

— Non, pas plus que ça, mais comme je t'ai dit, en six ans d'armée on voit quand même pas mal de choses, alors, pour peu qu'on veuille s'en donner la peine, on en apprend un certain nombre...

Six ans ? Je croyais que c'était plus que cinq !

— Eh oui ! dit Antoine avec un rire amer, c'est cinq depuis la loi du 14 janvier 1868. Et, crois-moi, avec les amis, cette loi, on l'avait arrosée ! Grâce à elle, j'aurais dû être libéré l'été dernier, à la fin juillet. Mais il a fallu que cette guerre nous tombe dessus... Note que j'étais parti dans l'idée de faire sept ans, alors... Fais attention, le vin fout le camp ! Et toi, tu y as coupé, à la conscription ?

— Ben oui, et même à la guerre ; coup de veine de tirer d'abord un bon numéro. Et puis, il y aura un an en juin, j'ai été renversé par une espèce de fou, complètement saoul, qui avait emballé son attelage : un fardier, tu te rends compte ? Six chevaux à plein galop dans une petite ruelle de Bordeaux ! Un vrai carnage ! Il a tué deux petits vieux qui prenaient le frais, assis tranquilles devant leur maison, et blessé je ne sais combien de piétons. Par chance pour ce salaud, il s'est écrasé contre un mur et s'y est fait éclater le crâne. Sans quoi, la foule l'aurait sûrement pendu... Moi, je suis resté six mois avec le bras droit immobilise, trois fractures. Alors, la guerre... Dis, tu crois que c'est assez infusé ?

— Oui, dit Antoine en débouchant sa fiole. Il versa une bonne dose de laudanum dans le bol. Avec ça, crois-moi, ça ira sûrement mieux !

— Viens la voir, demanda Martial. Toi, tu sauras peut-être si c'est grave.

— Je vous ai dit que j'allais bien ! leur lança Pauline.

Ils se retournèrent, la virent debout dans l'embrasure de la porte.

— Mais, bon Dieu ! jura Martial, elle a le diable dans la peau, cette petite ! Je vous ai demandé de rester couchée, lui reprocha-t-il un peu sèchement.

— Pas là, dit-elle, ça empeste trop le bouc !

— Ah ça ! faut bien dire... reconnut Martial. Mais alors, si vous voulez sortir, mettez au moins une couverture sur les épaules ! Pas vrai qu'il faut pas qu'elle reprenne froid ? insista-t-il en se tournant vers Antoine.

— C'est évident, murmura celui-ci sans cesser d'observer la jeune fille.

Elle ne ressemblait pas du tout au portrait que lui avait tracé Martial : « C'est un bout de femelle de rien du tout, sèche comme une brassée de sarments et pas plus dodue qu'une douelle de barrique ! Pas vilaine, non, mais fallait vraiment qu'elle soit dans le pétrin pour que je la regarde ! »

« Qu'est-ce qu'il m'a raconté ? Elle n'est pas si maigre que ça ! »

Elle marchait avec précaution, à petits pas, comme une personne dont l'équilibre est précaire ; alors, instinctivement, craignant qu'elle ne tombât, Antoine s'approcha vivement d'elle, lui prit le bras.

— Asseyez-vous là, dit-il en indiquant le pied du pin, et puis couvrez-vous vite, vous tremblez de fièvre.

Il l'aida à s'installer, la recouvrit de sa couverture. C'est alors qu'il croisa son regard et découvrit ce qui faisait tout son charme. C'étaient ses yeux, presque noirs, à la fois pleins de candeur et de sévérité selon les éclairs qui les traversaient, surprenants. Ses yeux qui paraissaient immenses dans le visage pâle et menu, aux joues trop creuses. Ses yeux d'une incroyable vivacité, qui scrutaient, jaugeaient, et dans lesquels semblaient se concentrer toute l'énergie et la volonté de ce petit bout de femme.

— Tenez, buvez ça, dit-il en lui tendant le bol, ça vous fera beaucoup de bien.

Elle le remercia d'un sourire, mais garda le silence. Il se redressa alors et rejoignit Martial toujours accroupi devant le foyer.

— Dès qu'elle dormira, il faudra la remettre dans la grange, chuchota-t-il en s'asseyant, même si ça pue ; elle a beaucoup trop de fièvre pour rester en plein air. De toute façon, moi j'ai toujours entendu dire que l'odeur des boucs chassait les maladies, c'est pour ça qu'il y avait toujours un bouc dans les étables.

Martial acquiesça et continua à surveiller la petite cafetière qu'il avait sortie de ses bagages.

— Tu bois du café ? remarqua Antoine. Parole, t'es un vrai bourgeois ! lança-t-il en se versant un grand bol de vin chaud.

— T'as souvent vu des bourgeois qui étaient au travail à douze ans ? rétorqua Martial un peu sèchement.

— Je plaisantais, assura Antoine. Après tout, tu fais ce que tu veux, mais moi, le matin, je préfère la soupe, ça au moins ça tient au corps ! Il but son vin chaud, croqua quelques cerises. Maintenant, il faut que je parte, dit-il en se levant. Oui, expliqua-t-il devant l'air interrogatif de son compagnon, je veux savoir ce qui s'est passé ici, et aussi ce que sont devenues ma mère et mes deux sœurs.

Alors, je vais aller jusqu'au hameau du Peuch, là-bas, ils me renseigneront.

— C'est loin ?

— Une bonne demi-heure de marche sans traîner.

— Alors, prends mon cheval, dit Martial en ajoutant un peu d'eau dans le filtre qui coiffait la cafetière. Il releva la tête vers Antoine, car celui-ci restait silencieux. Prends mon cheval, insista-t-il.

— J'ai vu ton cheval tout à l'heure, et ta carriole aussi, c'est un bel attelage. Je suis sûr que tu en as pour près de trois cents francs, dit Antoine.

— Exact, à deux pistoles près.

— Ça fait beaucoup d'argent, tout ça. Alors, suppose que je ne revienne pas. Après tout, tu ne me connais pas...

— Bah ! qui connaît qui ? Et puis, si on ne prend jamais de risques dans la vie, autant rester au lit !... C'est bien pour ça que je me suis encombré de cette gamine, ajouta Martial en baissant le ton. Allez, va, attelle le cheval. Et si tu trouves du pain, rapportes-en, on va en manquer. Pour le reste, on a de quoi tenir.

— D'accord, et merci. Ah ! ne t'inquiète pas si je ne suis pas là pour midi. Je n'aurais pas été vendre ta monture, sois tranquille, mais peut-être qu'il faudra que j'aille plus loin que prévu pour avoir des nouvelles.

— Fais pour le mieux, et bonne chance !

— Merci !

Antoine tourna les talons, passa derrière la grange, harnacha le cheval et s'éloigna.

Un peu avant d'arriver au hameau du Peuch, il aperçut le vieux père Combes en train de sarcler ses pommes de terre. Il arrêta le cheval et marcha vers le bonhomme.

— Et alors, père Combes, toujours jeune ?

Le vieil homme se redressa en s'appuyant sur son outil et l'observa, manifestement, il ne le reconnaissait pas.

« Il a des excuses, pensa Antoine, j'avais vingt ans quand je suis parti, maintenant, j'en ai vingt-six, et il a quand même pas mal plu sur ma carcasse ! »

— Qui vous êtes ? demanda le vieillard.

Antoine sourit, heureux d'entendre chanter le patois de sa jeunesse.

— Antoine Leyrac, des Fonts-Miallet.

— Ah, miladiou ! murmura le vieux en le dévisageant. C'est pas vrai, lança-t-il enfin, Leyrac est mort !

— Adrien Leyrac, mon père, oui. Ça fera sept ans en juillet. Mais moi je suis Antoine, le fils aîné.

— C'est pas vrai ! redit le vieil homme en s'approchant.

Il le scruta puis hocha la tête comme quelqu'un à qui on ne raconte pas d'histoires.

— Non, non ! répéta-t-il, le fils Leyrac est mort. Alors, ça peut pas être vous !

— Qu'est-ce que vous me chantez là ?

— Oui, parole ! Ça s'est dit dans le pays, au début de l'année, et je crois que c'est vrai ! On a dit que le fils Leyrac était tombé vers là-bas, en je ne sais pas où, au diable Vauvert !

— Manquait plus que celle-là ! ricana Antoine.

Il faillit expliquer à ce vieux gâteux qu'il était effectivement tombé là-bas, plein est, et que certains de ses camarades l'avaient peut-être cru mort. Mais pas tous, bon Dieu ! Il avait bien fallu qu'il s'en trouve quelques-uns pour le ramasser ! Et ensuite, lors de la triste retraite de la deuxième armée de l'Est et de son passage en Suisse, ce n'était pas son cadavre que les infirmiers avaient transporté, nom de Dieu ! C'était lui, vivant ! Pas en bel état, mais bien vivant quand même !

Il regarda le vieillard, comprit qu'il était inutile

d'essayer de le convaincre; il s'était fait son idée et n'en démordrait pas.

— Bon, alors, où est ma... Il faillit dire : « Ma mère », mais c'était impossible puisque lui, son fils, était censé être mort! Où est la mère Leyrac? demanda-t-il, et les deux filles?

— Ah, elles! Elles ont eu du malheur, beaucoup. Elles ont tout perdu en décembre, tout a brûlé. Enfin, la maison, je veux dire, pas les bêtes ni les gens!

— Et où sont-elles maintenant?

— Je pourrais pas dire. A Brive, peut-être. Faudrait demander à ma bru, je crois qu'elle les a vues, ça fait peu de temps.

— Elle est chez vous, votre bru?

— Ouais, sans doute, ça coûte rien d'aller y voir...

— Bon, tenez-vous fier, père Combes, et puis... quand même, croyez pas trop tout ce qu'on raconte sur le fils Leyrac. Moi, l'Antoine, je le connais bien, et je sais que ça lui plairait pas qu'on dise qu'il est mort, non, ça lui plairait pas du tout!

Il grimpa dans la carriole et poussa le cheval en direction du hameau.

Avant même d'ouvrir les yeux, après cinq heures d'un sommeil paisible, Pauline fronça les narines avec dégoût et comprit que Martial l'avait de nouveau transportée dans cette grange pestilentielle.

« C'est vraiment insupportable! » pensa-t-elle en s'asseyant

Puis elle nota avec plaisir qu'elle avait sans doute moins de fièvre, car elle ne subissait plus cette douloureuse lourdeur dans les tempes, ni ces élancements dans la nuque. Certes, elle avait encore la gorge et les bronches prises, mais se sentait beaucoup moins oppressée et respirait enfin sans trop de difficulté. Elle se leva et sortit.

Surprise par un éblouissant soleil, blanc de chaleur, qui frappait la cour à la verticale, elle cligna plusieurs fois des yeux avant de distinguer Martial, allongé sous le pin parasol, qui, malgré ses aiguilles rousses, donnait une ombre épaisse.

— Vous êtes vraiment plus têtue qu'une bique ! lui lança-t-il dès qu'il l'aperçut.

— Non, non, dit-elle en s'approchant, cette fois, c'est vrai, ça va beaucoup mieux. D'ailleurs, j'ai faim, et soif aussi, ajouta-t-elle en passant sa langue sur ses lèvres craquelées par la fièvre.

— C'est bon signe, reconnut-il. Il tendit paresseusement le bras, attrapa son panier à provisions ainsi que la gourde d'Antoine et les poussa vers elle. Servez-vous, mais ne gaspillez pas l'eau, il n'y a plus que ça, et je ne sais pas où est la source. Dommage, parce qu'avec cette chaleur on se verserait volontiers quelques seaux d'eau sur la tête. Je crois bien qu'il va faire orage, les mouches piquent.

Pauline se tailla une large tranche de jambon, éplucha un oignon et glissa le tout dans un quignon de pain.

— C'est le dernier morceau, prévint Martial, j'espère qu'il va en rapporter.

— Où est-il ?

— Parti aux nouvelles, expliqua-t-il en se versant un verre de vin. Vous en voulez ?

— Avec de l'eau, s'il vous plaît... Mais, dites, comment s'appelle-t-il et que fait-il ?

— Antoine, Antoine Ley... Leyrac, je crois. Quant à savoir ce qu'il fait, ce pauvre vieux, j'ai l'impression qu'il ne le sait plus lui-même. Il attendait beaucoup de son retour ici. Je crois même qu'il attendait tout et qu'il était prêt à tout faire. Alors, évidemment, il doit être déçu. Faut avouer que c'est une sale histoire !

— Qu'est-ce qui est une sale histoire ? demanda-t-elle candidement.

Il lui jeta un coup d'œil et se souvint qu'elle n'était au courant de rien.

— C'est vrai que vous dormiez lorsqu'il est arrivé, et que vous dormiez aussi après dîner... Vous voyez cette ruine, dit-il avec un coup de menton en direction des murs noirâtres, eh bien, c'est sa maison... Et, jusqu'à hier soir, il ne savait pas qu'elle était dans cet état...

— Ah ! murmura-t-elle, je comprends maintenant pourquoi il a l'air si sévère...

Même dans ses pires moments d'abattement — et Dieu sait s'il en avait eu depuis six ans —, jamais Antoine n'avait envisagé pareille situation. Et pourtant, tous les événements qui venaient de l'atteindre, et qui provenaient d'une simple étincelle dans un toit de chaume, étaient d'une logique absolue.

Dans le fond, placée devant des responsabilités qu'elle était tenue de prendre, sa mère avait bien agi. Il se reprocha d'avoir été si sévère avec elle, une heure plus tôt, mais, franchement, il avait des excuses de s'être emporté. Des excuses aussi de lui en avoir voulu, à elle et à ses sœurs, qui avaient cru à sa mort. Qui avaient gobé sa disparition simplement parce qu'un sinistre crétin d'officier, sans doute pour épicer son récit et faire oublier son incompétence — parce que, bon Dieu, c'étaient bien ces foutus salopards de galonnés qui avaient perdu la guerre ! —, avait cru malin de raconter, à sa façon, les batailles de Héricourt et de Chenebier, la retraite vers la Suisse et les derniers combats de La Cluse.

Antoine connaissait bien ce grand flandrin de capitaine, il le connaissait depuis son enfance, cet abruti ! Un planqué de l'Intendance qui n'avait jamais touché un sabre de sa vie, un de ces minables jean-foutre qui, lors des revues de détail, chicanait pour le moindre bouton de guêtre perdu et ne reconnaissait personne, pas même ses voisins ! Ce salaud, natif de Brive, qui possédait une maison bourgeoise à une demi-lieue des Fonts-Miallet et venait parfois chasser la bécasse dans les taillis environnants, n'avait rien trouvé de plus malin que de l'enterrer, lui, Antoine Leyrac ! Uniquement parce qu'il l'avait vu étendu, tout sanglant, dans un fourgon !

Naturellement, la nouvelle était revenue aux oreilles de sa mère, et la pauvre femme l'avait crue. Pas longtemps, pas même trois semaines, mais suffisamment pour commettre l'irréparable. A savoir, puisque Antoine ne reviendrait plus pour les cultiver, céder à un bourgeois de Brive qui lorgnait dessus depuis des années — exactement depuis la mort d'Adrien Leyrac — les deux hectares de labours et de pacages ainsi que le petit bois de châtaigniers enclavé dans sa propriété...

Parce qu'elle était excentrée, il n'avait pas voulu de la maison brûlée, ce méchant bougre, ni de la grange car elle était en trop mauvais état.

Désormais, avec la petite cartonnée de terre qui cernait les bâtiments, c'étaient les seuls biens que possédait sa mère dont il hériterait un jour ; elle le lui avait promis une heure plus tôt, pour se faire pardonner la vente des terres Il était conscient que cette part était tout à fait dérisoire mais il n'avait pas eu le courage, ni l'envie, de réclamer des comptes plus précis. D'ailleurs, sa mère n'avait pas à lui en rendre puisqu'elle avait jadis reçu la ferme de son père et qu'elle était en droit d'en disposer à sa guise.

L'orage atteignit Antoine alors qu'il était dans la longue et tortueuse montée qui serpente jusqu'à Noailles. Il sentit que le cheval, fouetté par la violence de l'averse, agacé et apeuré par les éclairs, renâclait, s'énervait. Il le maintint d'une poigne ferme, l'apaisa de la voix et le guida vers une grotte. Sautant à terre, il le tint fermement au mors tout en lui caressant le chanfrein

— Là, là, t'es beau, calme. Va pas faire l'andouille, hein ! J'ai assez d'ennuis comme ça pour mon compte !

Il attendit que l'animal se calmât, attrapa une grosse poignée de mousse qui jaunissait sur les parois de la grotte et le bouchonna vivement. Cela fait, il se roula une cigarette, s'approcha de l'entrée de la grotte et regarda tomber la pluie.

« Pourvu que ça ne dure pas toute la soirée, s'inquiéta-t-il en scrutant le ciel, enfin, ce qui est fait n'est plus à faire, mais, par Dieu, quelle journée ! »

Grâce aux indications fournies par la belle-fille du père Combes, il avait aisément retrouvé sa mère et sa sœur Octavienne, toutes les deux employées à Brive chez un important expéditeur de fruits et légumes. Elles lui avaient réservé un accueil bouleversant. Pleurant et riant à la fois, le touchant, l'embrassant, voulant tout savoir, tout comprendre et n'écoutant même pas ses réponses, heureuses, comblées.

Et puis il avait bien fallu que sa mère s'explique. Elle avait d'abord annoncé le mariage d'Aimée avec un garçon de Gramat, couvreur de son état, et, déjà, Antoine avait reproché qu'on n'ait pas cru devoir le prévenir de cet événement. Ensuite, elle avait dû parler de la ferme, et, là, ça avait été pénible, car, Antoine l'avait tout de suite compris, ni sa mère ni sa sœur ne regrettaient les terres, loin de là, même ! Grâce à la somme recueillie, tant par la vente des deux hectares que par celle du modeste cheptel, grâce aussi à cet emploi à Brive que leur avait trouvé l'acheteur, elles s'étaient, d'un seul coup, hissées à un niveau social qu'elles jugeaient très supérieur à celui qui était le leur jusque-là.

— Tu comprends, lui avait avoué sa mère, ici, je gagne quinze sous par jour et ta sœur aussi, c'est quand même beaucoup !

En effet, pour cette femme qui, sa vie durant, s'était battue pour économiser quelques malheureux francs, c'était fantastique ! Fantastique aussi d'habiter dans cette masure, non loin des bords de la Corrèze, avec un petit bout de jardin, la possibilité d'aller tremper sa lessive dans la rivière et la vue sur la ville.

— Soixante francs, c'est un peu cher de loyer, avait-elle reconnu, mais on est tellement bien, et puis on a quelques légumes... Et même, tu vois, on a de bons voisins, bien serviables. Et puis, en ville, ta sœur pourra trouver un bon parti, ça compte aussi !

Tous ces arguments étaient vrais, solides, il le reconnaissait. Malgré cela, parce qu'il en avait trop gros sur le cœur, il n'avait pu s'empêcher d'épancher son amertume et sa colère ; et même de dire que, peut-être, l'annonce de sa mort était venue au bon moment pour justifier la honteuse vente de la propriété.

Et, maintenant, tout en se répétant qu'il avait beaucoup d'excuses, il se reprochait les réflexions acerbes qu'il avait jetées à la face de sa mère.

Il laissa tomber son mégot dans une flaque d'eau, nota que l'orage s'éloignait, que la pluie diminuait de violence : il allait pouvoir reprendre sa route.

Il arriva aux Fonts-Miallet alors que le soleil sombrait dans les brouillards levés par la pluie d'orage ; le sol fumait et, des vallons déjà atteints par la nuit, montaient d'épaisses et blanchâtres volutes brumeuses. Mais l'orage était loin et, comme au matin, partout sifflaient les oiseaux.

Il poussa l'attelage dans la cour, salua Martial et Pauline debout devant le feu et commença à dételer.

— Alors ? s'enquit Martial en s'approchant pour l'aider.

— Alors, je ne sais pas si la gamine avait quelque chose de grave à se reprocher, mais je crois que vous avez bien fait de partir, expliqua-t-il en se mettant à bouchonner les flancs, blancs d'écume, du cheval.

— Pourquoi tu dis ça ?

— Parce que ça fusille tant que ça peut, là-haut, à Paris, et je crois que c'est pis que nous ne le disions hier. Même le journal en parle, oh ! pas beaucoup, mais suffisamment. Je te l'ai rapporté, il est dans la carriole, avec le pain. J'ai aussi pris des œufs et des pommes de terre nouvelles ; ça m'a fait envie, depuis le temps que je n'ai pas mangé de vraies pommes de terre de chez nous !

— J'ai toujours pensé que les politiciens étaient tous des salauds, lâcha Martial tout en parcourant le journal, mais alors, vraiment, l'Adolphe, il les bat tous ! Non, mais tu parles d'une ordure ! C'est pas ton avis ? insista-t-il devant le silence de son compagnon.

— Bah ! dit enfin Antoine, j'ai jamais fait de politique, mais, pour moi, il n'y en avait qu'un qui méritait qu'on se batte pour lui, l'Empereur ! Les autres, c'est rien que des profiteurs !

— L'Empereur ! l'Empereur ! Tu as vu dans quel pétrin il nous a mis ?

— Je ne parle pas de Badinguet, jeta Antoine avec dédain, lui, c'est moins que rien ! Pour moi, il n'y a qu'un Empereur et c'est pas celui de la Castiglione !

— Ah ! je préfère...

— Faut comprendre, expliqua Antoine, à l'Empereur, je lui dois de savoir lire, écrire, compter. Et de connaître la Pologne, la Prusse, la Russie et l'Espagne sans y avoir jamais mis les pieds ! Parfaitement ! Et tu vois ce pin parasol... Mon grand-père l'avait planté là en 1815, en l'honneur de l'Empereur ! Faut dire que mon grand-père maternel avait fait toutes les campagnes, sauf celle d'Egypte. Il était parti à quinze ans, comme tambour, tu te rends compte ? Il avait voulu suivre ses deux frères aînés. Il n'y a que lui qui est revenu... Il s'est installé ici, et il n'a plus bougé. Il avait presque tous les doigts de pied gelés et aussi les oreilles ; elles étaient tombées, et il n'avait plus que deux trous à la place. Alors, parce qu'il savait que ça faisait peur aux femmes et aux enfants, il portait les cheveux jusqu'aux épaules. Malgré ça, si l'Empereur avait pu revenir une fois de plus, il serait reparti avec lui, sûr de sûr. Il en parlait tout le temps, de ses années avec l'Empereur ! Et moi, dès que j'ai pu comprendre, j'ai profité de tout ce qu'il savait, et il savait beaucoup. Oui, il avait beaucoup appris pendant toutes ses campagnes ! Il est mort en 57, j'avais douze ans ; mais, grâce à lui, j'étais le seul de toute la famille et des environs à savoir lire et écrire... Bon, jeta Antoine en haussant les épaules comme s'il regrettait d'avoir trop parlé, faut éplucher ces patates, on va les faire à la graisse.

— T'as donc été à Brive ? demanda Martial en faisant voir le journal.

— L'a bien fallu, reconnut Antoine. Mais, dites donc, s'exclama-t-il, tourné vers Pauline qui venait de les rejoindre, vous avez l'air en pleine forme !

— Ça va, oui, beaucoup mieux et sans doute grâce à vos remèdes.

Elle souriait.

— Donnez, dit-elle en le débarrassant des pommes de terre, je vais les éplucher. Avec ça, vous voulez aussi de la soupe ?

— Deux fois plutôt qu'une ! Mais vous avez trouvé de l'eau ?

— J'ai été en chercher cet après-midi dans la vallée, juste avant l'orage, expliqua Martial. C'est plein de coins superbes par ici, et ça doit être fameux pour les perdreaux et les lièvres.

— Oui, dit Antoine, fameux...

— T'as des problèmes, hein ! constata Martial en piquant une pomme de terre du bout de son couteau et en commençant à la peler. Tu sais, t'es pas obligé d'en parler, mais si ça te fait du bien de dire ce que tu as sur le cœur à des gens que tu ne reverras plus, faut pas te gêner. Ben oui, expliqua-t-il en regardant Pauline, puisqu'elle a l'air guéri, on reprendra la route demain matin. C'est pas qu'on soit mal ici, mais j'ai encore une belle trotte jusqu'à Lodève.

— Alors, faites attention aux gendarmes, prévint Antoine. Ils traînent partout : doivent craindre que les gens veuillent faire comme à Paris. Ils m'ont même arrêté à la sortie de Brive ! J'ai pas pu m'empêcher, histoire de rigoler, de les faire mettre au garde-à-vous. Dame, j'ai la médaille militaire et je suis sergent-major ! Faudrait pas croire que je vais me laisser intimider par des gars tout juste capables de courir derrière les voleurs de poules ! Et puis, faut dire que j'étais pas de trop bonne humeur en quittant la ville...

Il jeta un coup d'œil à Martial puis à Pauline, vit que ceux-ci ne faisaient rien pour en savoir plus et leur sut gré de leur discrétion.

— Oui, poursuivit-il, c'est pas facile d'être joyeux quand on vient d'apprendre que, en plus de la maison brûlée qui vous attendait à votre retour, les terres, celles où on a couru et où on a travaillé avec son père, les terres sont vendues... Vendues à un tocard de bourgeois qui y mettra juste les pieds pour tirer nos perdreaux, nos lièvres et nos bécasses.

— Alors, ici, vous n'êtes plus... chez vous ? demanda Pauline avec un peu de tristesse dans la voix.

Elle s'était déjà habituée à ce que la ferme et les alentours appartiennent à cet homme qu'elle ne connaissait pour ainsi dire pas, mais qu'elle admirait un peu d'avoir autant de biens au soleil. Car, même si la maison avait brûlé, les murs étaient là, et la grange, et le sol. Et pour elle qui n'avait jamais rien possédé de sa vie, à part son jeu de fers à repasser, tous ces biens, c'étaient vraiment la richesse.

— Ici, je suis chez nous, dit-il en tapant du pied, comme pour marquer le sol de son empreinte. La maison, la grange, la cour, plus une petite cartonnée tout autour, c'est à nous, aux Leyrac; sauf si ma mère se décide à vendre ça aussi, mais ça m'étonnerait beaucoup maintenant. Quant au reste... Oui, c'est terminé, et on a mangé ce matin des cerises qui ne sont même plus à nous!

— Sale coup! reconnut Martial. Alors, c'est pour ça que tout est en friche?

— Oui, l'autre citadin doit attendre la Saint-Michel. C'est à cette époque que commencent les métayages. Mais, d'ici là, les cerises auront pourri, la mauvaise herbe gagnera un peu plus, et les ronces se foutront partout. Quel gâchis...

Après le repas, comme la veille au soir, ils s'installèrent autour du feu. Tapie au pied du pin, bien emmitouflée dans une couverture, Pauline ne tarda pas à somnoler.

— Faudrait pas vous endormir là, lui recommanda Antoine, vous allez prendre froid, surtout sur cette terre humide.

— Non, non, je suis bien, il n'a pas plu sous cet arbre. Je suis très bien.

— A votre aise. Moi, ce que j'en dis...

— Pardi! plaisanta Martial, c'est pas toi qui l'as prise en charge!

— Il m'est arrivé d'en avoir de plus lourdes et de moins agréables, assura Antoine en roulant une cigarette.

— Prends plutôt un cigare, proposa Martial en tendant la boîte ouverte.

Antoine accepta, alluma son cigare d'un brandon qu'il offrit ensuite à son voisin.

Ils fumèrent plusieurs minutes sans prononcer un mot et, très vite rassurés par le silence, les grillons tapis non loin modulèrent leurs cri-cri lancinants.

— Qu'est-ce que tu vas faire ? demanda enfin Martial.

— Si je savais, soupira Antoine. Reprendre du service, peut-être. Mais, avec ma blessure à peine refermée, ils ne me voudront sans doute plus.

— Ça t'a pas suffi toutes ces années sous l'uniforme ?

— Foutre si ! Mais quoi, faut bien vivre ! Tu comprends, j'avais pensé travailler ici. C'était pas grand, mais en trouvant des locations à droite et à gauche, c'était bon. C'est bien comme ça que mon père nous a élevés. On n'était pas riches, mais enfin, sûr qu'il s'en trouvait beaucoup de plus pauvres que nous... Et, moi, j'avais prévu de faire pareil, mais tout s'en est mêlé pour que ça ne marche pas. Voilà. Alors, maintenant, pour savoir ce que je vais faire...

— Tu as parlé de l'Algérie ce matin. Tu y as été longtemps ?

— Trois ans.

— C'est bien comme pays ?

— Faudrait le voir sans être militaire, alors peut-être que c'est bien. Je ne sais pas ; j'en garde pas un bien bon souvenir. Il faisait trop chaud, trop froid aussi, et puis notre principale occupation, c'était de construire des routes et des ponts, ou même des forts ; autant dire que je connais plus le bled que les villes. Et, crois-moi, dans le bled, qu'est-ce qu'on a pu s'emmerder ! Il se tourna vers Pauline, vit qu'elle était profondément endormie. Parce que tu comprends, reprit-il, dans le bled, faut pas compter sur les fatma, c'est chasse interdite ! Et, en ville, là-bas, toutes les filles se prennent pour des princesses !

— T'as pas envie d'y retourner ?

— Et qu'est-ce que j'y ferais ?

— Je ne sais pas, n'importe quoi ! Moi, tu vois, dit soudain Martial, je connais l'Italie, la Hollande et l'Angleterre. Chez les uns, je vendais du drap quand je travaillais avec mon père. Chez les autres, je vends du vin. Mais tu veux que je te dise, plus ça va, plus ces pays me semblent petits. Alors, je pensais, l'Algérie c'est peut-être pas mal...

— Et pourquoi pas l'Amérique ! plaisanta Antoine.

— Comme tu dis, pourquoi pas ?

— Tu rigoles ou quoi ?

— Non, on a bien le droit de rêver !

— Oh oui ! soupira Antoine, ça, on a le droit, et je ne m'en suis jamais privé. Mais, depuis hier soir, je suis bien éveillé, et c'est pas drôle du tout de voir ses rêves partir en fumée ; alors, les rêves, maintenant, crois-moi, je m'en méfierai.

3

Le major de Lyon avait prévenu Antoine que sa blessure lui apporterait quelques méchants désagréments avant de se faire oublier. Cette nuit-là, elle le tira du sommeil, vers 4 heures, par une subite et intense démangeaison.

Il massa doucement sa cicatrice pour atténuer les odieux picotements qui lui traversaient toute la poitrine, mais il était gêné dans ses mouvements par la présence de Martial qui dormait à ses côtés en ronflant comme une bouilloire.

Sans doute à cause de la torride chaleur orageuse de la veille, l'odeur de bouc qui imprégnait toute la grange avait atteint une intolérable intensité. Aussi les deux hommes s'étaient-ils installés sous la carriole, après l'avoir bien calée et mis sa caisse à l'horizontale en posant les brancards sur un billot. Quant à Pauline, ils lui avaient fait une couchette au-dessus d'eux, sur le plancher du véhicule.

De plus en plus agacé par les prurits qui lui taraudaient les côtes, Antoine se glissa hors de l'abri sans réveiller son voisin et s'éloigna.

La nuit embaumait le miel frais, et il se souvint que,

jadis, pour la plus grande satisfaction de toute la famille, mais aussi, peut-être, pour ne pas faillir à la tradition et conserver au lieu-dit les Fonts-Miallet leur vieille et solide réputation de « fontaines de miel », son père entretenait cinq ou six ruches dans de gros rondins de châtaigniers creux, chapeautés de pierres plates.

Fait étrange, après sa mort, nul n'avait pu retenir les abeilles qui, en moins de deux ans, avaient déserté leurs abris. Mais les alentours regorgeaient toujours d'essaims sauvages qui, en cette chaude nuit, exsudaient tout le parfum subtil, mais tenace et envoûtant, d'un miel aux mille fleurs.

Marchant sans bruit dans l'herbe ruisselante d'une rosée à peine pâlie par le premier quartier de lune, il atteignit l'extrémité des anciennes terres de la famille. Là, s'estompait brutalement la croupe rocheuse qui formait l'aire du plateau. De tout temps, il avait aimé venir jusqu'à cette avancée qui surplombait la vallée d'au moins trois cents pieds. Ici, rien n'arrêtait la vue, sauf parfois le vent trop violent qui remplissait les yeux de larmes ; et il était possible, par beau temps d'hiver, quand le froid sec a clarifié le ciel, de découvrir à l'est les flancs blancs de neige du Cantal et, plus au nord, la douce ligne des Monédières.

Il s'arrêta et sourit en entendant les rossignols, fous d'amour, qui en bas, dans quelques buissons de la vallée, faisaient assaut de trilles, de friselis, de trémolos.

Il fit encore quelques pas, puis s'assit, comme autrefois, sur la grosse pierre moussue, dressée là par on ne savait quel lointain ancêtre, et qui avait servi de siège à des générations de bergers. Il se remémora soudain sa discussion avec Martial et haussa les épaules.

Non, il ne retournerait pas en Algérie, et pour une raison qu'il n'avait pas à dévoiler. Il n'avait pas dit toute la vérité au sujet des filles de la ville, qui se prenaient toutes pour des princesses. Pas dit, par exemple, qu'il avait bien failli en épouser une, de ces « princesses ». Maria, une pétillante Oranaise de dix-sept ans, au teint d'abricot et aux yeux noirs, fille d'une Espagnole et d'un Français déporté de 48. Elle avait un tempérament de chatte mais, également, un caractère de panthère, qui l'avait fait bondir, toutes griffes dehors, lorsqu'il avait refusé tout net, et alors que la date de leur mariage était presque officiellement arrêtée, de s'installer à vie sur cette terre algérienne qui, pour elle, était natale, mais, pour lui, presque d'exil car trop différente et loin de sa Corrèze.

Folle de rage, s'estimant flouée, Maria avait fait un épouvantable scandale et lui avait promis de l'étriper — et même mieux — si elle le revoyait. Sa mère s'en était naturellement mêlée, et ça n'avait rien arrangé !

Bien sûr, il ne croyait pas une seconde que son ex-fiancée, même aidée par sa mère, mettrait sa menace à exécution. Mais la seule idée de recroiser un jour le chemin de ces deux viragos, s'ajoutant au peu d'enthousiasme qu'il ressentait pour ce pays, étaient amplement suffisants pour qu'il n'ait aucune envie d'y remettre jamais les pieds. De plus, et quoi qu'en ait dit Martial, il n'était pas du tout convaincu que la vie fût plus simple ailleurs.

Il frissonna soudain : avec l'approche de l'aube, tombait la fraîcheur. Il se leva, contempla une dernière fois l'immensité de son horizon familier, puis se détourna et marcha vers la tache sombre que faisait là-bas, dans la nuit maintenant bleue, le gros pin parasol.

— On ne peut vraiment pas te conduire un bout de chemin ? proposa Martial en chargeant ses affaires dans la carriole.

— Non, Figeac, c'est par là, dit Antoine en indiquant le sud, et Brive, c'est plein nord... Et comme il n'est déjà pas de bonne heure, si en plus tu fais un détour pour moi, tu ne te rapprocheras pas beaucoup de chez toi, aujourd'hui !

— C'est décidé, tu retournes à Brive ?

— Oui, c'est le plus sage.

Ils en avaient discuté à la veillée et conclu que le mieux, pour Antoine, était d'aller chercher du travail en ville.

— Tu sais, le plus sage, quoi qu'on en dise, c'est pas toujours le plus intéressant ! lança Martial en aidant Pauline à se hisser dans la voiture. Enfin, souviens-toi de ce que je t'ai dit. Si tu ne trouves rien dans le coin, descends jusqu'à Lodève, tu as bien pris mon adresse, hein ? Moi je m'arrangerai pour te trouver du boulot, je connais du monde là-bas.

— D'accord, promit Antoine.

— Alors, salut, et bonne chance ! dit Martial en lui serrant la main. Il grimpa dans la carriole, détacha les rênes nouées après le porte-fouet. Et puis, ajouta-t-il en se retournant vers Antoine, merci pour ta grange et pour l'accueil. Tu avais parfaitement le droit de nous foutre dehors. Tu ne l'as pas fait. Je ne l'oublierai pas...

— Moi non plus, dit Pauline. Au revoir !

— C'est ça, dit Antoine en levant la main en guise d'adieu, et tenez-vous fiers tous les deux !

Il regarda l'attelage qui s'éloignait en grinçant sur le chemin de pierres, répondit aux derniers gestes d'amitié que lui envoyèrent les voyageurs, puis ramassa son balluchon et tourna les talons.

Il avait trois heures de route devant lui et, s'il en jugeait à la hauteur du soleil, n'atteindrait pas Brive avant midi.

Née à Paris d'une mère repasseuse et d'un père ouvrier chaudronnier, Pauline n'avait jamais quitté sa ville natale. Tout au plus, lorsqu'elle avait douze ans, était-elle allée une fois avec sa mère presque jusqu'à Versailles, pour assister à l'enterrement d'une vieille tante.

Une autre fois, pendant le siège de Paris par les Prussiens, six mois plus tôt, elle était montée avec une de ses amies jusqu'en haut de Montmartre d'où, paraît-il, on pouvait apercevoir les troupes ennemies qui bivouaquaient au Bourget, à Villeparisis et à Villiers-sur-Marne. Elle n'avait jamais su si l'information était exacte car une fine pluie glaciale faisait peser sur Paris une chape qui s'opposait à toute observation. Hormis ces deux excursions, elle ne connaissait que son quartier de Grenelle.

Aussi, depuis le début de son voyage vers Lodève, tout lui était motif à étonnement; et son enthousiasme presque enfantin amusait beaucoup Martial. Ce fut donc le peu d'intérêt qu'elle portait au paysage et son silence qui le surprirent, ce matin-là.

Ils avaient quitté les Fonts-Miallet depuis presque une heure, et Pauline n'avait pas encore dit un mot. Elle ne semblait pourtant ni fatiguée ni malade; songeuse plutôt, voire inquiète. A tel point qu'il faillit lui demander si elle redoutait quelque chose.

Il s'abstint pourtant de le faire, car il craignait que les soucis de sa voisine ne fussent liés à son avenir, et il estimait avoir déjà tout fait pour la rassurer à ce sujet. Mais, malgré tout ce qu'il avait pu lui dire et lui promettre, Pauline n'arrivait pas à croire qu'il lui trouverait du travail à Lodève. De plus, elle ne se remettait pas de la perte — à ses yeux irréparable — de son jeu de fers, instruments sans lesquels elle se sentait désarmée et incapable de s'occuper utilement, un peu comme un bûcheron qui aurait perdu sa cognée.

Enfin, et cela agaçait Martial car il n'y attachait pas la moindre importance et le lui avait dit plus de vingt fois, elle ne se pardonnait pas d'être intégralement à sa charge; cette situation la rongeait. A tel point que, n'eût été l'idée qu'elle se faisait des relations qu'elle espérait un jour avoir avec l'homme de son choix, et la quasi-certitude que Martial n'était pas de ceux qui profitaient de ce genre d'occasion — car alors il eût, dès le premier soir, exigé sa récompense —, peut-être eût-elle été jusqu'à accepter des avances ; uniquement pour pouvoir se dire que, désormais, elle ne devait plus rien à son sauveur.

C'est alors qu'ils abordaient la descente qui flemmarde jusqu'à Martel qu'elle sortit de son mutisme :

— Dites, vous croyez qu'il trouvera du travail ?

Martial éclata de rire.

— Ah ! c'est donc ça qui vous tracasse ! s'exclama-t-il. Il est bel homme, hein ! le gars Antoine ! Solide, costaud !

— Je ne parle pas de ça ! s'emporta-t-elle en rougissant un peu. Je vous demande s'il trouvera du travail, et vous me répondez n'importe quoi !

— Eh, oh ! dit-il sans cesser de rire, faut pas vous mettre dans ces états ! Et puis, comment voulez-vous que je sache, moi, s'il trouvera du travail ? C'est vrai qu'il est bel homme et costaud, mais il a cette cicatrice qui le coupe presque en deux et qui semble bougrement le gêner, alors... Et puis, qu'est-ce qu'il sait faire à part porter un fusil ? Mais c'est pas ça qui le nourrira, maintenant !

— C'est pas juste, murmura-t-elle.

— Qu'est-ce qui n'est pas juste ?

— Toutes ces misères qu'il a eues d'un seul coup, comme pour l'accueillir, vous vous rendez compte ?

— Ben, oui... Manque de chance, mais la chance, ça va, ça vient !

— C'est pas juste, répéta-t-elle. Il ne méritait pas tout ça !

— Mais dites donc, plaisanta-t-il, il a l'air de vous tenir sacrément à cœur, ce brave Antoine ! Vrai, je vais finir par croire que vous regrettez de n'être pas restée avec lui !

— Arrêtez de dire des bêtises ! coupa-t-elle. Vous, les hommes, vous êtes tous les mêmes ! Il suffit qu'une femme ose poser une question sur l'un d'entre vous pour qu'aussitôt vous vous mettiez à ricaner et à penser à tout un tas de... de... Elle s'énerva, chercha un mot cinglant. De... de saloperies ! Voilà, de saloperies !

— Moi ? Je pense à ça ? Je pense à des saloperies ? Ah ben ça, c'est pas rien !

— Parfaitement, vous y pensez ! La preuve, vous riez comme un malhonnête !

— Et alors ? Vous voulez quand même pas que je me mette à sangloter !

Il l'observa, la vit toute tremblante de colère, mais aussi de confusion, découvrit soudain ce qui crevait les yeux depuis une heure et éclata d'un tel rire que trois corneilles, qui picoraient des bouses à cent mètres de là, prirent peur et s'envolèrent.

La semaine ne s'était pas écoulée qu'Antoine n'avait plus aucun espoir de trouver du travail dans la région de Brive. Après avoir prospecté, en vain, nombre de maisons bourgeoises en proposant ses services comme jardinier, gardien ou homme à tout faire, il avait cherché du côté des expéditeurs. Mais ces derniers préféraient employer une main-d'œuvre féminine qui, pour un bas salaire, était tout à fait capable de remplir les cagettes de fruits et légumes. Quant aux quelques places qui nécessitaient vraiment un homme, elles étaient prises depuis longtemps.

Il n'avait même pas cherché un emploi dans les fermes environnantes car, à cause de sa blessure, il se savait tout à fait incapable d'accomplir à plein temps la tâche d'un paysan. Surtout en cette saison de sarclage et bientôt de fenaison, en cette période de travaux qui exigeaient une force et une résistance qu'il était loin d'avoir retrouvées.

« Je ne serais pas foutu de sarcler une matinée entière ! Et je ne tiendrais pas deux heures à la faux ! » pensait-il avec dépit en se souvenant de l'époque où, en compagnie de son père, après avoir fait leur propre foin aux Fonts-Miallet, ils partaient se louer dans les quelques grosses fermes de la plaine de Brive, de Larche ou de Varetz. Là, progressant l'un derrière l'autre en de longs balancements sifflants qui ouvraient des croissants verts dans le fourrage mûr, ils étaient capables de faire voler leurs lames pendant une pleine journée de soleil, et de recommencer le lendemain, et tous les jours suivants.

Et ces souvenirs n'étaient pas pour rien dans la mauvaise humeur qu'il sentait croître en lui depuis qu'il avait essuyé les premiers refus et pris conscience qu'il n'y avait pas de travail pour lui à Brive. Ce n'était pas qu'il fût tellement attaché à cette ville, bien qu'il l'eût toujours connue et qu'elle lui rappelât des aventures de jeunesse, mais elle avait l'avantage d'abriter désormais sa mère et sa sœur, ce qui, pour lui, et temporairement, était l'assurance du gîte et du couvert. Temporairement car, il le ressentait chaque jour, plus aucun lien ne le retenait à sa famille. Et il était même stupéfait de voir à quel point sa sœur lui était devenue étrangère. Naguère, sur la ferme, il y avait les travaux qui les rassemblaient, qui les unissaient même. Désormais, c'était fini : Octavienne agissait et raisonnait exactement comme si elle avait toujours vécu là, au bord de la Corrèze. Elle n'avait plus pour seul but que son petit salaire et la recherche, discrète mais bien réelle, du mari idéal. Quant à sa mère, elle ne cachait ni la quiétude ni même le bonheur que lui procurait son nouvel état de citadine salariée.

« Aimée a dû bien changer, elle aussi, comme Octavienne et comme la mère. Mais peut-être que je suis injuste, et que c'est surtout moi qui ai changé », songeait-il, ce soir-là, en revenant vers la petite maison au bord de la Corrèze.

Il n'avait toujours pas trouvé de travail et était las de toutes ses vaines démarches : elles l'humiliaient de plus en plus.

Il haussa vivement les épaules lorsque sa mère lui demanda s'il avait enfin un emploi.

— Non, mais j'essaierai encore demain et j'ai mon idée là-dessus, assura-t-il, et si ça ne marche pas, eh bien, j'irai voir ailleurs.

— Où ça ?

— Qu'importe !

— Mais... avec ta blessure et tout, tu n'as pas droit à une petite pension ?

— Petite, oui ! Ça tu peux le dire ! Et d'ici à ce qu'elle arrive, j'ai dix fois le temps de crever de faim ! Mais, rassure-toi, ajouta-t-il en la voyant soudain inquiète, j'ai encore de quoi tenir et payer ma part ici.

— On ne te demande rien !

— Je sais, mais il ne sera pas dit que je me nourris sur ton dos et celui de ma sœur !

Tôt levé pour attraper l'omnibus, Antoine arriva à Tulle au début de la matinée et quitta cette ville avant même que midi ne sonne.

Il était furieux et ne chercha même pas à engager la conversation avec le paysan qui rentrait chez lui à Dampniat, et qui avait accepté de le prendre dans sa carriole jusqu'à la gare d'Aubazine.

Antoine avait espéré que son état d'ancien combattant, son grade et même sa blessure lui permettraient d'obtenir une fonction, même modeste, à la manufacture d'armes. Mais, là encore, toutes les places étaient occupées, et c'est tout juste si on ne lui avait pas ri au nez d'avoir pu imaginer un seul instant, et alors que la ville était pleine de gens eux aussi en quête de travail, qu'on pourrait lui donner une place, à lui, qui venait d'au-delà de Brive, autant dire de l'étranger.

— Tant pis, songeait-il en contemplant les pentes abruptes qui surplombent la route et la rivière, il n'y a vraiment plus rien à espérer ici. Dommage, c'est un si beau pays...

Martial tint parole et trouva du travail à Pauline dès leur arrivée à Lodève. Il lui suffit de contacter quelques-uns de ses bons clients — gros bourgeois, notables —, et de leur recommander cette petite repasseuse qu'il présenta comme la sœur d'un de ses confrères parisiens à qui les récents événements avaient fait perdre son emploi.

En dépit des craintes de Pauline, qui était persuadée que tout Lodève allait croire qu'elle était sa maîtresse — ce qui la remplissait de confusion —, nul ne parut éventer le gros mensonge de Martial. Car, outre sa réputation d'honnête commerçant, il était connu pour avoir les moyens d'entretenir ses conquêtes. De plus et surtout, aux dires de quelques-uns de ses camarades qui connaissaient bien ses goûts, Pauline était beaucoup trop chétive pour lui.

Outre du travail, il trouva une mansarde pour la jeune fille. Coupant court à ses remerciements, il lui avança de quoi s'acheter un jeu de fers et vivre en attendant ses premiers salaires. Pour la calmer, il accepta le principe d'un remboursement — avec intérêts à deux et demi pour cent — échelonné sur plusieurs mois, lui souhaita bonne chance et prit la route de Bordeaux où l'appelait son travail.

Car, s'il était natif de Lodève et s'il y conservait de solides amitiés et relations, l'essentiel de ses occupations professionnelles se réglait dans le Bordelais. Pour lui, l'époque était loin où, alors âgé de douze ans, il avait commencé à trimer dans une fabrique de draps, où son père était chef d'équipe.

A quinze ans, parce qu'il était débrouillard et plein d'allant, Martial courait déjà les contrées environnantes pour collecter la laine, le lin et le chanvre, dont la fabrique était grosse utilisatrice. A dix-huit ans, il accompagnait les chargements de draps qui partaient pour l'Italie.

Et puis, histoire d'arrondir son salaire, mais tout en continuant à livrer des ballots de toile, il s'était mis à vendre, là, une ou deux barriques de saint-Georges-d'Orgues ou de verargues, ici, trois ou quatre douzaines de bouteilles de lunel ou de frontignan, ailleurs, une dame-jeanne d'eau-de-vie. Et parce qu'il était un homme de parole qui n'avait jamais grugé personne, il s'était peu à peu forgé une réputation d'honnête et compétent commerçant.

C'est par hasard, quatre ans plus tôt, lors d'un de ses voyages à Paris, où il était monté livrer un gros stock de drap d'uniforme à l'intendance, qu'il avait fait la connaissance d'un Belge, négociant en vins, qui cherchait à acquérir plusieurs barriques de bordeaux.

Se piquant d'audace, et alors qu'il n'avait pour seuls fournisseurs que des viticulteurs du Midi, Martial avait conclu l'affaire et promis de livrer, sur place, la marchandise dans les meilleurs délais. Ce qu'il avait fait. Depuis, il s'était spécialisé dans le négoce des vins de Bordeaux que réclamaient les clients belges, hollandais ou anglais.

Il travaillait beaucoup et gagnait bien sa vie. Pourtant, depuis quelques mois, il prenait moins de plaisir à emporter un marché ; c'était toujours la même technique, les mêmes horizons. Tout cela lui pesait, et il se surprenait parfois à rêver d'une vie moins routinière. C'était peut-être pour en rompre la monotonie qu'il s'était jeté, quinze jours plus tôt, dans cette aventure insensée avec une gamine dont il ignorait tout, sauf qu'elle avait besoin d'aide et qu'il était dangereux de lui porter secours.

Pour la première fois de sa vie, Pauline était dépassée par les événements. Jusqu'à ces dernières semaines, malgré les épreuves que lui avait réservées le destin, elle avait toujours su faire face. Mais, depuis peu, elle était désarmée ; confrontée à des sentiments en tout point contradictoires, elle avait le plus grand mal à retrouver cet équilibre et ce sérieux qui la caractérisaient avant que tout ne s'écroule sous une porte cochère du passage Fallempin...

Tour à tour euphorique puis morose, elle avait des sautes d'humeur qui l'étonnaient elle-même. Heureuse d'avoir un bon travail et d'honnêtes rétributions — elle se faisait jusqu'à un franc vingt par jour, ce qui était très bien —, elle se surprenait presque à chanter pendant ses heures de repassage. Elle trouvait alors que la vie était belle, le ciel superbe et l'avenir chatoyant.

Puis, soudain, tout s'obscurcissait et elle se maudissait d'avoir lâchement abandonné Paris, son quartier de Grenelle, ses amies et toutes ses clientes, pour venir s'enterrer dans cette petite ville où elle ne connaissait personne.

Enfin, elle s'en voulait toujours beaucoup d'avoir laissé transparaître ses sentiments et de s'être ridiculisée aux yeux de Martial lorsqu'il l'avait gentiment taquinée sur cette petite route, blanche de soleil, qui musardait vers Martel.

Elle avait été stupide de prendre ainsi la mouche, et cette scène lui avait gâté tout le reste du voyage. Mais était-ce sa faute si, ces jours-là, elle se sentait un peu folle ?

Folle, oui, exactement depuis ce dimanche matin où le regard d'Antoine avait retenu le sien. Et le comble de la tristesse, c'est qu'il n'avait sûrement pas fait exprès de la regarder avec cette grave insistance, et qu'il n'avait pas remarqué à quel point elle avait été soudainement bouleversée.

« C'est de famille ! » pensait-elle pour se consoler.

Sa défunte mère lui avait toujours dit qu'elle était ainsi tombée folle amoureuse, comme ça, d'un coup, sans rien comprendre ; mais sa mère, elle, avait eu la chance de pouvoir se laisser emporter et dévorer par celui qui était devenu, peu après, son époux. Tandis qu'elle, Pauline, perdue au fond de l'Hérault, estimait n'avoir aucune chance de revoir un jour celui qui, sans le savoir, lui avait mis le feu à l'âme.

Jamais elle ne s'était sentie aussi vulnérable, aussi faible, aussi perdue. Certes, elle avait souvent eu à se débattre contre les assauts de quelques hommes en quête de chair fraîche. A peine âgée de douze ans, seule l'intervention de sa mère et d'une solide voisine l'avait arrachée, in extremis, des bras d'un gras et suant porteur d'eau qui puait comme un porc.

Et bien d'autres fois encore, elle avait dû se battre pour empêcher les hommes d'arriver à leurs fins. Elle avait eu peur alors ; mais, surtout, peut-être plus violente que sa peur, c'était la colère qui l'animait. Une colère qui lui donnait une énergie et une force qui surprenaient ses assaillants. Car elle refusait totalement l'idée d'être ainsi forcée, humiliée. Ce n'était pas de cette bestiale façon qu'elle voulait se donner un jour. Et le dernier en date des individus qui avaient voulu la contraindre, il y a moins d'un mois, n'était sans doute pas près d'oublier qu'il existait des filles qui savaient défendre leur jardin.

Elle aurait dû se méfier de l'air benoît de ce valet de chambre. Et faire aussi attention au fait que, ce jour-là, elle était seule dans la lingerie de cette riche maison où elle venait repasser deux après-midi par semaine ; seule et pimpante, fraîche.

Il avait surgi dans son dos et l'avait aussitôt brutalement poussée contre le mur. Elle avait tout de suite su ce qu'il voulait, ce qu'il allait faire. Il avait un regard déjà obscène, les mains fouilleuses et le genou insinuant.

Elle se revoyait encore, coincée contre la cloison, pendant que les doigts du domestique s'affairaient sur son corsage, heureusement bien lacé, et que sa jambe cherchait à se glisser entre les siennes. Par chance pour elle, ses fers étaient là, posés sur le brasero, à portée de sa main ; pas encore bouillants, mais quand même chauds.

Elle avait pu s'emparer du petit, du plus léger, celui qui lui servait à repasser les smocks délicats et les dentelles fines. Sans un mot d'avertissement, elle l'avait posé sur la nuque de l'homme...

A l'évidence, le fer devait être plus brûlant qu'elle ne l'avait pensé car elle avait entendu grésiller les cheveux — à moins que ce ne fût la peau — juste avant le hurlement de l'amateur de pucelle. Elle avait eu le temps de bondir avant qu'il ne la frappe ; alors, s'armant d'un fer dans chaque main, elle avait crânement marché sur lui et l'avait poussé hors de la lingerie.

Bien entendu, il avait couru se plaindre auprès des patrons, arguant de sa maladresse, à elle, pour expliquer sa blessure. Elle avait perdu sa place dans l'heure qui suivait, mais elle s'en moquait.

Mais là, depuis qu'elle avait vu Antoine, penché sur elle, elle était désarmée. Là, elle ne pouvait se battre que contre elle-même, contre ses sentiments, et tout faire pour tenter d'oublier cet homme. Et ce qui la rendait furieuse et d'humeur changeante, c'était d'être contrainte de s'avouer qu'elle n'avait aucune envie de remporter cette bataille.

4

Antoine atteignit Lodève en une bonne semaine. Pour économiser son modeste pécule — il possédait encore cinq cent soixante-dix francs et entendait les rogner le plus chichement et lentement possible —, il avait décidé de faire le chemin à pied. Le temps était beau, la route agréable, et il avait pu couvrir, sans trop de fatigue, ses quarante kilomètres par jour. Il est vrai qu'il avait très souvent profité de quelques attelages de paysans, de rouliers ou de commerçants, heureux de rompre la monotonie de leur parcours par un brin de conversation.

Il avait profité de son passage à Gramat, le deuxième jour, pour aller voir sa sœur. Il n'avait pas eu de mal à trouver Aimée, servante chez un important producteur d'huile de noix. Il avait été ému de la revoir, mais l'avait à peine reconnue car elle avait beaucoup changé : elle semblait fatiguée et vieillie.

Ils s'étaient regardés, un peu gênés, un peu gauches car, comme il l'avait pressenti, ils n'avaient plus grand-chose à se raconter.

— Et ton mari, j'aimerais bien le saluer, avait-il dit pour tenter d'amorcer la conversation.

— C'est pas possible, il est parti pour plusieurs jours,

il ressuit le toit d'une bergerie du côté de Calés, avait expliqué Aimée.

— Dommage, j'aurais bien voulu le connaître ; la mère et Octavienne m'ont dit que c'était un gentil garçon. Mais, à propos, tu crois qu'il me trouverait du travail par ici ?

— Comme couvreur ? Non. Tu sais, le bourg n'est pas bien gros et mon mari est déjà obligé de courir toute la campagne pour changer quelques tuiles...

— Alors, même s'il demandait pour moi à son patron...

— Même... Ils sont déjà trois, c'est bien suffisant.

— Ah bon ! Alors, tant pis, je vais aller plus loin.

Il l'avait embrassée puis, tracassé par son air las et ses traits fatigués, avait lancé :

— Tu es heureuse, au moins ?

— Heureuse ? Oui, je crois.

— Alors, tant mieux ! Eh bien, au revoir, et dis surtout à ton mari que je regrette de ne pas l'avoir vu, mais ce n'est peut-être que partie remise.

— Peut-être...

— Ah ! j'y pense, je suis passé à la maison, oui, aux Fonts-Miallet, eh bien, je crois que le pin parasol de grand-père n'est pas crevé, j'espère qu'il s'en sortira, j'ai vu des petites aiguilles vertes.

— Tant mieux, avait murmuré la jeune femme. Elle semblait gênée et dansait d'un pied sur l'autre. Tu sais, avait-elle dit enfin, la mère ne pouvait pas faire autre chose que de vendre... Faut comprendre, après l'incendie et ce qu'on nous a raconté sur toi...

— Bien sûr... A propos de la mère, tâche de prendre de ses nouvelles de temps en temps, ça lui fera plaisir. Et ça la consolera parce que... Oui, je crois qu'elle avait compté que je resterais à Brive ; je suis même sûr qu'elle y comptait ferme. Voilà, maintenant, il faut que je parte.

C'est peu après Gramat que les gendarmes l'avaient interpellé. Il n'en avait pas été étonné car si le calme régnait maintenant à Paris, tout le monde savait avec quelle poigne ceux qui l'avaient rétabli entendaient le voir durer, tout en élargissant leur emprise.

Mais comme ses papiers étaient en règle et qu'il ne ressemblait ni à un chemineau ni à un de ces louches individus qui font les régals de la maréchaussée et qui se trahissent par la pauvreté, la crasse et l'usure de leurs oripeaux, tout s'était bien passé. Et c'est même en engageant la conversation avec le maréchal des logis qu'il avait appris que, pour remettre de l'ordre, le gouvernement était en train de traquer tous ceux qui avaient osé mettre le feu à Paris et qui tentaient maintenant de fuir à l'étranger.

— Et vous, vous allez loin comme ça ? lui avait demandé le gendarme en lui rendant ses papiers.

— Jusqu'à Lodève, sauf si je trouve du travail avant. Mais, au fait, avait-il négligemment lancé car il s'inquiétait maintenant pour Martial et sa passagère, vous en avez arrêté beaucoup de ces bandits, depuis quinze jours ?

— Nous ? Oh non, personne ! Vous pensez, ils n'ont pas dû venir se perdre par ici, mais on a des ordres, quoi !

— C'est sûr, avait-il souri. Et il avait poursuivi son chemin d'un cœur plus léger.

Il fut très vexé lorsqu'il apprit que Martial était absent. Furieux d'avoir fait toute cette route en pure perte, il faillit s'en aller sans même s'enquérir de la date du retour de celui qui lui avait promis du travail.

Il avait facilement trouvé la maison de Martial, une gentille et vieille demeure, située à la sortie de la ville, non loin de la rivière, sur la route de Montpellier et qu'entourait un jardinet bien entretenu.

C'était un vieil homme qui désherbait méticuleusement à la main un semis de carottes qui venait de le renseigner.

— Et vous ne savez même pas quand il va revenir ?

— Oh ! avec Martial, pour savoir ! lança le jardinier avec un accent chantant, demain peut-être, ou dans un mois ! Mais comment c'est ton nom ?

— Antoine Leyrac.

— Ah ! fallait le dire tout de suite, mon petit, j'ai quelque chose pour toi, dit le vieux en se redressant avec difficulté et en se massant les reins.

Il alla décrocher sa veste, suspendue à une branche de poirier, et y prit un portefeuille usé, dans lequel il puisa une feuille.

— Tiens, c'est de la part de Martial.

Antoine remercia de la tête, se saisit de la feuille et en parcourut le texte qui ne donnait qu'un prénom et une adresse.

— Ben avec ça, je suis renseigné... murmura-t-il. Dites, vous connaissez ce monsieur Jules, route de Fumel ?

— Oh oui, pardi ! Tout le monde le connaît, le Jules. Tu trouveras son entrepôt en suivant la Lergue, à guère plus de cinq cents mètres d'ici. C'est un collègue de Martial, un négociant en vins. Mais lui, il a pas trahi notre région, dit le vieil homme en riant, c'est pas comme le Martial qui vend des vins qui sont pas de chez nous ; paraît qu'ils sont plus chers, mais moi je suis sûr qu'ils valent pas les nôtres !

— Sûrement, coupa Antoine, peu désireux d'encourager le jardinier dans sa polémique. Il regarda la maison. Elle est à lui ? demanda-t-il en la désignant d'un coup de menton.

— Eh ouais, mais il en fait pas grand usage, il est

jamais là ! Il l'avait juste achetée pour sa mère, ça fait dans les trois ans ; mais la pauvre Eugénie, elle a même pas eu le temps de se frotter les pieds sur le paillasson qu'elle était morte ! Ouais, là, elle est tombée raide dans cette allée, le jour du déménagement ; tout pareil qu'Hector, son pauvre époux, il y a huit ans. Et le docteur, il a dit que...

— Je sais, je sais ! intervint Antoine, qui ignorait tout de cette triste histoire mais ne tenait pas à voir s'éterniser la conversation. Maintenant, il faut que je parte. Allez, bon courage, et merci pour le renseignement.

— ... Et à moi, il a demandé de cultiver le jardin et ça m'arrange bien, acheva le vieux qui avait poursuivi son histoire sans prêter la moindre attention à l'interruption d'Antoine.

— Au revoir, et portez-vous bien, dit Antoine.

Il sortit du jardin et sourit en entendant derrière lui le vieil homme qui continuait son discours en faisant les demandes et les réponses.

Le père Jules, un petit homme rondouillard et rubicond, à la cinquantaine bien avancée, l'accueillit comme une vieille connaissance.

— Martial m'a prévenu, expliqua-t-il. Il m'a dit : « Si vous voyez débarquer un jour un grand gars sévère, avec des pattes comme des mailloches, une tête de pas content et des yeux qui vous traversent, c'est Antoine. Vous me l'occupez, tranquille, à soutirer, à mettre en bouteille ou à embouchonner. Forcez-le pas trop, il a un méchant souvenir de guerre qui le coupe presque en deux. » C'est vrai que tu as fait la guerre ?

— Oui, dit Antoine en examinant le chai où s'alignaient les barriques.

— Et tu veux toujours travailler ?

— Dame, je suis là pour ça, alors, si je peux faire l'affaire...

— Martial m'a dit que oui, alors c'est sûrement oui. Il a pas l'habitude de s'acoquiner avec n'importe qui ! Deux francs cinquante par jour, nourri à midi. Tu attaques demain matin à 6 heures, ça va ?

— Ça va !

— Et si ça t'arrange, j'ai un bout de mansarde au-dessus de l'écurie, tu pourras y dormir ; mais je veux pas que tu y fumes. Tu sais, il en faut pas beaucoup pour foutre le feu !

— Je sais... Ne vous inquiétez pas, je n'y fumerai pas.

— Alors, c'est d'accord ! dit Jules. Il regarda Antoine, hésita, se mordit la lèvre inférieure, comme si quelque chose le tracassait. Tu n'es pas obligé de me répondre, prévint-il, mais dis, ça serait pas des fois ta sœur, cette petite maigriotte qu'il a ramenée l'autre jour de Paris ? Non, je te pose juste cette question parce que Martial m'a demandé de lui trouver du travail, à elle aussi. Alors, je voulais que tu saches que ma femme l'a prise comme lingère. C'est pas qu'on en avait grand besoin, mais faut bien s'aider quoi ! Et puis, c'est juste trois après-midi par semaine.

— Vous faites travailler Pauline ?

— Ah ! tu la connais ? Alors, c'est bien ta sœur ?

— Fichtre non ! assura Antoine qui ne comprenait pas du tout pourquoi Jules voulait absolument lui donner cette étonnante et soudaine parenté.

— D'accord, dit Jules avec un air de complicité, j'ai compris... D'ailleurs, elle ne te ressemble pas du tout cette petite ; oui, oui, j'ai compris ! redit-il avec un petit rire égrillard.

— Ah ?

— Eh oui, parfaitement ! Martial va à Paris alors que tout le monde lui avait dit que c'était pas le moment, et, comme par hasard, il en revient avec cette gamine et me raconte je ne sais trop quelles calembredaines ! Et puis il me parle de toi et me mélange tout ça comme si c'était normal ! Bon, je ne sais pas trop ce que ça signifie, mais c'est pas aussi clair qu'il me l'a dit ! Alors, entre nous, la petite, c'est sa bonne amie, hein ? Tous les autres disent que non, mais moi j'en suis sûr. Parole, ça crève les yeux !

— Tiens donc...

— Ouais, je la vois cette fillette, chez nous ou chez ma sœur, oui, ma sœur l'emploie aussi, eh bien, elle se ronge les sangs. Elle est malheureuse cette pitchounette, c'est sûr ! Et tu sais depuis quand ? Depuis que Martial est reparti à Bordeaux ! Alors, c'est pas clair ça ?

— Peut-être, reconnut Antoine.

Mais il n'était guère convaincu et n'arrivait pas a comprendre comment Martial avait pu, si rapidement, changer d'avis au sujet de la jeune fille qui, d'après lui, « ... était sèche comme une brassée de sarments et pas plus dodue qu'une douelle de barrique ! »

Martial déplaça délicatement le bras tiède qui lui enlaçait le torse, puis, le plus doucement possible, repoussa le corps potelé de la jeune femme qui reposait contre lui. Elle ronronna un peu, balbutia quelques bribes de mots, puis se retourna sur le ventre et retrouva aussitôt le rythme paisible et lent de son sommeil.

Il l'envia. Elle dormait comme une souche. Elle avait cette formidable capacité de pouvoir s'endormir d'un coup, et de sombrer aussitôt dans la plus épaisse inconscience.

Au début de leur liaison, il avait été très surpris, presque vexé même, en constatant qu'elle s'assoupissait ainsi, sans transition, alors même qu'elle était encore un peu essoufflée par leurs ébats. Il avait été plusieurs fois stupéfait, revenant vers elle après avoir allumé un cigare et tout prêt à lui redire qu'elle était vraiment une délicieuse hôtesse, de s'apercevoir qu'elle était déjà au pays des songes, lovée au milieu du lit, à l'endroit même où il l'avait quittée quelques instants plus tôt.

Il connaissait Rosemonde depuis qu'il avait commencé à venir travailler dans le Bordelais, quatre ans plus tôt. Elle était alors la jeune épouse d'un sympathique aubergiste de Bordeaux, qui, à l'enseigne de *Chez Jacques* — son prénom —, offrait des lits relativement confortables, aux draps pas trop sales, et des repas copieux pour un prix honnête.

Martial avait tout de suite apprécié la fraîcheur, la grâce, la gentillesse et les rondeurs de la jeune femme. Mais elle était sage, et comme il avait horreur des histoires avec les maris — surtout quand c'étaient de braves gens —, il n'avait rien fait qui risquât de lui en attirer.

Il savait pourtant, car il avait l'œil perçant, que Rosemonde n'était pas aussi imperméable à son charme qu'elle le laissait prudemment paraître. Malgré cela, fidèle à sa ligne de conduite, il avait feint la plus complète indifférence.

Trois mois plus tard, à la fin de l'hiver, un méchant coup de froid sur la poitrine emportait l'aubergiste en moins de quinze jours. Le sort avait voulu que Martial revînt un soir où Rosemonde, veuve depuis deux mois, commençait à trouver que les soirées étaient vraiment trop longues, son lit trop vaste et le printemps terriblement affolant.

Sans même échanger trois phrases, ils s'étaient reconnus, comme deux vieux complices, comme si, de tout temps, tout avait été bâti pour qu'ils en arrivent là; l'intermède du défunt mari n'apparaissant dans leur existence que comme un banal accident de parcours, une sorte d'erreur que le destin s'était empressé de corriger.

Depuis, ils s'étaient organisé une sorte de vie commune à éclipses qui leur convenait. Elle, toujours à la tête de l'auberge, l'accueillait donc pendant tous les séjours qu'il effectuait dans la région. Parfois, et bien qu'elle ne lui en eût jamais touché mot, il se demandait ce qui le retenait de l'épouser ; elle n'eût sans doute pas dit non. Mais, instinctivement, il hésitait à franchir le pas. Pour l'instant, il était libre d'aller et venir à sa guise, où et quand il le voulait, sans avoir de comptes à rendre à personne ; c'était un atout qu'il n'avait aucune envie de gaspiller.

Il la regarda, s'émut de la voir si mignonne sous la vacillante lueur jaunâtre de la chandelle qui dansait sur son dos nu et l'envia une fois de plus de si bien dormir.

Lui, depuis quelque temps, le sommeil le fuyait. Il suffisait qu'il se mette au lit pour que d'agaçantes pensées l'assaillent et le tiennent éveillé pendant des heures. Des pensées qui n'étaient même pas liées à sa profession, à ses clients, aux engagements qu'il devait tenir. Non, de ce côté, tout marchait bien, très bien.

Tout au plus, mais c'était aussi agaçant qu'un faible, persistant et tenace mal de dents, remâchait-il la vague idée que quelque chose n'allait pas dans son existence, que le temps coulait peut-être trop vite, ou qu'il l'employait mal ; que la vie pouvait être plus excitante, plus exaltante qu'elle ne l'était ; que, peut-être à portée de sa main, se trouvait la possibilité de se lancer à fond dans ce qui deviendrait sa raison de vivre, d'agir, de donner son optimum, de libérer tout ce qu'il sentait bouillonner en lui.

Et c'étaient tous ces sentiments, encore confus, embrouillés, désordonnés, qu'il ressassait presque chaque nuit.

Il soupira, s'enfonça un peu dans le lit, caressa doucement le dos et le creux des reins de sa compagne endormie, lui posa un baiser sur l'épaule, souffla la chandelle et attendit que vienne enfin le sommeil.

Antoine travaillait à Lodève depuis plus de cinq semaines lorsque Martial revint au pays. Il arriva en fin d'après-midi et surprit Antoine alors qu'il était en train de laver des barriques. Les deux hommes s'observèrent puis, complices, se sourirent.

— Je savais bien que tu finirais par venir dans ce pays, assura Martial en lui choquant amicalement l'épaule de son poing fermé. Il y a longtemps que tu es là ?

— Bientôt un mois et demi.

— Et ce sacré Jules ne te fait pas trop de misères ?

— Oh non ! pas de problèmes. Et toi, ton travail ?

— Ça va, ça va même très bien, je n'ai pas perdu mon temps depuis mon départ, je t'expliquerai. Mais, figure-toi que, une fois de plus, je reviens de Paris ; c'est plus calme que la dernière fois, mais c'est encore plus triste. Ici, dans les provinces, ça se sait pas trop, mais c'est épouvantable ce qu'ils ont fait là-haut... Il paraît qu'il y a déjà eu plus de trois cent mille dénonciations, et qu'ils ont fusillé ou déporté des milliers et des milliers de gens. Quelle saloperie !... Enfin, cette fois, je ne ramène personne dans mes bagages... A propos, comment va la gamine, tu l'as revue ?

— Pauline ? dit Antoine en souriant, tu ne la reconnaîtras pas ! Bronzée comme une Gitane, et avec de ces formes...

— Comment ça, avec des formes ?

— Parole, elle a pris au moins cinq ou six kilos depuis qu'elle est là, et ça lui va bien ; très bien même, parce qu'ils se sont mis juste aux bons endroits, là où on aime bien laisser traîner les mains, comme aurait dit mon capitaine ! Tu veux que je te dise, cette griotte mangeait pas à sa faim à Paris.

— Pourquoi tu l'appelles griotte ?

— Ah ! parce qu'il faut quand même savoir qu'elle a un caractère plutôt acide, ta Parisienne, plaisanta Antoine. Je la vois pas souvent, mais, crois-moi, c'est pas facile de lui arracher trois mots ! Tu sais ce que pense Jules ? Qu'elle est amoureuse de toi ? Alors avec ton retour, elle va peut-être devenir gaie comme une fauvette !

— Couillon ! s'esclaffa Martial dans un grand rire qui résonna sous les voûtes du chai, sacré couillon d'Antoine ! Il s'arrêta enfin de rire, essuya ses yeux pleins de larmes et regarda son compagnon : Ah toi ! Tu parlais de fauvette ? C'est toi qui es un sacré merle ! Mais... t'as vraiment rien... ? Oh, et puis non ! jeta-t-il en se détournant.

Sauf quand il s'agissait de sortir une gosse des pattes des Versaillais, il n'était pas dans ses habitudes de se mêler des affaires d'autrui. Et si Antoine n'avait rien compris ni rien vu, c'est qu'il ne voulait ni voir ni comprendre.

— Où est Jules ? demanda-t-il pour changer de sujet.

— En ville, va pas tarder à rentrer.

— A quelle heure tu arrêtes le travail ?

— Là, maintenant, dès que j'en ai fini avec cette barrique.

— Alors, ensuite on ira dîner ensemble. Je t'emmènerai chez Edouard, sa cuisine est bonne et, en plus, c'est un ami. Allez, passe-moi cette chaîne à gratter, je vais te faire voir moi comment on détartre un muid.

Martial attendit qu'Antoine eût fini d'avaler sa soupe ; il lui servit alors une grande rasade de vin, emplit son propre verre et le huma.

— Pas mal, murmura-t-il avant de le goûter. Allez, prends de ce poulet, dit-il en poussant le plat vers son compagnon, on ne va pas le regarder toute la soirée.

Depuis le début du repas, Antoine avait remarqué que Martial paraissait sinon ennuyé, du moins un peu tendu, comme si quelque chose le préoccupait, le rendait plus sérieux, plus grave que d'habitude.

« Il parlera bien s'il en a besoin », pensa-t-il en se servant.

Ils mangèrent plusieurs minutes en silence, puis Martial repoussa son assiette, balaya de la main les miettes de pain qui constellaient le bois brun de la table et donna quelques pichenettes pour faire voltiger celles qui s'étaient posées sur ses genoux.

— Il m'arrive une drôle d'histoire, dit-il enfin.

— Des ennuis ?

— Oh non ! pas du tout.

— Tant mieux.

— Je vais partir...

— Tu reprends déjà la route ?

— Oui, façon de parler... Mais pas la route. Je vais partir pour l'Amérique..

Antoine arracha du bout des dents une dernière bribe de chair collée à la carcasse qu'il venait de nettoyer, puis s'essuya la bouche.

— Et alors, demanda-t-il, c'est ça qui te tracasse ?

— Qui te dit que j'ai des tracas ?

— Je le vois.

Martial joua un instant avec son couteau, puis se coupa un morceau de fromage.

— Faut comprendre, soupira-t-il, c'est quand même loin, l'Amérique !

— Ça...

— Surtout l'Amérique du Sud.

— Pour moi, tu sais, Sud ou Nord...

— Bon, cartes sur table, trancha Martial, j'ai besoin de toi, voilà !

— Tu veux dire pour aller là-bas ?

— Exactement, pour m'accompagner là-bas, au Chili !

Tout en riant doucement, Antoine se servit une assiette

de salade, se coupa une tranche de roquefort et tendit son verre en direction de Martial.

— Tu es plutôt confus, dit-il. Si tu t'expliquais un peu, ensuite on pourrait parler !

— Tu as raison, reconnut Martial en remplissant les verres, faut commencer par le début. Toi qui as travaillé la terre, tu connais le guano ?

— J'en ai entendu parler, mais chez nous on ne s'en est jamais servi, c'était beaucoup trop cher.

— Et les nitrates ?

— Pareil, c'est bon pour les grandes fermes tout ça, pas pour nos lopins de Corrèze.

— Un jour, ce sera bon pour tout le monde... Alors, voilà, je vais accompagner ceux qui vont les chercher là-bas.

— Tout simplement ! ponctua Antoine avec ironie.

— Mais non ! pas tout simplement, je sais ce que je fais ! Qu'est-ce que tu t'imagines ? Que je rêve ? s'emporta Martial. Excuse-moi, je gueule comme un âne... Il alluma un cigare. Ecoute, reprit-il, tu vas comprendre. En ce moment, et depuis trois ans déjà, la majorité du guano qui débarque en France provient du Pérou grâce à la maison Dreyfus. C'est une entreprise française à qui le gouvernement péruvien a laissé le monopole de l'exploitation, alors les actionnaires font les prix qu'ils veulent ! Mais du guano, on en récolte aussi au Chili, et au Chili on trouve également des nitrates. Et ne me regarde pas avec ces yeux de hibou, tout ce que je viens de te dire, ce n'est pas moi qui l'ai inventé ! Moi, le Chili, avant de regarder une carte, il y a trois semaines, j'ignorais complètement où c'était, et j'ai pas honte à le dire !

— Mais cette idée de partir, elle t'est venue comment ?

— Comme ça, petit à petit, avec le temps. Ici, en France, il n'y a plus rien à découvrir, plus d'aventures, rien quoi, la routine. J'ai vingt-sept ans et je me dis que, avec un peu de chance, je peux encore vivre une trentaine d'années ; mais si c'est juste pour vendre du pinard à des tocards qui ne font pas toujours la différence entre un médoc et un sauterne, c'est pas la peine, autant me foutre tout de suite dans une barrique et m'y noyer, ça sera plus gai au moins... J'ai envie de bouger, tu comprends ? D'agir, de voir du pays, de me faire des souvenirs ! A rester comme je suis là, alors que le monde est si grand, je me fais l'idée d'être un légume. Je peux plus vivre comme ça à attendre, le cul sur une chaise, en vendant deux ou trois barriques de pinard par-ci, par-là, que la camarde arrive et me fauche ! C'est pour le coup que je me reprocherais d'être arrivé avant même d'être parti ; et ça, c'est triste...

— Peut-être, reconnut Antoine, mais ça ne m'explique toujours pas comment tu t'es lancé dans cette histoire. Parce que, entre rêver qu'on embarque et prendre la mer, il y a quand même du chemin à faire !

— C'est grâce à un de mes plus anciens fournisseurs, Adolphe Delmas. Il possède quatre-vingt-cinq hectares de vignoble en plein Grave. Et il a aussi des entrepôts et des magasins un peu partout. Mais ça, pour lui, c'est rien du tout, parce qu'il est d'abord banquier, gros banquier à Paris.

— T'en fréquentes, du beau monde ! plaisanta Antoine.

— La belle affaire, c'est un homme, un point c'est tout ! Et puis, je le connais depuis quatre ans, et je peux te dire qu'il est pas fier. Bref, j'étais à Bordeaux, voici un mois, quand j'ai appris qu'il était descendu surveiller ses vignes. Comme on ne le voit pas souvent dans la région, j'ai été le saluer, comme ça, juste par politesse. Je lui dois bien ça. D'abord, il m'a aidé au début en me faisant des facilités de paiement, et puis il est mon aîné de quinze ans. Alors, voilà, on se met à discuter, de ça, du reste, des vignes, du vin, du commerce ; oui, il sait bien que j'ai débuté en livrant du drap. Et moi, je lui dis que je trouve ça pas très gai, et que j'aimerais bien voir si le soleil a la même couleur de l'autre côté de la terre, et si les femmes ont les creux et les bosses aux mêmes endroits que les filles de chez nous...

— Tu lui as dit ça ?

— Oui, il est pas bégueule. Alors, il me dit comme ça . « Si ça vous intéresse, monsieur Castagnier, je peux vous aider à aller là-bas, de l'autre côté du monde. » J'ai cru qu'il plaisantait, faut dire qu'on venait de vider un cruchon de 58 qu'était pas mal du tout... Je lui dis : « Topons là ! » Et ça s'est fait comme ça. Il m'a expliqué qu'avec quelques gens comme lui, banquiers, rentiers, va savoir qui, ils viennent de monter une société qui va exploiter et expédier le guano et les nitrates de là-bas. En même temps, ils veulent créer une espèce de comptoir, un magasin si tu préfères, où ils vendront des outils, du matériel, tout, même des casseroles ! Il s'arrêta, vida son verre et observa Antoine. Qu'est-ce que tu en penses ?

— Pour l'instant, c'est ton problème, pas le mien. Et je ne vois pas du tout pourquoi il faudrait que je te suive dans cette aventure.

— Je t'ai pas tout dit. Le magasin, c'est bien beau, mais les pays de là-bas sont immenses, et il faut souvent aller jusqu'aux clients si on veut réussir quelque affaire, tu comprends ?

— Non, pas tellement...

— Mais si ! Je suis sûr que tu comprends ! Moi, je me lance dans l'aventure. M. Delmas m'a proposé de monter un comptoir à Santiago, oui, c'est la capitale. Mais pour ouvrir cette affaire, il faut tout calculer, tout organiser, et, là, j'ai besoin de toi, enfin, de toi ou d'un autre, mais j'aimerais mieux que ce soit toi.

— Tu peux pas faire ça tout seul ?

— Impossible. D'abord, va falloir partir avec toute la camelote à vendre et la surveiller, surtout une fois sur place. Ensuite, je ne pourrai pas courir la campagne et laisser le magasin fermé ou aux mains de je ne sais trop qui ! C'est pour ça que j'ai vraiment besoin de quelqu'un de confiance. M. Delmas l'a bien compris, il paiera également le prix du voyage de celui qui m'accompagnera.

Antoine garda le silence tout en hochant la tête. Il ne savait trop que penser de cette proposition. Tout cela était un peu fou, un peu irréel, pas assez concret et solide pour le terrien qu'il était.

— Donne-moi un cigare, dit-il enfin. Il en prit un dans la boîte que lui tendit Martial, le fit craquer contre son oreille, le huma, puis l'alluma. Je ne connais rien au commerce, finit-il par dire, et je ne vois donc pas comment je pourrais t'être utile. Non, laisse-moi parler, dit-il en coupant court aux protestations qu'il lisait sur le visage de son compagnon. Ensuite, tu me proposes cette sorte d'association, mais, dans le fond, on se connaît à peine ! Tu te trompes peut-être sur mon compte, et moi sur le tien... Et puis, pourquoi ne demandes-tu pas à un de tes amis d'ici ? Tu ne dois pas en manquer !

— Ils ont tous des fils aux pattes ! Des femmes, des gamins, un métier, des habitudes, tout ce qui attache quoi ! Toi, tu n'as plus rien..

— C'est vrai et c'est pas plus drôle, crois-moi. Mais, de toute façon, pour le moment, j'ai pas grande envie de traverser les océans ni d'aller galoper ensuite je ne sais trop où ! Ben oui, c'est un peu ta faute, fallait pas me trouver cette bonne place chez Jules, tu comprends. Ici, je suis tranquille.

— Bon Dieu de bon Dieu ! s'emporta soudain Martial, ne me dis pas que tu vas occuper toute ta vie à rincer des bouteilles et à laver des barriques, c'est pas possible ! D'ailleurs, Jules t'a embauché pour me rendre service, mais c'est pas sûr qu'il te garde bien longtemps...

— J'ai pas dit que je passerais ma vie à rincer des bouteilles ! Je dis que, pour l'instant, je souffle un peu, et que c'est bien agréable. Mais si tu me dis que Jules me garde par charité, dès lundi je cherche du travail ailleurs !

— T'occupe donc pas de Jules, c'était une façon de parler ! Mais, bon sang, réfléchis ! dit Martial avec fougue, pense à tout ce qu'on peut faire là-bas ! Un pays tout neuf, où on peut tout gagner, tout découvrir ! C'est ce que je te propose. Oh ! ça sera pas simple tous les jours, ni facile, et on ne fera pas fortune en six mois, mais qu'est-ce que ça peut foutre, on aura au moins le sentiment d'exister vraiment !

— Ou la certitude de crever bêtement...

— Arrête ! Je vais finir par croire que je me suis trompé sur ton compte. Pourtant, j'avais cru en t'entendant parler de ton grand-père...

— Qu'est-ce qu'il vient faire ici, mon grand-père ?

— Il est bien allé jusqu'au fin fond de l'Europe, non ? Juste pour suivre un homme, ou une idée ? Et il t'en a bien parlé jusqu'à la fin de ses jours ? Ose dire qu'il les regrettait, ses campagnes avec l'Empereur ! Tu m'as bien dit qu'il avait quinze ans quand il a quitté la maison, c'est ça ? Alors, tu n'es même pas foutu d'en faire autant qu'un gamin de quinze ans ?

— Ce qui m'ennuie avec toi, dit doucement Antoine, c'est que tu t'excites tout de suite ! Tu es là à gueuler comme un veau, et pourtant je n'ai pas dit non. J'ai dit que j'avais pas grande envie, pour l'instant. Mais faut voir, faut réfléchir. Moi, j'ai besoin de ça avant de dire oui ou non. J'ai besoin d'y penser, à ton idée. Laisse-moi un peu la laisser mûrir.

— D'accord, mais faudrait pas attendre trop longtemps pour me dire quelque chose. Moi, j'ai besoin de savoir avec qui je vais partir. Si c'est pas avec toi, ce sera avec un autre, quelqu'un que M. Delmas choisira, mais il faut que je le sache vite. Tu comprends, il faut que j'organise tout maintenant, le départ, le chargement du bateau et, en même temps, que je règle mes affaires ici.

— Tu abandonnes tout ?

— Tu sais, je ne possède pas grand-chose. Juste la petite maison que tu connais, quelques meubles, mon cheval, ça ne va pas loin... Ah si ! je possède aussi une bonne clientèle. Eh bien, je vais louer la maison, vendre le cheval et confier mes clients à un confrère, il en fera bien ce qu'il voudra !

— Et si ça rate là-bas, et que tu sois obligé de revenir sans un sou ?

— Ça ne ratera pas et, crois-moi, quand je reviendrai, j'aurai plus besoin de courir les routes pour vendre du vin ! Et toi aussi, tu pourras te reposer ! Tu pourras même faire rebâtir ta maison et racheter les terres, toutes les terres qui te plairont !

— Ça serait farce, reconnut Antoine en souriant. Il médita un instant, puis chassa le rêve que Martial venait de faire naître. Et tu dois partir quand ?

— Au plus tard, fin septembre, dans deux grands mois.

— Je vais réfléchir, et je te donnerai ma réponse demain soir. Il me faudra bien toute cette journée de dimanche pour penser à ton histoire de fou...

5

Depuis qu'il était à Lodève, Antoine avait pris l'habitude, lorsque le temps le permettait et après avoir fait sa lessive de la semaine, de flâner en ville le dimanche matin.

Il arpentait d'abord les rues principales, musardant ici et là, s'amusant des toilettes des élégantes et des bourgeois qui allaient à la grand-messe à la cathédrale et des discrètes réflexions que leur passage soulevait dans les rangs des hommes assis à la terrasse des bistrots.

Vers 11 h 30, il s'offrait une absinthe, une seule, car il savait, pour en avoir mesuré les ravages sur quelques-uns de ses compagnons d'armée, que cette boisson pouvait devenir mortelle. Après cela, il s'achetait pour quelques sous de pain, d'andouille et de fromage, gagnait les bords de la Lergue et, là, mangeait son casse-croûte le plus paisiblement du monde. Ensuite, s'étalant sur l'herbe, il se permettait une petite sieste.

Mais, ce dimanche-là, il ne se sentait pas le cœur à flâner dans les rues ; il acheta donc son repas habituel et partit aussitôt vers la rivière.

Depuis la veille au soir, la proposition de Martial lui courait dans la tête, le gênait. Il en avait pesé le pour et le contre et n'arrivait toujours pas à se décider. Lorsque, prudent, il levait tous les arguments qui s'opposaient à ce départ — et Dieu sait s'ils ne manquaient pas ! —, apparaissaient devant lui l'image et le sourire de son grand-père qui, lui, jadis, avait su balayer tous les obstacles lorsqu'il avait décidé de suivre ses frères à la guerre pour vivre avec eux cette terrible mais fabuleuse aventure. Et s'il se disait que, tout bien pesé, le projet était alléchant, l'assaillaient aussitôt beaucoup de doutes et d'appréhensions à l'idée de ce qui les attendait là-bas, dans ce pays inconnu et si lointain que son nom n'évoquait rien sauf, peut-être, une nébuleuse image de contrées légendaires.

Il traversait le pont qui enjambe la rivière lorsqu'il aperçut Pauline qui trottinait vers lui. Elle ne l'avait pas encore remarqué, et il s'amusa de la voir si sérieuse, presque hautaine, marchant vite, sans regarder ni à droite ni à gauche, et surtout pas les quelques hommes qui la suivaient du regard en se délectant de son joli déhanchement.

Il nota qu'elle était de plus en plus mignonne et attirante. Comme il l'avait dit à Martial, la maigre et pâlotte gamine avait cédé la place, sous le soleil du Midi, à une gracieuse jeune femme. Elle le vit alors qu'elle allait le croiser, sursauta, s'arrêta et rougit soudain.

— Bonjour ! C'est moi qui vous fais peur ? plaisanta-t-il en voyant son trouble.

— Non, non, pas du tout !

— Et où allez-vous de ce pas si décidé ? Ne me dites pas que c'est au travail, on est dimanche aujourd'hui.

— Je sais. Non, je n'ai plus de pain, je vais en acheter.

Il l'observa et, tout en la trouvant ravissante avec sa longue jupe noire, son chemisier blanc plissé et son châle noué en croix sous les seins, se demanda pourquoi elle semblait si mal à l'aise.

— Au fait, dit-il en espérant la dérider, vous savez que Martial est de retour ?

— Ah ! fit-elle en se dandinant lentement d'un pied sur l'autre.

— Ça n'a pas l'air de vous émouvoir beaucoup.

— Si, si, dit-elle, mais il était tellement manifeste qu'elle s'en moquait qu'il voulut en savoir plus.

Il l'observa avec plus d'insistance, accrocha son regard sombre et ressentit soudain la même impression qu'un autre dimanche, un mois et demi plus tôt, aux Fonts-Miallet, lorsqu'elle était assise sous le pin parasol.

« Elle a vraiment un regard étonnant, pensa-t-il, et magnifique aussi... »

Sans la quitter des yeux, il fit les deux pas qui les séparaient. Elle tressaillit lorsqu'il lui prit la main, mais ne la retira pas et le laissa même caresser du bout du pouce les cals luisants que les poignées des fers avaient fait naître dans sa paume depuis qu'elle était en âge de repasser.

— Vous avez beau dire, lui reprocha-t-il, je suis sûr que je vous intimide. La preuve, vous me faites la tête chaque fois qu'on se rencontre.

— Ça c'est pas vrai ! souffla-t-elle.

— Alors, regardez-moi, lui demanda-t-il en lui relevant le menton de l'index et en plongeant ses yeux dans les siens.

Et, cette fois, il eut vraiment un choc en découvrant l'intensité et la franchise des prunelles noires qui le fixaient. Il se trouva soudain tout gauche et bête, presque confus d'avoir provoqué ces si rapides mais si profonds instants de totale intimité ; gêné comme s'il venait de la surprendre à la sortie de son bain, mais tout ému aussi de ce qu'il venait de découvrir, de lire. Sur ce visage nu, il déchiffrait avec une éblouissante facilité ce qu'elle ne voulait et ne pouvait pas dire, mais que son regard venait de proclamer !

— Alors, c'était donc ça ? murmura-t-il enfin.

Elle lui répondit d'un sourire qui l'illumina, la transforma, d'un sourire qui chantait sa joie d'être enfin récompensée de sa muette et pénible attente.

— Et pourquoi ne l'avoir pas dit plus tôt ? demanda-t-il doucement.

Elle fit non de la tête, sans cesser de sourire, et il acquiesça.

— Excusez-moi, dit-il. Vous devez me trouver complètement stupide et aveugle ?

— Non, pas du tout, assura-t-elle en lui serrant la main.

— Si, reprit-il, stupide et aveugle. Vous voulez savoir ? Eh bien, je crois que j'aurais dû me laisser aller la première fois que je vous ai vue.

— Je sortais de la grange, rappela-t-elle, et j'avais la tête qui tournait. Alors... alors, balbutia-t-elle, soudain émue. alors vous êtes venu m'aider, et puis vous m'avez fait asseoir, et après vous m'avez regardée, comme tout à l'heure.

— C'est ça, reconnut-il, c'est tout à fait ça.

Il l'attira contre lui, caressa ses cheveux ; puis, du bout du doigt, délicatement, suivit l'ovale de son visage, l'arc de ses lèvres et le délicat tracé de ses sourcils.

— Il ne faut pas m'en vouloir de n'avoir rien compris à ce moment-là, s'excusa-t-il, j'avais trop de problèmes, d'ennuis, de soucis ; ce sont eux qui me rendaient aveugle. Mais, maintenant, j'y vois clair. Venez, et si vous voulez bien, on va essayer de rattraper tout ce temps perdu.

Allongés à l'ombre grise d'un gros buisson de buis, ils étaient loin du monde. Et toutes les cigales qui crissaient alentour, accrochées aux feuilles rêches des chênes verts, ne chantaient que pour eux. L'air était chaud comme la gueule d'un four; chaud et palpitant de volutes tremblantes, qui déformaient l'horizon et écrasaient la ville d'une pesante et brûlante chape La ville tapie dans sa vallée, très loin au-dessous d'eux

Main dans la main, lui montant à pas lents pour accorder sa marche à la sienne, ils avaient grimpé parmi les rochers blancs et les éboulis qui sentaient la pierre chaude et la poussière. Grimpé droit vers le bleu du ciel où tournoyait, minuscules taches brunes, un couple de vautours, que venaient parfois harceler trois corneilles fusant d'un bouquet d'yeuses.

Fatigués mais ravis d'être là, seuls, tranquilles au milieu des buis et des genêts d'Espagne dont les longues cosses sèches éclataient au soleil en craquetant, ils attendirent que s'apaise leur souffle précipité par l'ascension.

Ce fut Pauline qui osa le premier geste. Se redressant sur un coude, elle épongea de son petit mouchoir le front tout emperlé de sueur d'Antoine qui, paupières closes, semblait dormir. Il ouvrit les yeux, répondit à son sourire. Alors, à genoux à ses côtés, sans hâte ni provocation, mais sans hésitation, elle détacha le premier bouton de son chemisier, puis les autres.

— Vous n'êtes pas obligée... murmura-t-il en essayant de détourner son regard de l'entrebâillement du corsage.

— Personne ne m'a jamais obligée, ni vous ni d'autres, jamais! Et je me suis toujours bien défendue, toujours. Alors, maintenant, pour la première fois, si vous voulez, c'est vous que je choisis.

Tout s'enchaîna alors, sans brusquerie, sans paroles. En une succession de gestes si naturels, si spontanés et délicats qu'il leur sembla, à l'un comme à l'autre, les avoir appris ensemble. Et ils allèrent de découverte en découverte, et de bonheur en joie.

Plus tard, dolents et quiets, tout débordants de reconnaissance, allongés l'un contre l'autre, ils reprirent conscience, retrouvèrent l'odeur crayeuse des cailloux brûlants et celle, plus acide, des graminées calcinées par le soleil. Et le chant des cigales, qui n'avait pas cessé, mais qu'ils avaient oublié, vrilla de nouveau leurs oreilles. Et ils revirent les vautours qui, là-haut, cerclaient toujours le ciel.

Le temps coula, puis s'arrêta encore pour eux, et repartit. Et l'ombre tourna autour du gros buis.

— Il faut quand même rentrer, soupira Antoine, alors que le soleil plongeait vers le couchant.

Ils dévalèrent en riant la pente qui cascadait vers la ville.

Assis sous la petite tonnelle d'ampélopsis et de chèvrefeuille qui couvrait un coin de mur de sa maison, Martial attendait Antoine en maugréant. Il se servit un troisième verre de muscat — un rivesaltes extra —, qu'il avait mis à rafraîchir dans le puits, et se demanda, une fois de plus, pourquoi ce bougre d'abruti d'Antoine lui faisait faux bond. La nuit était maintenant tout à fait complète et avec elle montait la fraîcheur de la Lergue.

Il se leva dès qu'il aperçut deux silhouettes s'arrêtant devant son portail.

« Qu'est-ce qu'ils veulent, ces geais ? Je parie que ces rigolos ont pris l'habitude de venir, en mon absence, se rouler sur ma pelouse ! Eh bien, mes enfants, ce soir, il faudra aller vous ébattre ailleurs ! »

Pour bien montrer que les lieux étaient occupés, il toussota et fit quelques pas vers les inconnus.

— On est bien chez M. Castagnier ? plaisanta Antoine.

— Bon sang, c'est toi ! dit Martial en s'approchant.

Malgré l'obscurité, il reconnut tout de suite Pauline et fut stupéfait en constatant que le bras d'Antoine lui enserrait la taille.

— Alors ça, souffla-t-il, alors ça ! Ben, mon salaud, tu caches sacrément bien ton jeu !

— Bah ! fit Antoine, on est comme ça, nous, les Corréziens, on raconte pas notre vie au premier coureur de routes venu, surtout quand il est marchand de piquette !

— Sans rire, c'est sérieux ? insista Martial.

— Eh oui, très sérieux.

— Alors ça... Eh bien, venez, j'avais préparé le repas pour deux, il fera bien pour trois.

Ils entrèrent dans la vieille maison toute fraîche qui sentait l'encaustique et la lavande.

— Bougez pas, j'éclaire, prévint Martial.

Il descendit la grosse lampe à pétrole suspendue au-dessus de la table, l'alluma, régla la flamme et se tourna vers ses visiteurs.

— Ah, fichtre ! dit-il en découvrant Pauline.

Il ne l'avait pas revue depuis son départ pour Bordeaux et fut surpris par sa transformation. Ce n'était pas qu'elle fût devenue belle, le mot ne lui convenait pas, mais mignonne, assurément, et gracieuse, aussi.

« Appétissante, pensa-t-il, voilà, c'est ça. Je comprends qu'il l'ait croquée, car il l'a croquée, ça se voit tout de suite... »

— Eh bien, dit-il, Antoine m'avait assuré que vous aviez changé, mais c'est mieux que ça ! Vrai, si vous vous sentez de nouveau en danger, faites-moi signe, je suis prêt à vous aider une autre fois ! Allez, passons à table, mais si vous voulez vous rafraîchir avant, j'ai tiré un seau du puits.

Il profita de l'absence de Pauline, partie se laver les mains, pour expédier un coup de poing dans l'épaule d'Antoine.

— Voyou ! tu m'as bien fait marcher en me disant qu'elle était amoureuse de moi ! Vrai, tu aurais pu me prévenir hier soir !

— Impossible, c'est d'aujourd'hui...

— Sans blague?

— Parole.

— Bravo, dit Martial avec un peu de dépit dans la voix car il pressentait que maintenant, à cause de Pauline, plus rien ne pourrait décider Antoine à le suivre. Bon, installons-nous, dit-il. Vous, les amoureux, de ce côté, et moi, ici, lança-t-il d'un ton qui se voulait jovial.

Il servit le muscat et, parce qu'il était de la trempe de ceux qui ne laissent jamais traîner les affaires et qui préfèrent vider les abcès avant qu'ils ne dégénèrent en gangrène, il attaqua.

— J'avais besoin d'une réponse, je crois la connaître, mais je veux l'entendre. Après, on parlera d'autre chose et on dînera comme de vieux amis. Alors?

Antoine goûta le muscat, fit claquer sa langue contre son palais.

— Fameux... Bon, tu as raison, réglons ça. Voilà, ce matin encore j'hésitais, je ne savais trop que décider, mais j'aurais sans doute fini par pencher vers le oui. Mais depuis... Depuis, il y a Pauline, et il n'est pas question que je la quitte. Alors, c'est non.

— C'est bien ce que j'avais deviné, soupira Martial. Bon, tant pis, n'en parlons plus. Il se leva, alla chercher la soupière qui mijotait au coin du feu. Allez-y, servez-vous si vous avez faim.

— Plutôt, sourit Antoine, j'avalerais un demi-bœuf!

— Tu n'auras que du lièvre, mais il est de belle taille...

— Du lièvre? En cette saison? Vous ouvrez la chasse de bonne heure par ici! ironisa Antoine. Dis, t'es sûr qu'il est bien régulier ce bestiau? Il aurait pas, des fois, passé la tête dans une cravate?

— T'inquiète pas pour ça, celui qui me l'a vendu m'a assuré que cet oreillard s'était jeté dans sa musette. C'est pas très fins, ces animaux, alors, dame, moi je le crois!

— Je m'excuse, dit soudain Pauline sans élever le ton,

mais fermement, en regardant Antoine, il y a beaucoup de choses qui ne me regardent pas, et je ne veux rien entendre à leur sujet. Mais dès l'instant où tu me mets en cause, j'ai le droit de savoir ce qui se passe. Je ne demande pas d'explications sur vos histoires, mais uniquement pourquoi tu viens de répondre non, alors que ce matin, avant de me rencontrer, tu allais dire oui.

— Tu ne lui as pas expliqué? demanda Martial.

— Non, avoua Antoine, pas eu le temps... Ecoute, dit-il en se tournant vers Pauline, ce n'est pas un secret : Martial se prépare à partir pour les Amériques. Il va travailler là-bas et il m'a proposé de le suivre, voilà, c'est tout. Mais ne fais pas cette tête! Tu as bien entendu que j'ai dit non! Tu penses bien que je ne vais pas te laisser!

Elle avait fermé les yeux et les deux hommes crurent que c'était pour mieux maîtriser ou cacher ses larmes. Manifestement, elle venait d'avoir très peur et cherchait à se calmer. Ils la virent pâlir, serrer les dents, entendirent son souffle s'accélérer, et ils se lancaient déjà des regards embarrassés lorsqu'elle ouvrit les yeux.

Ils étaient secs et furieux, et les deux hommes comprirent qu'elle venait de dompter, de canaliser la colère qui la faisait encore un peu trembler. Puis elle parla, et ils surent que chaque mot était pesé.

— Ecoute bien, dit-elle à Antoine, si c'est à cause de moi que tu refuses son offre, si c'est vraiment uniquement à cause de moi, eh bien... oui, malgré tout ce qu'il y a entre nous depuis cet après-midi... Oh! j'ai pas honte de le dire... Non, j'ai pas honte de le dire parce qu'il a tout deviné, ça se voit dans ses yeux! Et ne dites pas le contraire! lança-t-elle à Martial qui ne savait plus quelle attitude adopter. Oui, poursuivit-elle, malgré ça, eh bien, je te laisserai, et personne ne m'en empêchera!

— Mais tu es malade! Qu'est-ce que tu racontes? protesta Antoine.

— Je dis que je refuse de t'entendre dire non à cause de moi, voilà ce que je raconte !

— Mais... Mais c'est stupide ! balbutia-t-il, je ne vais pas partir aux cinq cent mille diables et te laisser là à repasser les liquettes et les caleçons de tous les bourgeois du coin !

— Personne ne t'oblige à me laisser !

— Tu veux dire...

— Eh ben... soupira Martial.

— Mais pourquoi faut-il que vous soyez aussi bêtes, l'un et l'autre, leur jeta-t-elle. Qu'est-ce que ça a d'extraordinaire de partir en Amérique ? C'est plus dangereux que d'être aux mains des assassins commandés par Thiers ? C'est plus dangereux que de s'échapper sous leur nez ? C'est plus dangereux que de sortir en pleine nuit au milieu des troupes, hein ? Et vous croyez que c'est plus dangereux pour moi que de revenir maintenant à Paris ?

— C'est autre chose... fit Antoine.

— Mais tu ne comprends donc rien ! Et soudain elle se mordit les lèvres, essaya de retenir ses larmes. Tu ne comprends donc rien, reprit-elle rageusement : je n'ai plus rien à moi, j'ai tout perdu, tout ! Et même je lui dois des sous, à lui, dit-elle en désignant Martial. Oui, j'ai tout perdu, et si je reviens à Paris, dans mon quartier, chez moi, là où vivent peut-être encore mes amies, il se trouvera toujours une garce de voisine pour me dénoncer ! Et même si personne ose trop en parler, on sait bien ce qu'ils en font en ce moment de tous ceux qui croyaient à la Commune... Je n'avais plus rien jusqu'à aujourd'hui. Et, ce matin, j'ai cru que c'était le plus beau jour de ma vie. Et cet après-midi... Elle essuya ses larmes. Voilà, aujourd'hui, j'ai tout retrouvé, et beaucoup plus même ! Et, ce soir, tu me gâches tout ! Parce que je sais bien ce qui va arriver si tu dis non à cause de moi, un jour, bientôt peut-être, tu le regretteras et tu me le reprocheras si je suis assez bête pour être encore à portée de ta voix ! Et même si tu ne dis rien, moi je m'en voudrais de t'avoir empêché de faire ce que tu dois faire ! Il faut accepter, Antoine ! supplia-t-elle en lui agrippant le bras. Il ne faut pas laisser passer cette occasion à cause de moi ! Nous allons partir ensemble et refaire ensemble notre vie là-bas, n'est-ce pas ?

— Bon Dieu, c'est quand même pas si simple !

Il était très touché par ce qu'elle venait de dire, touché et plein d'admiration pour son intuition, sa lucidité et sa vivacité.

Elle avait vu juste, tout de suite, et frappé dur ; mais elle avait raison. Un jour viendrait, et peu importait quand, où il lui rappellerait son choix, où il mettrait en parallèle tout le bonheur qu'il aurait éprouvé avec elle — bonheur mesurable car vécu — et tous les rêves fantastiques, d'autant plus beaux et merveilleux qu'ils auraient été définitivement anéantis par un simple non ; il savait de quel côté pencherait la balance.

— Après tout, ça ne coûte rien d'y penser, dit Martial en les regardant tour à tour.

— C'est ça, insista-t-elle, pensons-y. Et, d'abord, citez-moi une seule bonne raison qui pourrait m'empêcher de vous suivre !

— Le prix du voyage, fit Antoine avec gêne.

— Je n'y avais pas pensé, reconnut-elle.

— On verra ça plus tard ! Ce qui m'intéresse, moi, c'est de savoir ce que tu décides, coupa Martial en s'adressant à Antoine.

— Tu crois que je pourrais, avec elle ?... Enfin, ça te concerne aussi ! dit Antoine, parce que là-bas, on sera ensemble tous les trois.

Martial haussa les épaules.

— Ben... Elle était pas prévue, ça faut le dire... Je m'excuse, dit-il à Pauline, mais je ne pouvais pas deviner que... enfin... Non, ce n'est pas un problème insurmontable. D'ailleurs, tous les émigrants que j'ai vus partir, et j'en ai vu de sacrés troupeaux, à Gênes, Anvers ou Amsterdam, emmènent leurs femmes et leurs gosses s'ils en ont, alors...

Antoine se retourna vers Pauline, chercha son regard, parce que, déjà, c'était entre eux une complicité profonde, une façon muette et intime de se comprendre.

— Tu veux vraiment qu'on tente le coup ?

— Oui, on le tente, dit-elle avec un sourire confiant.

— Bon, eh bien, vive l'Amérique, alors !

En fin de soirée, pendant que Pauline était partie rincer la vaisselle au puits, Martial, en toute simplicité, proposa une chambre à Antoine qui ne se fit pas prier pour accepter.

— On n'est plus des gamins, lui dit Martial, et on ne va pas se raconter d'histoires. D'accord, tu peux continuer à aller dormir chez Jules et elle chez sa logeuse. Mais quand tu iras la voir, là-bas, je connais la mère Maury, elle est pas méchante, mais elle va crier au renard ! Ça fera mauvais effet et ça donnera vilaine réputation à la petite. Tu me diras, c'est pas pour longtemps, mais quand même, faut pas prêter le flanc, jamais. Et si tu dis à Pauline de venir dans le grenier de Jules, ce sera encore pis, les gens l'apprendront et elle passera pour une moins que rien ! Tandis qu'ici, c'est différent. Je suis libre de loger mes amis. Et puis, personne n'ira voir que vous couchez dans la même chambre.

— Je te remercie, dit Antoine, je ne savais pas trop comment faire, et ça m'ennuyait bougrement de la laisser... Il nous propose de dormir ici, dit-il à Pauline qui revenait, tu es d'accord ?

Elle fit oui de la tête en rougissant un peu et fut

reconnaissante à Martial de ne pas s'attarder sur sa gêne et d'enchaîner :

— Autre chose, dit-il à Antoine, d'ici à quinze jours, faudra que t'abandonne cette petite et que tu me rejoignes à Paris ; on ne sera pas trop de deux pour préparer et regrouper à Saint-Nazaire la camelote que M. Delmas nous confie. Oui, c'est à Saint-Nazaire qu'on embarquera, sans doute la dernière semaine de septembre.

— D'accord, mais, d'ici là, il faut que je trouve de quoi payer le billet de Pauline. Qu'est-ce qu'il coûte ?

— Cher... Je m'étais renseigné sur les tarifs avant de demander à M. Delmas s'il prendrait notre voyage en charge. Il faut compter sept cent cinquante francs, en choisissant la route du sud... Et c'est presque aussi coûteux et beaucoup plus compliqué si on passe par Colón. Parce que, là, il faut débarquer et rejoindre Panamá en train, alors avec toute la cargaison dont on sera responsable... Oui, sept cent cinquante francs, et dans l'entrepont, naturellement. Note que M. Delmas est brave, il nous fera voyager en troisième classe ; ce sont des petites cabines de quatre personnes.

— Sept cent cinquante francs ! murmura Pauline, on ne les trouvera jamais !

Pour elle, c'était plus de deux ans de travail.

— Laisse-moi réfléchir, dit Antoine. Bon, grâce à mon emploi chez Jules, j'ai maintenant six cent trente francs de côté. Combien coûte le billet de troisième classe qu'offre M. Delmas ?

— Dans les mille deux cent soixante francs.

— Alors, ça marche ! Dès que tu auras nos billets, tu feras rembourser le mien, je voyagerai dans l'entrepont, et, avec la différence plus une petite rallonge, je paierai la place de Pauline.

— Tu m'as bien dit, hier soir, que tu n'étais pas commerçant ? plaisanta Martial. Eh bien, qu'est-ce que ça serait si tu l'étais ! Parce que figure-toi que ton idée, c'est aussi la mienne... Qu'est-ce que tu crois ? Avec ou sans toi, j'allais faire exactement la même chose ! Bon sang, pour gagner cinq cent dix francs, je suis prêt à passer près de huit semaines dans les cales ! Parce que vois-tu, ces cinq cent dix francs, plus les quelques billets que j'ai pu mettre de côté dans ma chienne de vie, je vais les investir dans de la marchandise, de la marchandise qui sera bien à moi, celle-là, pas à M. Delmas. Et, une fois là-bas, j'y perdrai pas ! Ce qu'il faut, c'est acheter des choses légères, les plus légères possibles, de façon à en avoir le maximum à la tonne. Parce que, en fret, la tonne coûte dans les cent soixante francs... Tu vois ce qu'il faut qu'on embarque ?

— De la lingerie ! lança Pauline, des robes, des chemisiers, des bustiers, des chapeaux, des plumes d'autruches, des...

— Ce qui est bien, avec vous deux, dit Martial, c'est que vous vous mettez vite aux affaires ! Oui, c'est ce qu'on emportera, assura-t-il dans un bâillement. Bon, on aura le temps de discuter de tout ça dans les jours qui viennent. Moi, j'ai sommeil, dit-il en se levant. Votre chambre est en haut de l'escalier, à droite. Il y a des draps dans l'armoire. Bonne nuit !

— Passe devant, proposa Antoine à Pauline, moi il faut que je prenne un peu l'air avant d'aller au lit.

— Tarde pas trop.

— N'aie crainte.

Il lui caressa la joue avec le dos de la main, puis la regarda monter les escaliers et faillit se pincer pour être certain que tout ce qu'il vivait depuis ce dimanche matin n'était pas un rêve.

Absorbée par ses pensées, Pauline faillit brûler le ravissant petit corsage à jabot de dentelle qu'elle était en train de repasser.

Seule la longue pratique de son métier lui évita cette catastrophe, lorsqu'elle se souvint, en un éclair, qu'elle n'avait pas mesuré la chaleur du fer en l'approchant de sa joue comme elle le faisait toujours. Rouge de confusion à l'idée de la bêtise qu'elle avait failli commettre, elle testa la température, l'estima beaucoup trop élevée et reposa le fer. Puis elle ferma les yeux pour mieux savourer la joie qui chantait en elle depuis presque huit jours.

Une joie qui n'avait pas cessé, qui l'enivrait dès son réveil, lorsque, avant même d'ouvrir les yeux, elle sentait Antoine à côté d'elle. Un joie qui l'accompagnait, heure par heure, pendant tout son travail puisque chaque minute écoulée la rapprochait du moment où elle le retrouverait.

— Et alors, petite, tu dors ? lui lança sans méchanceté la vieille lingère qui travaillait avec elle, ce samedi-là.

— Non, non, Angélina, protesta t-elle mollement en reprenant son fer.

— Alors, tu rêves à ton galant !

— Qui vous dit que j'en ai un ?

Angélina porta à sa bouche la chemise qu'elle était en train de ravauder, coupa le fil à repriser d'un coup de dent et puisa dans le tas de linge entassé devant elle.

— C'est mon petit doigt qui me le dit, assura-t-elle enfin. Eh oui, mignonne, qu'est-ce que tu crois ? Samedi dernier, je te vois prête à pleurer, avec la bouche toute triste et les yeux éteints ! Aujourd'hui, tu passes ton après-midi à rire aux anges et tu as les yeux qu'on dirait des caresses, alors, je dis que tu as trouvé un galant. C'est pas vrai ?

— Peut-être oui, peut-être non, minauda Pauline.

Elle ne voulait pas dévoiler ce qui ne regardait qu'Antoine et elle car, de toute évidence, et bien que la lingère fût très gentille, elle était incapable de comprendre à quel point leur aventure était merveilleuse, unique.

— Allez, va ! t'as pas besoin de jouer les finaudes avec moi ! plaisanta Angélina en glissant un œuf de porcelaine dans un bas. Moi, je sais que tu es amoureuse, un point c'est tout. Ça se voit comme le soleil en plein midi ! Eh bien, tant mieux pour toi, petite ! Moi, tout ce que je te souhaite, c'est un gentil garçon, sérieux surtout, et qui sache te mignarder, et qu'il soit travailleur aussi. Et ensuite, une gentille petite vie tranquille, on peut rien demander de mieux au bon Dieu.

Pauline approuva mais ne put s'empêcher de rire en songeant à la tête que ferait Angélina si elle lui disait, tout à trac : « Avec Antoine, on va partir aux Amériques ! » Savait-elle seulement où ça se trouvait, les Amériques ?

« Sans doute pas plus que moi », pensa-t-elle. Elle essaya, une fois de plus, et toujours en vain, d'imaginer ce pays si lointain et mystérieux qui se trouvait au-delà des océans. Elle n'avait jamais vu la mer et ne parvenait pas à se représenter les terres qui se dressaient de l'autre côté de cette mystérieuse immensité liquide dont Antoine lui avait dit qu'elle était grande à perte de vue. Beaucoup plus grande que les étangs qui l'avaient tant impressionnée lorsqu'elle avait traversé la Sologne avec Martial, grande à tel point qu'il était absolument impossible de distinguer ce qui se trouvait sur l'autre rive.

Elle eut soudain hâte de voir revenir Martial. Il était parti régler quelques affaires à Bordeaux avant de rejoindre Paris, et lui avait promis de lui rapporter un livre dans lequel serait écrit ce qui se passait en Amérique et à quoi ressemblait ce pays. Il avait même assuré qu'il y aurait une carte et des gravures.

Elle n'avait pas osé lui dire, alors, qu'elle ne savait ni lire ni écrire ; ou, plus exactement, que si elle arrivait, laborieusement, à déchiffrer les noms écrits en majuscules — comme ceux des rues ou des commerçants —, elle était, en revanche, tout à fait incapable de traduire une phrase entière. Alors, un livre...

A l'idée d'avoir bientôt entre les mains un ouvrage auquel elle ne comprendrait rien, elle avait pris conscience de sa faiblesse, de ses limites. Aussi, le soir même, avait-elle avoué à Antoine qu'elle était illettrée.

— Ce n'est pas grave, lui avait-il assuré. Mais, si tu veux, je t'apprendrai un peu chaque jour; je suis sûr que tu comprendras très vite.

Et, ce soir-là encore, elle lui avait aussi avoué qu'elle ignorait totalement où se trouvait l'Amérique.

— Et malgré ça, c'est toi qui m'as décidé à partir! s'était-il esclaffé.

— Oui, parce que je sais que c'est un pays où beaucoup de gens veulent aller, c'est bien la preuve que ça en vaut la peine!

— Tu rêves encore, petite! lui lança de nouveau Angélina. Je te dis pas ça pour te gronder, c'est pas moi qui te paie, mais si tu finis pas ton repassage avant ce soir, la patronne va se fâcher, c'est sûr.

— Vous avez raison... Dites, Angélina, vous savez où c'est l'Amérique?

— L'Amérique? Oh là là! C'est en par là-bas, loin, très loin, chez les sauvages! J'ai connu une famille d'Italiens qui a voulu y aller, eh bien, on n'a jamais revu personne. Peut-être qu'ils se sont tous fait manger! Pourquoi tu me demandes ça, petite, tu veux y partir, en Amérique?

Pauline lui sourit, mais garda le silence et s'appliqua à son travail en fredonnant.

Martial était affreusement embarrassé et regrettait de plus en plus d'avoir laissé traîner cette histoire. Cela ne lui ressemblait pas. Il n'avait pas revu Rosemonde depuis qu'il avait pris la décision de partir et, redoutant de mal s'exprimer — ou d'être mal compris —, n'avait pas voulu lui écrire pour lui annoncer son proche départ.

Et maintenant, alors qu'il était beaucoup plus malheureux qu'il ne le laissait paraître, il ne savait plus comment s'y prendre pour lui dire qu'il allait l'abandonner. Car c'était exactement ce qu'il allait faire, et toutes les excuses qu'il présenterait ne changeraient rien à cette vérité ; il allait bel et bien agir comme un mufle, et cette évidence lui soulevait le cœur.

Par malchance, aucun client ne couchait ce soir-là à l'auberge et ce qui en d'autres temps l'eût réjoui — car alors Rosemonde pouvait lui consacrer tout son temps — l'inquiétait maintenant. Non seulement la soirée serait difficile, mais aussi très longue.

Il observa les trois hommes qui dînaient à côté de lui, pensa qu'ils auraient fini sous peu et qu'il allait se retrouver en tête à tête avec la jeune femme. Il repoussa son assiette, vida son verre de vin se leva et sortit dans le jardinet qui entourait l'auberge.

La nuit était lourde, moite, trop chaude ; et dans l'air épais que ne brassait nul souffle, flottaient des effluves douceâtres et un peu écœurants de vase et d'eau.

Du port, pourtant lointain, monta soudain, lugubre et triste, le grave mugissement d'une sirène. Il se demanda s'il s'agissait de celle du gros vaisseau à hélice qu'il avait vu entrer au port en fin d'après-midi. Un navire d'au moins dix-sept cents tonneaux, puissant, solide, à la grande cheminée noircie par le charbon et aux trois immenses mâts dans lesquels était roulée, inutile, toute la voilure. Il battait pavillon américain, et Martial n'avait pu s'empêcher de rêver à toute la course qu'il venait de faire.

— Les clients sont partis, tu ne rentres pas ?

Il se retourna, aperçut Rosemonde dont la silhouette se découpait dans l'embrasure de la porte

— Si, si ! dit-il, je ferme les volets, je me lave et j'arrive.

Comme chaque fois qu'il était là, il fit le tour des portes et des fenêtres et accrocha les lourds panneaux de bois des contrevents. Puis il ôta sa chemise, humide de sueur, et se lava d'un grand broc d'eau fraîche. Il moucha ensuite la grosse lampe à pétrole qui éclairait la salle, prit le chandelier où palpitaient deux bougies de suif et grimpa lentement l'escalier.

Il entra dans la chambre et sut que l'affaire ne serait pas facile lorsqu'il vit Rosemonde assise devant sa table de toilette. Elle s'était déjà lavée et, comme chaque soir avant de se mettre au lit, avait dénoué son lourd chignon et brossait sa longue chevelure châtain clair qui tombait jusqu'aux fossettes qui égayaient ses reins.

— Tu es là pour longtemps ? lui demanda-t-elle en le regardant dans la psyché qui lui faisait face.

— Une quinzaine...

— Tu as l'air fatigué, observa-t-elle sans cesser de brosser énergiquement sa chevelure qui crépitait sous les soies.

— C'est pas ça, dit-il en s'asseyant au bord du lit.

Il la contempla et s'émut de la douceur de ses formes, de l'arrondi de ses épaules, de sa petite poitrine ferme, de sa peau nacrée, de tout ce corps qu'il connaissait si bien.

« Il faut que je lui parle tout de suite, parce que je vais déjà passer pour un salaud, mais si jamais j'attends qu'on se soit vraiment retrouvé, ce sera encore pis... Je donnerais cher pour être plus vieux d'une heure ou deux... »

Il se leva, marcha jusqu'à elle, toujours assise, et, debout dans son dos, lui posa les mains sur les épaules. Il dut se faire violence pour parler.

— Tu vas avoir le droit de m'en vouloir, dit-il, je vais te faire de la peine, enfin, je le crains...

Elle tourna la tête vers lui, et il fut choqué en constatant qu'elle pleurait déjà, sans bruit, sans grimace.

Et les larmes qui scintillaient un instant sur ses joues à la lueur des bougies traçaient ensuite sur sa gorge deux petites traînées brillantes qui palpitaient au rythme de son souffle.

— Je n'ai rien dit et tu pleures déjà? murmura-t-il, désarmé.

Elle fit oui de la tête, essaya, en vain, d'ébaucher un sourire qu'elle aurait voulu courageux.

— Pourquoi? insista-t-il, tu es au courant?

— Oui.

— Depuis quand?

— Depuis que tu as décidé de partir...

— Impossible! Je n'ai rien dit à personne!

— Mais si! assura-t-elle en s'essuyant les yeux d'un revers de la main, tu t'es renseigné sur le prix du billet et des marchandises.

— Comment le sais-tu?

— Tout se sait... Et tout le monde sait que tu... que tu vis avec moi depuis plus de trois ans... C'est Louise qui m'a prévenue. Tu la connais, Louise, mais si! Tu l'as souvent vue ici. Eh bien, c'est son beau-frère qui t'a donné les tarifs, et c'est à lui que tu as expliqué que tu comptais partir fin septembre. Voilà...

— Alors, tu savais, et tu n'as rien dit cet après-midi quand je suis arrivé?

— A quoi bon...

Il lui caressa les épaules et ses doigts glissèrent un peu, mais elle lui arrêta les mains avant qu'elles ne descendent.

— Tu m'en veux beaucoup?

— Oui, beaucoup. Tu es le deuxième homme qui me quitte, mais l'autre, au moins, il n'a pas fait exprès, lui, il avait des excuses!

C'était la première fois qu'elle lui parlait de son défunt mari, et il fut ému et gêné d'être ainsi mis en parallèle.

— Bon Dieu! soupira-t-il, si tu crois que c'est simple!

— Et pour moi, alors...

— Je reviendrai peut-être bientôt, fit-il tout en se reprochant d'oser formuler un argument aussi piètre que mensonger.

— Peut-être... mais je ne serai plus libre.

— Tu veux te remarier ?

— Oui ! Je ne veux pas rester seule, tu comprends ! Alors, je vais me remarier ! Parfaitement ! Parce que d'autres que toi me l'ont demandé, eux... Et il s'en trouvera toujours un, et je sais lequel, qui se réjouira de ton départ ! Elle se racla la gorge, s'efforça de crâner encore un peu plus. Qu'est-ce que tu crois ? Que tu es le seul qui me regarde ?

— Arrête ! ordonna-t-il en s'éloignant d'elle. Il fit quelques pas dans la chambre, alluma un cigare. On est en train de se raconter des bêtises, dit-il enfin, bientôt on va s'insulter et on le regrettera. D'accord, tu as le droit de m'en vouloir. Mais réponds-moi franchement, si je t'avais épousée... Ben oui, quoi, ça aurait très bien pu se faire, non ? Alors, si je t'avais épousée, est-ce que tu m'aurais laissé partir ?

Elle lui fit face, haussa les épaules.

— Bien sûr que non !

— Je m'en doutais, dit-il en retrouvant son assurance, c'est sans doute ce qui m'a toujours retenu de te demander ta main ! Alors, voilà, tu vois, on aurait été très malheureux tous les deux. Toi de savoir que je risquais de partir, et moi de ne plus pouvoir le faire à cause de toi. Il alla vers elle, lui releva le visage. Ecoute, cesse de pleurer maintenant, ça ne sert à rien, tu vois bien, allons...

Et soudain elle fut debout contre lui, et tous les sanglots qu'elle avait pu jusque-là maîtriser déferlèrent, la secouèrent.

— Mais arrête donc ! insista-t-il, ne sachant plus que faire.

Il la serra contre lui, caressa ses cheveux, son dos

Complètement désarmé, il ne trouvait plus rien à dire pour la consoler et ne savait que répéter :

— Allons, allons, arrête maintenant, arrête !

— Ne me laisse pas, toi aussi, souffla-t-elle enfin, ne me laisse pas. Et puis, c'est pas vrai, tu sais, je ne vais pas me remarier. Elle secoua la tête, se mordit les lèvres. Je ne vais pas me remarier parce que tous ceux qui me regardent, ce n'est pas m'épouser qu'ils veulent, c'est juste me mettre au lit. Ne me laisse pas toute seule.

— Essaie d'être raisonnable !

— Et puis, poursuivit-elle sans l'écouter, c'est vrai, si tu m'avais épousée, jamais je ne t'aurais laissé partir, je veux dire partir seul. Je ne suis pas bonne pour être femme de marin, je t'aurais suivi... Emmène-moi...

— Mais réfléchis, c'est impossible ! Ici, tu as tes amies, ta famille ! Tu n'as aucune raison de les abandonner. Je suis d'ailleurs certain que tu n'en as pas vraiment envie !

— Ma famille ? Parlons-en ! Tu sais bien que je suis brouillée avec mes sœurs depuis que notre mère est morte ! Elles ne me pardonnent pas la petite part supplémentaire que la pauvre femme m'a laissée pour me remercier de l'avoir soignée !

— Je sais, je sais, coupa-t-il, car il n'ignorait rien du différend qui opposait Rosemonde à ses deux sœurs et qui se résumait à quelques pièces de cent sous et à deux paires de draps dont elle avait hérité. Mais tout ça, ce sont des enfantillages ! Surtout, tu as ton auberge !

— Emmène-moi, répéta-t-elle sans l'écouter. J'ai tout prévu, tout calculé, et pour l'auberge j'ai déjà un acquéreur. Je l'ai cherché dès que j'ai su que tu allais partir, et chaque jour je me disais : « Il va bien me prévenir, quand même... »

— Je sais, j'aurais dû le faire plus tôt, mais...

— Alors, puisque j'ai tout réglé, que rien ne me retient ici, tu ne vas quand même pas me laisser ! insista-t-elle sans cesser de le retenir contre elle.

Il la repoussa doucement à bout de bras, la regarda et fut ému en la voyant si bouleversée, si malheureuse

— Vrai, tu ne me facilites pas la tâche, dit-il.

— Emmène-moi !

Il se détourna, marcha jusqu'à la fenêtre qu'il ouvrit en grand. Dehors, le vent du large s'était levé, et l'air, plus frais, sentait la marée. Il respira profondément, longuement, puis referma la fenêtre car, déjà, autour de lui sifflaient les moustiques.

— Je suis peut-être le premier des imbéciles, dit-il en revenant vers elle, mais je n'ai jamais été un salaud. Ecoute, depuis bientôt quatre ans, j'ai failli te demander vingt fois en mariage, je ne l'ai pas fait, va savoir pourquoi ; peut-être parce que tu ne demandais rien, toi non plus, enfin, c'est comme ça... Mais puisque j'aurais pu le faire et que tu aurais dit oui, n'est-ce pas ? Et que, de toute façon, tu n'aurais jamais pu m'empêcher de partir, il aurait bien fallu que je t'emmène. Alors, cesse de pleurer, tu as gagné, on partira ensemble.

— Tu es la deuxième femme que je vois gagner en moins de trois semaines, lui dit-il plus tard, alors que, apaisée, malgré ses yeux gonflés et rougis par les larmes, elle reposait contre lui. Oui, la deuxième. Je t'expliquerai. Ce n'est pas une concurrente ! Mais, ma parole, si vous ne vous crevez pas les yeux au premier contact, toi et Pauline, vous allez faire une rude équipe !

Alors qu'ils s'apprêtaient à trancher tous les liens qui les retenaient à la France et à leur passé, Antoine et Pauline, peut-être pour se rassurer, éprouvèrent le besoin d'officialiser leur union.

Curieusement, alors qu'Antoine avait cru comprendre que Pauline était étrangère à toutes les choses de la religion, ce fut elle qui voulut que leur mariage fût reconnu par l'Etat et par l'Eglise.

— Parce que tu comprends, lui expliqua-t-elle très sérieusement, ma mère m'a fait baptiser, et si ça ne m'a pas fait de bien, ça ne m'a jamais fait de mal non plus. Et quand on aura un fils, on fera pareil. Et en plus, surtout pour un mariage, on pourra toujours dire ce qu'on voudra, un curé, ça fait quand même beaucoup plus sérieux qu'un maire !

Martial et Jules furent leurs seuls témoins.

6

Martial et Rosemonde, Antoine et Pauline embarquèrent le lundi 25 septembre 1871, à bord du paquebot à hélice le *Magellan*.

C'était un navire en fer de trois mille deux cent cinquante tonneaux, capable de filer ses treize nœuds, grâce aux trois mille deux cents chevaux que développaient ses chaudières, et aux neuf cent douze mètres carrés de sa voilure.

Outre les sept cent cinquante tonnes de fret soigneusement arrimées dans ses cales et les cinq cent quatre-vingts voyageurs répartis dans ses trois classes, il transportait également trois cent soixante-quinze émigrants. Trois cent soixante-quinze hommes, femmes et enfants, venus de toute l'Europe, et que n'effrayaient ni le total manque de confort des châlits, ni la promiscuité ni l'entassement dans les entreponts qui puaient le goudron et la poussière de charbon, âcre et sulfureuse, suffocante.

Serrées l'une contre l'autre pour pouvoir regarder par le même hublot, Rosemonde et Pauline ne parvenaient pas à se détourner du spectacle.

Là-bas, très loin déjà, de plus en plus noyées dans la brume, s'estompaient les côtes de France, disparaissait la terre. Depuis longtemps, les mouettes et les goélands, qui avaient accompagné le départ du navire en de bruyants et rapides tournoiements, avaient rejoint le port.

Déjà, la houle du large se creusait davantage sous les flancs du vaisseau; et, dans le vent, plus régulier et puissant, se tendaient en sifflant les voiles blanches, précieuses auxiliaires des chaudières qui ronflaient à pleine pression.

Dans la majestueuse et longue courbe qu'il traça pour prendre son cap de croisière, le *Magellan* pivota sud, sud-ouest. Alors, lentement, aux dernières bribes de côtes qui se distinguaient encore à l'horizon de bâbord, succédèrent le plein océan et ses gros rouleaux verdâtres.

Rendues muettes par l'émotion qui leur serrait le cœur et leur brouillait un peu la vue, Rosemonde et Pauline, n'ayant plus le moindre morceau de terre française à contempler, se dirigèrent vers le coin du dortoir où Martial et Antoine installaient leur campement.

Par chance, parce qu'ils avaient fait valoir qu'ils n'étaient pas de simples et misérables émigrants, mais d'authentiques commerçants — l'importance des marchandises qu'ils convoyaient l'attestait —, ils avaient pu obtenir sinon une cabine entièrement fermée, du moins un petit box dans l'angle de l'entrepont. Comparée aux trois salles communes — une pour les couples et les enfants, une pour les femmes et une pour les hommes —, aux longues rangées de châlits à étages entre lesquelles se pressait une foule disparate, cosmopolite et jargonnante, leur petite cellule paraissait calme, intime et, pour tout dire, presque luxueuse.

— Voilà nos femmes qui reviennent, prévint Antoine en apercevant Pauline et Rosemonde qui se frayaient difficilement un passage dans la foule qui se préparait à bivouaquer là pour presque deux mois.

— On risque d'avoir quelques larmes, nota Martial,

un peu ennuyé après un coup d'œil en direction des jeunes femmes, je crois qu'elles ont déjà le mal du pays.

— C'est bien normal. Tu ne l'as pas, toi ?

— Bah ! oui, comme tout le monde sans doute... Et toi ?

— Moi, c'est différent, dit Antoine en haussant les épaules, je l'ai déjà quitté, le pays. Tu sais, que ce soit l'Algérie ou l'Amérique, c'est toujours loin de la Corrèze, et encore plus loin des Fonts-Miallet, alors...

— Ça va ? demanda Martial en souriant à Rosemonde qui venait d'entrer dans le box.

— Ça va, murmura-t-elle en se détournant pour cacher son émotion.

Elle feignit de s'absorber dans le rangement des affaires et s'obligea même à chantonner en même temps que Pauline qui, elle aussi, voulait faire bonne figure en ce premier jour de leur nouvelle existence.

Les deux mois précédant leur départ avaient été tout juste suffisants pour permettre à Martial et à Antoine d'organiser leur expédition. Ils avaient d'abord dû inventorier puis faire acheminer vers les entrepôts portuaires, les quinze tonnes de marchandises que leur confiait M. Delmas. Même si cela ne représentait qu'une fraction de tout ce qui les rejoindrait à Santiago dans les mois suivants, encore avait-il fallu qu'ils courent la France pour activer les livraisons.

En plus du matériel industriel qui n'était pas destiné à leur futur comptoir, mais qu'ils convoyaient pour le compte de la Société commerciale Delmas et Compagnie (Soco Delmas et Cie) et qu'ils avaient été chercher au Creusot, Martial et Antoine, après en avoir discuté avec M. Delmas, avaient collecté dans le Nord et dans le Lyonnais tout ce qu'ils voulaient voir figurer dans les rayons de leur magasin. Beaucoup de quincaillerie, mais également un gros stock de bonneterie en tout genre.

Cela fait, et avec ses propres finances, outre l'achat de robes, chemisiers, bustiers et autres fanfreluches, Martial avait pris le risque d'acquérir à bon prix quelques centaines de bouteilles de champagne, de bordeaux et de bourgogne. Il se faisait fort de les monnayer au mieux une fois sur place, si toutefois le vin supportait bien le transport.

Tout étant réglé, et alors qu'il ne restait que deux jours avant l'embarquement, il avait enfin pris le temps d'épouser Rosemonde.

Pauline et Rosemonde, dès leur première entrevue, loin de se crever les yeux comme l'avait craint Martial, avaient immédiatement sympathisé. Elles étaient vite devenues complices et solidaires comme de vieilles amies d'enfance, et tous, à les entendre et à les voir, pouvaient croire qu'elles se connaissaient depuis toujours.

Cette amitié qu'il avait vue naître et grandir entre sa femme et Rosemonde avait un peu consolé Antoine de son bref voyage au pays.

Il n'avait pu se résoudre à quitter la France sans un adieu à sa famille, à sa Corrèze. Aussi, au moment de rejoindre Bordeaux puis Saint-Nazaire, avait-il voulu faire un détour par Brive ; à la fois pour présenter Pauline à sa mère et prévenir celle-ci de son tout proche départ. Ils avaient donc été chercher le train à Rodez et, de là, pris la direction de Brive, par Figeac et Bretenoux.

Tout s'était très mal passé à Brive car non seulement sa mère ne comprenait pas son départ, mais elle le désapprouvait totalement. De même, avait-elle bien fait sentir qu'elle tenait Pauline pour une petite péronnelle, incapable de faire le bonheur de son fils. A ses yeux, le fait que sa bru fût parisienne était une tare irrémédiable, aussi grave, sinon plus, qu'une maladie honteuse. D'ailleurs, pour bien faire comprendre à cette gourgandine qu'elle n'était qu'une étrangère — et sans doute aussi une allumeuse —, elle n'avait fait aucun effort pour parler français devant elle et ne s'était adressée à son fils qu'en patois.

Un mot poussant l'autre, Antoine en était arrivé à dire que rien de tout cela n'aurait eu lieu si certaines personnes avaient été foutues de surveiller un feu, d'éteindre un incendie, et s'étaient dispensées de brader les terres de la famille ! Mais, avait-il méchamment ajouté, c'était beaucoup mieux ainsi car, au moins, cela lui avait permis de connaître Pauline, à qui aucune femme de la famille Leyrac n'arrivait à la cheville !

Vexée, sa sœur avait alors volé au secours de leur mère, et le ton avait encore monté. Excédé, Antoine avait aussitôt quitté la maison en entraînant Pauline qui, même si elle n'avait pu traduire un mot de la dispute, avait vite deviné qu'elle en était la cause.

Peut-être pour se consoler, et aussi parce qu'ils ne savaient que faire ni où dormir en attendant le train du lendemain, ils étaient partis à pied en direction des Fonts-Miallet. Et ce pèlerinage imprévu les avait apaisés. Ils s'étaient installés pour la nuit non dans l'étable qui sentait toujours autant le bouc, mais à la belle étoile, blottis l'un contre l'autre au pied du pin parasol qui, maintenant, remettait des aiguilles vertes et embaumait de plus en plus la résine.

Au petit matin, la fraîcheur de septembre les avait éveillés. Le cœur un peu serré, ils étaient repartis, à travers la forêt de petits chênes du Causse, vers la gare de Turenne, après un dernier regard à ces lieux et ces horizons qui avaient vu leur rencontre.

Les premiers jours à bord furent atroces pour beaucoup. Dès le soir du départ, alors qu'un soleil d'un jaune purulent venait de plonger dans les frémissements d'une eau grisâtre et moutonneuse, l'océan se creusa soudain, ondula en de vastes et profonds étirements où glissait le *Magellan*.

Aux dires des marins venus vérifier la bonne fermeture des hublots et des sabords, ce n'était qu'un tout petit roulis, un amusement. Mais, déjà, dans l'entrepont, nombreux étaient les passagers qui, sentant venir la nausée et n'ayant même pas le temps de courir jusqu'aux lieux d'aisances, déjà puants, répugnants et toujours occupés, vomissaient sans retenue entre les châlits.

D'infecte, l'odeur devint épouvantable, et aux pauvres plaintes des malades se mêlèrent les cris et les sanglots des enfants affolés.

Sur ces entrefaites et puisque l'heure du dîner était venue, des matelots, franchement goguenards, apportèrent de grands faitouts remplis d'une ratatouille douteuse — mi-soupe mi-ragoût de pommes de terre — qu'ils posèrent sur les tables tout en souhaitant bon appétit aux passagers. Il n'y avait ni couverts, ni bols ni gamelles car il avait été entendu, avant l'embarquement, que chaque émigrant devait posséder sa propre vaisselle, faute de quoi il en serait réduit à manger dans le plat... Comme l'avait expliqué un matelot que Martial avait interrogé : « Pourquoi mettre de la vaisselle à tous ces pouilleux, ils ne sauraient pas s'en servir, et puis, à l'arrivée, ils la voleraient ! »

Ce soir-là, très rares furent les courageux qui touchèrent aux aliments. Partout, dans les dortoirs, ce n'étaient que hoquets, pleurs et gémissements.

Martial succomba très vite et s'effondra sur sa couchette en portant, en vain, les mains à sa bouche. Il fut presque aussitôt imité par Pauline qui retrouva soudain toute la pâleur qui était la sienne quand elle était une petite Parisienne du quartier de Grenelle.

— Laissez-vous aller, leur dit Antoine, il ne sert à rien de vouloir vous retenir, ce serait inutile et encore pire. Faut pas avoir bêtement honte. Alors, rendez, si ça vous fait du bien, mais essayez au moins de le faire dans ce seau, ajouta-t-il en poussant l'ustensile vers eux.

Puis il prit dans ses bagages une petite fiole d'essence de lavande et de camphre et en imprégna deux mouchoirs ; il en posa un sur le visage de sa femme, tendit l'autre à Rosemonde.

— Mettez ça à Martial, ça lui fera du bien et ça le rafraîchira. Et vous, ça va ? Vous tiendrez le coup ?

— J'espère, mais il ne faudrait pas que ça dure trop longtemps. Si encore on pouvait aérer !

Le roulis augmenta vers minuit et toucha une nouvelle tranche de passagers, dont Rosemonde. Au jour, dans le dortoir, seule une dizaine d'hommes et de femmes résistaient encore. Et dans le coin où Martial, Rosemonde et Pauline, épuisés, exsangues, gisaient sur leur couchette souillée, Antoine, debout, essayait de nettoyer un peu le box.

Et il en fut ainsi pendant six jours. Six jours de cauchemars ponctués par l'implacable horaire des matelots qui, au petit matin, poussaient tout le monde vers les coursives pour pouvoir laver les dortoirs à grande eau. Cela fait, sans se départir de leurs sourires suffisants d'hommes qui se riaient d'un aussi léger coup de tabac, ils disposaient sur les tables les plats de nourriture en recommandant à tous de bien se remplir l'estomac pour rester en bonne santé !

Et, parce qu'Antoine savait que ce n'était pas uniquement une provocation de leur part, il veilla pendant tout ce temps à ce que Pauline et ses amis se forcent à ingurgiter aliments et boissons, pour ne pas se déshydrater complètement.

Le vent s'apaisa enfin et, dans l'entrepont pestilentiel, il fut possible d'ouvrir les hublots sans courir le risque d'embarquer des paquets de mer.

S'agglutinant devant les ouvertures par lesquelles s'engouffrait en sifflant un air pur et frais, les passagers reprirent vie peu à peu, retrouvèrent leur courage. Respirant à pleins poumons, plaisantant, riant, ils s'interpellèrent bientôt de groupe à groupe, en italien, en allemand, en polonais.

Martial, qui possédait quelques rudiments des deux premières langues, s'essaya à traduire pour Rosemonde et ses amis ce qu'il put saisir de ces propos.

— Ceux-là viennent de Calabre, ils étaient persuadés qu'ils trouveraient un emploi en France ! Doutent de rien, ces gens-là !

— Mais que vont-ils tous faire là-bas ? s'inquiéta Pauline. Nous, au moins, on sait qu'on a du travail qui nous attend, quelque chose de solide, mais eux ?

— Ils n'ont rien, dit Antoine, rien, sauf l'espoir de trouver enfin une vie moins pénible et, surtout, oui, surtout, de ne plus jamais crever de faim. J'en ai vu beaucoup qui arrivaient en Algérie, ils ressemblaient à ceux-là ; eux aussi suaient vraiment la misère.

— Et ils ont réussi ?

Il haussa les épaules.

— Je ne sais pas, je ne m'en suis jamais beaucoup préoccupé. Enfin, je pense que, sur le nombre, ça a dû faire comme partout ! Même à armes égales, il y a toujours des gens qui réussissent et d'autres qui échouent... Question de courage, d'idées, ou de chance peut-être...

— Et tu crois que ce sera pareil pour nous ?

— Naturellement, il n'y a pas de raison pour que nous échappions à la règle.

Pauline médita quelques instants, puis secoua la tête.

— Non, dit-elle enfin, nous on réussira ! Ou, alors,

mieux valait que tu continues à rincer les barriques et moi à repasser ! Il faut qu'on réussisse ! Et, d'abord, on va se remettre tout de suite au travail, nous n'avons rien fait depuis plus d'une semaine. Tu veux bien qu'on étudie un peu ?

— Bien sûr.

Elle regarda autour d'eux, chercha dans la foule Martial et Rosemonde.

— Il faut que je les appelle, dit-elle, ils ne seraient pas contents qu'on ne les attende pas.

Antoine la regarda s'éloigner et sourit. Elle l'étonnait toujours. Non seulement elle s'était mise à apprendre à lire et à écrire le français deux mois plus tôt, et avait fait de rapides progrès, mais elle s'était aussitôt lancée dans l'espagnol lorsqu'elle avait su que c'était la langue du Chili, et qu'il était indispensable de la connaître. Depuis, c'était elle qui était la plus assidue aux leçons.

Il se présenta le dixième jour du voyage, alors que Martial, Antoine et leurs épouses, assis sur les couchettes, étudiaient une carte du Chili.

— On m'a dit qu'il y avait des Français ici, dit-il en choquant de l'index la cloison du box. Il resta sur le seuil en attendant qu'on l'invite à entrer et sourit en regardant tour à tour les quatre passagers.

Antoine nota qu'il avait des yeux plein de gaieté. Martial jugea qu'il avait l'air franc. Quant aux deux jeunes femmes, elles furent aussitôt séduites par son regard bleu, tendre, superbe. Après quoi, tous s'aperçurent qu'il était affublé d'une soutane brune, usée jusqu'à la trame et nouée à la taille par une corde grossière, toute bourrelée de nœuds épais. Une croix de bois noir lui battait la poitrine ; elle émergeait de l'épaisse barbe grise dans laquelle s'épanouissait un sourire bon comme un pain de Pâques.

« Un prêtre ! » pensa Martial.

« Un moine ! » se dit Antoine.

« Un curé ! » estima Pauline.

« Un franciscain ! » reconnut Rosemonde, plus au courant que ses amis.

— Eh bien, entrez ! monsieur l'abbé, invita Martial en se levant.

— Donc, vous êtes bien français ? Quelle chance ! Moi je suis d'Orléans. Restez assis, restez assis ! insista le nouveau venu. Je suis de l'autre dortoir, expliqua-t-il, et c'est un matelot qui m'a assuré tout à l'heure qu'il y avait des Français ici. Il aurait bien pu le dire plus tôt, non ? C'est vrai que vous apprenez l'espagnol tout seuls ? C'est ce qu'a entendu cet homme en passant près de votre box, et il en riait encore en arrivant dans notre dortoir ! Mais : *Al pagar serà el llorar mas reira el que ria el ultimo !*

— Pardon ? demanda Martial qui n'avait rien compris.

— Ne m'en veuillez pas, je vous taquine ! Ça veut dire : « Les rieurs ne sont pas les payeurs, et rira bien qui rira le dernier ! » Mais si vous voulez, je vous enseignerai l'espagnol, avec l'accent ! Eh oui, apprendre une langue sans connaître l'accent, c'est presque vouloir faire des tortillas sans maïs ! Mais nous n'en sommes pas là et, avant, permettez-moi de me présenter : père Damien, franciscain, je vais jusqu'à Valparaíso, dit-il en tendant la main.

Il avait une poignée de main aussi franche que son regard, et sa chaleur était si communicative que Martial et Antoine qui, d'instinct, se méfiaient pourtant de tous ceux qui portaient la soutane, furent vite obligés de s'avouer que ce moine sortait de l'ordinaire.

Désormais, chaque jour, pendant plusieurs heures, le père Damien enseigna l'espagnol, qu'il maîtrisait à la perfection, à Martial, Antoine et leurs épouses, tous ravis de l'aubaine car il n'y avait pas grand-chose de commun entre les explications — souvent très hermétiques — proposées par le livre d'espagnol acheté par Martial et les conseils fournis par le père.

Peu à peu, aussi, non pour se vanter, mais lorsqu'il en avait besoin pour étayer certains de ses dires et surtout expliquer sa grande connaissance de l'Amérique latine, le père Damien dévoila quelques bribes de son passé.

Jeune diplômé de l'Ecole nationale d'agriculture de Grignon, il avait débarqué au Mexique en 1850, à vingt-cinq ans. Mandaté par un petit groupe de propriétaires dont les domaines couvraient plusieurs dizaines de milliers d'hectares dans la région de Querétaro, il avait participé au développement de la culture des nopals sur lesquels proliféraient les précieuses *Coccus Cacti*.

— Oui, avait-il expliqué à ses auditeurs qui, manifestement, ne comprenaient rien à ses propos mais n'osaient pas le dire, les nopals sont une variété de cactus, à larges raquettes, sur lesquels vivent les *Coccus Cacti,* ou, si vous préférez, les cochenilles qui nous donnent le carmin. Ça n'a l'air de rien maintenant, car depuis les récentes découvertes de colorants artificiels les prix ont beaucoup baissé. Mais à l'époque dont je vous parle, le kilo de *zucatilla,* la cochenille noire, la meilleure qui, après torréfaction, donnait un superbe rouge carmin, le kilo, oui, valait vingt-deux francs sur le marché de Bordeaux! Croyez-moi, c'était une valeur sûre!

Après deux ans de Mexique, il avait éprouvé le besoin de découvrir d'autres horizons et était descendu plein sud à travers toute l'Amérique centrale, jusqu'à la Nouvelle-Grenade. Là, pendant douze mois, installé sur les hautes terres, il s'était occupé de la culture du café et du cacao. Puis, repris par l'envie de voyager, il avait consacré presque deux ans à la découverte du Venezuela, de l'Equateur, du Brésil, de l'Argentine et du Pérou, où, de son propre aveu, il avait rencontré, à Lima, les plus belles femmes dont un homme pût rêver

— Et puis, avait-il expliqué, j'ai encore voulu voir un peu plus loin, ou un peu plus haut si vous préférez, vers Lui, avait-il spécifié en souriant et en levant l'index vers le ciel.

Parce que les jésuites et les dominicains étaient trop intellectuels et gourmés à son goût, les trappistes, chartreux ou même bénédictins trop mystiques, cloîtrés et silencieux pour lui, il avait choisi les franciscains, plus simples et proches des humbles.

Ordonné en 1857, il avait demandé à ses supérieurs qu'ils veuillent bien le réexpédier au Mexique, où, pensait-il, il y avait encore beaucoup à faire. Nommé, puis peut-être oublié, à Santa Prisca, minuscule village perdu dans la sierra à trois bonnes journées de marche au sud de Oaxaca, il était resté là jusqu'en juin 1867, complètement étranger à tous les bouleversements politiques qui secouaient le pays et dispensant, à part égale, l'art de servir Dieu et celui de cultiver la terre et, surtout, le maïs.

Le soir de la Saint-Jean, cinq jours après l'exécution de Maximilien, ses pauvres ouailles l'avaient prévenu qu'il serait sans doute fusillé le lendemain par une troupe de juaristes qui bivouaquait à quelques kilomètres de là. Et ce n'était même pas la peau du franciscain que voulaient les épurateurs, mais celle du Français !

— Ça m'a tout à fait vexé ! Passe encore qu'ils veuillent me fusiller comme prêtre, c'était normal, et je n'avais rien à redire à cela. Mais comme Français, j'avais toutes les raisons de me défendre et de marquer le coup, histoire de prouver à cette bande d'ivrognes ce que valait un gringo qui, pour une fois, n'était pas un Américain !

Il avait donc confectionné un immense drapeau bleu, blanc, rouge, et, dès le lendemain, une fois la messe dite et après avoir fait ses adieux à tous ses amis de Santa

Prisca, il était parti, seul, au-devant des guérilleros en braillant la plus tonitruante *Marseillaise* qui ait jamais retenti dans la sierra et en brandissant les trois couleurs.

— Je risquais sans doute moins qu'en les attendant sur place. D'abord parce que, à cette heure, ils étaient encore à jeun, enfin presque, et, surtout, parce qu'ils aiment bien ce genre de manifestation un peu folle. Et puis, je n'avais pas le choix ! Si j'étais resté au village, tous les pauvres bougres avec qui je vivais depuis dix ans auraient voulu me défendre et se seraient fait tuer. Et comme il n'était pas non plus question que je me cache...

Après deux mois passés dans la prison d'Oaxaca, il avait reçu son ordre d'expulsion. Accompagné jusqu'à Veracruz, il avait pris le premier bateau pour la France et réintégré son pays après plus de dix-sept ans d'absence. Il n'y connaissait plus personne.

Sur le paquebot *Magellan,* le passage de la ligne donna lieu aux festivités et aux joyeux chahuts habituels. Dans l'entrepont, où la chaleur était à peine soutenable malgré tous les hublots ouverts, les émigrants entendirent, dès la fin du repas de midi, les rires, les chants et les flonflons de la musique qui s'élevaient des ponts supérieurs et, plus spécialement, des première et deuxième classes.

Alors, parce qu'ils voulaient, eux aussi, célébrer l'événement et qu'ils avaient tous conscience que le franchissement de l'équateur représentait beaucoup plus qu'un symbole mais l'entrée dans un monde nouveau, ils se mirent d'abord à fredonner par petits groupes, et quelques jeunes, un peu intimidés quand même, commencèrent à danser.

Soudain, montant du coin occupé par les Polonais, les Croates, les Serbes et les Hongrois, résonnèrent, nostalgiques, tristes, douloureux comme toute la misère d'un peuple, les pleurs essoufflés d'un concertina. Et la musique enfla, s'épanouit, soutenue par les claquements des mains et les coups de talon qui rythmaient sa mélodie.

Bientôt, dans l'entrepont, aux poignants soupirs de l'instrument, se joignit la plainte de trois accordéons, d'un violon tzigane et d'une flûte car, attirés par la mélancolique ritournelle, des musiciens étaient arrivés des autres dortoirs.

Et les couples se formèrent, Martial et Rosemonde, Antoine et Pauline, et tous les autres. Et ils tournoyèrent et s'étourdirent. Ils s'étourdirent pour essayer d'oublier tout ce qu'ils voulaient laisser derrière eux, là-bas, en Europe ; pour oublier la faim, le froid, les guerres. Pour oublier le remords d'avoir abandonné, si loin maintenant et peut-être pour toujours, les parents, les amis, les frères, les sœurs. Pour oublier aussi toutes les appréhensions qui augmentaient au fil des jours, lorsqu'ils essayaient, en vain, de se représenter l'existence qui les attendait. Pour oublier, enfin, l'angoisse qui leur mordait le cœur devant ce continent inconnu vers lequel ils progressaient.

— Et vous n'avez pas voulu rester en France ? demanda Antoine au père dans un espagnol encore un peu hésitant mais néanmoins correct.

Il avait moins de mal que les autres à s'adapter à cette langue, car les trois ans passés en Algérie, dont plus de dix-huit mois dans la région d'Oran, l'avaient habitué sinon à parler couramment, du moins à bien entendre l'espagnol. De plus, beaucoup de mots et d'expressions avaient la même consonance et la même construction que ceux de son patois corrézien. Après lui, c'était Martial qui se débrouillait le mieux, puis Pauline ; quant à Rosemonde, aux dires du professeur : « Ce n'était pas fameux, mais il ne fallait pas désespérer... »

— Rester en France ? dit le père Damien en levant les

yeux au ciel, que vouliez-vous que j'y fasse? Que je continue à tourner en rond dans un monastère? Ah! Seigneur, la vie est trop courte pour la perdre à ne rien faire! J'ai déjà quarante-six ans, et certains jours ils me pèsent lourdement sur les épaules... Bien sûr, si mes confrères m'entendaient parler ainsi de la vie monacale, ils me traiteraient d'hérétique, et peut-être que, tout compte fait... Il eut un petit rire et ses yeux pétillèrent. Allons, parlons d'autre chose.

Il ne pouvait quand même pas tout leur dire ni tout leur expliquer. Sa tristesse d'avoir dû quitter ses fidèles de Santa Prisca. Sa joie, si forte, si violente en retrouvant sa patrie qu'il en avait presque eu honte. Le bonheur de redécouvrir sa France, avec tout son étonnant modernisme, son réseau de chemins de fer, ses usines, ses grandes villes; avec Paris et ses nouvelles et somptueuses avenues, ses immeubles neufs, sa vie. Pendant quelques mois, il avait nagé dans l'euphorie, et même son couvent de Bordeaux lui avait paru merveilleux.

Et puis, lentement, insidieusement, alors que s'éternisait le triste et froid hiver 1869, une petite nostalgie s'était glissée en lui au souvenir des sierras violettes, du soleil, de la poussière et surtout du sourire de ses misérables paroissiens. Un sourire tellement plein d'absolue confiance en Dieu qu'il l'obligeait à se demander qui, de lui ou de ses ouailles, avait la foi la plus solide, la mieux enracinée, la plus éternellement inébranlable... Et lui, le padre, le guide, pourtant, savait bien quelle était la réponse.

Tandis qu'en France! non, il n'avait pas retrouvé au contact des fidèles l'indispensable et permanent réconfort qui lui apportait, naguère, le plus humble des péons de Santa Prisca; et encore moins cette foi qui, là-bas, semblait vraiment capable de déplacer des montagnes!

Peut-être n'avait-il pas su bien regarder ou entendre, peut-être, car rien de ce qu'il avait vu et entendu en quatre ans ne l'avait convaincu de la nécessité de sa présence dans cette communauté; dans cette assemblée bien hiérarchisée, bien structurée, avec ses règles, ses horaires, ses principes, ses dogmes et ses garde-fous...

Il s'en était ouvert à son supérieur, homme bon sans doute, mais qui, fort de certitudes absolues qu'il entendait faire partager, pensait de son devoir de porter le fer dans les plaies. Il avait donc demandé au père Damien s'il n'y avait pas quelque orgueil à se croire irremplaçable, fût-ce dans le plus crasseux pueblo du Mexique.

Il n'avait pas du tout compris qu'il posait la question à l'envers! Ce n'était pas le père Damien qui se sentait irremplaçable, c'étaient les péons qui lui étaient indispensables! Indispensables pour retrouver la sérénité, la joie, la prière et l'adoration permanente, la louange au Créateur, toute cette merveilleuse et transfigurante folie dont le saint fondateur de leur ordre avait donné l'exemple.

Par obéissance, il avait accepté de patienter car, lui avait-on dit, le temps arrangerait sûrement les choses. Longue et pénible attente avec, de plus en plus, présent au fond de lui, le sentiment de perdre son temps, sa vie, sa foi peut-être...

Alors, parce qu'il sentait qu'il était en train de se noyer et qu'il n'avait pas, jadis, abandonné une brillante carrière uniquement pour traîner ses nu-pieds dans les froids couloirs d'un couvent, il avait eu un dernier sursaut qui l'avait conduit chez son provincial.

Comme ce dernier le trouvait de plus en plus dangereusement individualiste — voire anarchiste — et d'assez mauvais exemple pour les jeunes frères, mais qu'il ne pouvait quand même pas l'envoyer au diable, il avait enfin accepté sa demande.

Il y avait, disait-on, beaucoup à faire dans les Andes chiliennes, alors, puisqu'il était volontaire... Volontaire? Dix fois plutôt qu'une! Et surtout, de nouveau, pleinement heureux même si, contrairement à son espoir et à sa démarche, il n'avait pu obtenir l'autorisation de reprendre le chemin de Santa Prisca.

Le ciel était lourd, bas, plombé lorsque le *Magellan* approcha de Rio. Dès le lever du jour, la nouvelle, aussitôt propagée par quelques bambini déchaînés, avait fusé dans l'entrepont, et tous avaient su la traduire.

— On voit la terre ! On voit la terre !

Depuis, groupés autour des hublots, les passagers, muets d'émotion, contemplaient le spectacle que leur offrait cette côte d'Amérique si impatiemment attendue. Une côte déchiquetée, toute dentelée de vertigineux à-pic de sombre granit qui, par endroits, plongeaient directement dans les rouleaux gris-bleu de l'Océan. Et partout, enserrant tout d'un vert épais et profond, l'immensité d'une forêt qui paraissait impénétrable.

Accouru dès l'annonce de la nouvelle, le père Damien, peut-être encore plus ému que tout le monde car il connaissait Rio, commenta à mi-voix le paysage devant lequel progressait le *Magellan,* à feux réduits et ses voiles déjà carguées.

— Cette ligne bleue, là-bas, au plus loin à notre droite, c'est le cap Frio. Vous allez voir, on va bientôt virer pour entrer dans la baie.

En effet, infléchissant sa trajectoire vers tribord, le *Magellan* s'orienta peu après vers les deux presqu'îles qui, de loin, se confondant avec l'arrière-plan formé par l'île du Gouverneur, semblaient fermer la baie.

Et lorsque se devina, sentinelle de granit qui paraissait dressée là pour défendre la ville, le majestueux monolithe du *Pao de Acùçar* un murmure admiratif s'éleva dans le dortoir. Puis les applaudissements crépitèrent et les cris de joie fusèrent, et ils allèrent crescendo au rythme de l'avance du navire.

Mais quand Rio apparut enfin, épanouie sous un rayon de soleil qui perçait les nuages, toute chatoyante de ses maisons peintes en teintes vives — vertes, jaunes, orange —, de ses églises baroques — ocre, blanches ou dorées —, l'ensemble enchâssé dans une couronne de verdure, le silence revint soudain dans l'entrepont. Un silence presque religieux, fait d'une respectueuse et authentique admiration, et aussi, pour certains, d'une muette mais profonde action de grâces.

Peu après, dans un tourbillonnement insensé de mouettes, goélands, frégates et pélicans, devant une foule bigarrée et joyeuse qui acclamait le grand bateau venant de France, le *Magellan* jeta ses amarres sur la terre brésilienne. Il avait quitté Saint-Nazaire trente et un jours plus tôt.

Depuis qu'il avait croisé le cap des Vierges, la veille au soir, une violente pluie glaciale, mêlée de neige et de grésil, fouettait le paquebot. Ses chaudières ronflant à pleine pression pour résister aux terribles bourrasques de vent qui l'assaillaient par la proue, le navire avait prudemment traversé la baie de Lomas, puis s'était engagé dans le couloir qui ouvrait le détroit de Magellan.

Dans l'entrepont, où le froid s'était vite insinué, l'inquiétude régnait car, malgré les explications rassurantes des matelots, chacun se remémorait toutes les histoires ou légendes qui s'attachaient à cette route. Elle était certes beaucoup moins dangereuse que celle du cap Horn, dans laquelle aucun paquebot à vapeur n'osait encore s'aventurer, mais redoutable quand même, pleine de courants, de récifs, de méandres, de glaciers, de brouillards et de vents.

Et le fait de savoir que cet itinéraire était, depuis plus de trois ans, jalonné de phares, de balises et de stations pilotes ne tranquillisait pas pleinement les passagers; car les chiffres, vrais ou faux mais impressionnants, qui se chuchotaient de bouche à oreille, de tous les navires qui s'étaient perdus en ces lieux, entretenaient l'appréhension générale.

Déjà affaiblis et démoralisés par les trois jours précédents, au cours desquels le navire avait essuyé de très violents coups de tabac, de nombreux émigrants se demandaient maintenant s'ils atteindraient un jour leur but.

L'escale de Rio, puis celle de Montevideo, leur avait donné à tous l'illusion d'être presque arrivés, d'avoir fait le plus long, le plus pénible. Ils avaient pu, enfin, et avec quel bonheur, fouler le sol américain, et beaucoup avaient naïvement cru que le voyage touchait à sa fin et que la dernière étape serait vite franchie. Encore habitués à évaluer les distances en centaines, voire en dizaines de kilomètres, ils n'arrivaient pas à se mettre à l'échelle de ce continent où tout devenait soudain gigantesque, démesuré, inhumain presque. A tel point que certains, à Montevideo, n'avaient même pas voulu admettre qu'il leur restait encore plus de cinq mille kilomètres à parcourir avant d'atteindre Valparaíso.

Et comme pour achever de leur saper le moral, se répétaient dans l'entrepont les propos blasés et découragés de quelques nouveaux passagers qui étaient montés à bord au cours des deux escales. Des hommes et des femmes, européens comme eux, et presque aussi misérables, arrivés sur ces terres quelques mois ou quelques années plus tôt. Insatisfaits de leurs conditions de vie au Brésil, en Uruguay, au Paraguay ou en Argentine, ils avaient repris leur migration pour aller voir, sans trop y croire, si la vie n'était pas plus belle ailleurs, plus loin encore, au Chili par exemple...

Mais ils paraissaient si désabusés et fatigués, si vides d'espoir, que, même lorsqu'ils se taisaient, leurs regards de vaincus parlaient pour eux.

Emergeant du froid, des brumes et du vent, après avoir laissé, loin derrière lui, l'île de la Désolation, croisé l'archipel de Chonos et l'île de Chiloé, le *Magellan* poursuivit sa lente remontée vers Valparaíso.

Peu à peu, parce qu'il ne restait plus qu'un millier de kilomètres à parcourir, que le soleil devenait plus chaud et que le printemps austral renaissait, l'espoir revint dans l'entrepont.

Et lorsque, enfin, au cinquante-deuxième jour de traversée s'aperçut, au loin, accroché à sa falaise et tout inondé de soleil, le port tellement attendu de Valparaíso, riche de tant de légendes et d'espérances, même Pauline voulut se lever pour aller jusqu'au plus proche hublot.

Malade comme une bête, amaigrie, pâle, elle n'avait pas quitté sa couchette depuis plus de dix jours, mais avait tout fait pour qu'Antoine ne s'inquiète pas trop et continue à croire qu'elle souffrait uniquement du mal de mer.

En fait, elle se savait enceinte depuis au moins cinq semaines, mais ne lui avait rien dit. Une pareille nouvelle ne pouvait être annoncée au milieu de cette foule bavarde qui peuplait le dortoir, et dans cet entrepont de plus en plus nauséabond. Elle ne pouvait être révélée que dans l'intimité et sur cette terre qui verrait la naissance du bébé conçu là-bas, si loin, en France, à Lodève ; ou, peut-être, aux Fonts-Miallet, par un tiède soir de septembre sous l'abri parfumé d'un pin parasol.

DEUXIÈME PARTIE

UN CHARIOT DANS LES ANDES

Iquique
BOLIVIE
ANDES
PARAGUAY
BRÉSIL
Baquedano
Antofagasta
Frontières en 1870
24°
DÉSERT D'ATACAMA
Chañaral
Copiapo
Sta Esperancia
Vallenar
Coquimbo
Ovalle
Valparaiso
SANTIAGO
URUGUAY
ARGENTINE
OCÉAN PACIFIQUE
CHILI
CORDILLÈRE DES ANDES
Concepcion
Sta Gaudio
Los Angeles
Ile de Chiloé
OCÉAN ATLANTIQUE
Ile de la Désolation
Détroit de Magellan
TERRE DE FEU

7

Une crépitante volée d'escarbilles fusa dans la nuit lorsqu'Antoine posa quelques branches de cyprès et d'eucalyptus dans les braises. Le feu, qui s'engourdissait sous la cendre, s'éveilla d'un coup et ses flammes odorantes et fauves illuminèrent la bâche blanche du chariot.

Les quatre mules attachées aux ridelles tournèrent la tête vers la chaude lumière et leurs yeux s'allumèrent d'un scintillement multicolore.

Serrant son poncho contre lui, car la nuit devenait froide, Antoine se réchauffa les mains, alluma un long cigarillo, noirâtre et rugueux, et se leva pour se dégourdir les jambes. Il songea qu'il allait bientôt pouvoir réveiller Martial qui dormait à l'intérieur du chariot et dont les ronflements puissants arrivaient jusqu'à lui. Mais il n'avait pas encore sommeil et décida d'attendre encore un peu.

Depuis que son compagnon et lui avaient commencé leurs tournées, à peine un mois après leur arrivée et leur installation à Santiago, ils avaient décidé de ne pas tenter le diable, en l'occurrence, tous les individus sans scrupules que pouvaient attirer la marchandise ou le produit de sa vente. Aussi, chaque fois qu'ils étaient contraints de passer la nuit en pleine nature, et cela arrivait très souvent, s'astreignaient-ils à monter la garde à tour de rôle. Cette pratique ne dérangeait guère Antoine, à qui elle rappelait toutes les heures de veille qu'il avait effectuées comme sentinelle en des lieux et des temps autrement dangereux.

Il s'éloigna du campement et tourna le dos au feu pour que ses yeux s'adaptent peu à peu à l'obscurité. Parmi tous les changements auxquels il avait dû s'habituer depuis leur arrivée, outre le rythme des saisons, figurait l'ordonnance de la voûte céleste. Jadis, dans le sud oranais, là où les ciels sont si lumineux et purs, il avait appris, d'un vieux sous-officier, la forme et la trajectoire des principales constellations du zodiaque et l'emplacement de quelques étoiles.

Mais ici, les horizons sud et nord étaient très différents de ceux qu'il connaissait, et il avait eu besoin de nombreuses veilles pour finir par s'apercevoir que si certaines constellations étaient les mêmes, leur place dans le ciel était inversée et leur forme renversée. Une fois cela admis, il s'était lentement habitué à lire dans le ciel austral où figuraient néanmoins de nombreuses étoiles dont il ignorait le nom. Sur ce sujet, et sur tant d'autres, il avait tout à fait conscience d'avoir encore beaucoup à apprendre avant de connaître et de comprendre cet étonnant et déroutant pays dans lequel il vivait depuis bientôt sept mois.

Martial et lui avaient été beaucoup moins dépaysés en découvrant Valparaíso qu'ils ne l'avaient été au cours de leur brève escale à Rio ou à Montevideo. Martial parce qu'il connaissait l'Italie et avait retrouvé les couleurs, le bruit et l'animation des villes italiennes, et Antoine parce que Valparaíso avait l'odeur, la luminosité et la douceur des agglomérations de la côte algérienne.

De plus, à peine à terre, après avoir fait leurs adieux au père Damien, pressé de rejoindre sa nouvelle paroisse, ils avaient été chaleureusement accueillis et pris en charge par le représentant au Chili de la Société commerciale Delmas et Compagnie.

Du même âge qu'eux, Edmond d'Erbault de Lenty était un homme efficace, précis, à qui six mois de Chili avaient suffi pour comprendre que si les idées de M. Delmas et des actionnaires de la Soco Delmas et Cie étaient bonnes et prometteuses, leur réalisation n'était pas aussi simple qu'elle paraissait vue de France.

— Vous allez très vite vous apercevoir que nous nous heurtons à trois sortes de castes, avait-il dit à Martial et Antoine, trois castes qui se sont installées avant nous et n'ont pas envie de nous laisser une trop grosse part du gâteau ! D'abord, les Allemands, ils ont dix à quinze ans d'avance sur nous, et ils tiennent les banques ainsi qu'une bonne partie du commerce et du transport maritime. Ensuite, les Anglais qui, selon leur habitude, broutent partout et dans tous les râteliers ! Et, enfin, les Créoles qui sont ici chez eux et ne tiennent pas beaucoup à nous voir grappiller aux mêmes plats qu'eux, à savoir les fantastiques richesses de ce pays...

— Qu'est-ce que vous appelez les Créoles ? Les sang-mêlé ? avait demandé Martial.

— Malheureux ! vous n'y pensez pas ! Ne répétez jamais ça ! Non, non, les Créoles sont de purs Blancs nés ici ! Ce sont leurs ancêtres qui ont colonisé le pays, et ils font tout pour que nul ne l'oublie ! Pour eux, tant que nous n'avons pas fait nos preuves, nous sommes des étrangers. Je préfère vous le dire tout de suite, ça vous évitera bien des impairs. Cela dit, le pays est immense et plein de promesses, et le gouvernement voit d'un très bon œil les commerçants que nous sommes ; dans la mesure, bien entendu, où nous contribuons à la modernisation du Chili et à son enrichissement. Alors, si vous êtes courageux...

Après avoir réceptionné, avec l'aide d'Edmond d'Erbault de Lenty, toutes les marchandises dont ils avaient la charge, ce qui les avait occupés deux jours, Martial, Antoine et leurs femmes avaient enfin pris la route de Santiago.

Antoine souriait encore au souvenir des exclamations d'heureuse surprise que Pauline, pourtant bien fatiguée, avait poussées dès qu'ils avaient débouché en haut du plateau qui surplombait Valparaíso et où serpentait leur route. Là, d'un coup d'œil, ils avaient découvert la cordillère qui, au loin, dentelait tout l'horizon. Et leur ravissement n'avait pas cessé au cours du voyage et s'était même accru en arrivant dans la plaine de Santiago.

Surplombée par les impressionnantes chaînes des Andes, toutes resplendissantes de neige, et appuyée au nord sur les *cerros* Blanco et San Cristobal, la ville les avait tout de suite séduits. Avec le *cerro* de Santa Lucia, éclatant de verdure et de fleurs printanières, qui la surplombait, son tracé à l'espagnole fait de larges rues se croisant en angle droit, ses alignements de vastes et colorées maisons basses à patios, presque toutes noyées dans les jardins, et son rio, élargi et gonflé par la fonte des neiges, Santiago avait fière allure.

Quant à leur maison du 12, calle de los Manzanos — qu'Antoine avait tout de suite traduit par rue des Pommiers —, située pourtant loin du centre et des quartiers résidentiels, elle leur avait tout de suite plu. C'était une demeure spacieuse, riche d'un beau jardin et accolée au vaste entrepôt qui n'attendait plus qu'eux pour devenir le comptoir de vente à l'enseigne de la Société commerciale Delmas et Compagnie.

Le soir même, bivouaquant au milieu de toutes leurs

affaires qui jonchaient les pièces, ils avaient ouvert une bouteille de champagne et trinqué avec Edmond d'Erbault de Lenty à la réussite de leur aventure.

— Il n'a pas trop mal supporté le voyage, avait décidé Martial après avoir testé le vin. Si j'avais su, j'en aurais pris davantage. Enfin, le tout est de savoir à quel prix je vais pouvoir le vendre !

— Très cher, avait assuré Edmond. Ici, le champagne, c'est comme les Françaises, c'est si rare que c'est inestimable...

Et il avait levé son verre en direction de Rosemonde et de Pauline.

C'était ce même soir, mais beaucoup plus tard, qu'Antoine avait deviné, lorsque Pauline et lui s'étaient retirés dans leur chambre. Pour la première fois depuis leur départ de France, il avait pu revoir sa femme telle qu'il l'aimait, fraîche après sa toilette du soir. Il avait été privé de ce plaisir pendant les cinquante-deux jours de bateau et même depuis leur arrivée à Valparaíso : Pauline, fatiguée, allait se coucher bien avant lui, ou bien ils partageaient la même pièce avec Martial et Rosemonde.

Ce soir-là, enfin, ils s'étaient retrouvés comme dans leur petite mansarde de Lodève. Antoine avait tout de suite vu que sa femme avait changé. De tout gentiment menus, petits et discrets qu'ils étaient, deux mois plus tôt, ses seins étaient devenus galbés, lourds, superbes ; avec des mamelons bien érigés et comme déjà gonflés de lait. Il s'était aussitôt fait la réflexion que c'était impossible, car beaucoup trop tôt. Pourtant, il ne rêvait pas : Pauline arborait une poitrine qu'il n'avait jamais vue !

— Dis donc, ça te profite, les voyages ! avait-il plaisanté en l'attirant contre lui.

Et il avait remarqué ses yeux cernés, sa petite mine pâlotte et s'était remémoré les dix derniers jours du voyage, Pauline toujours malade. Soudain, il avait compris : c'était tellement logique, naturel !

— Ça alors... avait-il murmuré sans oser livrer le fond de sa pensée. Ça alors...

Il était tout à fait assommé, fou de joie mais assommé. Il n'arrivait pas encore à réaliser qu'il allait être père, mais débordait déjà de fierté et d'allégresse. Et il était parti d'un grand rire lorsque Pauline, un peu anxieuse quand même, lui avait demandé si cela ne dérangeait pas trop ses plans.

Et maintenant, plus la date de la naissance approchait, plus il était inquiet. Pauline avait beau lui assurer que tout irait bien, il n'était pas tranquille et s'en voulait chaque fois qu'il devait la quitter pour aller vendre, ou échanger, de plus en plus loin, toutes les marchandises dont pouvaient avoir besoin les habitants des bourgs, des haciendas ou même des pueblos les plus reculés.

Dès leur installation, Martial et lui avaient vite compris qu'ils ne devaient pas se contenter de la clientèle de Santiago. Pour riches et avides de nouveautés françaises que fussent certaines familles créoles, elles étaient peu nombreuses et surtout très versatiles : elles ne pouvaient suffire à faire vivre le comptoir. Quant aux autres clients, dont quelques rares Français, ils avaient la possibilité de s'approvisionner chez leurs commerçants habituels — souvent des Chinois — installés depuis des années.

Aussi, dès qu'ils avaient pu confier à leurs épouses la marche du comptoir, Martial et Antoine avaient-ils pris la route. C'était très rentable, mais cela les contraignait à partir parfois pour plus de quinze jours, et c'est alors qu'Antoine s'inquiétait vraiment pour Pauline.

Aussi, pour se rassurer et sans tenir compte de la folle idée qu'elle s'était mise en tête — elle voulait accoucher avec pour seule aide celle de Rosemonde qui, paraît-il, avait une fois assisté une de ses voisines —, l'avait-il accompagnée chez la femme d'un docteur hollandais qui pratiquait les accouchements.

Cette sèche et anguleuse personne, beaucoup plus aimable que son physique ne le laissait paraître, lui avait annoncé que tout se passerait bien, que le bébé naîtrait sans doute vers le 15 juin, et qu'il serait superbe.

Malgré ces propos réconfortants, Antoine avait peur. On était le 24 mai, et il leur faudrait au moins dix jours avant de rejoindre Santiago ; alors, pour peu que le bébé arrive un peu en avance... De toute façon, il n'aimait pas savoir les deux jeunes femmes seules, là-bas, dans la grande maison de la calle de los Manzanos.

— Qu'est-ce qu'il baragouine, cet abruti ?

— Il dit qu'il n'a pas d'argent, traduisit Antoine.

— Ça m'aurait étonné ! Fera plus chaud qu'aujourd'hui le jour où tu verras un de ces pouilleux avec la moindre piécette ! Allez, on remballe tout ! décida Martial. Mais, crois-moi, je ne suis pas près de remettre les pieds dans ce secteur ! Parole, on le saura qu'il ne faut pas sortir des vallées. Tu parles d'un désert ! Et ils ont le culot d'appeler ça le petit Nord ! Qu'est-ce que ça doit être, le grand !

Il était furieux d'avoir quitté la zone fertile du rio Limari pour, après deux heures de mauvaise piste, arriver devant cette douzaine de cases crasseuses qui puaient la misère. Furieux aussi d'avoir écouté les propos du métis qui, le matin même, les avait envoyés plein nord. Mais aussi, quelle idée de lui demander leur route ! Cet imbécile, qui avait l'air aussi franc qu'un cul d'âne, les avait expédiés n'importe où ! Peut-être pas méchamment, plutôt par bêtise car dans son embryon de cerveau — qui flottait manifestement dans une sérieuse dose de *pisco* — avait dû germer un trait de génie ! A savoir que puisque les gringos voulaient savoir s'il y avait un village dans cette direction, il importait, uniquement pour les satisfaire, de répondre : « Oui, señors ! » Même s'il n'y avait rien au bout de la piste !

Et si Antoine l'avait questionné pour savoir si la lune se trouvait bien à trois heures de marche, derrière le premier buisson de *quiscos*, il aurait tout pareillement répondu : « Oui, señor ! » pour ne pas le contredire et pour empocher la pièce d'un centavo qui lui avait délié la langue.

Enfin, Martial était furieux car, contrairement à Antoine, il n'arrivait pas à comprendre cette espèce de charabia, moitié indien moitié mauvais espagnol, que marmonnait l'autre entre ses chicots noirs.

— Allez, insista-t-il, on s'en va ! Il nous reste au moins quatre heures avant la nuit, et je tiens à les mettre entre ces gueules de rats et nous ! Et encore, crois-moi, cette nuit je ne dormirai pas tranquille ! Pressons-nous et ramassons tout ça !

A la demande de celui qui paraissait être le représentant de la trentaine d'Indiens crasseux groupés autour du chariot, ils avaient présenté et étalé par terre quelques fers de bêche, des pioches, une hache, des casseroles et une plantureuse cafetière en émail rouge vif.

— T'énerve pas, recommanda Antoine, je crois qu'il a autre chose à nous proposer. C'est ce qu'il va chercher.

— Quoi ? Encore leurs bibelots pourris, leurs colifichets de rien du tout ! On ne sait déjà plus où les mettre ! Allons, tu vois bien qu'il n'a rien de valable à offrir !

— Attends, je te dis ! répéta Antoine en allumant un cigarillo.

Il n'était pourtant pas loin de partager le point de vue de son camarade : avec des Indiens aussi misérables le commerce sérieux n'était pas possible. Sauf exception, c'est-à-dire lorsque les clients avaient donné, en paiement, quelques peaux de chinchilla ou de viscache, tout ce que Martial et lui avaient pu récupérer jusque-là en échange d'une casserole ou d'un petit outil, c'étaient quelques babioles artisanales d'une valeur plus que douteuse. Les seuls acquéreurs de ce genre de camelote étaient les marins qui, de passage à Valparaíso, voulaient rapporter en Europe un souvenir typique.

Pourtant, aujourd'hui, s'il avait bien compris, l'autre ne lui avait pas parlé de cette sorte de troc. Alors, autant attendre et voir...

— Ils nous préparent une entourloupette, pronostiqua Martial, et, en plus, avant une heure, on va essuyer le déluge du siècle !

Avec l'approche de l'hiver, la pluie était venue. Comme ils n'avaient pour ainsi dire pas vu pleuvoir depuis leur arrivée dans le pays, Martial et Antoine l'avait d'abord accueillie avec un certain bonheur. Elle les changeait agréablement du *camanchacas,* ce sinistre brouillard qui déformait tout et dans lequel il était redoutable de se perdre. Puis ils avaient appris à se méfier aussi de la pluie car, trop souvent, c'étaient de véritables trombes qui s'abattaient, grossissaient les rios, à sec jusque-là, et, en quelques instants, rendaient les gués impraticables pour plusieurs heures. Et là, Martial avait sûrement raison : s'accumulant et s'épaississant sur les flancs des Andes, d'énormes masses de nuages noirâtres se gonflaient de minute en minute; avant peu, elles crèveraient.

— Ah, enfin ! fit Antoine en voyant revenir l'Indien. Regardons ce qu'il apporte.

— Et puis après, filons ! insista Martial.

Ils se penchèrent pour voir ce que l'homme était en train d'aligner par terre, en face de leur marchandise. Ils eurent le réflexe de ne point sursauter.

Impassibles, ils attendirent que l'Indien eût vidé le petit sac de cuir qu'il avait été chercher; mais Antoine nota avec amusement que la main de Martial tremblait lorsque son compagnon alluma un cigarillo.

— Tu crois que c'est du vrai ? demanda-t-il sans oser se baisser pour examiner et soupeser un des cailloux alignés devant eux.

— Si c'est pas du vrai, ça y ressemble furieusement, mais je ne suis pas spécialiste, dit Martial en mordillant son cigarillo. Alors, c'est peut-être tout simplement du plomb...

— Ce qui m'étonne, murmura Antoine, c'est que les mines d'argent sont beaucoup plus au nord. Si on en croit Edmond, elles se trouvent à plus de mille kilomètres d'ici, dans je ne sais quelle province.

— Edmond ! Edmond ! Il est peut-être comme nous, c'est-à-dire qu'il n'y connaît rien ! Bon, demande donc à ce vieux trognon ce qu'il veut en échange, et ne nous occupons pas de savoir d'où il sort son argent. Si, toutefois, c'est de l'argent et non une quelconque saloperie de rien du tout...

— Il veut tout ce qu'on a déballé, et surtout la cafetière, traduisit Antoine peu après.

— Bon Dieu ! grommela Martial en réfléchissant, si son minerai n'est pas du toc, il vaut vingt fois la marchandise qu'il réclame ! Mais évidemment, s'il est faux, on est sacrément roulés... Il tira sur son cigarillo, médita un instant. Bon, décida-t-il, on tente le coup, et tant pis si nous sommes les couillons de l'affaire, on saura qu'il ne faut plus rien proposer aux Indiens. Vas-y, dis-lui que c'est d'accord, mais, avant, discute un peu quand même, pour le principe, faudrait pas qu'il s'imagine qu'il nous roule ! Tiens, réclame donc un caillou de plus. Sont pas à quelques grammes près, ces gens-là, sutout si c'est du fer ou du plomb !

Et parce qu'il se piquait au jeu, il attaqua lui-même la discussion faisant comprendre par gestes, appuyés d'un espagnol plutôt francisé, que la belle cafetière rouge valait, à elle seule, beaucoup, beaucoup d'argent.

— Tu ne te rends pas compte ! insista-t-il en souriant, cette cafetière elle vient tout droit de... Tiens, de Saint-Etienne, je parie ! Voilà, de Saint-Etienne ! C'est quand même quelque chose ! Tu vas être le seul, de toute la chaîne des Andes, et peut-être même de toute l'Amérique, à posséder une cafetière qui a été fabriquée à Saint-Etienne ! C'est pas rien, tu sais ! insista-t-il en retournant l'ustensile pour le faire admirer.

Mais l'autre, tout à fait hermétique à d'aussi fallacieux et mystérieux arguments, ne voulut rien savoir. Il cracha un jet verdâtre issu de la boulette de coca qu'il chiquait, s'accroupit sur ses talons et attendit tout en regroupant devant ses orteils sa monnaie d'échange. Il avait l'éternité devant lui.

— Voilà, t'as gagné ! plaisanta Antoine. Ça t'apprendra à dire n'importe quoi ! Elle ne vient pas de Saint-Etienne, cette cafetière, mais d'Aurillac, le haut lieu de la chaudronnerie ; il l'a vu tout de suite, tu penses ! Bon, laisse-moi faire. Je vais lui dire que c'est d'accord pour ce qu'il propose, je lui laisse la cafetière d'Aurillac, elle lui fait vraiment envie, mais je reprends une bêche, pour le principe. Et puis, je vais lui demander s'il veut qu'on revienne bientôt avec d'autres marchandises.

— D'accord comme ça, approuva Martial, mais tâche aussi de savoir s'il a des voisins dans le coin ; après tout, on n'a pas encore écoulé tout notre stock.

— Il est d'accord, expliqua bientôt Antoine en ramassant les blocs de minerai et en les soupesant dans sa paume. Bon Dieu ! je crois bien que c'est vraiment de l'argent...

— Faudra faire voir ça à quelqu'un qui s'y connaît... Tu lui as demandé, pour ses amis ?

— Oui, mais ils sont plus haut, dans la montagne.

— Alors, on verra une autre fois. Moi, maintenant, j'ai

hâte de rentrer en ville, histoire de savoir si on est des pigeons ou des lions ! Allez, en route !

Ils saluèrent les Indiens de la main et fouettèrent les mules. Déjà, d'énormes gouttes de pluie s'écrasaient sur la bâche du chariot.

Une fois de plus, et il en était ainsi presque chaque jour, Rosemonde dut se faire violence pour ne pas arracher le balai des mains de cette empotée de servante et de lui faire voir comment, et surtout à quelle vitesse, il fallait balayer. Mais elle se retint : un tel geste était impossible et inutile ; la métisse n'aurait rien compris et, vexée, serait partie bouder ou sommeiller dans un coin du jardin.

C'était une *Zambos*, donc, aux dires des Créoles, ce qui se faisait de plus misérable dans la catégorie des sang-mêlé. Et, de ce côté-là, Jacinta ne manquait pas d'originalité, c'était même sa seule richesse. En elle se croisaient de l'espagnol et du portugais, mais aussi de l'indien et du noir. Pas méchante et n'ayant pour seul salaire que sa nourriture journalière et, parfois, quelques pièces d'un centavo, elle formait avec Arturo, le jardinier, et Joaquin, le garçon de magasin, tout le personnel qu'employaient Martial et Antoine.

A l'inverse de Pauline, encore marquée par toutes les années passées au service des autres et qui se sentait gênée lorsqu'elle devait donner un ordre aux domestiques, Rosemonde s'était vite habituée à son rang de patronne. Elle le tenait bien et avec humanité car, pas plus que Pauline, elle ne pouvait oublier sa vie en France et toutes les corvées, y compris le balayage, qu'elle effectuait à l'auberge.

— Allons, presse-toi ! lança-t-elle à Jacinta. Les maîtres vont peut-être revenir aujourd'hui et la maison sera toute sale !

Elle n'était pas du tout certaine que Martial et Antoine rentrent ce jour-là, mais il lui plaisait de l'espérer. Ils étaient partis depuis presque trois semaines, et il y avait donc quelques chances pour qu'ils arrivent en ce jeudi soir.

Elle s'ennuyait beaucoup de Martial et avait de plus en plus besoin de sa présence, de sa solidité et de tout le réconfort qu'il lui apportait. Car si elle ne regrettait pas une seconde de l'avoir accompagné si loin des quais de la Garonne et des cieux d'Aquitaine, la France, parfois, lui manquait ; lui manquait cruellement même, comme un être cher dont la trop longue absence vous afflige.

Enfin, elle avait également hâte de voir revenir Antoine car elle n'était pas tranquille à cause de Pauline et de son état qui ne lui donnait pas toute satisfaction.

Plus la naissance approchait, et moins la jeune femme semblait prête à l'affronter au mieux ; non pas moralement — de ce côté elle était bien armée —, mais physiquement. Elle avait de plus en plus de difficulté à se mouvoir, devait passer de longues heures allongée et paraissait parfois souffrir vraiment beaucoup.

Cela inquiétait Rosemonde. Par manque d'expérience, elle était complètement désarmée et ne redoutait qu'une chose : que la naissance survienne en l'absence d'Antoine. Certes, elle avait un jour aidé une de ses voisines à Bordeaux, mais c'était une robuste mère de famille qui accouchait pour la huitième fois. Rosemonde n'avait rien eu à faire, sauf mettre de l'eau à bouillir, recevoir le bébé et le baigner, la mère ayant elle-même ligaturé et coupé le cordon.

Tandis que là... Pauline n'en savait pas plus qu'elle et était très loin d'avoir la carrure, la solidité et la largeur de bassin d'une mère de famille nombreuse. Elle essaya de se rassurer en se disant que son amie n'était quand même pas sur le point d'accoucher, et que les hommes allaient sûrement revenir d'un jour à l'autre, peut-être même d'un instant à l'autre.

— Allons ! dépêche-toi un peu ! redit-elle à Jacinta, M. Martial va arriver, et je veux qu'il trouve une maison propre.

Lentement, avec peine, car elle avait très mal aux reins, Pauline se leva pour aller préparer le repas du soir ; c'était le seul travail qu'elle pouvait encore faire. Elle était de plus en plus confuse d'être devenue une charge pour Rosemonde, et de ne même plus pouvoir l'aider à tenir le magasin. Heureusement, bientôt, tout rentrerait dans l'ordre ; avant quinze jours, si tout allait bien, elle aurait retrouvé sinon sa complète forme, du moins sa souplesse et sa vivacité.

Elle avait eu beaucoup de mal à admettre que son enfant allait naître en hiver ; il y avait là quelque chose qui gênait son bon sens. Pour elle, et quoi qu'on ait pu lui dire, lui expliquer, lui prouver, le mois de juin c'était, et ça resterait, le premier mois de l'été. Et tout ce qu'on avait pu lui raconter sur le changement d'hémisphère ne l'avait pas convaincue. Pour tout dire, elle n'avait pas saisi grand-chose à cette inversion des saisons, mais s'en était consolée en constatant que Rosemonde était dans le même cas ; pour elle aussi, l'hiver, ce ne pouvait être juin, sa douce température et son ciel presque toujours bleu.

« Ils diront tout ce qu'ils voudront, pensa-t-elle en se dirigeant vers la cuisine, l'hiver, c'est autre chose. C'est le froid et la neige, et ce n'est pas au mois de juin ! »

— Ça ne va pas ? demanda Pauline en voyant pâlir Rosemonde.

— Ce n'est rien, assura la jeune femme, mais elle repoussa son assiette, s'appuya contre le dossier de sa chaise et ferma les yeux... Ce sont sûrement les haricots de midi qui m'ont barbouillé l'estomac. J'ai déjà remarqué que je les supportais mal, depuis quelque temps. Il est vrai que, chez nous, les haricots sont blancs, et non rouges ou noirs ! Ceux-là, on les donnerait aux animaux, pas aux humains ! Quel pays de sauvages !

Elle était amère et triste. Avec la nuit était tombé l'espoir de voir revenir les hommes ce soir-là. Et elle avait tant misé sur ce retour, tant espéré qu'elle allait pouvoir se blottir dans les bras de Martial qu'elle avait maintenant le plus grand mal à cacher sa peine.

— Tu as mauvaise mine, observa Pauline en se versant un demi-verre de vin.

— Tu t'es regardée ! lança Rosemonde.

— Oui, mais moi, c'est normal, fit Pauline en portant le verre à ses lèvres.

D'après Martial, spécialiste en la matière, le vin chilien, fait avec des cépages importés tout droit du Bordelais, était correct, chaud, avec un solide bouquet ; naturellement, toujours selon lui, il n'arrivait pas à la cheville de la plus médiocre piquette française ! Ce n'était pas du tout l'avis d'Antoine qui, fallacieusement et pour le plaisir d'entendre hurler son ami, assurait, sans rire, qu'une seule bouteille de ce nectar valait toute une barrique de vin de l'Hérault !

Pauline sourit en songeant à toutes ces discussions et se réjouit à l'idée que, bientôt, dès le lendemain peut-être, Antoine et Martial seraient là pour les animer. Puis elle observa de nouveau Rosemonde et s'assombrit. La jeune femme était vraiment de plus en plus pâle : la sueur perlait à son front, ses narines se pinçaient et même ses lèvres blanchissaient. Et, soudain, elle bascula sur la table.

Pauline se leva aussi vite que le lui permettait son état, s'approcha d'elle et dénoua son corsage pour l'aider à respirer plus librement. Puis elle mouilla une serviette et la plaqua sur le visage exsangue de son amie.

— Mon Dieu ! murmura-t-elle, qu'est-ce que je dois faire ? Je ne peux pas la laisser comme ça !

Les deux femmes étaient seules dans la maison, et il y avait peu de chances pour que les voisins entendent ses appels si elle criait par la fenêtre. Les jardins étaient vastes, encombrés d'arbres et d'épais buissons dans lesquels se perdrait sa voix, surtout ce soir-là, où le vent soufflait. Quant à sortir pour aller chercher de l'aide, c'était au-delà de ses forces : elle avait trop peur d'affronter la nuit.

D'ailleurs, bien qu'on leur eût affirmé qu'il n'y avait aucun risque, car nul n'oserait porter la main sur des Blanches, Françaises de surcroît, Antoine et Martial leur avaient recommandé de ne jamais être dehors après le coucher du soleil — sauf en cas de tremblement de terre —, ni même d'entrebâiller une fenêtre si quelqu'un les appelait de l'extérieur. Ils estimaient, peut-être à tort — mais comment savoir ? — qu'il y avait beaucoup trop de miséreux qui, même à jeun et en plein jour, étaient capables d'égorger père et mère pour un demi-peso ; alors dans l'obscurité et pour peu qu'ils aient bu...

Elle essaya de redresser Rosemonde, toujours affalée sur la table, et parvint juste, dans l'effort qu'elle fit, à éveiller une terrible douleur dans son bas-ventre.

— Faudrait pas, en plus, que je me mette à accoucher ! se dit-elle avec un petit rire nerveux.

Puis elle se souvint qu'Antoine et Martial s'offraient, parfois, religieusement, un petit verre de cette bouteille d'armagnac 1852 que Martial avait apportée dans ses bagages. Elle alla jusqu'au buffet, se baissa non sans mal, pour saisir le flacon. Comme elle se sentait faiblir, elle s'octroya une bonne gorgée d'alcool. L'armagnac la fouetta et les larmes perlèrent à ses yeux. Elle s'ébroua, revint vers Rosemonde, lui tourna la tête, inséra le goulot entre les lèvres pâles et versa.

Le médicament était vraiment efficace : Rosemonde rejeta brusquement la tête en arrière et cracha comme un chat en colère.

— Mais qu'est-ce qui se passe ? demanda-t-elle en portant la main à ses lèvres.

— Ah ! tu m'as fait peur ! soupira Pauline en s'asseyant. Si tu savais ce que tu m'as fait peur !

— Qu'est-ce que j'ai eu ?

— Tu es partie d'un coup. Préviens-moi si ça doit t'arriver d'autres fois, c'est pas bon pour moi, ce genre d'émotion ! Et puis tu devrais aller voir un médecin, ce n'est pas normal de tomber comme ça !

— Tu as raison, reconnut Rosemonde. J'irai voir un médecin dès que Martial sera là... Maintenant, il faut que j'aille m'allonger.

— Moi aussi, dit Pauline, mais... mais à ton tour il faut que tu m'aides... Je crois que je me suis déplacé quelque chose dans le ventre en essayant de te redresser. On fait vraiment une belle équipe !

— Ça te fait mal ? s'inquiéta Rosemonde.

— Non, plus maintenant. Je crois que ça va mieux, assura Pauline en s'accrochant à l'épaule de son amie... Qu'est-ce qui t'arrive ? Ça recommence ? demanda-t-elle en voyant la mine de Rosemonde.

Elle pâlit à son tour en découvrant une large tache de sang sur la paille de son fauteuil.

Antoine regroupa le charbon dans le foyer, donna quelques vigoureux coups de soufflet et attendit que le fer vire au rouge.

Il leur avait fallu beaucoup de diplomatie, à Martial et à lui, pour convaincre le charron du village de rallumer sa forge alors que la nuit était tombée. De la diplomatie, mais également la promesse que quelques centavos récompenseraient le propriétaire de ce très sommaire atelier, s'il voulait bien les aider.

Peu après le repas de ce jeudi, et alors qu'ils avaient tout l'après-midi devant eux pour atteindre Santiago avant le soir sans pour autant crever les mules, la roue avant gauche du chariot avait brutalement cédé en se bloquant dans une mauvaise fissure rocheuse qui s'ouvrait dans la piste. Par chance, et bien que trois rayons eussent cassé, le bandage n'avait pas sauté. Ils avaient donc pu, tant bien que mal, rafistoler la jante et arriver à petit pas dans ce modeste pueblo.

Parce qu'ils voulaient absolument atteindre Santiago le plus tôt possible dans la journée du lendemain, ils avaient décidé de réparer le soir même. Et parce qu'ils n'avaient pas grande confiance dans le savoir-faire du forgeron, ils s'étaient mis eux-mêmes à l'ouvrage.

Après avoir taillé et ajusté trois nouveaux rayons d'acacia dans le moyeu, ils avaient mis le bandage au feu. Bientôt, il aurait la dilatation nécessaire pour reprendre sa place autour de la jante et pour l'enserrer au plus juste dès qu'il se contracterait sous quelques seaux d'eau.

— Ça va pas tarder à être bon, prévint Antoine en redonnant plusieurs coups de soufflet, mais fais partir les gosses de là ! On va finir par en estropier un et ça fera toute une histoire !

Tout le village semblait s'être regroupé autour de la forge. Ça discutait et ça riait.

— Ils se foutent de nous, hein ? demanda Martial.

— Pas trop, assura Antoine, mais ils trouvent très drôle que des hommes comme nous, des Blancs, s'abaissent à faire le travail de leur forgeron.

— C'est bien ce que j'avais compris. Eh bien, qu'ils rigolent ! Ça vaut mieux que de laisser saboter notre roue par ce citoyen qui a l'air forgeron comme je suis évêque !... C'est assez chaud ?

— Oui, allons-y.

S'aidant des pinces, ils agrippèrent le bandage rougeoyant, le portèrent jusqu'à la roue, à plat dans la poussière, et le posèrent sur la jante. Le bois fuma, s'enflamma même par endroits. Rapidement, ils martelèrent le fer, lui firent prendre sa place.

— Pressons, dit Antoine en attrapant un seau d'eau.

Une âcre vapeur blanche fusa dans la nuit lorsque l'eau grésilla sur le bandage brûlant.

— Et voilà le travail ! fit Martial en s'essuyant le front. Comme ça, on pourra partir au petit jour et on sera presque en ville pour midi.

— Je suis sûr que les femmes nous espéraient ce soir, dit Antoine en posant ses outils sur l'enclume.

— Oui, mais avec ce qu'on rapporte, elles ne pourront pas nous en vouloir d'être un peu en retard...

— C'est vrai, sourit Antoine.

La veille, ils s'étaient arrêtés à San Felipe, et, là, on leur avait confirmé que leur minerai était bien de l'argent. Pas trop pur, mais qui, converti en bons et solides pesos d'or, justifierait à lui seul trois semaines d'absence et une nuit de retard.

- Tu ne vas pas me faire ça, non? essaya de plaisanter Rosemonde. Tu ne vas quand même pas accoucher cette nuit?

Pauline ébaucha un sourire, mais elle était trop absorbée par ce qui se passait en elle pour répondre.

Elle était très inquiète en pensant à tout ce sang qu'elle avait perdu : dans sa mémoire, revenaient toutes les conversations qu'elle avait entendues lorsque, repasseuse dans la blanchisserie de la mère Honorée, elle était entourée de femmes qui, presque toutes, avaient accouché. Qu'il s'agisse d'accouchements normaux ou des criminelles interventions de faiseuses d'anges — pendant longtemps la petite Pauline s'était interrogée quant à leur rôle dans ces histoires —, ces femmes parlaient toujours du danger qu'il y avait à se vider de son sang, lentement, sans douleur, mais irrémédiablement.

— J'ai perdu beaucoup de sang? demanda-t-elle faiblement.

— Non, je ne crois pas. Et puis, c'est peut-être normal, hasarda Rosemonde d'une voix qui se voulait rassurante.

Elle était pleine de remords : c'était à cause d'elle — et de son stupide malaise — que Pauline avait fait l'effort qui avait déclenché son hémorragie. Aussi, malgré sa fatigue, était-elle bien décidée à passer la nuit pour veiller sur son amie, si toutefois une nouvelle faiblesse ne la terrassait pas.

— Tu veux du café? proposa-t-elle, prise d'une soudaine inspiration.

Pauline sourit, fit non de la tête.

— Mais va t'en faire, dit-elle, je pense que tu vas en avoir besoin.

— Tu crois que c'est ça? C'est... la naissance?

Pauline acquiesça et se mordit les lèvres car une sourde douleur venait de l'inonder.

— Alors, il faut que j'aille chercher de l'aide!

— Non! protesta Pauline en se redressant un peu, non! Tu ne vas pas me laisser toute seule dans la maison! Et puis, il ne faut pas que tu sortes en pleine nuit. Ne me laisse pas! Tu vas voir, tout va aller très bien, sans histoires, je le sens... Va vite faire du café et reviens. Après, on se mettra au travail pour faire une belle surprise à Antoine.

Pendant deux heures, parce que Pauline paraissait dormir paisiblement, Rosemonde espéra que la nuit s'écoulerait sans autre problème.

Fatiguée, elle avait fini par s'allonger dans le grand lit

défait, à côté de son amie, et faisait tout pour ne pas sombrer dans le sommeil. Elle était résolue à veiller de façon à pouvoir s'assurer, discrètement mais souvent, que la jeune femme n'était pas en train d'avoir une hémorragie. Par chance, tout semblait s'être stabilisé de ce côté-là.

Et, brusquement, peu après minuit, alors que Rosemonde luttait de plus en plus difficilement contre la torpeur, Pauline se redressa, porta les mains à son ventre et gémit. Cassée en deux par la douleur, elle ramena les jambes contre elle, comme si elle voulait s'accroupir, se lover et stopper la progression de cette brûlure qui lui sciait les entrailles et les reins.

Debout à ses côtés, Rosemonde demeura d'abord interdite. Puis, d'instinct, elle trouva les gestes qui apaisent.

Doucement, mais fermement, elle massa le ventre distendu et, de la paume, prenant peu à peu de l'assurance, elle poussa délicatement vers le bas cette boule noueuse qui bougeait sous ses mains. Et elle vit qu'elle soulageait Pauline, qu'elle la réconfortait.

Plus tard, elle fut incapable de dire combien d'heures avait duré cet accouchement. Incapable aussi de se souvenir qui avait guidé ses doigts — l'index et le majeur — sous le menton du bébé pour lui tourner doucement la tête et l'aider à venir au monde, en lui dégageant les épaules l'une après l'autre. Incapable enfin d'expliquer comment elle avait fait pour ligaturer et couper le cordon de la petite fille qui hurlait à pleins poumons.

En revanche, elle se souvenait parfaitement de son affolement, presque de sa panique, puis du rire nerveux qui l'avait pliée en deux lorsqu'elle avait découvert qu'un autre bébé poussait déjà sa tête vers le monde.

Du coup, pendant quelques instants, elle n'avait su que faire du poupon bruyant et gluant qu'elle tenait dans ses mains; pas su non plus comment redonner quelques couleurs à Pauline qui paraissait de plus en plus faible.

Et, pourtant, une fois de plus, elle avait fini par réagir au mieux. Posant le bébé entre les seins de sa mère, elle avait refait, pour la seconde fois, les mêmes gestes et mis au monde un petit garçon tout aussi braillard que sa sœur. Et, tout de suite après, elle avait posé, tête-bêche, les deux marmots dans le berceau et s'était occupée de leur mère. De Pauline ruisselante de sueur, pâle, toute faible, menue et maigre maintenant, et qui souriait un peu, mais sans pouvoir ouvrir les yeux tant elle était épuisée.

Alors, avant même de lui faire sa toilette, elle lui avait fait avaler un bol de café, noir comme de l'encre et presque aussi épais que du sirop, un breuvage redoutable, sucré à outrance, mais sans doute tonique car Pauline avait repris quelques couleurs et enfin ouvert les yeux sur son bonheur, sur les bébés de plus en plus furieux et violets de colère.

Les deux femmes s'étaient alors regardées, et parce qu'elles avaient besoin de casser la tension qui les faisait encore trembler et de chasser la peur qui ne les avait pas quittées de toute la nuit, elles s'étaient embrassées en riant, puis en pleurant de fatigue et de joie.

Dehors, le jour pointait, et sous les premiers rayons du soleil, les Andes, blanches de neige, scintillaient comme mille phares. C'était le 6 juin 1872.

8

Après avoir suivi, pendant plus de trois semaines, les chemins et les pistes qui desservaient les régions d'Ovalle et de Coquimbo, ils avaient poussé jusqu'à Vallenar. De là, au lieu de prendre plein sud la route du retour, ils avaient suivi le rio Huasco, encore gonflé par les pluies d'hiver, et prospecté les environs d'El Transito.

Enfin, le matin même, parce que la piste semblait bonne et assez fréquentée, ce qui prouvait l'existence de quelques pueblos, ils avaient poussé plus à l'est et grimpé dans les contreforts désertiques et rocheux où s'étalaient les premiers bancs de neige.

Déjà l'altitude les oppressait un peu, et même les mules donnaient des signes de fatigue et d'essoufflement. Devant eux, découpant ses pics immaculés sur le ciel bleu profond, se dressaient la chaîne de la cordillère de Oliva et les sommets du Toro et de Potrerillo.

Soudain, à cinquante pas de leur attelage, plongeant à folle vitesse vers le ravin qui s'ouvrait à leur gauche, un condor coupa la piste.

Antoine sourit discrètement en voyant frémir son compagnon. Joaquin était aussi superstitieux qu'une vieille Indienne et découvrait des présages — bons ou mauvais — un peu partout.

Depuis plus d'un mois qu'il faisait équipe avec lui, Antoine avait appris qu'il valait mieux ne pas trop l'interroger sur la signification de tel ou tel signe. En effet, bien qu'il eût la fâcheuse habitude de les interpréter en fonction de son humeur du jour, Joaquin finissait par y croire dur comme fer. Ainsi, ce jour-là, Antoine était prêt à parier que le métis mourait d'envie de lui dire que ce condor, croisant leur route de droite à gauche, était une pressante invitation à rebrousser chemin sans plus attendre; dès le matin, son compagnon n'avait pas caché sa mauvaise humeur en apprenant qu'ils allaient grimper dans la montagne; de toute évidence et pour d'obscures raisons, cela lui déplaisait.

Malgré ce travers, auquel il s'était vite habitué, Antoine était satisfait d'avoir pris Joaquin comme équipier. Il s'occupait très bien des mules, faisait une cuisine mangeable, servait de guide et d'interprète et n'hésitait jamais à couvrir ses compatriotes d'insultes lorsqu'ils rechignaient à payer les prix demandés pour une bêche, une hache ou un moulin à café.

Antoine avait très bien compris que Martial n'ait pas voulu le suivre lorsqu'il avait repris la route, fin septembre. Ce voyage à plus de six cents kilomètres au nord de Santiago s'annonçait beaucoup trop long pour qu'il pût l'entreprendre avec le cœur léger et l'esprit libre.

Pendant tout l'hiver, Rosemonde leur avait causé beaucoup de soucis. À tel point que son état de santé avait quelque peu assombri la joie immense apportée par la naissance de Pierrette et de Marcelin et celle, non moins grande, de les voir s'éveiller, sourire, gazouiller au fil des mois.

Antoine conservait au fond du cœur l'impérissable souvenir du bonheur que lui avait donné Pauline lorsqu'il avait rejoint Santiago, quelques heures après la naissance. Jamais, de toute sa vie, il ne s'était senti aussi pleinement heureux, aussi débordant de reconnaissance et d'amour qu'en découvrant la jeune femme, triomphante au milieu du lit, entourée de ses deux bébés.

Et après cette première et merveilleuse vision, qui l'avait laissé tout attendri et presque un peu honteux d'être aussi manifestement heureux, était venue la deuxième surprise. Bouleversante, elle aussi, car symbolique et surtout preuve concrète de toute la délicatesse dont son épouse était capable.

D'abord, il n'avait pas remarqué ce qu'elle voulait lui faire voir, là, devant la fenêtre. S'approchant, il avait vu les deux pots de terre dans lesquels, déjà plus haut que la main, croissaient des plans de résineux. Prenant un pot dans chaque main, il était revenu vers le lit, avait scruté le regard de sa femme et tout compris.

— Alors, tu y as pensé, toi... Tu y as pensé...

— Eh oui...

— C'est quand nous sommes repassés ensemble aux Fonts-Miallet, juste avant notre départ ? avait-il demandé en caressant du doigt les petites aiguilles vert sombre.

— Oui, j'ai vu une grosse pomme de pin dans les orties, presque contre le mur de la grange. Elle était belle, alors je l'ai ramassée en souvenir. Une fois ici, c'est Rosemonde qui a remarqué les graines, parce que moi, tu sais, je n'y connais rien. Et c'est elle aussi qui m'a dit de les semer. C'est ce que j'ai fait, et j'ai caché les pots au fond du jardin. Je voulais te faire une surprise, mais j'avais bien peur que ça ne marche pas. Tu comprends, les graines auraient pu être détruites par le feu, elles aussi. Mais ça a réussi. Et maintenant, il y a encore une dizaine de plans, mais ces deux-là sont les plus beaux...

Il s'était détourné car il se sentait tout bête d'avoir soudain les yeux plus humides et brillants qu'il ne l'aurait voulu. Et il avait délicatement poussé la petite Pierrette à côté de son frère et, se penchant vers sa femme, l'avait serrée si fort contre sa poitrine qu'elle en avait gémi, tandis que de ses seins, déjà lourds et gonflés, ruisselait une giclée de lait.

C'est alors que Martial l'avait appelé : Rosemonde venait de s'évanouir. Et, depuis ce jour, ce qui les angoissait tous, c'était qu'aucun médecin n'avait pu leur dire de quoi souffrait la jeune femme.

Pas plus que le docteur allemand, accouru cet après-midi-là, que le Français appelé par Martial quand Rosemonde avait de nouveau perdu connaissance, trois jours plus tard. Ni l'un, ni l'autre ni même le troisième — un Allemand, lui aussi, consulté en désespoir de cause — n'avaient pu expliquer ces brusques faiblesses qui la terrassaient. A les croire, elle n'était atteinte d'aucune grave maladie; tout au plus, peut-être, d'une légère bronchite chronique, laquelle pouvait expliquer ses poussées de fièvre et son immense lassitude.

Comme traitement, parce qu'elle risquait l'anémie, le dernier praticien lui avait prescrit d'absorber, chaque matin à jeun, un grand verre de sang de bœuf encore tiède, recueilli à l'abattoir.

La jeune femme n'avait jamais pu se résoudre à suivre cette thérapie dont la seule évocation lui retournait l'estomac. Abandonnant ce troisième médecin, elle avait rappelé le Français qui, sans être plus doué ni perspicace que ses confrères allemands, dispensait des soins moins barbares et des potions moins écœurantes, mais totalement inefficaces.

Rosemonde avait traîné tout l'hiver, et elle était si faible et si pitoyable que Martial avait refusé de la quitter. De toute façon, elle était incapable de tenir correctement le magasin et de servir les clients, et Pauline, seule, ne pouvait tout faire, car, même si elle était en parfaite condition physique, ses deux bambins l'accaparaient plusieurs heures par jour.

Parce qu'il ne fallait négliger aucune source de revenus — et la vente ambulante était de très bon rapport —, Antoine avait dû reprendre la route. Mais il ne voulait pas être seul et avait demandé à Joaquin de le suivre. Il ne le regrettait pas, même si, parfois, ses prétendus augures l'agaçaient.

— *El pueblo!* prévint Joaquin en tendant l'index en direction d'un lointain éboulis rocheux vers lequel serpentait la piste.

Antoine scruta les flancs gris de la montagne, puis haussa les épaules.

— Je ne vois rien du tout, mais comme d'habitude tu as certainement raison. Alors, pousse les mules !

Joaquin avait un don stupéfiant pour repérer le plus modeste hameau ou la plus petite hutte de terre. De même, en ces contrées désertiques du Norte Chico où, sauf aux abords immédiats des rios, la sécheresse posait des problèmes — l'eau potable était rare, y compris à la sortie de l'hiver —, il décelait le moindre filet d'eau avec une sûreté absolue.

— Tu penses qu'il est important, ce pueblo? s'enquit Antoine.

Il connaissait, depuis l'avant-veille, l'existence de ce village et des quelques autres accrochés çà et là aux contreforts de la cordillère. Il tenait ces informations des propriétaires de la dernière petite hacienda rencontrée dans la vallée de Vallenar. C'étaient eux qui lui avaient garanti qu'il trouverait, à mi-montagne, des éleveurs de lamas, des chasseurs de chinchillas et de viscaches et aussi des prospecteurs en quête de plomb, de cuivre, d'argent ou d'or.

— Alors, redemanda-t-il, il est grand, ce pueblo?

Joaquin s'absorba dans la contemplation de l'endroit vers lequel ils se dirigeaient, parut presque compter les cases.

— Peut-être, dit-il enfin et presque à regret, mais pas bon pueblo, quand même !

Antoine sourit et lui envoya une bourrade dans les côtes.

— Allez, dis pas de bêtises ! Je sais bien que tu espérais que nous allions prendre le chemin du retour. Tu t'ennuies de ta femme ? Eh bien, il faudra patienter encore un peu ! De toute façon, tel que je t'ai vu faire, ce n'est pas elle qu'il te tarde de rejoindre, mais plutôt quelques muchachas bien chaudes, pas vrai ? Mais les affaires sont les affaires, alors, active les bêtes. Plus vite on arrivera là-bas, plus vite on repartira.

« Parce que moi aussi, songea-t-il avec une soudaine bouffée de chaleur dans tout le corps, moi aussi j'ai une furieuse envie de la retrouver, ma petite Pauline ! Et aussi de revoir les bambins ! »

Ils parcoururent encore quelques centaines de mètres avant qu'Antoine ne réalise que Joaquin freinait les mules.

— Qu'est-ce qui te prend ? grogna-t-il. Je t'ai dit d'aller plus vite. Tu es sourd ?

Le métis secoua la tête, tira les rênes et arrêta l'attelage.

— Faut pas aller là-bas, dit-il en tendant l'index, c'est pas bon du tout... Je le savais, le condor nous a prévenus en coupant notre route. Faut pas aller plus loin...

— Ça suffit ! dit Antoine d'un ton menaçant.

Mais il venait de découvrir ce qui terrorisait son compagnon : là-bas, des points minuscules tournoyaient lentement dans l'azur.

— Et alors, lança-t-il, tu as peur des urubus et des condors maintenant ? C'est tout simplement un puma, un lion, comme vous dites ici, qui a tué une chèvre ou un guanaco, et qui l'a caché sous quelque buisson ; et les vautours viennent au festin !

— Non, pas un lion ! protesta Joaquin. Jamais de lion

dans les pueblos, et là, les vautours sont au-dessus du pueblo...

— Et ça te fait peur ?

— Oui, très peur. Les condors tournent au-dessus des cases, c'est pas bon du tout, faut pas aller là-bas !

— Passe-moi les rênes, fit Antoine. Tes charognards ont repéré un mouton crevé ou un lama et ils ne m'empêcheront sûrement pas d'aller où je veux aller !

Il fouetta les bêtes et les poussa sur la piste.

Ils étaient encore à plus d'un kilomètre du village lorsque, jaillissant de derrière un rocher, un homme se campa au milieu de la piste et leur fit signe de s'arrêter.

C'était un Blanc d'une cinquantaine d'années, sale, hirsute, dépenaillé. Il sourit en voyant Antoine et sembla heureux de rencontrer quelqu'un de sa race.

— Faut pas que t'ailles là-bas, j'en arrive, dit-il avec un coup de pouce en direction du village. Sont tous crevés !

Antoine nota qu'il parlait un espagnol fortement teinté d'accent américain, et qu'il n'avait pas l'air très ému par sa découverte.

— Qu'est-ce que tu racontes ?

— La vérité, vrai de vrai. Parole ! Dis, t'aurais pas un coup à boire ? Moi, j'ai pas voulu me servir de leur putain de puits ! Tu comprends ? D'ailleurs, c'est jamais que de l'eau... Alors, si t'avais un petit coup de pousse-au-crime, histoire de me nettoyer la gorge...

Antoine se pencha vers l'intérieur du chariot, prit une gourde d'eau-de-vie et l'agita devant le nez de l'homme.

— Explique d'abord ce qui se passe, tu boiras après, dit-il en élevant vivement le récipient que l'autre tentait d'attraper.

L'homme cracha un long jet de chique qui moucheta de brun la poussière de la piste.

— Rien à expliquer. Je te dis qu'ils sont tous crevés, et depuis plusieurs jours, même!... Il vit que c'était insuffisant pour obtenir à boire et poursuivit : Moi, je prospecte dans le secteur, à cinq heures de marche d'ici. Comme tous les quinze jours, je suis venu au ravitaillement, et aussi voir une métisse pas farouche. Une veuve..., crut-il bon d'expliquer en voyant le mauvais coup d'œil que lui jeta Joaquin. Bon, alors, de loin, j'ai vu tous les vautours qui tournoyaient, mais j'ai cru que c'était juste quelque chèvre crevée qui les excitait. Alors, j'ai poussé jusque là-bas. J'ai vite compris... Sont tous morts. Trente-sept, ils étaient, tous morts! Et aussi presque tous les bestiaux, qui ont crevé de soif dans les corals. C'est après eux que sont les charognards, maintenant. Et y a même une famille de coyotes qui se disputent avec les chiens du pueblo!

Antoine acquiesça et abandonna la gourde entre les mains calleuses de l'homme. Il le laissa boire quelques longues gorgées, puis reprit le cruchon et le reboucha.

— Alors, ils sont tous morts? Et de quoi, à ton avis?

— La variole, à ce qu'on m'a dit, assura l'autre en rotant dans son poing.

— Qui t'a raconté ça?

— L'autre vieux fou qui les a enterrés. Il voulait même que je l'aide à reboucher les dernières fosses; mais ça, il pouvait toujours attendre!

— Donc il reste au moins un survivant?

— Ah non! lui, l'est pas d'ici. Il demeure à deux jours de marche, vers El Paso del Inca, à ce qu'il m'a dit. Paraît que c'est un gosse qu'est monté le prévenir qu'ils étaient tous en train de crever. Alors, il est venu. Ça fait plus de dix jours, à ce qu'il m'a raconté. Il a essayé de les soigner et, pour finir, il les a tous enterrés, tous... Un vrai fou. Faut dire que c'est un padre et un Français, qu'il m'a dit, et ces gens-là...

— J'aime bien les padres un peu fous, dit doucement Antoine, et je suis français. Alors...

— Pouvais pas deviner... grommela l'autre.

— Et à quoi il ressemble, ce padre ? Il aurait pas, des fois, une grande barbe grise et une énorme croix noire qui lui bat la poitrine ?

— La barbe est blanche, mais c'est vrai que la croix est de belle taille, et toute noire.

— Et il a des yeux bleus, pas vrai ?

— C'est ça ! dit l'autre, comme soudain frappé par une évidence, des yeux bleus ! Je me demandais ce qu'il avait de particulier ce curé. Des yeux bleus !

— Alors, ça doit bien être lui, murmura Antoine en souriant. D'ailleurs, qui diable à part lui serait assez fou, dans tout ce pays, pour vouloir arrêter une épidémie de variole dans un village indien ! Bon, décida-t-il en se tournant vers Joaquin, je vais y aller, attends-moi ici. Si, si, je vais y aller, mais rassure-toi, je vais prendre toutes les précautions nécessaires. En attendant mon retour, allume le feu et prépare le repas pour... pour trois. Oui, je vais revenir avec le padre. Quant à toi, dit-il à l'adresse du prospecteur, je ne peux quand même pas t'inviter à partager le repas d'un padre fou, français, et qui vient d'enterrer trente-sept varioliques, ça serait pas humain pas vrai ? Mais si tu as faim, dis-le, on s'arrangera quand même.

— J'ai ce qu'il faut et je vais repartir. Mais avant... je prendrais bien une rincée de gnôle. Et fais-le aussi, toi, parce que tu vas voir, là-bas, ça pue que c'en est pas possible, et, en plus, c'est plein de mouches...

Antoine arrêta son attelage à l'entrée du village. Puisque tout le monde était mort, il ne craignait rien pour son chargement et pouvait laisser le chariot à la seule garde des mules.

Après avoir versé une bonne rasade d'alcool sur son mouchoir, il le noua autour de son visage, juste à ras des yeux, et avança vers la place du pueblo.

Malgré le tissu qui lui protégeait le nez et la bouche, il fut vite écœuré par l'abominable odeur qui flottait partout et par les myriades de mouches bleues, gluantes, repues, qui cherchaient à se poser sur lui.

Çà et là, s'agglutinant en groupes répugnants, des vautours, aux sautillements grotesques, s'affairaient sur les cadavres éventrés de moutons et de chèvres, que leur disputaient, en grognant, des chiens au ventre lourd et au pelage brun de sang séché.

Il dut traverser tout le village et atteindre les maigres champs qui le cernaient avant d'apercevoir le père. Celui-ci lui tournait le dos et damait à coups de pelle un gros tumulus de terre fraîche.

Malgré tout le macabre de la scène, Antoine ne put s'empêcher de sourire en constatant que le père était presque entièrement nu. Seul un léger bout de tissu lui ceignait les reins et masquait son bas-ventre.

« Je comprends que l'autre vieux l'ait trouvé un peu fou... » songea-t-il.

Le religieux se retourna, l'aperçut, sursauta. Puis il essuya la sueur qui ruisselait sur son front et sur son torse maigre et fit quelques pas vers lui.

Antoine, pour se faire reconnaître, releva brièvement le mouchoir qui lui masquait le visage.

— Par Dieu ! fit le père en réfléchissant, vous ressemblez beaucoup à... Voyons, c'était sur le *Magellan*... Antoine ! Antoine Meyrac !

— Leyrac, rectifia Antoine en s'avançant.

— Restez où vous êtes ! recommanda le père, gardez votre mouchoir sur le nez et surtout ne touchez à rien !

— Ne vous inquiétez pas, je sais ce qui se passe ici. Le vieux prospecteur m'a tout expliqué. Alors, il faudrait me payer cher pour toucher quoi que ce soit !

— Alors, ça va. Autrement, il faudra brûler vos vêtements. Faut pas prendre de risques avec cette saloperie, c'est pour ça que je suis dans cette tenue grotesque. Je n'ai qu'une soutane et je ne veux pas la brûler ; aussi j'ai préféré la quitter avant d'entrer dans ce village, elle est dans les rochers, à un bon kilomètre d'ici. Mais au fait, qu'est-ce qui vous amène dans ce coin perdu ?

— Le commerce, dit Antoine en chassant les mouches qui tournoyaient autour de son visage, mais ce n'est pas très réussi, du moins ici...

— Oui, triste affaire. Je n'aurais jamais cru que la variole montait si haut en altitude. On m'a toujours dit qu'elle n'aimait pas ça, encore une légende... Pauvres bougres ! murmura-t-il.

Il jeta sa bêche, planta une petite croix sur la tombe, puis s'accroupit sur ses talons et soupira, épuisé.

— Vous êtes fatigué, dit Antoine. Venez, on va aller déjeuner. Venez, insista-t-il, mon domestique nous attend là-bas.

— Déjeuner ? Ça fait plus de dix jours que ça ne m'est pas vraiment arrivé... Alors, d'accord, mais, d'abord, il faut que je me nettoie ; je ne voudrais pas vous passer la saloperie qui sévit ici. Moi, il paraît que je ne risque rien ; j'ai eu la variole quand j'étais enfant et j'ai même failli en mourir, alors, comme on prétend qu'on ne l'attrape pas deux fois...

— C'est ce qu'on dit, approuva Antoine. Malgré tout, j'ai de l'alcool dans le chariot, vous allez pouvoir vous nettoyer. Ensuite, on rejoindra Joaquin.

— D'accord. Mais, après le repas, il faudra revenir ici. Il faut absolument mettre le feu partout. On ne peut pas laisser ce foyer d'infection derrière nous. Il ne passe pas grand monde ici, mais il suffirait qu'un Indien d'un autre pueblo vienne rôder pour porter l'épidémie un peu plus loin.

— Bien sûr, on fera ça. Venez maintenant.

Antoine avait rarement vu quelqu'un se nourrir avec un tel appétit. A lui seul, le père Damien avala presque la moitié du lièvre qu'Antoine avait abattu le matin même, et que Joaquin avait fait rôtir à la broche.

Après avoir jeté le chiffon qui lui servait de pagne et s'être passé tout le corps à l'alcool, le père avait enfilé sa bure, récupérée à la sortie du village, et ils avaient rejoint le campement.

Joaquin les avait vus revenir avec une certaine frayeur et était prudemment resté à plusieurs pas d'eux jusqu'à ce qu'Antoine lui eût longuement expliqué qu'il ne risquait rien puisque l'alcool dont le père et lui s'étaient inondés avait tué la maladie.

Et, depuis, le père dévorait. Engloutissant d'énormes morceaux de viande qu'il poussait avec de grosses cuillerées de haricots rouges.

— Allez-y ! l'encouragea Antoine, et resservez-vous.

— Merci. Cette fois, ça va ! assura le père. Je fais dix minutes de sieste et ensuite on ira brûler ces cases.

Il vida son verre de vin, s'essuya la bouche et la barbe, bâilla et sombra aussitôt dans le sommeil.

Délicatement, Antoine et Joaquin l'étendirent sur une couverture, à l'ombre du chariot.

— Dix minutes, sourit Antoine. J'ai plutôt l'impression qu'il va dormir jusqu'à demain ! Tu vas rester avec lui, dit-il à Joaquin ; moi, je vais aller faire cramer ces taudis ; ça sera toujours une bonne chose de faite.

Il prit un bidon de pétrole dans le chariot et partit vers le village.

Le père Damien ne dormit pas jusqu'au lendemain. Il s'éveilla après cinq heures d'un sommeil épais, alors que le soleil plongeait dans la brume poussiéreuse qui nimbait le couchant.

— Il fallait me secouer plus tôt, reprocha-t-il en se levant. Il s'étira, puis fronça les narines et regarda vers le village. C'est donc ça qui pue tant ! dit-il après avoir observé les derniers rougeoiements de l'incendie purificateur.

— Oui, ça empeste, reconnut Antoine. Puisque vous êtes réveillé, on va pouvoir aller bivouaquer un peu plus loin, ce n'est pas la place qui manque sur ce plateau !

— Il faut que je regagne mon village, dit le père en bâillant, mes paroissiens doivent commencer à se demander si je reviendrai un jour, ou si je ne suis pas mort !

— Vous n'allez pas partir maintenant ! protesta Antoine. Il va faire nuit noire d'ici à une heure, et la lune ne se lèvera pas avant le milieu de la nuit, et si en plus le *camanchacas* s'en mêle !

— Non, il y a peu de brouillard par ici, et puis je connais la piste, il suffit de la suivre, ce n'est pas une affaire.

— C'est stupide ! trancha Antoine en haussant les épaules. Allons, ne plaisantez pas ! Voilà ce qu'on va faire : on s'éloigne de ce pueblo puant, on dîne, on dort, et, demain matin, vous faites ce que vous voulez.

— Oui, mais après-demain, c'est dimanche, et si je ne pars pas ce soir, ils n'auront pas leur messe là-haut... J'ai deux grands jours de marche pour rejoindre Santa Esperancia. Oui, Sainte-Espérance, c'est le nom de ma paroisse. Enfin, quand je dis paroisse... C'est juste un petit pueblo, pas plus important que celui-là, quelques dizaines de cases occupées par des Indiens éleveurs de lamas et d'alpagas. Mais j'ai des fidèles qui viennent de très loin alentour, et après-demain ils seront déçus si je ne suis pas là. Déjà que, dimanche dernier, j'étais absent...

— Votre pueblo, il a toujours eu ce nom-là ?

— Non, c'est moi qui l'ai baptisé ainsi.

— Pourquoi Sainte-Espérance ?

Le père sourit, hocha la tête.

— Quand j'étais en France, dans mon monastère, j'ai tellement espéré repartir un jour pour retrouver des gens comme ceux d'ici, que je ne pouvais faire moins que de baptiser ainsi ces quelques cases au milieu desquelles je me suis installé, il y a huit mois. Santa Esperancia, c'est joli, non ? Et puis, on n'a rien fait de mieux que l'espérance ! Enfin, après la foi, naturellement, si l'on en croit les théologiens.

— Bien sûr, bien sûr, maugréa Antoine qui se sentait petit à petit piégé. Bon, dit-il soudain, on ne va pas tourner autour du pot toute la nuit ! Je parie qu'au nom de votre espérance, vous espérez qu'on fera un bout de route ensemble demain, histoire de rattraper cette nuit que vous allez perdre en dormant ici, pas vrai ?

— Il y a un peu de ça, reconnut le père, mais ce n'est pas si simple. A deux heures de marche d'ici, la piste n'est plus praticable avec un chariot... Ah ! si seulement j'avais une mule ! Ça passe partout une mule...

— Eh ! Doucement, doucement ! protesta Antoine, j'ai quatre mules, et j'en ai bien besoin pour traîner toute ma camelote ! De plus, je suis au moins à six cents kilomètres de Santiago, et il est grand temps que je reprenne le chemin du retour. Alors comment voulez-vous que je vous cède une de mes bêtes, c'est impossible !

— Dieu m'est témoin que vous me prêtez plus d'espérance que je n'en possède ! Non, croyez-moi, je n'ai jamais pensé à pareil arrangement. Simplement, demain, nous pourrions peut-être pousser jusqu'au petit pueblo qui se trouve à environ quatre heures d'ici au trot des bêtes... Là-bas, je sais qu'on me prêtera une monture. Grâce à elle, et en coupant au plus court, sans m'arrêter, j'atteindrai Santa Esperancia dans la journée de dimanche, ce serait très bien. Mais, pour ça, je veux dire pour atteindre le pueblo, il faudrait qu'on marche vers le nord-est...

— Le nord-est! s'étouffa Antoine, le nord-est! Alors que ma route est plein sud! Bravo, comme arrangement on ne fait pas mieux! Il observa le père et ses yeux bleus, à la fois candides et malicieux, haussa les épaules. C'était couru d'avance, dit-il en souriant. Bon, d'accord, on fera comme ça. Et maintenant, on lève le camp, on dîne, on dort quelques heures et on file au plus tôt vers votre fichu village!

— Vous n'y perdrez pas, assura le père. Vous verrez, non loin de ce pueblo, il y a un camp de prospecteurs. Je crois qu'ils sont une bonne cinquantaine, peut-être plus. Il paraît qu'ils viennent de découvrir un très important gisement de cuivre. Alors, si vous avez quelque chose à vendre...

— Fallait le dire plus tôt!

— Sûrement pas! J'aurais cru que vous me rendiez service par intérêt, et ça aurait tout gâché... Il tripota la grande croix qui pendait à son cou, se passa la langue sur les lèvres. Dites, vous n'auriez pas un petit coup de gnôle? demanda-t-il enfin. Je me sens un peu faible, à cette heure.

— Faible? s'étrangla Antoine, eh bien!... Joaquin, attelle les mules, mais, avant, apporte la gnôle, il paraît que le padre se sent un peu faible!

Et il éclata de rire.

Antoine s'éveilla en sursaut et devina aussitôt ce qui se préparait. Le malaise qu'il ressentait, ainsi que cette sourde angoisse et la désagréable impression de flotter, étaient autant de signes avant-coureurs d'un très proche tremblement de terre.

Il en avait beaucoup moins peur que la première fois quand, dans leur chambre de Santiago, Pauline et lui avaient senti frémir le sol sous leurs pieds, tandis que la carafe d'eau, posée sur la table de nuit, s'était écrasée au sol. A cet instant, ils avaient compris pourquoi les maisons de la ville n'avaient pas d'étages. Depuis, Antoine avait connu bien d'autres secousses et s'y était presque habitué. Seule, maintenant, le trahissait l'instinctive réaction de son organisme ; quoi qu'il fît pour se raisonner, son estomac se contractait, sa tête tournait et ses oreilles bourdonnaient.

Il se leva néanmoins et vacilla car, déjà, le sol s'agitait. Il entendit hennir les mules, courut dans leur direction et vit avec soulagement que Joaquin était déjà auprès d'elles, les calmant de la voix.

— Ça ira ? demanda-t-il.

— *Si,* assura Joaquin. C'est rien du tout.

Le métis n'était pas effrayé, mais plutôt ennuyé par cet incident qui risquait de lui faire perdre quelques heures de sommeil. Pour lui, les tremblements de terre faisaient partie de la vie du pays et lui semblaient aussi naturels que le cours des saisons. Il est vrai que, dans sa jeunesse, il avait vécu les terribles séismes de 1850 et surtout de 1851, au cours duquel son grand-père, atteint par la chute d'un arbre, avait perdu une jambe. Ensuite, il avait subi celui de 1870, qui avait également provoqué d'énormes dégâts et fait une multitude de victimes, dont un de ses frères, écrasé sous sa propre case.

Fort de ces rudes expériences, auxquelles s'ajoutaient des centaines de petites secousses presque anodines, il avait un jour assuré à Antoine qu'il était capable, dès les premiers frissons de la terre, de prévoir l'amplitude qu'ils allaient atteindre, donc d'agir en conséquence. Antoine le savait volontiers hâbleur et fanfaron, mais il était enclin à penser que, sur ce sujet, et pour une fois, il ne mentait ni n'exagérait.

— Il suffit de regarder les bêtes, lui avait expliqué Joaquin. Elles savent, mieux que nous et à l'avance, si ce sera un *temblor,* pas méchant, ou un *terremoto,* terrible! Et puis moi, avant chaque grand *terremoto,* je me mets à transpirer, même s'il fait froid. Alors, comme ça, je sais.

— Tu crois que ça va durer?

— Qui le sait? Mais c'est pas grave, juste un petit *temblor :* les mules ont pas trop peur. Et le padre non plus d'ailleurs... ajouta Joaquin sans rire.

— Tu as raison, il dort toujours, constata Antoine.

Il défit la bâche du chariot, prit le cruchon d'alcool et but quelques gorgées. Sous ses pieds, la terre tremblait par intermittence et, contre sa main droite, appuyée à une des roues du véhicule, vibrait le fer du bandage.

Il se demanda si Santiago subissait les mêmes secousses et s'en voulut d'être aussi loin de Pauline et des enfants. Pauline avait horreur de ces phénomènes qui la rendaient malade, physiquement et moralement, et la jetait, blême de peur, à l'extérieur de la maison car, là, pensait-elle avec raison, elle ne recevrait pas le toit sur la tête.

Il but une dernière gorgée puis tendit la gourde à Joaquin.

— Prends un coup de gnôle, si tu veux. Ensuite, dès que ça se calmera, fais le café et attelle les mules. On partira au plus tôt, même s'il fait encore nuit.

— Très bien, fit le métis.

Antoine rechargea le feu, puis s'assit près du foyer et regarda le père qui ronflait à côté de lui.

« Je me demande vraiment comment il fait pour ne pas s'éveiller, songea-t-il, il est vrai que ça a l'air de se calmer un peu. Mais au diable, ces tremblements! Moi, j'aurais bien dormi un peu plus! »

Le soir précédent, le père et lui s'étaient laissé emporter à discuter fort avant dans la nuit. Le père avait tout voulu savoir sur l'installation d'Antoine et de Martial, leur vie à Santiago, leur découverte du pays, leurs projets, leurs femmes et les jumeaux.

— Et vous dites que la petite Rosemonde est malade ? avait-il insisté.

— Oui, fatiguée, comme on dit chez nous en Corrèze, très fatiguée.

— Si ça se trouve, elle a tout simplement ce que les gens d'ici appellent la *challengo*. C'est une espèce de fièvre intermittente, très fatigante, bien sûr. J'en ai vu plusieurs cas pendant les deux mois que j'ai passés l'an dernier non loin de San Antonio.

— Et vous croyez que les médecins ne l'auraient pas vu ?

— Les médecins ? Ils vous ont dit depuis quand ils sont au Chili ?

— Ah non ! reconnut Antoine.

— Ils n'ont peut-être débarqué que six mois avant nous, ou même après ! Qu'est-ce que vous voulez qu'ils connaissent aux maladies du pays ? Martial aurait mieux fait d'appeler un Chilien ; il en existe sûrement de très compétents. Quand on veut vivre dans un pays qu'on ne connaît pas, il vaut toujours mieux s'adresser à ceux qui y sont nés, c'est élémentaire.

— Et ça se soigne, cette saloperie dont vous avez parlé ?

— Oui, mais je ne sais trop ce que les Indiens mettent dans le breuvage qu'ils font ingurgiter aux malades. Des plantes, sûrement ; mais allez savoir lesquelles ! De la boldo, du quinquina, mais à part ça...

— Il faudra que j'en parle à Martial, avait décidé Antoine. Puis il s'était aperçu que Joaquin, assis en face d'eux, de l'autre côté du feu, souriait discrètement. Tu es au courant de tout ça, toi ?

— *Challengo ?* Oui, grande fatigue.

— Et tu sais comment ça se soigne ?

— Non, pas moi. Mais ma madre, si. Avec des tisanes, comme a dit le padre, mais plus d'herbes dedans, beaucoup plus. Et aussi de la coca

— Ben, voyez ! avait souri le père. Il suffit de demander !

Ils avaient continué à discuter et ne s'étaient décidés à dormir qu'après minuit. La malchance avait voulu que la terre se mît à trembler trois heures plus tard.

Et maintenant, Antoine trouvait que sa nuit avait vraiment été très courte. Malgré cela, il était toujours décidé à lever le camp au plus tôt pour tenir la promesse faite au père.

Ensuite, il prendrait le chemin de Santiago.

— Content de vous avoir revu, dit le père en écartant les enfants qui se pressaient autour d'eux et en se hissant lestement sur la mule qu'un vieil Indien tenait à la bouche. Et merci pour votre aide, pour hier, pour tout, quoi ! Heureusement que vous m'avez aidé ! C'est vraiment le Seigneur qui a guidé vos pas jusqu'à moi !

— Je pense qu'il a autre chose à faire que de conduire mes mules, dit Antoine. Enfin, moi aussi je suis content de cette rencontre. Dommage que vous ne veniez jamais à Santiago !

— Je n'ai rien à y faire ! D'ailleurs, là-bas, il y a suffisamment de curés et de moines, et il y a même des évêques ! Mais vous, si vous repassez dans le coin, prenez la piste du nord et poussez donc jusqu'à Santa Esperancia. Vous n'y vendrez rien, car là-haut les Indiens sont trop pauvres, mais j'aurai plaisir à vous revoir.

— D'accord. Bonne route !

— A vous aussi... Ah ! j'y pense : vous trouverez le camp des prospecteurs dont je vous ai parlé à deux heures d'ici, plein ouest. Et il est bien préférable que vous y arriviez le matin. Le soir, l'alcool fait pas mal de ravages chez ces pauvres bougres. Quand vous en aurez fini là-bas, la piste du sud vous ramènera jusqu'à El Transito ; ensuite, vous connaissez sûrement. Que Dieu vous garde, ainsi que votre Pauline et vos petits ! Et dites à Martial que j'aurais plaisir à le revoir, ainsi que sa femme. Dites-lui de bien la soigner.

Il pressa les flancs de sa monture et piqua droit vers les pentes enneigées de la cordillère. Antoine attendit qu'il ait disparu derrière les éboulis rocheux qui surplombaient le village et fouetta ses mules.

Il ne vendit pas le moindre objet aux prospecteurs car, l'avant-veille, un colporteur venu de Chañaral avait fourni aux hommes ce dont ils avaient besoin en outillage et ustensiles divers. Tout au plus, et s'il en avait encore eu en stock, aurait-il pu leur céder des chemises, des pantalons, des chapeaux ou des chaussures ; mais il n'avait même plus un mouchoir à vendre.

Ce n'était pas la première fois qu'il se trouvait ainsi démuni de marchandises, et il en était à chaque fois très vexé.

« Bon, pensa-t-il en poussant ses mules sur la piste du sud, on va réorganiser tout ça. Faut voir avec Martial et Edmond et régler ce problème au plus vite ; c'est trop bête de rater des ventes par manque de marchandises. »

— T'en fais pas, dit-il à Joaquin déçu, on arrangera ça pour le prochain voyage. Tiens, occupe-toi des bêtes ; moi, je vais essayer de dormir un peu.

— Santiago ? demanda Joaquin plein d'espoir.

— Oui, Santiago et la maison. Et si on ne traîne pas en route, on y sera dans moins de dix jours, et c'est quand même vite passé !

9

En plus d'un mois et demi de nuits passées à la belle étoile ou sur le rude plancher du chariot, Antoine avait perdu l'habitude de dormir dans un lit comme d'être bercé par les hurlements des bébés.

Passe encore la douceur et le moelleux du matelas de laine, il pouvait s'y faire. D'autant mieux que, contre lui, blottie au plus près, il sentait la douce présence de sa femme lovée comme un petit chat. Mais les piaillements des jumeaux, ça, non, c'était plus qu'il n'en pouvait supporter ! Et ça durait depuis trois quarts d'heure !

Vers 3 heures du matin, c'était Pierrette qui s'était agitée et qui avait fait crisser son matelas bourré de balle d'avoine. La balle était peut-être excellente pour favoriser le sommeil des nourrissons et leur garantir une colonne vertébrale bien solide — comme l'assurait Pauline, qui le tenait de sa mère, qui le tenait de sa propre mère —, mais elle était loin d'être discrète ! Encouragée par le bruit qu'elle faisait en tapant des pieds, des bras et de la tête, la petite fille avait commencé quelques modestes vocalises, celles qui agacent le plus, qui sapent les nerfs et usent les parents abrutis de fatigue. Celles qui, ni tout à fait chants ni encore pleurs, font la mélopée quelques secondes, s'essaient aux trilles, aux gazouillis, s'arrêtent plusieurs minutes — et remplissent alors d'espoir le père et la mère aux aguets — puis reprennent soudain dans une autre octave...

Constatant que ses appels étaient sans effet, Pierrette, vexée, s'était vraiment mise à donner de la voix ; sérieusement, avec ténacité, hargne, application et savoir-faire. Son frère, qui ne voulait pas être en reste, lui avait aussitôt donné la réplique ; depuis, c'était à qui braillerait le plus fort.

— Ils ont mal aux dents, et on ne peut rien y faire, avait murmuré Pauline dans un demi-sommeil. Elle avait longuement bâillé, s'était un peu étirée, puis, se retournant, s'était rendormie non sans avoir proféré cette implacable prédiction : Ils se fatigueront avant moi !

Et le comble, c'est que c'était vrai et qu'elle dormait profondément, malgré les stridents cris de rage des bébés.

— Bon, moi, je vais coucher ailleurs ! décida Antoine en sortant du lit.

Il se leva, s'habilla à tâtons et quitta la chambre. Apercevant la lumière qui filtrait sous la porte de la cuisine, il poussa la porte.

— Ah ! c'est toi, dit-il en voyant Martial. J'espère que ce ne sont pas les gamins qui t'ont réveillé ?

— Pas de risque. De l'autre côté de la maison on n'entend absolument rien, les murs sont épais. Non, non, je prépare simplement une tisane pour Rosemonde : elle n'arrive pas à trouver le sommeil.

— Elle ne va toujours pas mieux ?

— Pas tellement... avoua Martial.

Antoine lui trouva l'air soucieux et s'en voulut de n'avoir pas pris le temps, la veille au soir, de lui raconter ce que lui avait dit le père Damien. Mais il n'avait pu arriver qu'à la nuit et, mort de sommeil, avait dîné, pris un bain et rejoint son lit où, malgré sa fatigue, il avait pu célébrer ses retrouvailles avec Pauline en oubliant, entre ses bras, sept longues semaines de séparation.

— J'ai vu le père Damien, dit-il en mettant la cafetière à chauffer.

— Celui du bateau ? Pas possible !

— Si, si ! il croit savoir ce qu'a Rosemonde et comment ça se soigne.

— Qu'est-ce que tu chantes là ? Les médecins n'ont rien trouvé !

— Va lui porter sa potion et reviens, sauf si tu as trop sommeil, proposa Antoine. Pour moi, je crois bien que la nuit est finie.

— Alors, comme ça, tu as retrouvé le padre ? interrogea Martial en versant le breuvage dans un bol, et où reste-t-il ?

— Vers El Paso del Inca, très haut. Mais je t'expliquerai...

— Attends-moi, demanda Martial en sortant de la pièce.

Il revint quelques minutes plus tard, ferma la porte, sortit les bols pour le café et s'assit en face d'Antoine.

— Je n'ai plus sommeil, moi non plus. Je t'écoute, ça me changera les idées.

Ils parlèrent jusqu'au petit matin car, après avoir raconté tout ce que lui avait dit le père au sujet de la maladie de Rosemonde, Antoine avait dû convaincre son ami d'essayer, ne serait-ce qu'une fois, de consulter un médecin du pays.

— Après tout, avait fini par céder Martial, ça ne pourra pas être pis. Bon sang ! si elle pouvait enfin guérir... Oh ! c'est pas qu'elle se plaigne, mais elle fait pitié.

— Tu exagères, avait dit Antoine pour le réconforter.

Mais il était vrai que Rosemonde avait maigri, pâli ; et dans ses yeux brûlait toujours une méchante petite fièvre.

— Non, je sais ce que je dis ! Bref, on trouvera un autre médecin, au point où on en est...

Ensuite, ils avaient parlé métier, sérieusement, lucidement car, malgré les très bons résultats obtenus, les deux hommes savaient qu'ils ne devaient pas en rester là.

En un an de travail, ils pouvaient se vanter d'avoir accédé à une existence matériellement déjà très supérieure à celle qu'ils avaient en France, surtout Antoine et Pauline. Mais c'était quand même insuffisant par rapport à toutes les possibilités que ce pays leur proposait. Des possibilités immenses car presque tout restait à faire, et tout était réalisable ; non seulement au Chili, mais dans ce gigantesque continent qui, sous leurs yeux, découvrait ses richesses inouïes et s'éveillait, à sa façon, au monde industriel, au monde du proche XXe siècle.

Ce fut au cours de cette nuit qu'ils ébauchèrent leur plan d'action et qu'ils tracèrent les grandes lignes de la conduite à tenir pour passer du stade de simples commerçants colporteurs à celui d'hommes d'affaires, ou mieux encore...

Ils regagnèrent leur chambre une heure avant le jour. Dans celle de Pauline, les jumeaux dormaient, paisibles ; et leur souffle était tellement silencieux et ralenti qu'Antoine dut se pencher sur les berceaux pour l'entendre.

Pauline s'éveilla lorsqu'il entra dans le lit et lui ouvrit les bras. Plus tard, il s'assoupit contre son épaule, tandis que, du bout des doigts, elle suivait la cicatrice qui lui bourrelait la poitrine.

Il n'y avait pas tout à fait deux ans qu'il avait reçu le coup de sabre, là-bas, en France, loin, si loin. Deux ans, une éternité.

Après en avoir longuement discuté avec leurs épouses, Martial et Antoine réorganisèrent leurs méthodes de travail. En douze mois de labeur intensif, ils avaient rapporté suffisamment d'argent pour rassurer pleinement Edmond d'Erbault de Lenty, toujours représentant des intérêts de la Société commerciale Delmas et Compagnie. De plus, ils avaient appris à connaître, donc à mieux cerner, les désirs, les besoins et les possibilités financières de leur clientèle.

Aussi n'eurent-ils aucune peine à faire admettre à Edmond qu'il était indispensable, pour gagner du temps, ne pas perdre des marchés et mieux étendre leur action, de créer des entrepôts dans les principaux ports de leur zone de travail. Soit, du nord au sud et sur plus de mille deux cents kilomètres, des réserves où ils pourraient rapidement s'approvisionner en fonction de leurs tournées.

Grâce aux stocks qu'ils échelonnèrent dans les villes de Copiapo, au nord, desservies par le port de Caldera, et de Los Angeles, au sud, ravitaillé par les *lanchas* — petits bateaux à fond plat seuls capables de remonter le lit ensablé du rio Bio-Bio —, grâce aussi aux ports de Coquimbo, Valparaíso, Constitución et Concepción, grâce enfin à l'étonnante physionomie du pays et à son infime largeur, ils n'eurent ainsi jamais plus de cent cinquante kilomètres à parcourir pour aller remplir le chariot lorsqu'il en était besoin.

Ils installèrent tous ces dépôts dans les six premiers mois de 1873, et s'ils le firent toujours au nom et avec les capitaux de la Soco Delmas et Cie, ils n'hésitèrent pas, avec l'accord d'Edmond, à réinvestir dans ces affaires leurs bénéfices personnels.

Ainsi, dans une proportion encore faible, modestement certes, mais sûrement, travaillèrent-ils de plus en plus pour leur propre compte.

Ce fut Pauline qui parvint à convaincre Rosemonde de se laisser examiner par un médecin du pays. Curieusement, la jeune femme n'arrivait pas à admettre qu'il pût exister des autochtones capables de suivre des études de médecine. Elle était tout à fait consciente de la stupidité de cette prévention mais ne parvenait pas à s'en débarrasser. Néanmoins, pour faire plaisir à Pauline, et surtout à Martial qui insistait lui aussi, elle accepta le principe de changer une fois de plus de docteur.

Elle s'était préparée à voir arriver un vieil Indien crasseux, mi-sorcier mi-charlatan, ce fut un métis encore jeune qui se présenta.

Certes, le docteur Arturo Portales avait du sang indien dans les veines, mais fortement teinté d'espagnol. Discret et courtois, il maniait le français à la perfection. Il écouta d'abord les explications de Martial et de Rosemonde, puis s'excusa d'avoir à examiner et à ausculter sa patiente. Cela fait, il posa deux ou trois questions et sourit lorsque Martial lui demanda s'il avait enfin découvert de quoi souffrait sa femme.

— Je le crois, assura-t-il, mais il ne m'est pas possible de vous répondre avec précision. Ce qu'elle a n'est pas encore mentionné dans nos manuels de médecine... Et, pourtant, ça se soigne très bien.

— Vous vous moquez de moi...

— D'aucune manière. Cela étant, je comprends votre exaspération. Aussi, pour vous rassurer, disons que madame souffre d'une affection, paraît-il, typique de notre région de Santiago et baptisée *challengo*. Oui, c'est comme ça ! Mais pour mieux la situer, je dirai que c'est, en moins grave, une maladie voisine de celle qu'on appelle, en France, la fièvre pétéchiale. Car il s'agit bien d'une fièvre, mais celle-ci a des symptômes extérieurs moins nets, et son évolution est plus lente. Ainsi, à part ces quelques infimes et sans doute périodiques manifestations de purpura que j'ai observées sur le dos, la poitrine et les bras de madame, vous ne voyez aucune autre manifestation extérieure. Pourtant, la fièvre est là, et l'anémie s'est installée, avec les résultats que vous savez.

— Vous êtes capable de soigner ça ? questionna Martial.

Le médecin hocha la tête et plaisanta :

— Etant donné que les Indiens savent guérir cette maladie, je pense pouvoir, moi aussi, en venir à bout. Avec les mêmes traitements, naturellement, car, à ma connaissance, ce sont les plus efficaces.

— Vous voulez me faire prendre des potions d'Indiens ? s'inquiéta Rosemonde.

— Des tisanes, tout simplement, à base de boldo, de quinquina, de maté, de coca, d'autres plantes encore. Je vous marque sur cette ordonnance celles que vous irez acheter chez l'herboriste et les proportions. Prenez-les chez le vieux Juan Viracocha ; il tient boutique place du Marché ; ses plantes sont, de très loin, les plus actives. Il faudra que madame boive cette tisane trois fois par jour et qu'elle la sucre abondamment au miel. Vous en trouverez aussi au marché, les Indiens en vendent ; prenez celui qui est encore en rayon, et demandez du miel d'eucalyptus et d'acacias, c'est le plus efficace. Voilà, il vous faudra patienter un peu. Je ne garantis pas de résultats avant deux à trois mois ; il n'y a que la fièvre qui disparaîtra rapidement, mais la fatigue persistera encore quelques semaines.

— Si ma femme peut guérir, c'est le principal, et que Dieu vous entende ! Combien je vous dois ? demanda Martial.

— Rien. Vous êtes les premiers Français qui font appel à moi, et je ne veux pas gâcher le souvenir que je garderai de cette visite. Mais je reviendrai, si vous avez encore besoin de moi, et, alors, on verra.

— Vous me mettez dans l'embarras, dit Martial, d'autant plus que vous êtes le premier à savoir de quoi souffre ma femme et comment la soigner. J'aimerais vous remercier autrement qu'en parlote !

— C'est fait, comme vous venez de le dire, nous avons parlé français, et ça m'a fait grand plaisir.

— C'est vrai que vous le connaissez rudement bien ! fit Rosemonde.

— Merci.

— C'est ici que vous l'avez appris ? demanda Martial.

— Non, pas exactement... Notre pays se développe très bien, et notre université aussi, mais il nous manque encore beaucoup de choses. Vos monuments, vos musées, vos grandes écoles, votre Sorbonne ! Eh oui, insista le jeune médecin en constatant que ses interlocuteurs le comprenaient mal, j'ai fait toutes mes études de médecine à Paris, et je suis revenu à Santiago, il y a deux ans maintenant.

— Tu te rends compte, dit Martial en prenant Rosemonde à témoin, il a fait ses études à Paris ! Mais, demanda-t-il soudain, pourquoi spécialement la France ?

— Vous connaissez mieux que la France, vous ? sourit le médecin. D'accord, j'aurais pu aller en Amérique du Nord, ou en Angleterre ou même en Espagne, bien que là... Mais, de toute façon, Racine n'est pas de ces pays, ni Molière, ni Voltaire, ni Diderot ni tant d'autres qui, pour nous, sont des phares, des guides.

— Ah bon ! fit Martial, pour qui certains de ces noms de rues, de boulevards ou de places évoquaient vaguement quelque chose d'important et de sérieux, mais qui était absolument incapable de dire à quel genre d'hommes ils se rattachaient.

— Alors, voilà, reprit le médecin, c'est pour ça que j'ai été chez vous, en France, dans ce pays de la liberté, des arts, des lettres, de l'intelligence. Et maintenant, excusez-moi, mais il faut que je parte, j'ai à faire ailleurs.

— Attendez une minute, dit Martial. Vous ne voulez pas d'argent ? Bien. Alors j'ai autre chose pour vous. Il s'absenta quelques instants, revint. Tenez, dit-il en offrant une bouteille poussiéreuse, je sais que le vin du Chili est bon, mais vous me direz ce que vous pensez de celui-là ! Oui, je crois qu'il est correct !

— Du bordeaux ! Du vrai bordeaux de France ! murmura le médecin en prenant délicatement la bouteille, et du 64 ! L'année de mon arrivée chez vous ! Il était très ému et semblait soudain avoir complètement oublié son français : *Gracias,* souffla-t-il, *muchas gracias.*

Il sourit, plaça avec précaution la bouteille dans sa serviette, serra longuement la main de Martial et s'inclina en direction de Rosemonde.

— Maintenant, il faut vraiment que je parte. On m'attend.

— Il faudra revenir, proposa Martial, juste pour parler un peu français. Enfin, si vous voulez, naturellement.

— Merci, merci pour tout, et guérissez vite, dit-il à l'adresse de Rosemonde.

Il s'inclina une nouvelle fois et sortit.

Comme l'avait annoncé le docteur Portales, les accès de fièvre qui épuisaient tant Rosemonde s'espacèrent rapidement puis disparurent. Malgré cette évolution favorable, plusieurs mois s'écoulèrent encore avant que la jeune femme ne retrouve sa parfaite santé, sa bonne humeur et son allant.

Cependant, comme elle avait conscience d'être une entrave et un frein aux activités de son époux, elle réussit à lui faire admettre qu'elle pouvait, avec l'aide de Pauline, recommencer peu à peu son travail, s'occuper de la clientèle et de la bonne marche de la maison.

Rassuré, et après s'être fait confirmer par le docteur Arturo Portales que Rosemonde était sur la voie de la guérison, Martial accepta donc de reprendre les tournées.

Mais puisque la preuve était faite que Joaquin pouvait être un très efficace coéquipier, Antoine et Martial décidèrent de se partager le pays.

Sur les recommandations du métis, ils embauchèrent un nouveau domestique qui, désormais, fit équipe avec Martial. Ainsi purent-ils, chacun de leur côté, étendre le champ de leur commerce. Martial s'occupa de la zone située au sud de Santiago, et Antoine partit vers le nord.

Les premiers mois, les deux hommes ne dépassèrent pas les limites qu'ils avaient eux-mêmes fixées en installant leurs plus lointains dépôts à Los Angeles et à Copiapo. Mais, peu à peu, de ville en bourgade et de pueblo en hacienda, l'un et l'autre poussèrent plus loin et élargirent très sensiblement leur périmètre d'action.

Dans le même temp, à Santiago, secrètement encore car elles ne voulaient se lancer qu'à coup sûr, Rosemonde et Pauline mettaient au point une autre forme de commerce.

Sans le savoir, le docteur Portales était responsable de l'idée que les deux jeunes femmes s'employaient maintenant à concrétiser. Outre les visites qu'il rendait à Rosemonde — uniquement à la demande de Martial et toujours en sa présence car il avait un sens aiguë de la bienséance et se méfiait aussi des ragots des domestiques et des voisins —, il avait eu à soigner les jumeaux.

Vers la fin de l'été, Pierrette et Marcelin avaient contracté une vilaine et fatigante bronchite qui avait exigé des soins énergiques. Pendant plusieurs jours, le docteur était venu soir et matin pour surveiller l'évolution du mal. Au cours de ces consultations, il se laissait aller, souvent, à vanter tout ce qui arrivait de France.

A l'entendre, le moindre article, pour peu qu'il fût estampillé de Paris, prenait une valeur et une aura que rien ne pouvait égaler, et que de nombreux et riches Chiliens étaient prêts à payer rubis sur l'ongle.

— C'est intéressant ce qu'il raconte, remarqua Pauline. Souviens-toi des quelques fanfreluches que Martial avait achetées pour votre compte : on les a vite vendues, sans aucune peine, et à des prix !

— Je n'ai pas oublié, et, pourtant, ce n'étaient que des babioles, alors si on avait des produits de luxe...

— Ici, le magasin n'est pas bien placé, il est trop loin des quartiers riches. Ce qu'il faudrait, c'est quelque chose vers le centre, du côté de la cathédrale.

— Et aussi proposer le maximum, y compris du vin et du champagne, et peut-être même de l'épicerie fine... avait renchéri Rosemonde. Rappelle-toi, Martial a rudement bien vendu les bouteilles apportées dans nos bagages, on en aurait eu dix fois plus, c'était pareil, tout serait parti aussi vite...

Depuis, les deux jeunes femmes avaient longuement mûri leur plan, mais sans en toucher mot à leurs maris car elles voulaient tout organiser avant de leur proposer le marché.

Elles avaient même repéré, en plein centre, 15, calle Cinco de Abril, non loin de la place des Armes, une vaste maison en vente, qui, une fois aménagée, pourrait à merveille attirer les chalands vers le magasin.

Elles calculèrent tout, y compris la somme qu'il allait falloir emprunter pour tout mener à bien, puis décidèrent enfin de mettre leurs époux au courant.

Parce qu'il avait un sens inné du commerce, ce fut Martial qui accueillit le projet avec le plus d'enthousiasme· mais aussi avec le plus de réalisme, ce qui lui permit de lever un certain nombre de problèmes auxquels les jeunes femmes n'avaient pas pensé. Comme le taux et la durée de l'emprunt qu'ils allaient devoir faire. Ou encore l'obligation de trouver, en France, un courtier à qui ils confieraient le soin d'acheter et d'expédier toute la marchandise nécessaire.

Quant à Antoine, s'il approuva lui aussi, il fut plus réservé car, d'un naturel prudent, il se défiait beaucoup des banquiers et autres hommes d'argent, « toujours prêts, disait-il, à vous avancer quatre sous pour vous en demander cent un peu plus tard ! » Aussi, insista-t-il pour que l'emprunt fût le plus bas possible.

— T'inquiète pas, le rassura Martial, on ne va pas se mettre la corde au cou, mais l'idée de nos femmes est très bonne, et il faut la réaliser au plus vite si on veut éviter que d'autres ne nous la soufflent.

— Et qui tiendra le magasin ici ? Vous y avez pensé ? s'enquit Antoine en regardant Pauline et Rosemonde.

— Ça...

— Pas de problème, décida Martial après un instant de réflexion, on mettra un gérant.

— Un gérant ? Mais c'est nous, les gérants ! Tu crois qu'Edmond sera d'accord ? s'exclama Antoine un peu dépassé par la façon dont son ami empoignait les problèmes et les résolvait.

— Edmond et la Société ? Qu'est-ce que tu veux que ça leur fasse ? J'ai appris qu'ils avaient d'autres problèmes plus graves que ça à résoudre dans le nord ! Oui, ils sont en pleine bataille avec les Allemands et les Anglais pour mettre la main sur des gisements de nitrates, et c'est pas simple ! Alors, crois-moi, tout ce qu'ils demandent, c'est que le magasin fonctionne et qu'il rapporte ; le reste, ils s'en moquent ! Je trouverai un Chinois ; ils sont consciencieux, honnêtes, et ils savent compter. On lui donnera un petit fixe, plus un pourcentage sur les ventes et, avec un peu de chance, ça n'entamera même pas notre bénéfice.

— Bon, puisque tu le dis... dit Antoine. N'empêche, j'ai l'impression qu'on va avoir besoin d'en mettre un rude coup dans nos tournées si on ne veut pas boire le bouillon.

— Pourquoi tu dis ça? interrogea Pauline en lui posant la main sur le bras.

Il haussa les épaules, eut un geste évasif.

— Sans doute parce que je ne suis pas un véritable commerçant, mais un paysan. Et, tu sais, les paysans, ce sont des prudents!

Tout alla très vite car Martial, prenant l'affaire à cœur, se dépensait sans compter. Pour tout mener à bien dans les meilleurs délais, il sacrifia même quelques semaines au cours desquelles, plutôt que de courir les pistes, il activa les ouvriers à qui il avait donné mission de transformer une partie de la nouvelle demeure du 15, calle Cinco de Abril en magasin.

Contrairement à Rosemonde et lui qui se faisaient une joie de venir habiter là, en plein centre ville, et avaient hâte d'emménager, Pauline et Antoine décidèrent de rester dans la maison du 12, calle de los Manzanos. Ils la jugeaient suffisamment confortable et s'y trouvaient très bien. Maintenant, au centre de l'immense jardin, croissaient deux pins parasols de toute beauté. Les autres résineux, ceux que Pauline avait jugés moins vigoureux, étaient en train de rattraper leurs frères, au fond du jardin, ils formeraient, un jour, un véritable bosquet D'autre part, à temps perdu, Antoine s'occupait des plates-bandes, cultivait fleurs et légumes, taillait les arbres fruitiers — la douceur du climat permettait des cultures ignorées en France; il prenait beaucoup de plaisir à ces travaux.

Enfin, et c'était la principale raison de leur décision — mais ni Pauline ni Antoine ne pouvaient ouvertement l'évoquer —, l'un et l'autre s'étaient aperçus que, depuis la naissance des jumeaux, dont Martial et son épouse avaient accepté d'être parrain et marraine, les bambins étaient un chagrin latent pour Rosemonde.

Elle avait souvent confié à Pauline à quel point lui manquait cette maternité qu'elle désirait tant, misant avec un espoir qu'elle tentait pourtant de refréner sur le moindre jour de retard, le moindre décalage dans son rythme de femme ; cette maternité qui, chaque fois, s'éloignait un peu plus.

Elle adorait les jumeaux, les cajolait, les gâtait, leur passait tous leurs caprices, mais, dans le même temps, leur présence, leurs jeux et leurs babillages lui étaient une épreuve, une souffrance.

Pauline avait très vite deviné tout cela et, par délicatesse et pour ne pas augmenter la peine de son amie, elle en était arrivée à dissimuler le bonheur et la joie que lui procuraient les deux enfants.

Aussi, puisqu'il leur était possible, grâce à l'aménagement de la nouvelle maison de la calle Cinco de Abril, d'acquérir un peu d'autonomie et d'indépendance, jugea-t-elle plus sage, en accord avec Antoine, de rester dans leur premier logis de la rue des Pommiers.

Pauline ne sut jamais si son amie avait compris les véritables motifs qui poussèrent Antoine et elle à demeurer calle de los Manzanos ; toujours est-il que Rosemonde n'insista pas pour les convaincre de venir habiter avec eux.

Martial non plus n'insista pas et jugea même tout à fait prudent et solide le raisonnement qu'Antoine avança pour expliquer leur choix. A savoir qu'il était indispensable que quelqu'un veille sur toute la marchandise que recelait le comptoir. Car, même si M. Chou Chang Kaï, le gérant que Martial avait trouvé, se révéla vite excellent commerçant, il était de bonne politique qu'il sût que quelqu'un était là pour tout surveiller.

Mais, parce que Pauline était inquiète à l'idée de rester seule avec ses enfants dans cette immense bâtisse toutes les nuits où Antoine serait en tournée, Martial proposa à M. Chou Chang Kaï de venir s'installer là avec sa famille, dès que les lieux seraient libérés.

Il fut entendu qu'en échange du logement qu'on lui offrait gratuitement, sa femme ferait la cuisine pour Pauline et, si besoin, aiderait M. Chou à servir les clients. Le Chinois médita longuement et tint à spécifier qu'ils avaient, sa femme et lui, six enfants à charge, et que, peut-être, cela risquait de déranger...

— Eh bien, dit Antoine à l'adresse de Pauline, tu avais peur de rester seule avec les jumeaux. Te voilà avec huit personnes pour te tenir compagnie !

— Je préfère ça à la solitude, assura-t-elle, et quant au bruit... Dans mon quartier de Grenelle, passage Fallempin, à côté de ma chambre, il y avait une famille de neuf gamins. Presque tous les soirs, c'était à qui braillerait le plus fort et le plus longtemps. Ils se plaignaient d'avoir faim ; pour les faire taire, le père et la mère leur donnaient des calottes... Ici, au moins je sais que les petits de M. Chou ne pleureront pas à cause de la faim. Alors, même s'ils font un peu de bruit, ça ne m'empêchera pas de dormir.

Martial et Rosemonde s'installèrent 15, calle Cinco de Abril le vendredi 24 octobre 1873, veille de l'ouverture du magasin à l'enseigne *La Maison de France,* qui couvrait deux boutiques distinctes. L'une dite : *A la mode de Paris,* où les clientes pourraient trouver robes, toilettes, chapeaux et bonneterie ; l'autre : *Au gourmet parisien,* où seraient proposés champagne, vins et liqueurs, alcool, ainsi que de nombreux produits des provinces de France.

Martial avait bien fait les choses et pris grand soin de n'oublier personne en adressant des invitations à toute la riche société de Santiago. Sans tenir compte des protestations de Rosemonde et, surtout, de Pauline, qui voulaient bien tenir boutique mais mouraient de peur à l'idée d'accueillir tout ce monde à la fois, il avait lancé une sorte de défi à ces personnalités qui, jusqu'à ce jour, n'avaient pas daigné s'apercevoir de leur présence en ville ni de l'existence de leur commerce. Car si Martial, Antoine et leurs épouses entretenaient de bonnes relations avec Edmond, le docteur Arturo Portales et sa jeune femme, les seules autres relations qu'ils avaient pu nouer se limitaient à quelques épisodiques rencontres avec des gens dont la condition ne dépassait pas la leur.

Or, sans avoir l'idée de se hisser à une place pour laquelle il ne se sentait pas fait, Martial avait vite compris que la clientèle que devaient viser Rosemonde et Pauline se trouvait justement dans cette haute et riche société qui, pour le moment, les ignorait. Il importait donc pour que vive et prospère *La Maison de France* d'informer tous ces gens-là de son existence, et surtout de leur faire connaître la qualité de ses produits.

Avec l'aide d'Edmond, qui avait ses entrées un peu partout, grâce à la situation et à la position que lui conférait son état de représentant de la Soco Delmas et Cie, et avec l'appui du docteur Portales, bien introduit dans la classe bourgeoise de la ville, Martial avait pu établir une longue liste de notables susceptibles de devenir, sous peu, de bons et fidèles clients. Le tout était maintenant de savoir si cette espèce de coup de dés qu'il avait lancé allait, ou non, jouer en sa faveur.

En dépit des appels à la prudence prodigués par Antoine, Martial avait misé gros, très gros, et fait un emprunt de plusieurs milliers de pesos à la banque allemande de MM. Obern et Reckling. Grâce à quoi, outre l'achat de la maison et son aménagement, il avait fait venir de France tout ce qui se faisait de plus chic et de meilleur, tant en mode qu'en vins et alcools fins.

Aussi, même s'il était confiant et sûr de lui, était-il malgré tout un peu anxieux et tendu en ce samedi 25 octobre, un quart d'heure avant que ne s'ouvrent les portes de *La Maison de France.* Quant à Rosemonde et Pauline, ravissantes dans de gracieuses toilettes très parisiennes, elles étaient mortes de trac ; à tel point qu'elles en étaient à se demander si elles seraient seulement capables de dire bonjour aux gens qui allaient sous peu envahir le magasin.

De tous, c'était encore Antoine le plus calme, le moins fébrile. Pourtant, tout cela le dépassait un peu ; tous ces dessous du commerce, ces histoires de banques, de traites, de billets, de garantie lui échappaient ; malgré cela, il avait confiance. Certes, le total de la somme empruntée lui donnait des inquiétudes, mais, depuis qu'il avait mesuré avec quels brio, compétence et surtout instinct Martial avait monté l'affaire, il avait décidé de se laisser porter par les événements. C'était une attitude qui, depuis une certaine rencontre dans les ruines brûlées des Fonts-Miallet, lui avait toujours porté chance.

— Tu crois qu'ils vont venir ? demanda Rosemonde en tortillant entre ses doigts sa pochette de soie.

— Mais oui ! assura Martial. En retard, mais ils viendront, ne serait-ce que pour déguster notre champagne ! plaisanta-t-il.

— Ils ne savent peut-être pas qu'on va leur en offrir...

— Mais si, ma belle, fais-moi confiance ! J'ai suggéré à l'ami Edmond, non pas de le proclamer dans les salons, mais du moins de laisser entendre que le baptême d'une bonne maison française ne pouvait se célébrer qu'avec du champagne ! Alors, ne t'inquiète pas, ils vont bientôt arriver.

— J'ai peur... Je suis certaine qu'on a vu trop grand...

— Mais non, tout ira très bien. Où est Antoine ?

demanda-t-il à Pauline qui, elle aussi, triturait fébrilement son petit réticule en perles de verre.

— Au jardin, il prend l'air avec les enfants.

Elle semblait encore plus affolée que Rosemonde. Il est vrai que pour elle, l'ancienne petite repasseuse à vingt-cinq sous par jour, qui ne connaissait la haute société que par sa lingerie fine, ses dentelles, mais aussi ses sombres escaliers de service, ses communs crasseux et son personnel parfois peu fréquentable, ce jour était un grand jour.

Car même s'il ne lui venait pas à l'idée de se vanter, il n'en restait pas moins vrai que c'était elle, Pauline, qui se préparait à recevoir ce beau monde chez elle, tous ces hommes et ces femmes qui allaient lui faire la politesse et l'honneur de lui rendre visite. Deux ans plus tôt, c'est tout juste s'ils lui auraient confié, pour qu'elle les repasse, leurs chemises ou leurs caleçons. Et, aujourd'hui, ils allaient répondre à son invitation. C'était exaltant, mais aussi terriblement impressionnant.

Elle aperçut Antoine qui faisait les cent pas dans le jardin. Il marchait à tout petits pas pour permettre à Pierrette et à Marcelin, agrippés à ses doigts, de le suivre sans fatigue. Elle sourit et le rejoignit.

— Tu es vraiment magnifique ! lui lança-t-il en la voyant. Il le lui avait déjà dit au moins vingt fois, mais ne se lassait pas de le lui répéter depuis qu'elle avait revêtu cette toilette soigneusement choisie dans leur stock.

Et c'est vrai que Pauline était ravissante. Embellie par sa maternité, qui lui avait donné les formes délicatement enveloppées qui lui faisaient naguère défaut, elle portait sa toilette avec beaucoup de distinction et était rayonnante de fraîcheur et de santé.

— Il faut venir, dit-elle en se mordant les lèvres pour maîtriser son trac et le tremblement de sa voix, ils vont arriver.

— Tu as peur ?

— Oh oui ! si tu savais !

— Allons, dit-il en l'enlaçant, tout ira bien, vous avez eu une excellente idée, Rosemonde et toi.

— Tu crois ? Tu es sûr ?

Il sourit, l'embrassa.

— Il faut y aller, dit-il en observant la calèche qui s'arrêtait devant le magasin, voici les premiers invités.

Ils confièrent les jumeaux à Jacinta et entrèrent dans la maison.

En moins de deux mois, Rosemonde et Pauline surent qu'elles avaient gagné. Pourtant, après le succès de la journée d'ouverture, elles avaient passé huit jours à attendre des clients sérieux. Pendant toute la semaine, seuls quelques curieux et badauds avaient fait de modestes emplettes. Mais aucune des personnalités invitées, qui leur avaient pourtant promis de revenir, n'avait reparu.

C'est alors qu'elles commençaient à désespérer de jamais les revoir pousser la porte de *La Maison de France* que, le samedi après-midi, exactement comme huit jours plus tôt, plusieurs calèches s'étaient arrêtées devant le magasin.

Dès ce jour, Rosemonde et Pauline n'avaient cessé d'augmenter leur chiffre d'affaires. Peu avant Noël, elles avaient même craint la rupture de stock car, débarquant en même temps, deux hommes accompagnés de leurs femmes, avaient acheté presque toute la réserve de vin et de champagne, pas moins d'une vingtaine de luxueuses toilettes et des chapeaux, des châles et des écharpes.

C'était Edmond, venu lui aussi faire quelques acquisitions en prévision du réveillon, qui avait renseigné les deux jeunes femmes sur l'identité de ces providentiels clients qui, non contents de vider les rayons, avaient payé en grosses pièces d'or de vingt pesos.

— D'après ce qu'on m'a dit, avait-il expliqué après

leur départ, ils possèdent à eux deux presque quatre-vingt mille hectares d'excellentes terres dans la région de Chillañ, et aussi plusieurs mines dans le nord du pays. Leur fortune est, naturellement, tout à fait considérable...

Bien entendu, de tels clients ne se présentaient pas tous les jours. Malgré cela, lorsque l'année s'acheva, Rosemonde et Pauline purent se flatter d'être à la tête du magasin français le plus connu et le mieux coté de Santiago et, sans doute, du Chili.

10

En arrivant à Coquimbo, le 4 mars 1874, en fin d'après-midi, Antoine eut la très désagréable surprise de constater que le dépôt de marchandises avait été intégralement pillé.

Les voleurs étaient entrés en défonçant un coin du toit et étaient ressortis par la fenêtre qui donnait sur la ruelle. Ils avaient fait preuve d'une audace peu banale car, prudemment et pour qu'il fût toujours sous surveillance, Antoine avait loué ce local dans l'enceinte du port, à moins de cinquante mètres du poste de police. D'ailleurs, pour ne rien négliger, il ne manquait jamais d'aller glisser quelques pesos au sous-officier responsable de la sécurité du quartier.

Aussi, pour le principe, mais sans se faire aucune illusion quant à l'efficacité de sa démarche, alla-t-il protester auprès des policiers, qui feignirent de tomber des nues, prirent bonne note de sa plainte et assurèrent qu'ils mettraient tout en œuvre pour découvrir les coupables.

Persuadé qu'il n'entendrait plus jamais parler ni de sa marchandise ni de ses voleurs, et dans l'incapacité d'entreprendre sa tournée habituelle — il n'avait plus rien en stock à part quelques rossignols entassés dans le chariot —, il décida de partir dès le lendemain pour Copiapo. De là, il pourrait poursuivre sa tournée après s'être approvisionné au dépôt de cette ville ; à moins que celui-là aussi n'eût été pillé...

Furieux, il rejoignit l'auberge où il logeait à chaque passage, dîna et partit se coucher après avoir donné pour consigne à Joaquin, qui dormait dans le chariot à côté de l'écurie, de préparer les mules pour 4 heures du matin.

Depuis qu'il faisait équipe avec Joaquin, Antoine avait appris à le connaître, à traduire ses attitudes et même ses silences.

Sauf en cas d'extrême mauvaise humeur — moments heureusement rares, où il s'enfermait dans un mutisme absolu —, Joaquin était plutôt d'un naturel bavard.

Mais quand il lui arrivait d'avoir quelque chose à dire ou à demander et qu'il n'osait le faire, il se lançait dans d'incompréhensibles bougonnements, marmonnements, soupirs et mimiques qui agaçaient vite Antoine et le contraignaient à s'enquérir des causes de toute cette agitation.

Et ce matin-là, tout en s'affairant autour des mules, Joaquin battait des records de grondements divers, de murmures sans queue ni tête, ponctués de jurons, de malédictions et de menaces.

Antoine savait qu'il pouvait être d'une violence extrême, sans retenue, mais ne l'avait encore jamais vu dans un tel état.

— Quand tu auras fini de geindre, tu me préviendras ! lança-t-il en grimpant dans le chariot. Allez, presse-toi ! dit-il en saisissant les guides, et par pitié, arrête de grogner !

Il alluma son premier cigare de la journée en attendant

que le métis se glisse à ses côtés, puis encouragea les mules.

Ils n'avaient même pas atteint la sortie de la ville qu'Antoine ne put supporter plus longtemps les marmonnements de son compagnon.

— Tu me fatigues ! Arrête tout de suite !

Il était d'humeur encore plus sombre que la veille car ayant eu le temps de recenser toutes les marchandises disparues, il mesurait exactement le nombre de pesos irrémédiablement perdus.

— La Madre de... Joaquin le sait ! *Hijo de puta de mierda !* Joaquin a compris, lui !

Antoine soupira puis arrêta les mules car le crissement des roues rendait encore plus éprouvant le monologue de son compagnon.

— Bon, qu'est-ce que tu sais ? demanda-t-il en se tournant vers lui. Qu'est-ce que tu as compris ? Explique, mais dépêche-toi !

— Moi, je sais ! assura le métis. Un homme est venu en ville, il y a trois jours... Avec un chariot tout vide... Il est reparti avant-hier avec un chariot tout plein...

— Et alors ? C'est ce que j'aurais dû faire, moi aussi. Je ne vois pas où est le mystère !

— Eh ! cet homme n'a pas de case en ville pour y prendre de la marchandise... Et pas de bateau non plus. Rien ! Pourtant, il est reparti comme un colporteur, avec beaucoup, beaucoup à vendre...

— Qui t'a raconté ça ?

— Eh ! fit Joaquin, je le sais, on me l'a dit... Quelqu'un l'a vu, avec sa carriole, derrière l'entrepôt... Mais peut-être qu'il était là juste pour saluer son cousin, un policier...

— Je me doutais bien qu'ils étaient dans le coup, ceux-là, marmonna Antoine en tirant nerveusement sur son cigare. Mais qu'est-ce que tu veux que j'y fasse, ils sont intouchables, ces gars-là !

— Oui, intouchables, confirma Joaquin, intouchables, eux... Mais pas lui... Il a pris la piste d'Almirante... Deux petits jours d'avance, pas plus...

— Qui diable t'a raconté tout ça ? Allez, dis-le !

Joaquin sourit, haussa les épaules.

— Une amie... Une amie à moi !

— Vieux salaud ! Je t'ai dit hier soir de garder le chariot et tu as été courir la gueuse ! s'emporta Antoine.

— Non, non. Pas du tout besoin de courir, Lucia est venue voir Joaquin, c'est tout...

— Alors, tu prends mon chariot pour un bordel maintenant ? Tu veux pas que j'y mette une lanterne rouge, non ? lança Antoine en le secouant.

Mais son ton et son geste n'étaient pas très sérieux. Il savait, depuis longtemps que, en plus de son épouse légitime à qui il avait fait huit ou dix gamins — dont seulement trois étaient encore en vie —, Joaquin avait une femme dans chaque ville-étape et même presque dans chaque pueblo, et qu'il en était très fier.

— J'ai pas fait entrer Lucia dans le chariot ! rétorqua le métis, franchement vexé qu'on pût le soupçonner d'une telle ignominie. Jamais de femme dans le chariot ! Dessous, c'est beaucoup mieux, comme ça les petites ne sont pas tentées par la marchandise, et elles pensent juste à faire plaisir à Joaquin !

Antoine se mit à rire et lui envoya une bourrade dans les côtes.

— Tu n'es quand même qu'un fieffé saligaud ! Fichtre ! je me demande vraiment ce qu'elles te trouvent, toutes ! Parce que, franchement... Enfin. Bon, dit-il en redevenant soudain sérieux, tu es sûr qu'il a filé par la piste d'Almirante ?

— Oui, sûr.

— C'est celle du désert et je ne voulais pas la prendre, mais elle aussi va vers le nord... Bon, deux jours d'avance. Mais il doit perdre du temps à dénicher les rares villages où il peut vendre notre marchandise. Doit pas être très loin, ce cochon ! Mais tu es vraiment certain de ce que tu dis ?

— Certain ! Lucia l'a appris par sa sœur. Sa sœur, elle est un peu... Enfin... elle est beaucoup moins sérieuse que Lucia... Quelquefois, elle va avec les marins, quoi... Elle était au port la nuit où ils ont cassé le toit, et parce qu'elle sait que Lucia et moi... et que moi je travaille avec vous...

— Tu m'en diras tant ! Donc, j'avais bien deviné ; il n'est pas tout seul, mon voleur ?

— Si, si ! L'autre est resté en ville une fois payé. Trop paresseux pour courir les pistes ! Je le connais, c'est Pentecôte, un vilain métis nègre qui vient du nord, mais il sera puni, ce *Zambo* de malheur !

— Qu'est-ce que tu chantes ?

— Si, si, il sera puni ! Il faut toujours punir les voleurs ! Et Joaquin s'en occupe...

— D'accord, coupa Antoine sans croire un seul mot des dernières vantardises de son compagnon, on va le suivre, ce citoyen. Mais gare à toi si tu t'es foutu de moi ! Parole, je te fouette !

Joaquin se mit à rire bruyamment car s'il était une menace qu'il ne redoutât pas, c'était bien celle-là ! Contrairement à tant d'autres maîtres qui maniaient le *chicote* pour un oui ou pour un non, jamais Antoine, ni d'ailleurs Martial, n'avait levé la main sur lui. Jamais ! Et c'était pour cela qu'il n'était pas tolérable qu'on ose impunément voler de tels hommes ! Et le Pentecôte, ce moins que rien, ce fils de chienne borgne et édentée, allait regretter amèrement d'avoir pillé l'entrepôt ! Déjà, cinq ou six amis que Joaquin s'était faits en ville étaient sur ses traces. Avant peu, dès le soir sans doute, il serait pris, garrotté et, faute de pouvoir être livré à la police, fouetté jusqu'au sang à grands coups de mèche plombée. Après quoi, il irait boire quelques bonnes lampées de l'eau du port. Et tant mieux s'il ne remontait pas tout de suite à la surface ; cela apprendrait aux autres voleurs, et même au policier complice, qu'il ne fallait pas toucher aux biens du Français. Jamais !

Mais il était inutile d'expliquer tout ça à Antoine, il ne pouvait pas le comprendre et était même capable de s'y opposer.

— Cet imbécile a semé autant de traces qu'un pécari dans un champ de maïs ! commenta Antoine en observant le foyer aux cendres encore tièdes.

Non loin de là, se lisait, comme à livre ouvert, l'empreinte laissée dans la poussière par le corps d'un homme ; tout à côté, vide, un des dix cruchons d'alcool qu'Antoine avait déposés à son dernier voyage. Exactement comme il avait entreposé, dans des boîtes en fer-blanc identiques à celle qui brillait là, au soleil, plusieurs dizaines de kilos de biscuits.

Il observa les marques de roues qui filaient vers le nord, puis grimpa dans le chariot.

— On a encore trois bonnes heures avant la nuit. Si ça se trouve, on le cueillera ce soir même !

— Très bien, ponctua le métis tout à fait satisfait.

— Il n'a pas dû dessaouler pendant deux jours, estima Antoine ; c'est pour ça qu'on aura mis si peu de temps à le rattraper. On a sacrément fait galoper nos bêtes, aussi... Enfin, si je peux remettre la main sur une partie du stock, je te jure que tu ne le regretteras pas.

Il leur fallut moins d'une heure pour apercevoir au loin, encore à plusieurs milles d'eux, la poussière soulevée par un attelage au petit trot.

Antoine emportait toujours deux fusils dans ses voyages. Un douze à broches et à canons courts, dont il se servait pour tirer le petit gibier à faible distance, et un gros Remington, à bloc roulant de calibre 45, avec lequel il dégringolait un cerf à plus de deux cent cinquante pas.

Il choisit le douze, y glissa deux cartouches de grenailles, passa à l'arrière du chariot et délaça la bâche.

— Active les bêtes, dit-il à Joaquin. Je lui mettrai les canons sous le nez dès qu'on l'aura dépassé.

Debout, secouant les rênes d'une main, faisant claquer le fouet de l'autre, Joaquin remonta peu à peu la distance qui les séparait de l'attelage poursuivi. Jurant et crachant, car l'autre soulevait une âcre et opaque poussière rouge, il fouetta la croupe des mules, doubla le chariot et rabattit brutalement ses bêtes pour couper la route au fugitif.

Antoine, qui guettait ce moment par l'entrebâillement de la bâche, repoussa vivement celle-ci.

— Arrête ! hurla-t-il en visant la tête du conducteur et en sautant à terre avant même l'arrêt complet du chariot.

Stupéfait, l'homme ne broncha pas.

— Tu te fous les mains sur le chapeau et tu descends, ordonna Antoine en restant prudemment à plus de trois mètres, et active un peu !... Voilà, c'est ça. Et maintenant, tu te couches par terre, oui, à plat ventre, bien allongé et les bras tendus.

Il s'approcha de l'individu, pointa son fusil sur sa nuque et le fouilla rapidement. Il le délesta d'abord de sa bourse, poursuivit ses recherches et s'étonna un peu de ne trouver aucune arme sur lui. Rassuré, il alla jeter un coup d'œil dans le chariot et sourit.

— Ben, voilà ! fit-il en reconnaissant ses marchandises. Ça tombe rudement bien, nous aussi on va vers le nord ; c'est gentil à toi de nous avoir aidés à coltiner tout ça jusque-là ! Allez, debout maintenant, tu vas tout transporter dans mon chariot. Mais pas d'entourloupes, hein !... Joaquin, aide-le, ça ira plus vite !

— Et pourquoi on garde pas son attelage ? dit le métis. Ça serait plus simple ! Et puis ça vous rembourserait un peu, il manque beaucoup de marchandises !

— Discute pas, coupa Antoine en faisant sauter la

bourse de cuir dans sa main, ce vilain coyote nous a mâché le travail ; il y a là bon nombre de pesos qui me reviennent !

— Eh ! Eh ! C'est du vol ! protesta l'homme. J'ai tout gagné honnêtement. Au poker, d'accord, mais honnêtement ! Mon cousin policier à Coquimbo vous le dira, on a joué ensemble.

Il avait un ton aussi faux que son regard et, derrière son air chafouin et son hypocrite sourire, transparaissait toute sa rage, mal contenue, prête à exploser.

Antoine observa ses mains, qui tremblaient un peu, ses épaules volontairement affaissées, comme pour dissimuler leur carrure, ses yeux fuyants, et songea qu'il devait être aussi dangereux qu'un puma blessé.

— Au poker ? dit-il. Pas possible ? Dis, tu me prendrais pas pour un couillon, par hasard ? Allez, travaille au lieu de dire des bêtises, et estime-toi heureux que je n'aie pas le temps de te conduire à la police : pas celle de Coquimbo, mais celle de Vallenar ! T'as pas de cousin là-haut, non ?

— Et quand bien même ! Faudrait encore prouver que j'ai volé, crâna l'homme. Moi, cette marchandise, je l'ai achetée hier à un gringo que je ne connais pas. On n'est pas obligé de connaître tout le monde, hein ?

— C'est ça, dit Antoine sèchement, continue à te foutre de moi, et tout ce que tu vas récolter, c'est une bonne giclée de plombs dans les pattes !

— Tu oserais pas, j'ai pas d'arme !

— Faudrait encore prouver que c'est moi qui ai tiré, fit Antoine. Et maintenant travaille !

— Personne peut m'obliger !

— Si, moi ! dit Joaquin excédé par tout ce verbiage.

Et il lui piqua les reins avec la lame de trente centimètres qu'il venait de sortir de sa botte.

Il leur fallut plus d'une demi-heure pour tout transvaser. La nuit était presque totale quand Joaquin déposa la dernière caisse dans le chariot.

— Voilà une bonne chose de faite, estima Antoine. Maintenant, on va te laisser, dit-il à l'homme, et tu t'en tires à très bon compte. Mais parce que tu mérites bien un petit souvenir de nous et surtout parce que je tiens à dormir tranquille cette nuit, on va un peu disperser tes mules. Pendant que tu les rattraperas, on sera au moins sûr que tu ne voles personne !

Il alluma un cigare, attendit patiemment que Joaquin dételle et affole les bêtes puis revienne prendre place dans le chariot. Il lui tendit alors son arme et grimpa à ses côtés.

Derrière lui, l'homme, immobile à quelques mètres de là et maintenant à peine visible à côté de sa carriole, empoigna alors le fusil à canons sciés, caché sous son siège, et le lui déchargea dans le dos.

Toute la violence que Joaquin portait en lui le submergea lorsqu'il entendit la déflagration et qu'il vit Antoine vaciller puis tomber à la renverse. Dans le même temps, il nota que l'autre n'avait tiré qu'une fois.

« La deuxième cartouche est pour moi ! » pensa-t-il. Aussitôt, il fouetta les mules qui bondirent en avant ; puis, le fusil d'Antoine au poing, il sauta du chariot, boula au sol, s'accroupit et fit feu en direction de la silhouette qu'il devinait à dix pas de lui.

Il appuya sur les deux détentes à la fois et le recul fut tel que l'arme lui sauta presque des mains. La gerbe de grenaille cribla l'homme des pieds à la tête, et il était déjà mort lorsque le métis, fou de rage, lui écrasa le crâne d'un coup de crosse.

Et, soudain, toute sa furie éteinte, il se retrouva

tremblant, en sueur, ne sachant plus que faire, seul dans la nuit maintenant complète.

Il lui fallut encore quelques secondes avant de réagir et de resuivre le fil des dernières minutes. Il poussa alors un hurlement et courut vers Antoine.

Délicatement, guettant le moindre signe de vie, il le retourna. Malgré l'obscurité, il comprit tout de suite que la blessure était grave car, sous ses doigts, ruisselait le sang tiède. Il fit doucement basculer Antoine sur le ventre, puis se pencha vers lui, écoutant son souffle : il était faible, court, avec parfois de longues secondes de silence.

— *Madre de Dios!* grommela-t-il, il faudrait de la lumière. Mais où sont parties ces putes de mules avec le chariot?

Il écarquilla les yeux, renonça à découvrir les bêtes et courut vers la carriole du voleur. Il expédia rageusement un coup de pied au cadavre en passant à côté de lui, grimpa dans le véhicule et farfouilla jusqu'à ce qu'il eût trouvé la lampe-tempête qu'il avait remarquée lors du déchargement. Sautant à terre, il revint jusqu'à Antoine et alluma la mèche.

Il grogna de dépit et de colère en voyant la multitude de petits trous qui mouchetaient la veste, mais fut un peu rassuré en notant que nulle trace de sang ne se voyait dans la bouche du blessé.

Sans hésiter, il le déshabilla et reprit un peu espoir en constatant qu'Antoine portait un gilet de cuir; certes, il était lui aussi percé comme une écumoire, mais son épaisseur et sa nature avaient sans aucun doute empêché que son maître ne fût tué sur le coup. Il prit son couteau et découpa un large carré dans le dos du vêtement puis dans la chemise. Il souleva délicatement le tissu gluant qui adhérait à la chair, et grimaça.

La blessure s'étendait sur une surface au moins égale à quatre mains. Elle n'était pas franche. De la peau et des muscles déchiquetés et boursouflés, suintait beaucoup de sang, et trop vite...

Il se souvint de la boîte dans laquelle Antoine emportait toujours quelques médicaments et pansements et se maudit d'avoir fouetté les mules.

— Si au moins elles n'étaient pas trop loin, murmura-t-il en scrutant une fois encore les ténèbres, mais elles ont dû rejoindre celles de l'autre fils de pute !

Sans trop y croire, il les siffla, les appela et fut stupéfié de les entendre hennir ; elles ne devaient pas être à plus de trois cents mètres. Il se précipita dans leur direction tout en réitérant ses appels, arriva au chariot, sauta dedans et revint au galop vers le blessé.

Incapable de savoir quels étaient les médicaments qu'il fallait employer — il y en avait plusieurs dans la boîte —, Joaquin n'y toucha pas. Il prit seulement les pansements et les bandes, réfléchit un court instant, puis choisit la solution qui lui parut la meilleure, la plus saine car la plus connue. Il déboucha un des cruchons de gnôle, s'octroya d'abord quelques bonnes gorgées puis, fermement, bascula le récipient au-dessus de la plaie et versa à plein goulot.

Antoine frémit, s'agita, puis hurla en essayant, de la main, d'effacer l'atroce brûlure qui lui mordait le dos.

— C'est rien, Señor, c'est rien ! fit Joaquin, ravi.

Si son maître était capable de beugler comme une femme en couches, c'est qu'il était bien vivant. Il versa une nouvelle dose d'alcool sur la blessure.

Terrassé par l'intensité de la douleur, Antoine perdit de nouveau connaissance. Un peu dépité, néanmoins rassuré, le métis épongea la blessure, la nettoya et parvint même, du bout de l'ongle, à extraire quelques plombs aplatis contre les omoplates et les côtes. Puis il imbiba de gnôle un gros paquet de coton, le disposa sur la plaie et banda fermement le torse. Ramassant toutes ses forces, il enleva le blessé dans ses bras et l'installa à l'intérieur du chariot.

Moins de dix minutes plus tard, il repartait plein sud car il savait où il fallait aller. L'après-midi, pendant la poursuite, il avait aperçu, au loin, à droite de la piste, tapi dans les rochers et les cailloux, un tout petit pueblo, reconnaissable aux maigres taches de verdure de ses quelques lopins. Il devait le rejoindre au plus vite : là-bas, on saurait soigner son maître.

Antoine revint à lui vers minuit. Pendant quelques secondes, il crut être en plein cauchemar : c'était la seule explication à sa présence dans ce chariot brinquebalant et surtout à l'horrible douleur qui lui taraudait le dos. Puis il se revit grimpant sur le marchepied, réentendit le coup de fusil et comprit.

« Il m'a tiré comme un lapin, pensa-t-il. Pourtant, Dieu sait si je m'en méfiais, de ce salaud... »

Il essaya d'appeler, mais sa bouche était si sèche et ses lèvres, craquelées par la fièvre, si douloureuses qu'il ne put que gémir. Constatant que le métis n'entendait rien, il palpa autour de lui, chercha un objet, trouva enfin une casserole et frappa le plancher jusqu'à ce que Joaquin arrête l'attelage.

— Ça va mieux, Señor? s'enquit le métis en se penchant vers lui.

— Boire...

Joaquin aida Antoine à se redresser. Approchant le cruchon d'alcool de ses lèvres, il l'y maintint. Antoine faillit s'évanouir de nouveau. Quand il reprit son souffle, il était ruisselant de sueur et se sentait pourtant glacé.

— Où on va? balbutia-t-il.

— Au pueblo qu'on a vu cet après-midi.

— Vont m'achever là-bas... Mon dos, c'est grave?

— Ben... Le gilet a un peu protégé, autrement... Mais il y a trop de plombs, faut les enlever, vite. Et mettre une pommade qui guérit.

— Oui... c'est ce qu'il faut faire, approuva faiblement Antoine. Et... et l'autre salaud ?

— Il volera plus jamais personne.

— Ah bon ! souffla Antoine, et il sombra une nouvelle fois dans l'inconscience.

Antoine n'avait toujours pas repris connaissance lorsque Joaquin atteignit enfin le pueblo. La nuit, sans lune, était complète. Prudents, aucun des villageois n'osa sortir pour accueillir les visiteurs. Mais Joaquin sentait que là, tout autour, tapis dans l'obscurité des cases, immobiles derrière les nattes qui obstruaient les ouvertures, tous les péons l'observaient.

Un gosse pleura, tout proche, mais une main étouffa ses cris que couvraient pourtant les hurlements des chiens qui, poils hérissés sur leurs échines fuyantes, tournaient à quelques pas du chariot.

Joaquin appela, expliqua sa visite, demanda de l'aide. Comme nul ne bronchait, excédé, il alluma la lampe-tempête et la brandit devant lui, pour s'éclairer et bien montrer qu'il était sans arme — le fusil rechargé était invisible sous le siège. Comprenant que personne n'avait l'intention de sortir de l'ombre, il jura sourdement et se mit à couvrir d'insultes tous les gens qu'il devinait là, proches mais invisibles.

Il injuria d'abord les hommes, les traîna dans le fumier, proclama leur total et définitif manque de virilité, leur impuissance, jura d'annoncer partout où il passerait — et jusqu'à son dernier souffle — que dans ce pueblo pourri, seuls les chiens squelettiques possédaient encore des attributs virils.

Et puis il invectiva les femmes, les accusa de toutes les

turpitudes, bassesses et putasseries imaginables, que, faute d'hommes dignes de ce nom, elles devaient pratiquer avec les ânes, les boucs, les coyotes et les lamas de toute la région !

Il s'apprêtait à reprendre sa diatribe lorsqu'une faible lueur papillotante, émergeant d'une case proche, progressa vers lui. Elle s'arrêta devant les mules et il dut lever haut la lampe-tempête pour éclairer la silhouette qui tenait le lumignon.

Il vit un vieil homme tout édenté, sale, moitié nu, dont les yeux clignotaient sous la clarté blanchâtre de la lampe à pétrole.

— J'ai demandé de l'aide, gronda-t-il. A te voir, c'est plutôt toi qui en as besoin !

— Où est ton blessé ? demanda le vieillard.

— Pourquoi ? Tu veux le soigner ? railla le métis.

— Oui, ici, c'est moi qui soigne. Mais si tu ne me crois pas, repars. Et tant pis pour ton maître ! Ici, personne d'autre que moi ne sait guérir les blessés...

Joaquin réfléchit, considéra le vieil homme, puis se décida.

— D'accord, dit-il, soudain radouci. Mais il faut que quelqu'un nous aide à transporter le Señor.

— Il est chez lui dans ce chariot ? Oui ? Alors laisse-le où il est, dit le vieux en approchant. C'est moi qui vais monter. Aide-moi.

Il se glissa dans le véhicule en grimaçant et en soufflant, passa à l'arrière, réclama de la lumière, défit le pansement d'Antoine.

Il toucha la plaie du bout des doigts, la palpa, la sonda de l'index, fit rouler quelques plombs sous son pouce, puis se redressa.

— Aide-moi à descendre, ordonna-t-il, je dois aller chercher ce qu'il faut pour enlever tous ces plombs et couper cette peau morte.

— C'est très grave ? demanda anxieusement Joaquin.

L'autre ne daigna même pas répondre et s'éloigna en direction de sa case, suivi par un chien qui lui léchait les mains.

Lorsque, avant chaque voyage, Antoine arrêtait la date de son retour, il était ponctuel et n'avait jamais plus de vingt-quatre heures de retard.

Aussi Pauline s'inquiéta-t-elle franchement lorsqu'elle comprit, à la fin du troisième jour d'attente, qu'il ne rentrerait pas ce soir-là.

Elle passa une très mauvaise nuit et, dès l'aube de ce dimanche, fit atteler son cabriolet par Arturo, confia les jumeaux à Jacinta et se rendit calle Cinco de Abril. Rosemonde n'était pas encore levée lorsqu'elle tambourina à la porte de *La Maison de France,* et ce fut Carmen, la bonne indienne, qui lui ouvrit la porte.

— Antoine n'est toujours pas là? interrogea Rosemonde en sortant de sa chambre.

— Je suis certaine qu'il lui est arrivé quelque chose de grave, je le sens, dit Pauline.

— Ils ont peut-être eu des ennuis avec les bêtes, ou avec le chariot. Ça c'est déjà produit!

— Non, non, c'est autre chose! Des mules, ça se change; un chariot ça se remplace!... Et tu es sûre que Martial ne sera pas là avant la fin de la semaine prochaine?

— Mais oui! Je te l'ai déjà dit vingt fois! Il a prévu de partir pour plus de quinze jours. Il veut descendre jusqu'à Valdivia, ce n'est pas la porte à côté!

— Il faut trouver une solution, décida Pauline, je ne peux pas rester comme ça à attendre!

— Mais on est dimanche, aujourd'hui? Que peux-tu faire?

— Je ne sais pas encore.

Elle s'approcha de la fenêtre, regarda le jour qui se levait et se retourna.

— Je vais prévenir M. Edmond.

— Mais tu n'y penses pas! s'exclama Rosemonde. D'abord, on ne sait même pas s'il est en ville en ce moment; on ne l'a pas vu au magasin depuis plus de dix jours! Ensuite, tu ne peux pas aller chez lui comme ça, ce n'est pas sérieux! Que diraient les gens, surtout à cette heure? Il est sûrement encore au lit!

— Alors, je l'en sortirai! Et si les gens parlent, eh bien... Eh bien, je m'en fous! lança Pauline en retrouvant sa gouaille de petite Parisienne. Mais, comprends-moi, insista-t-elle, mets-toi à ma place! Tu ne t'inquiéterais pas pour Martial, toi?

— Oh moi! sourit Rosemonde, j'ai l'habitude. Quand je vivais à Bordeaux, il restait parfois un mois sans me rendre visite, alors...

— On n'est pas à Bordeaux, coupa Pauline. Qu'est-ce que tu ferais là, maintenant, s'il avait trois jours de retard, hein?

— Comme toi, reconnut Rosemonde. Bon, je m'habille et on va aller ensemble voir si M. Edmond est là. A deux, ce sera quand même moins compromettant.

Le majordome qui reçut les deux jeunes femmes les connaissait bien. Pour choisir les mets ou spiritueux destinés aux réceptions que donnait son maître, il avait souvent accompagné Edmond à *La Maison de France*. Aussi, introduisit-il immédiatement Pauline et Rosemonde dans le salon, sans paraître surpris par leur visite matinale.

En ce dimanche, sans doute parce qu'il était d'humeur joyeuse et qu'il faisait très beau, Edmond d'Erbault de Lenty avait décidé de prendre son petit déjeuner sur la terrasse du salon, qui donnait directement sur le parc où voltigeaient les colibris et les perruches.

Mais il n'était pas seul, et si les deux jeunes femmes reconnurent d'abord, avec amusement, la provenance du déshabillé bleu pastel et froufroutant qui voilait, à peine, les épaules laiteuses de la jeune femme assise sur ses genoux, elles sursautèrent en identifiant Mme Obern, l'épouse d'un des banquiers qui leur avait permis de monter le magasin.

Il y eut quelques instants de gêne, intense.

— Excusez-nous, dit enfin Pauline, nous reviendrons plus tard. Excusez-nous, tout est de ma faute.

Elles allaient sortir lorsque Edmond les rattrapa.

— Attendez, dit-il. Inutile de faire les présentations, vous connaissez madame. Voilà, c'est comme ça, et nous n'avons pas à nous expliquer. En revanche, je suis sûr que votre présence ici, en ce jour et à cette heure, est motivée par un fait grave. Alors, oubliez, je vous prie, cette situation un peu... spéciale et nos tenues plutôt négligées, et dites-moi ce qui vous amène.

Il suivit du regard sa maîtresse qui disparaissait en direction de la chambre, nota que *La Maison de France* vendait des vêtements vraiment très transparents et fit face aux deux jeunes femmes.

— C'est à cause d'Antoine, dit Pauline en revenant sur ses pas. Il devait rentrer mercredi après-midi. On est dimanche, et il n'est pas là, alors je ne sais plus quoi faire... Je suis sûre qu'il lui est arrivé quelque chose.

Edmond songea que le mari de sa maîtresse était, lui aussi, une fois encore en voyage, au Pérou, à Lima très exactement où, disait-on, il menait joyeuse vie ; ce qui expliquait son peu d'empressement à rentrer au bercail. Il avait pourtant une femme charmante, cultivée, jeune, jolie et tout à fait capable de le combler ; malgré cela, il la trompait sans vergogne. Edmond se demanda s'il en était de même pour Antoine ; lui aussi avait une épouse charmante et sûrement très amoureuse. Puis il rejeta cette idée car, si Antoine avait voulu courir ailleurs, jamais il n'aurait commis l'erreur de fixer une date de retour.

— Il est parti vers le nord, comme d'habitude? demanda-t-il enfin en se versant une tasse de café.

— Oui.

— Alors, peut-être a-t-il voulu pousser plus haut, vers Chañaral par exemple, ou plus loin encore. Il m'en avait parlé un jour.

— Je sais, coupa Pauline, mais, dans ce cas, il m'aurait prévenue, et j'aurais déjà reçu un câble. Non, non, il y a autre chose, et j'ai peut-être déjà trop attendu...

— Ne dites pas ça. Et puis, je ne vois pas bien ce qu'on peut faire... Aller à sa rencontre serait stupide, on ne peut pas deviner par où il compte revenir!

— C'est vrai, reconnut Pauline, mais on peut chercher par où il est parti, et c'est ce que je vais faire.

— Tu es folle! protesta Rosemonde.

— Vous n'y pensez pas! s'exclama Edmond.

— Si, si, et c'est pour ça que je suis ici. Quand il monte vers le nord, je sais qu'il prend toujours la route de la Ligua, puis celle d'Illapel et d'Ovalle; de là, il rejoint Coquimbo et la Serena. Alors, il faut que vous me trouviez un attelage rapide et un bon guide, je vais partir à sa recherche. Si Martial était là, c'est ce qu'il ferait, mais il ne rentre qu'à la fin de la semaine, et je ne veux pas attendre.

— Ce n'est pas sérieux, dit Edmond, approuvé par Rosemonde. Vous ne pouvez pas agir ainsi, ce serait stupide, dangereux et sans doute inutile.

— Si, je le peux, et je vais le faire! Aidez-moi à trouver un attelage et surtout un bon guide. Aidez-moi, s'il vous plaît!

Il l'observa un instant, admirant sa détermination, sa

volonte. Puis il se passa la main dans les cheveux et soupira :

— Bon, d'accord, dit-il en se levant. Mais, comme il n'est pas question que je vous laisse vous lancer sur des pistes où vous n'avez rien à faire, c'est moi qui vais partir à sa recherche. Non, non, ne dites pas que vous voulez venir avec moi, c'est impossible, vous nous embarrasseriez. Oui, je vais organiser trois équipes de deux hommes, je serai dans l'une. Si tout va bien, on sera fixé d'ici à quelques jours. Mais, vous savez, je continue à croire que ce retard n'est pas inquiétant. On n'est pas en France ! Ici, le temps n'a pas la même valeur, et il n'est pas toujours simple de réparer un timon brisé ou une roue !

— Il y a autre chose ! s'entêta Pauline, je le sais. Voilà pourquoi je voudrais vous suivre et...

— Non, trancha Edmond, c'est définitivement non, car c'est impossible. Pour aller plus vite, on va voyager sans chariot, uniquement à cheval.

— Quand ?

— Au plus tôt. Le temps de trouver des guides et de tout préparer nous amènera à demain matin.

— Très bien, murmura Pauline. Elle serra les dents et les poings. Alors, merci, reprit-elle, et puis... (elle sourit faiblement) excusez-nous encore ; c'est vraiment une matinée gâchée par ma faute... Tu viens ? dit-elle à Rosemonde.

Elle salua Edmond et sortit.

Edmond arriva à Coquimbo après trois jours de piste. Il avait très vite su qu'il suivait la route empruntée par son compatriote quinze jours plus tôt car, dans les villages, on se souvenait parfaitement de son passage.

A Coquimbo, devant l'entrepôt vide, il comprit et se rendit aussitôt au poste de police voisin. Mais, là, nul ne fut capable de lui dire quelle piste avait pris le colporteur qu'il cherchait.

Rejoint par les hommes des deux équipes qui avaient suivi des itinéraires différents pour le cas où Antoine se serait trouvé sur le chemin du retour, ils perdirent une demi-journée à questionner les gens avant d'avoir la certitude qu'il avait pris la direction d'Almirante.

En fin de soirée, alors qu'Edmond allait arrêter les recherches et faire préparer le bivouac pour la nuit, un jeune berger leur assura que, à deux heures de là, au pueblo San Miguel, un Blanc était arrivé plusieurs jours plus tôt.

— Un Blanc ? Tout seul ?

— Je ne sais pas, dit le métis, mais lui c'est un Blanc.

— Pourquoi tu dis *lui* ? insista Edmond.

Le berger hésita un peu.

— Un voyageur m'a dit qu'il avait trouvé un homme à côté d'un chariot, à plus d'une demi-journée, au nord.

— Un Blanc aussi ?

— Peut-être, il savait pas... L'homme était tout dévoré par les vautours, les coyotes et les fourmis...

— Bon Dieu ! jura Edmond, où est ce village ?

— Là-bas, expliqua le métis en indiquant le nord-est, juste sous le cerro Oscurro.

Parce qu'il n'avait pas de plus petite monnaie, Edmond lui lança un peso ; c'était royal, et le berger faillit lui embrasser les bottes. Mais l'eût-il voulu qu'il n'en aurait pas eu le temps car, déjà, Edmond et ses compagnons galopaient vers San Miguel.

Terrassé par la fièvre et la coca dont le gorgeait le vieil Indien, Antoine délira pendant onze jours. Il raconta tout un tas d'histoires incohérentes auxquelles Joaquin ne comprit rien. Il parla de batailles, de combats, de Héricourt et de Chenebier, de charges d'uhlans et de coups de sabre. Mais aussi de maison en flammes, des Fonts-Miallet, de Brive et de Lodève. Et, souvent aussi, d'une petite griotte acide, devenue belle de mai succulente, et qu'il voulait croquer.

Parfois, il s'éveillait, buvait un peu de maté coupé d'alcool par le métis, ingurgitait quelques cuillères de bouillie de haricots et de maïs, puis sombrait de nouveau dans l'inconscience pour des heures.

A ses côtés, Joaquin et l'Indien se relayaient pour le veiller et surtout chasser les nuages de grosses mouches vertes qui bourdonnaient dans le chariot et profitaient de la moindre inattention des gardes pour aller, par dizaines, s'insinuer sous le pansement sale qui voilait la plaie.

Trois fois par jour, tout en psalmodiant des incantations, le vieux guérisseur badigeonnait la blessure avec un pinceau, fait de rémiges de coq, qu'il trempait dans une espèce d'huile verdâtre dans laquelle macéraient tout un tas d'herbes, de graines, d'écorces. Le liquide empestait mais semblait efficace car, après quelques jours d'application, la plaie avait bonne allure et, surtout, sentait un peu moins la chair en décomposition.

Antoine reprit vraiment conscience au matin du douzième jour et s'inquiéta aussitôt du temps écoulé depuis sa blessure.

— Douze jours ! Alors, j'espère que tu as fait prévenir la Señora ?

— Oui, oui ! mentit Joaquin sans ciller.

Il ne pouvait quand même pas avouer que, malgré des promesses mirobolantes, il n'avait pas réussi à faire comprendre aux Indiens que l'un d'entre eux devait marcher jusqu'à Almirante pour dire aux autorités que le Señor Antoine Leyrac était au pueblo San Miguel, qu'il était blessé et qu'il avait besoin d'aide ; dire aussi qu'il fallait prévenir sa Señora à Santiago. Mais tout cela était trop long, beaucoup trop long, et trop compliqué à retenir et à réciter à des gens de la ville habitués à ne tenir aucun compte de ce que pouvait marmonner un misérable péon. Et, enfin, la ville était loin, très loin...

— Alors, si tu as fait prévenir, pourquoi personne n'est là ? insista Antoine.

— Ils vont arriver, sûr, ils vont arriver, aujourd'hui, demain, bientôt, qui sait... assura Joaquin.

— Je crois que tu te fous de moi, murmura Antoine.

Mais il était tellement épuisé qu'il n'eut pas la force d'en dire plus, et qu'il s'endormit.

Malgré l'obscurité, Edmond et les cinq hommes qui l'accompagnaient reconnurent, de loin, la masse trapue du chariot, immobile au milieu du pueblo.

Inquiet, ignorant ce qu'il allait découvrir, Edmond ralentit sa monture et la mit au pas pour lui faire parcourir les derniers mètres. Puis, il vit Joaquin qui sautait de joie en criant : les voilà ! les voilà ! et se sentit débarrassé d'un énorme poids. C'est alors qu'il entendit qu'on l'interpellait.

— C'est toi, Martial ?... Bon sang, tu en as mis du temps ! Comment va Pauline ? Et les petits ?

— Très bien, assura Edmond en grimpant dans le véhicule, je suis certain que votre femme va très bien maintenant, oui, j'en suis certain.

11

Malgré les soins du docteur Portales, il apparut vite qu'Antoine mettrait longtemps à guérir de sa blessure. Il avait perdu beaucoup de sang et était épuisé, et il fut nécessaire d'extraire quelques plombs oubliés par le vieil Indien et qui s'enkystaient entre les côtes.

Dès qu'il comprit qu'il ne pourrait reprendre la piste avant plusieurs mois — ce qui représentait un manque à gagner considérable —, Antoine réfléchit à la meilleure façon de pallier au plus vite cette situation.

— Il faut trouver une solution, dit-il à Martial qui, en ce samedi soir, était venu lui rendre visite avec Rosemonde.

— Moi, je ne peux pas me dédoubler, prévint Martial. J'ai déjà allongé la tournée sud, et ça me vaut quelques réflexions de mon épouse ! Elle trouve que je suis trop souvent absent, comme dans le temps, en France ! ajouta-t-il en souriant à l'adresse de Rosemonde.

— Pas question d'abandonner le sud pour le nord, approuva Antoine en se redressant douloureusement dans son fauteuil.

Il tenait absolument à se lever chaque jour, aux mêmes heures que naguère, car, disait-il : « C'est à force de rester au lit qu'on y crève ! » Il alluma un cigarillo et reprit :

— Mais si on laisse ma tournée sans personne, les concurrents prendront vite la place, et ils ne manquent pas ! Alors, voilà ce qu'on pourrait faire, on confie carrément l'affaire à Joaquin et...

— Là, ça m'étonnerait qu'Edmond soit d'accord !

— Mais si ! d'ailleurs, comme tu l'as dit quand tu as engagé M. Chou, Edmond s'en fout du moment qu'on écoule sa camelote. De toute façon, on ne le voit plus, Edmond. A croire qu'il nous fuit !

— Faut comprendre, il est un peu gêné. Mets-toi à sa place, sourit Martial.

— Si on avait su, intervint Pauline, on ne vous aurait rien dit !

— Mais nous ne sommes au courant de rien ! On n'a rien vu, nous ! plaisanta Martial. Et puis, Edmond fait ce qu'il veut avec qui il veut ; mais faut reconnaître qu'il n'a pas mauvais goût ; elle est mignonne, la femme du banquier... Bon, dit-il en retrouvant son sérieux, tu crois vraiment que Joaquin fera l'affaire ?

— Oui.

— Mais il ne sait ni lire ni écrire ! dit Rosemonde.

— Je sais, reconnut Antoine, mais il sait compter, et très bien même. De plus, je crois qu'il peut faire un vendeur correct. Enfin, il ne se laisse pas marcher sur les pieds...

— C'est le moins qu'on puisse dire, approuva Martial.

— Surtout, il a fait preuve de son honnêteté, poursuivit Antoine. Parce qu'entre nous, quand il a eu réglé son compte à l'autre voyou, rien ni personne ne l'obligeait à s'occuper de moi. S'il voulait, il pouvait me laisser crever, et ça n'aurait pas été long. Oui, il pouvait me faire les poches, sauter dans le chariot et filer en Argentine par le Paso del Agua Negra. En cette saison, c'est faisable, surtout pour un homme comme lui... Enfin, si tu as une autre solution...

— Non, reconnut Martial après quelques instants de réflexion, mais il va lui falloir un équipier, et puis l'intéresser un peu au commerce, autrement...

— S'il veut un équipier, on lui dira de le choisir et de le prendre à sa charge, mais tel que je le connais, ça m'étonnerait qu'il veuille un aide. Quant à l'augmenter...

Antoine s'arrêta et grimaça car sa blessure le faisait soudain atrocement souffrir.

— Explique... souffla-t-il à Pauline.

Ils avaient abordé ce problème ensemble, la veille au soir, et c'est elle qui avait trouvé la solution.

— J'ai pensé... commença-t-elle. Voilà, Antoine est sûr que Joaquin est capable d'apprendre par cœur les prix de toutes les marchandises. Alors, partant de ces prix, il vendra les articles ce qu'il voudra en plus et la différence sera pour lui.

— Correct, approuva Martial, mais il faudra quand même lui dire de ne pas trop majorer la camelote, s'il veut la vendre !

— Il comprendra vite, reprit Antoine, et puis, ce n'est malgré tout que pour quelques mois. Enfin, j'espère...

— D'accord, dit Martial, mais je préviendrai quand même Edmond. Il est encore un peu tôt pour lui expliquer qu'on peut se passer de son avis et de sa société, ajouta-t-il en souriant.

— A ce point ? interrogea Antoine.

— Oui, j'ai fait nos comptes cette semaine. Dans six mois, nous posséderons en propre, et uniquement grâce à notre financement, plus de la moitié des marchandises mises en vente. Pas mal, non ?

Antoine acquiesça.

— Mais, rassure-toi, on ne va pas se brouiller avec la Soco Delmas et Cie ni avec ce fripon d'Edmond !

— Ce serait une bêtise, affirma Antoine.

— Je le pense aussi. Mais, vois-tu, sans les quitter, on va prendre notre indépendance pour tout ce qui est du petit commerce et du comptoir. En même temps, je vais leur faire comprendre qu'il faut passer à une autre forme de négoce. Je sais qu'ils ont toujours quelques problèmes dans le nord avec leurs mines ; ça progresse moins bien qu'ils ne l'espéraient : la concurrence... Et aussi, je crois, des histoires de frontière avec la Bolivie, parce que, là-haut, comme on dirait chez nous, les bornages sont pas très nets ! Alors, nous, on va leur proposer quelque chose qui doit marcher : sans renoncer à vendre des pelles, des casseroles ou des pantalons, il faut les décider à se lancer dans la machine industrielle. Il y a là un marché fantastique à prendre ! Je te fatigue à trop parler ?

— C'est rien, continue, explique.

— Oui, c'est vers là qu'il faut s'orienter. Par exemple, dans l'installation de minoteries modernes ou de scieries dans les régions du sud. Tu n'as pas pu t'en rendre compte, mais, en matière de travail du bois, tout est à faire. Egalement dans tout ce qui touche les chemins de fer. Quand on pense qu'entre le chemin de fer d'Etat et les lignes privées, ce pays n'a pas même mille kilomètres de voies !

— Qui t'a dit ça ?

— Un des ingénieurs qui s'occupe de la ligne Santiago-Curico... Mais on parlera de tout ça plus tard, je te fatigue.

Martial se leva.

— Vous ne voulez pas rester dîner ? proposa Pauline.

— Non, merci, il faut qu'Antoine se repose. Et nous aussi, assura Martial. Moi, j'ai galopé toute la semaine et je dois repartir lundi. Eh oui, dit-il en enlaçant son épouse, je repars, comme dans le temps. Mais ça permet de joyeuses retrouvailles, non ?

Quatre mois s'écoulèrent avant qu'Antoine se sentît de nouveau assez solide et résistant pour reprendre ses tournées. Il le fit contre l'avis du docteur Portales qui estimait que sa blessure était à peine assez cicatrisée pour supporter sans dommage les chocs et les cahots de la piste.

— Peut-être, admit Antoine, mais j'en prends le risque. Si je reste encore ici à ne rien faire, je vais devenir fou !

Faute de pouvoir travailler et soigner le jardin — son dos le lui interdisait et d'ailleurs Arturo le jardinier suffisait à la tâche —, faute encore de tenir le magasin de la calle de los Manzanos — M. Chou faisait merveille auprès des clients —, Antoine s'ennuyait.

Certes, il aidait Pauline et Rosemonde à *La Maison de France,* mais tout au plus pouvait-il s'occuper du comptoir de l'épicerie, des vins et des alcools, car il n'était pas question, sous peine de scandaliser beaucoup de clientes et de les faire fuir, qu'il se mêle de vendre de la lingerie féminine

Enfin, même si Joaquin remplissait bien son rôle et rendait ses comptes exacts à un centavo près, il lui manquait, pour être un excellent vendeur, l'envie, même pas de faire fortune, mais simplement de se constituer une petite cagnotte.

Antoine avait vite compris que le métis, livré à lui-même, se contentait de très peu. Contrairement à M. Chou qui, sans l'avouer, devait déjà envisager de monter un jour sa propre affaire — et s'y préparait en économisant sou à sou —, Joaquin n'avait aucun projet d'avenir ; cela ne l'intéressait pas.

Aussi, pendant ses quatre mois d'activité, et alors qu'il aurait pu se faire de très confortables bénéfices, les ventes stagnèrent et même, en mai, chutèrent. Antoine apprit, plus tard, que si, ce mois-là, Joaquin avait parcouru beaucoup de chemin, c'était plus pour augmenter le nombre de ses conquêtes féminines que pour accroître son chiffre d'affaires. Mais il ne lui en tint pas rigueur, il n'y fit même jamais allusion ; sa dette envers le métis était trop grande pour qu'il lui reprochât de telles broutilles.

Outre l'ennui qui le rongeait et la nécessité de tout reprendre en main, le relança au travail l'annonce par Pauline — un peu gênée quand même : ça ne tombait pas au mieux — qu'elle était enceinte.

— Mais ne t'inquiète pas, dit-elle, tout ira sans problème.

— J'espère, mais si tu ne tiens pas debout, comme la dernière fois, il faudra bien que quelqu'un te remplace au magasin. Jamais Rosemonde ne suffira à la tâche !

— Je tiendrai, décida-t-elle, et puis, je ne vais pas avoir des jumeaux à chaque fois, quand même !

— Avec toi, on peut s'attendre à tout ! rétorqua-t-il en riant. Et elle est pour quand cette naissance ?

— Décembre, je crois.

Il calcula rapidement, sourit.

— Ça ne me vaut rien de rester trop longtemps à la maison ! Bon, décida-t-il en retrouvant son sérieux, je reprendrai la piste dès lundi. Parce que Martial a beau dire, même si on est presque à notre compte, je n'oublie pas toutes les dettes qui pèsent sur nos têtes. Et je ne crois pas que les banquiers les oublient non plus !

Depuis longtemps déjà, Rosemonde luttait contre l'insidieuse tristesse qu'elle sentait croître en elle. Mais plus les mois passaient, plus il lui était difficile de réagir ; un pernicieux vague à l'âme la rongeait.

Elle avait beau se répéter qu'elle avait tout pour être heureuse et que l'existence qu'elle avait choisie depuis maintenant trois ans était bien supérieure à celle qu'elle menait dans sa petite auberge de Bordeaux, l'abattement la submergeait peu à peu.

A son goût, même si elle était consciente qu'il ne pouvait agir autrement, Martial s'absentait trop longtemps. Presque aussi longtemps que jadis, en France, quand, après des semaines d'absence, elle en arrivait à se demander avec inquiétude s'il reviendrait jamais. Et le fait que ce soit son travail qui le retienne au loin ne changeait rien à la longueur des soirées et des nuits solitaires.

Surtout, lui manquait de plus en plus ce qui faisait la force et l'épanouissement de Pauline, des enfants; des petits comme les jumeaux, qui gambadaient autour de leur mère en lui réclamant — moitié en français, moitié en espagnol — des histoires, des contes, des chansons. Lui manquait même, simplement, l'espoir d'un bébé, comme celui que Pauline portait en elle depuis sept mois et qui la rendait si fière, si heureuse.

Plus le temps passait, plus s'ancrait en elle la certitude qu'elle n'accéderait jamais à la maternité; elle avait maintenant vingt-cinq ans et, parfois, se sentait vieille. Martial riait quand elle le lui disait et s'empressait aussitôt de lui démontrer le contraire; malgré cela, elle savait que, lui aussi, vivait dans l'espoir de la voir, sous peu, lui donner un fils.

Enfin, l'assaillait de plus en plus souvent une sorte de mal du pays; elle avait des envies de France, poignantes, obsédantes. Et il suffisait parfois d'un mot, d'une réflexion, ou même d'une fugitive odeur, pour que lui arrivent, par bouffées nostalgiques, les souvenirs de jadis. Des souvenirs toujours bons car en étaient exclues les peines, les épreuves et les angoisses qu'elle avait ressenties à telle ou telle période de sa vie.

Alors, lui revenaient en mémoire les visages et les rires de ses sœurs, de ses amies et leurs joyeuses promenades le long des quais de la Garonne ou dans les riches quartiers de Bordeaux; elles y allaient le dimanche, pour rêver et s'extasier devant la richesse des magasins, l'élégance des passantes et le luxe cossu des grosses maisons bourgeoises.

Elle se souvenait aussi des saisons de France. Ici, le climat était trop doux, trop tiède, trop uniforme. Elle se surprenait à regretter les véritables hivers de France, avec leur lot de pluie, de brouillard et de froid et leurs interminables nuits glaciales.

Lui manquaient les printemps bordelais, lourds d'une bonne odeur de terre, de limons et de vase qui s'échauffent au soleil d'avril ; et, en mai, les myriades de tourterelles fusant dans l'azur déjà chaud.

Elle regrettait la touffeur des étés, les ciels blancs de chaleur, insoutenables, mais qui, sous les frondaisons, font des ombres bleues et fraîches où s'épanouissent les senteurs de foin, de fruits mûrs et de vignes toutes palpitantes sous le soleil.

Elle rêvait d'octobre et des journées de vendanges, ruisselantes du rire des femmes et des enfants picorant et grappillant les gros ceps aux feuilles rouges. Elle revoyait, ramant à contre vent vers les cols pyrénéens, les immenses formations de palombes, bruissantes et palpitantes de mille et mille rémiges bleues barrées de blanc ; au-dessous d'elles, rasant les arbres et les buissons, filant aussi vers le soleil, se succédaient en vols désordonnés les bruants, pinsons, pouillots, linottes, et les grosses litornes.

Enfin, avec novembre, qui marquait l'anniversaire de leur arrivée au Chili, lui revenaient d'autres images des automnes d'Aquitaine. Des visions de ces véritables et superbes automnes qui fêtent la Saint-Martin, avec de tièdes et délicieuses journées tout illuminées par cette clarté propre à l'arrière-saison, que dispense un soleil déjà pâle et loin du zénith, pourtant encore chaud.

Aussi, quand il lui arrivait, pendant la journée et son travail à *La Maison de France,* de ne pouvoir résister à l'appel des souvenirs et de se laisser aller à les entretenir.

à les peaufiner, les larmes lui montaient aux yeux. Alors, parce qu'elle se jugeait stupide et qu'elle s'en voulait de cette faiblesse, elle tentait de se montrer enjouée et optimiste, tout en se doutant bien que Pauline n'était pas dupe.

Néanmoins, pour sauver les apparences, elle se maîtrisait jusqu'au soir, jusqu'au moment où, seule, elle pouvait laisser libre cours à son chagrin et à sa nostalgie.

Il avait beaucoup vieilli et maigri. Pourtant Rosemonde et Pauline reconnurent tout de suite le père Damien lorsqu'il poussa la porte de *La Maison de France*, en cet après-midi du samedi 14 novembre 1874.

Lui, arrêté sur le seuil du magasin, hésita un peu car si Rosemonde n'avait pas changé, Pauline, maintenant enceinte de huit mois, ne ressemblait guère à la gamine à qui il avait donné des cours d'espagnol, trois ans plus tôt, sur le *Magellan*. Il l'observa avec attention, puis sourit et s'avança vers les jeunes femmes.

— Vous, dit-il à Rosemonde, vous êtes toujours la même, c'est bien vous la femme de... Martial, c'est ça ? Et vous, bien sûr, poursuivit-il en regardant Pauline, ce n'est pas tout à fait pareil, et c'est bien naturel. Mais vos yeux sont les mêmes ! Il se tut, regarda autour de lui et siffla doucement : Eh bien, dites donc, vous en avez fait du chemin. Quelle réussite !

— Et vous, quelle surprise vous nous faites ! lança Pauline en s'asseyant, car se tenir debout la fatiguait de plus en plus.

— J'ai d'abord été à votre comptoir, calle de los Manzanos. Vous avez là-haut un Chinois qui est un redoutable vendeur : un peu plus, il me cédait tout le fonds ! Je l'ai beaucoup déçu en lui disant que je n'étais pas client ; malgré cela, il a bien voulu me dire que vos époux étaient ici. Sans cette information, je ne me serais jamais permis d'entrer. Mon Dieu, quel luxe ! fit-il comme pour s'excuser.

Mais son regard bleu montrait qu'il goûtait le piquant de sa présence en ce magasin réservé aux élégantes.

Il est vrai qu'il tranchait au milieu des dentelles, des chapeaux, des crinolines et des corsets. Non qu'il fût sale, mais sa soutane était à ce point rapiécée de carreaux multicolores, qu'il n'était pas du tout évident que sa teinte d'origine eût été, jadis, le brun ; de plus, elle était tellement usée qu'elle semblait légère et transparente comme un tulle.

— Nos maris sont bien là, confirma Rosemonde, je vais les appeler. Ils seront ravis. Vous savez, on parle souvent de vous ! dit-elle en se dirigeant vers les appartements.

— Elle a l'air en bonne santé, constata le père dès qu'elle eut disparu.

— Oui, ça va beaucoup mieux, maintenant. Un peu grâce à vous, je crois ? dit Pauline.

— J'avais donc bien deviné sa maladie ? Eh bien, tant mieux ! Et vous c'est... Attendez, il y a deux ans, Antoine m'a dit que vous aviez des jumeaux, alors, c'est le troisième ? Peut-être même le quatrième ?

— Le troisième, eut le temps de dire Pauline avant que les exclamations d'Antoine et de Martial et les rires des jumeaux ne couvrent sa voix.

Le père se servit et attendit que Rosemonde, la maîtresse de maison, eût commencé son repas. Cette élémentaire règle de la bienséance ayant été scrupuleusement observée, il s'occupa de son assiette.

Antoine, qui l'avait vu à l'œuvre deux ans plus tôt, comprit tout de suite qu'il était vain de l'interroger tant qu'il ne serait pas rassasié. Et sa faim était si impressionnante qu'il se demanda si le père avait fait un vrai déjeuner depuis leur lointaine rencontre. Il sourit discrètement à Pauline, puis entama avec Martial un dialogue sans grand intérêt mais qui permit au père Damien de se nourrir tout à son aise sans avoir à parler, car la conversation ne le concernait pas.

Ce ne fut qu'à la mi-repas qu'il ralentit le rythme de ses bouchées.

— Excusez-moi, dit-il en s'essuyant la bouche et la barbe, j'avais un peu faim... Et je dois dire qu'il y a bien longtemps que je n'ai pas fait un tel festin !

— Et comment va votre paroisse ? demanda Antoine, Santa Esperancia, c'est ça ?

Il nota aussitôt la tristesse qui voilait le regard du père et n'en comprit pas la cause car, au lieu de lui répondre, le père se resservit une tranche de rôti et les interrogea sur la marche de leurs affaires.

Ce fut plus tard, quand Pauline et Rosemonde, fatiguées, eurent pris congé et que les trois hommes se furent installés au salon, que le père revint sur la question d'Antoine.

Il remercia d'abord Martial qui venait de lui servir un ballon de vieille prune de Corrèze, huma l'alcool, puis chauffa le verre dans la paume de sa main calleuse.

— Santa Esperancia... murmura-t-il, c'était une pauvre mais belle petite paroisse. J'avais de bonnes ouailles, pas méchantes pour un sou et plus chrétiennes que beaucoup. Et figurez-vous que malgré la sécheresse, le froid des nuits et des hivers, et l'altitude, j'avais réussi à faire pousser quelques cultures ! Enfin... J'ai dû quitter ce pueblo il y a dix-huit mois.

Il accepta le cigare que Martial lui offrait, le fit craquer contre son oreille puis l'alluma.

— Une histoire folle, reprit-il. Vous vous souvenez naturellement de ce pueblo pourri par la variole ? Eh bien, tout est venu de là. Tenez-vous bien, on m'a accusé d'y avoir mis le feu après avoir pillé les réserves de minerai de cuivre que les gens possédaient ! C'est tout juste si on ne m'a pas accusé de les avoir tous assassinés pour mieux les voler ! Vous vous rendez compte ?

— Jamais entendu une fable aussi idiote, protesta Antoine. Il n'y avait pas un gramme de cuivre dans ces cases minables ! Et puis, c'est moi tout seul qui ai mis le feu, pas vous, il fallait le dire !

— A quoi bon ! Il paraît qu'on m'a vu, moi, en train de tout incendier ! Mais j'ai fini par avoir le fin mot de l'histoire. En fait, pendant que j'enterrais tous ces pauvres bougres, il y avait, non loin, trois témoins qui attendaient mon départ. Eh oui, ils voulaient venir piller les cases dès que j'aurais tourné les talons. Non pour y prendre je ne sais quel minerai, mais simplement quelques misérables bricoles ou quelques sacs de grain ; ça se fait beaucoup, ces gens-là sont tellement pauvres... Alors, quand vous êtes allé tout incendier, ils sont devenus furieux, et c'est par dépit qu'ils ont monté cette cabale. Pourtant, on leur a sûrement sauvé la vie !

— Et ça a suffi pour vous faire déguerpir ? demanda Martial, sceptique.

— Non. D'ailleurs, l'affaire aurait pu en rester là car à Santa Esperancia personne n'a cru cette méchante farce. Par malchance, mais certainement pas par hasard, je ne sais comment, elle est arrivée aux oreilles du gouverneur de la province. Alors, là, on m'a reproché de ne pas avoir prévenu les autorités de l'existence de ce foyer variolique, et aussi d'y avoir mis le feu. Il paraît que je n'avais pas le droit. En fin de compte, on m'a fermement incité à quitter la région.

— Grotesque, murmura Antoine. Mais pourquoi ne leur avez-vous pas dit que c'était moi ? Moi, tout seul, qui avais mis le feu ? Joaquin aurait pu en témoigner, et j'aurais su me défendre !

— Non, et vous auriez eu tout un tas d'ennuis avec les autorités de là-haut. Vous savez, quand ça les attrape, ils ne sont pas fins ! Alors, comme vous avez une famille à charge et pas moi... Et puis, qu'importe ! j'ai fait pour le mieux, enfin, je pense. Il se tut, médita quelques instants et poursuivit : En fin de compte, je crois qu'il y a autre chose... J'ai mis du temps à le comprendre et je n'ai pas de preuves, mais... il y avait du cuivre, là-haut, dans les montagnes, vers Santa Esperancia, et mes pauvres paroissiens le glanaient comme ils pouvaient et le vendaient encore plus mal. Un jour, je me suis chargé de la vente et, bien sûr, je me suis beaucoup mieux défendu qu'eux... J'ai fait ça encore une fois et puis, est-ce un hasard, il y a eu cette histoire...

— Oui, comme ça, c'est beaucoup plus logique, dit Martial ; je suis même certain que toute l'explication est là ! Mais, ensuite ? Ne me dites pas que vous êtes ici depuis dix-huit mois et que c'est seulement aujourd'hui que vous vous souvenez de nous ?

— Santiago pendant presque deux ans ? Que Dieu m'en garde ! Non, après Santa Esperancia, mes supérieurs m'ont envoyé dans le nord ; alors, j'y suis monté.

— Pas en traversant l'Atacama, tout de même ! plaisanta Antoine qui connaissait la sinistre réputation de ce redoutable désert.

— Il a bien fallu, avoua le père. Mais, franchement, j'aurais mieux fait de l'aborder par sa plus petite largeur et non par sa longueur ; mais on ne peut pas tout savoir, n'est-ce pas ?

— Vous avez traversé le Norte Grande ? insista Antoine qui n'en croyait pas ses oreilles.

— Il a bien fallu, redit le père

Il se tut, comme pour mieux se souvenir, puis but une petite gorgée d'alcool.

— Cela étant, je reconnais volontiers que c'est une folie, mais Dieu m'est témoin que je l'ignorais avant de m'être engagé dans cet enfer... Oui, une vraie folie ! Mais quels paysages fabuleux ! Jamais rien vu de pareil !

L'ennui, c'est qu'on y meurt très vite. Une chaleur intenable, pas une trace d'eau, rien. Même ma mule a crevé, de soif et de faim... Moi, j'ai eu la chance d'être ramassé par une équipe de prospecteurs. Ils m'ont assuré après que les urubus commençaient déjà à lorgner ma carcasse... Aussi, croyez-moi, n'allez pas là-haut sans de sérieuses provisions d'eau, sauf si vous voulez absolument voir à quoi ressemble l'enfer !

— Je vous crois, assura Antoine, je sais ce que donne le Norte Chico et ça me suffit. Et vous êtes monté jusqu'où ?

— Jusqu'à un pueblo de vingt cases, entre Santa Catalina et Cachinal. J'étais bien là-haut. Le village ressemblait un peu au mien, je veux dire à celui de Santa Prisca, au Mexique, à cause du paysage, du soleil, de la poussière, de l'isolement aussi... Je m'y plaisais beaucoup et, franchement, j'espérais que mes supérieurs allaient m'y oublier... Et puis, non, ils m'ont rappelé et m'envoient maintenant planter ma croix ailleurs. Bah ! le principal, c'est que j'aie encore la force de la planter là où elle est utile. Quant au reste...

— Et où partez-vous ? demanda Martial.

— Plein sud, cette fois. Enfin, pas jusque chez les Araucans, quoique s'il fallait... Oui, on m'a dit qu'il y avait à faire au nord du rio Bio-Bio, du côté de Los Angeles ; c'est un nom qui me plaît bien !

— C'est surtout mon secteur de travail, dit Martial, et c'est un superbe pays où, là, au moins, vous ne mourrez pas de soif ! Et puis, pour quelqu'un qui, comme vous, aime la culture, c'est le paradis, un vrai régal !

— Il paraît. Et on m'a dit aussi qu'il y avait encore tout un tas de terres et de forêts à mettre en valeur. C'est vrai ?

— Oui, je crois.

— Alors, tant mieux, et vive Dieu ! Et vous partez quand ? demanda le père innocemment.

— Méfie-toi, plaisanta Antoine, il va t'expliquer qu'il est attendu là-bas pour la messe de dimanche prochain, et qu'il est prêt à s'y rendre à pied dès cette nuit pour arriver à l'heure. Sauf, bien entendu s'il trouve un attelage... Pas vrai, padre ?

— Il y a un peu de ça, reconnut le père en souriant.

— Je pars mardi, et je peux vous emmener jusqu'à votre village si ça vous arrange, proposa Martial. D'ailleurs, je le connais peut-être ?

— Ça m'étonnerait beaucoup. D'après ce qu'on m'en a dit, il est loin de tout et regroupe à peine une quinzaine de cases. Il n'a même pas de nom, et pas de chapelle non plus. C'est exactement ce qu'il me faut.

Depuis le dimanche où Rosemonde et Pauline l'avaient surpris en galante compagnie, Edmond s'était abstenu de reparaître à *La Maison de France ;* ce qui ne l'empêchait pas de s'y approvisionner en y envoyant ses domestiques.

Contrairement à Mme Obern, qui ne pardonnait pas aux deux jeunes femmes leur involontaire intrusion dans sa vie privée et qui redoutait toujours qu'elles ne bavardent, Edmond ne nourrissait aucune rancune envers Rosemonde et Pauline. C'était uniquement pour éviter de raviver des souvenirs embarrassants qu'il s'abstenait de paraître à *La Maison de France* ou au comptoir de la calle de los Manzanos.

Aussi, lorsqu'il avait besoin de rencontrer Martial et Antoine pour des raisons professionnelles, les faisait-il prévenir par un coursier. Cela arrivait souvent car le projet de Martial relatif aux marchés industriels prenait lentement corps et intéressait, en France, les actionnaires de la Soco Delmas et Cie.

Martial ne fut donc pas du tout étonné, en ce lundi matin, de recevoir un billet d'Edmond l'invitant à passer le voir.

— Heureux de constater que vous n'êtes pas parti en tournée, assura Edmond. Voilà, je viens de recevoir cette lettre de M. Delmas. Votre idée lui plaît de plus en plus, mais... Vous savez ce que sont les actionnaires. Bref, ils veulent savoir où ils vont avant de s'engager, ils exigent un dossier plus complet, plus détaillé et surtout chiffré.

— Je ne vois pas où est le problème.

— Dans le fait que nous avons appris, par quelques indiscrétions, que d'autres ont les mêmes projets que nous, enfin, que vous...

— Et ça vous étonne ? lança Martial. Je vous avais dit qu'il fallait faire très vite. Il y a heureusement du travail pour tout le monde dans ce pays !

— Certes, mais à condition de ne plus perdre de temps. Il importe donc d'avoir au plus tot l'accord des actionnaires de la société. Un de mes amis rentre en France dans dix jours, il faut qu'il parte avec le dossier.

— Ah ! c'est bien de vous, ça ! protesta Martial. Voilà bientôt six mois que je vous ai parlé de cette histoire et que vous la laissez traîner. Et puis, d'un coup, il vous faut tout, tout de suite ! Bon Dieu ! je dois partir demain et ne rentrerai que la semaine prochaine. Comment voulez-vous que j'aie le temps de rédiger un pareil document ?

— Je vous aiderai, dit Edmond, on va se mettre tout de suite à l'étude, et vous verrez que tout ira bien. Après tout, vous n'avez qu'à remettre votre tournée.

Martial le regarda, fit la moue, puis sourit.

— Vous êtes certainement un très bon gestionnaire, dit-il, et un très bon financier, autrement vous ne seriez pas là. Mais vous feriez un bien piètre commerçant ! Comment diable croyez-vous qu'Antoine et moi avons pu, en trois ans, gagner tout ce que nous avons gagné ? Eh bien, je vais vous le dire. En prospectant au maximum, oui. Mais surtout en ne nous moquant jamais de la clientèle, jamais ! Moi, pour cette semaine, j'ai promis des articles précis à tout un tas de gens. Alors, voyez-vous, aussi bien dans les pueblos les plus crasseux que dans les plus belles haciendas, je suis attendu cette semaine, et pas dans quinze jours !

— Ne me faites pas rire, coupa Edmond, les métis comme les Indiens n'ont aucune notion du temps, et les Créoles non plus d'ailleurs !

— Vous avez tout à fait raison, aucune notion de leur temps, mais du vôtre, si ! Promettez-leur de passer à telle date et ne le faites pas, et vous verrez ce qu'ils penseront de vous ! Enfin, c'est ce que, moi, je crois avoir appris en trois ans de piste. Je me trompe peut-être, mais je n'ai pas envie de changer. Il se tut, réfléchit : Voilà ce qu'on va faire, dit-il enfin, je sais qu'Antoine avait prévu de rester à Santiago cette semaine, alors s'il veut me remplacer, ça ira.

— Ne me dites pas que s'il refuse vous négligeriez ce que je vous ai demandé ! protesta Edmond, et que pour respecter je ne sais quelles promesses et gagner quelques pesos vous allez prendre le risque d'en perdre des dizaines de milliers !

— Bien sûr que non, sourit Martial, mais il fallait que tout cela soit dit. Comme ça, vous pourrez témoigner de l'embarras dans lequel me met votre société et mieux expliquer ainsi à M. Delmas et Compagnie pourquoi il est tout à fait indispensable de réviser nos conventions...

— Ah, nous y voilà ! fit Edmond en riant. J'avoue que depuis plus d'un an, je me demandais à quel moment vous vous décideriez à dévoiler vos plans. Je ferais peut-être un mauvais colporteur, comme vous dites, mais je ne suis quand même pas tombé de la dernière averse !

— Nous parlerons de tout ça à la fin de l'année, dit Martial ; pour l'instant, il y a plus urgent à régler. Par quoi commence-t-on ? Les projets de lignes de chemins de fer ? Les scieries ? Les moulins ? Ah ! j'ai aussi pensé que votre société devrait s'intéresser de plus près au traitement des minerais. Sans jeu de mots, je crois qu'il y a là un bon filon à exploiter...

Ce fut avec plaisir, et pas seulement pour rendre service au père Damien, qu'Antoine, toujours accompagné par Joaquin, accepta de prendre la route du sud.

Il ne l'avait pas empruntée depuis plus de deux ans quand, avec Martial, ils avaient d'abord découvert le pays avant de se partager les régions. Ce fut donc avec bonheur qu'il replongea dans ces plantureuses contrées, si verdoyantes et reposantes comparées aux mornes étendues désertiques qui occupaient la majorité du secteur de Norte Chico.

Là-haut, seules les vallées des rios Limari, Elqui, Huasco et Copiapo étaient propres à une véritable agriculture; le reste n'était que rocaille, sable et poussière avec, par places, autour des rares sources et en fonction des brèves averses de l'hiver, quelques taches de verdure, vite roussies par le soleil de décembre.

Ici, plus ils allaient vers le sud, plus éclatait la luxuriance d'une végétation qui ne souffrait ni du froid ni de la sécheresse, et qui s'épanouissait dans une terre apte à toutes les cultures.

Et le père Damien, qui n'était jamais descendu plus bas que Santiago, ouvrait des yeux émerveillés et rendait grâces au Seigneur, tout en désignant, en latin puis en français, les espèces d'arbres et de plantes qu'ils croisaient.

Habitué à vivre depuis trois ans dans l'aridité et la pauvreté des contreforts andains, et encore hanté par le souvenir du désert d'Atacama, il n'arrivait pas à se rassasier du spectacle inouï que leur offrait le paysage, avec ses vignes, ses immenses vergers de pêchers et d'abricotiers, ses champs de céréales, de maïs, de légumes divers et ses prairies où ruminaient, repus, des troupeaux de bovins.

— Non mais, regardez-moi ça ! s'exclamait-il, c'est l'Eden avant l'arrivée du Malin !

Antoine se taisait, mais, peu à peu, renaissait en lui un sentiment qu'il avait pourtant cru éteint, oublié, perdu. Lui revenait, à fleur de doigts, cette douce envie de se baisser vers la terre, de ramasser une poignée de cet humus si riche, si gras, d'en apprécier la texture, l'onctuosité, l'humidité, la force, de le tenir au creux de la paume, de le regarder, de le jauger, de le sentir même.

Et aussi, lentement, le reprenait le désir de se camper derrière un attelage, d'empoigner à pleines mains les mancherons d'une charrue, d'encourager les bêtes et d'aller planter le soc là-bas, au bout de la pièce ; et, ensuite, au fil des heures, de trancher dans les chaumes blonds pour y tracer, sans jamais dévier, de longues rangées de sillons bruns et luisants.

Ou encore, parce que la saison s'y prêtait et que les prairies de luzerne et de trèfle, aux fleurs violettes et incarnats, ondulaient sous la brise en d'immenses vagues vertes, resurgissait en lui le souvenir des fenaisons aux Fonts-Miallet. Et il retrouvait l'exaltation qu'il ressentait jadis lorsque, avec son père, après avoir bien battu et affûté sa lame, il tranchait dans les prairies en de longs et chuintants coups de faux qui couchaient le fourrage odorant où bondissaient les sauterelles bleues.

Après son triste retour aux Fonts-Miallet, placé devant l'impossibilité de reprendre sa ferme, il avait pensé que tout cela s'estomperait et qu'il perdrait même l'envie de travailler la terre ; et voilà que, non seulement le temps n'avait en rien étouffé son attirance et son goût pour elle, mais encore les avait développés.

Il en était un peu étonné car, à bien calculer, par la faute des années consacrées à l'armée, il y avait presque dix ans qu'il n'avait pas travaillé la terre. Et, pourtant, il le sentait, il n'avait rien oublié des gestes qui permettent de la traiter au mieux, de la cajoler, de l'éveiller.

C'est au troisième jour de voyage, après avoir arrêté les mules en haut d'un léger col au pied duquel s'étalait une mosaïque de champs superbes, qu'il se surprit à murmurer :

— Bon Dieu ! réussir ça, c'est quand même bougrement plus excitant que de vendre des casseroles !

— Qu'est-ce que vous dites ? demanda le père.

— Rien, soupira Antoine, je rêve et je trouve que ça fait du bien. Il y a des années que je m'étais refusé ce plaisir.

— Vous êtes vraiment certain que ça ira ? s'inquiéta Antoine.

— Mais oui, ne vous faites aucun souci, assura le père.

— C'est pas un cadeau qu'ils vous font, vos patrons ! insista Antoine en contemplant la quinzaine de cases disséminées dans la petite clairière ouverte au sein de l'épaisse forêt d'acacias, de hêtres, de bouleaux et d'eucalyptus dans lesquels pépiaient des nuées de passereaux multicolores et d'aras jacassants.

Deux jours plus tôt, ils avaient eu beaucoup de mal à trouver ce pueblo misérable, tapi non loin d'un ruisseau boueux qui rejoignait le rio Laja à une vingtaine de kilomètres de là.

Certes, ils avaient été relativement bien accueillis par les Indiens crasseux et surtout très pauvres qui vivaient là ; mais aucun d'eux ne semblait avoir bien compris que le père Damien allait s'installer et vivre au milieu d'eux. Le dernier padre qu'ils avaient vu était passé huit mois plus tôt ; il venait de Los Angeles et avait hâte d'y retourner. Il s'était contenté de bénir les enfants et de distribuer quelques médailles de la Vierge puis avait disparu.

Aussi, c'est avec stupéfaction et amusement qu'ils avaient vu le père, aidé par Antoine et Joaquin, élever une cahute dans laquelle il avait déposé son balluchon et son autel portatif.

— Et comment allez-vous vous nourrir ? insista Antoine.

Ici, en effet, point de vastes et riches terres couvertes de cultures, mais des dizaines de milliers d'hectares d'une épaisse forêt dans laquelle, ici et là, les Indiens avaient ouvert quelques lopins où croissaient les fèves, le maïs et les haricots.

— Ne vous en faites donc pas, dit le père, ces braves gens ne me laisseront pas dépérir. D'ailleurs, avant peu, avec leur aide, j'aurai défriché un beau carreau de forêt et je le cultiverai. Et je prends le pari que tous les indigènes, à cinquante kilomètres à la ronde, viendront admirer mes cultures. Alors, peut-être pourrai-je leur parler de l'Evangile...

— Que Dieu vous entende !... soupira Antoine.

Il avait scrupule à abandonner le père dans une aussi misérable situation ; aussi lui laissa-t-il la plus grande partie de ses provisions de bouche ainsi que quelques bons et solides outils.

— Et tâchez de ne pas distribuer tout ça à ces pouilleux, recommanda-t-il.

— N'ayez crainte, promit le père. Bon retour et merci de votre aide.

— Je dirai à Martial de passer vous voir dès qu'il pourra, dit Antoine en rejoignant Joaquin dans la carriole.

— Et n'oubliez pas ma commission, lui recommanda le père.

— J'y penserai, soyez-en certain ! assura Antoine.

Il salua le père une dernière fois de la main, prit les rênes et lança les mules vers la forêt.

— Le padre est *loco*, décréta Joaquin peu après.

— Oui, je pense aussi qu'il est un peu fou, reconnut Antoine, et pourtant...

Il se remémora le message verbal que lui avait confié le père et qu'il devait transmettre à ses supérieurs de Santiago et sourit. Le père était peut-être un peu *loco,* comme disait Joaquin, mais il ne manquait pas d'humour : « Dites-leur de ma part que j'ai bien trouvé le pueblo qu'ils m'ont confié. N'ayez pas peur de leur assurer qu'il est superbe, accueillant, plein de promesses et d'excellents paroissiens, et dites-leur surtout que je l'ai baptisé Santa Gaudio. »

— D'accord, mais qu'est-ce que ça veut dire Santa Gaudio ?

— Sainte-Joie, naturellement !

Pauline accoucha le 18 décembre. Pour la circonstance, parce qu'elle aurait été affreusement gênée de se confier au docteur Portales — comme d'ailleurs à n'importe quel autre médecin —, elle fit appel à la femme du docteur hollandais qui, cette fois, put être prévenue à temps.

Malgré l'inquiétude d'Antoine qui passa une nuit blanche à faire les cent pas dans le jardin et dans le couloir de la maison, l'accouchement se passa pour le mieux, et Pauline mit au monde un gros garçon de plus de quatre kilos, qu'Antoine et elle, fous de joie et de soulagement, prénommèrent Adrien, en souvenir de son grand-père paternel.

Pour fêter l'événement, Antoine attendit le jour de Noël et invita quelques amis, voisins et relations, dont le docteur Arturo Portales et son épouse, ainsi qu'Edmond.

A cette occasion, ce dernier qui venait de rompre avec Mme Obern, salua Pauline et Rosemonde comme s'il n'y avait aucun secret entre eux. Il vint d'ailleurs en ami et non plus comme le représentant de la Soco Delmas et Cie.

Depuis huit jours, Martial lui avait annoncé qu'Antoine et lui allaient désormais voler de leurs propres ailes et que, s'ils se tenaient toujours prêts à vendre les marchandises que la Soco Delmas et Cie voudrait bien leur confier, ce ne serait plus en tant qu'employés mais en tant que commerçants indépendants et propriétaires de leur fonds.

Edmond, qui attendait cette décision, l'avait accueillie le plus naturellement du monde car il lui semblait tout à fait logique et naturel que des hommes aussi travailleurs et compétents que Martial et Antoine veuillent s'émanciper. De toute façon, en ce jour de fête nul ne parla affaires, sauf par allusion, pour vanter la qualité du champagne et du foie gras fournis par *La Maison de France.*

Ce fut le surlendemain, alors qu'Antoine était allé à Valparaíso pour réceptionner une cargaison de marchandises, que le petit Adrien devint soudain fiévreux et abattu. Tout de suite affolée, Pauline dépêcha Arturo chez le docteur Portales avec mission de le ramener au plus vite.

Le médecin arriva moins d'une heure plus tard, mais, déjà, le bébé, écarlate de fièvre, suffoquait et haletait. Au fil des heures, malgré les bains froids, les enveloppements et les potions que lui administrait le docteur, il ne cessa de s'affaiblir.

Au soir, il n'avait déjà plus la force de pleurer et, entre ses petites lèvres, fendillées et noircies par la fièvre, ne sortaient plus que de faibles vagissements ; et son souffle s'espaçait, devenait rauque.

Il s'éteignit le lendemain après-midi, juste avant le retour de son père qui, ignorant tout, entra joyeusement chez lui pour découvrir Pauline, hébétée, qui tenait encore, blotti contre son cœur, le petit corps déjà froid.

[illegible]

[illegible] et [illegible] plus [illegible] de [illegible] après [illegible]
et qu'ils se [illegible] tous les mois à [illegible] les
[illegible] de la [illegible] et [illegible]
leur [illegible] serait [illegible]
par que comme [illegible] indépendants [illegible] de
leur foule.

Edouard [illegible] voulait [illegible] avoir [illegible]
la plus [illegible] du monde car [illegible] qu'il [illegible]
[illegible] que des hommes aux travailleurs
et [illegible]
[illegible]
[illegible] pour éviter la qualité de
[illegible]

Ce qui [illegible] alors qu'Antoine était allé à
[illegible]
[illegible]
[illegible]
[illegible]
[illegible]

La [illegible] une [illegible] plus [illegible]
[illegible] et [illegible]
[illegible] les [illegible]
[illegible]
des [illegible]

[illegible] pierres [illegible]
[illegible]
[illegible]
[illegible]

Il [illegible] avant le
[illegible]
[illegible]
[illegible]

TROISIÈME PARTIE

LA LEÇON DU DÉSERT

12

Depuis huit mois qu'il avait obtenu l'accord de la Soco Delmas et Cie et qu'il était mandaté pour vendre des machines industrielles, Martial, à la grande joie de Rosemonde, avait changé ses habitudes de travail. Certes, il voyageait toujours et aussi souvent, mais pendant des périodes beaucoup plus courtes puisqu'il était très rare qu'il eût à s'absenter au-delà d'une dizaine de jours.

Il avait complètement abandonné ses tournées de marchand ambulant mais sans pour autant en perdre les bénéfices. Soucieux de ne pas tarir cette source de revenus, il avait confié son secteur à un des frères de M. Chou et n'avait qu'à se louer de cette décision. Aussi doué pour le commerce que son aîné, le jeune Chinois faisait merveille. Il disparaissait parfois pendant presque deux mois et revenait toujours avec un nombre jamais négligeable de bons pesos d'or et d'argent.

Ainsi libéré, Martial pouvait se consacrer entièrement à son nouveau commerce, et ses efforts et son sens des affaires commençaient à porter leurs fruits.

Déjà, plusieurs grandes haciendas avaient remplacé, grâce à lui, leurs antiques moulins à traction animale par des minoteries hydrauliques; d'autres, plus spécialisées dans l'exploitation des superbes forêts des provinces de Maule et du Bio-Bio avaient acquis des bancs de scies modernes et de hauts rendements.

Mais tout aurait pu s'organiser encore mieux s'il avait pu partager son travail avec Antoine. Malheureusement, il n'avait pu le convaincre d'abandonner ses tournées de colporteur et de se lancer avec lui dans cette nouvelle voie. Et les réticences de son camarade étaient tellement fondées qu'il avait fini par admettre, avec tout de même un peu de regret, qu'Antoine avait sans doute raison.

— Et, crois-moi, il est préférable pour tout le monde que je ne m'occupe pas d'affaires de cette taille, lui avait assuré son compagnon. Un jour, à Lodève, tiens, ça fait juste quatre ans, je t'ai dit que je n'avais rien d'un commerçant, c'est encore vrai. D'accord, je suis devenu tout à fait capable de vendre une bêche, une pioche ou une cafetière à un métis, ou d'échanger une paire de pantalons ou une chemise contre un peu de minerai d'or ou d'argent, une peau de chinchilla ou de viscache ou une belle toison d'alpaga. Mais ça, n'importe qui peut le faire parce que, dans le fond, c'est presque un jeu d'enfants qui, jamais, ne remet l'ensemble de nos affaires en péril. Pour une mauvaise vente, on en fait dix de bonnes et le tour est joué! Mais toi, ce que tu veux faire, c'est beaucoup plus sérieux et grave. Et toi tu réussiras car tu auras l'audace d'aller exciter les gens avec des installations fantastiques et de réclamer plusieurs milliers de pesos pour leur fournir un matériel dont tu leur auras donné envie! Et tu te battras pour ne pas baisser tes prix, et ça t'amusera! Moi, je ne me sens pas capable de faire ça. Un jour, peut-être... Mais, pour l'instant, ne me demande pas l'impossible et laisse-moi le temps de m'habituer. Mais toi, fonce, tu réussiras.

Martial l'espérait bien, et, parce qu'il savait que le marché à prendre était gigantesque, il se dépensait sans compter. Empruntant les petits navires qui, presque incessamment, cabotaient le long des côtes, il voguait de Valparaíso à Valdivia et de Concepción à Taltal. Malgré cela, il était beaucoup plus souvent chez lui qu'auparavant, et Rosemonde ne s'en portait que mieux.

Grâce à la présence de son époux, elle avait retrouvé sa bonne humeur et était beaucoup plus rarement sujette aux crises de vague à l'âme qui la démoralisaient, moins d'un an plus tôt; mieux, elle en arrivait à penser que, tout compte fait, elle n'était pas si vieille, et qu'il lui était encore très possible d'avoir des enfants.

Elle avait été violemment choquée, huit mois plus tôt, par la mort du petit garçon de Pauline et d'Antoine et en était presque arrivée à penser que, si c'était pour les perdre dans de telles conditions, mieux valait ne point mettre d'enfants au monde.

Mais elle avait fait taire ces sordides pensées car Pauline avait besoin d'elle. Pauline, si solide pourtant, si forte, avait brutalement sombré dans le désespoir au lendemain de la mort de son bébé. Un désespoir terrible, muet, sans larmes; un immense chagrin qui refusait toute aide et, à plus forte raison, toute compassion. Une douleur affreuse, tapie derrière un visage de pierre et un silence angoissant.

A cette époque, seul Antoine semblait être capable de lui apporter un soutien, car même les jumeaux ne parvenaient pas à la dérider; aussi était-il resté plus d'un mois sans reprendre la piste. Mais le temps était venu où, sous peine de perdre toute sa clientèle, il lui avait bien fallu réatteler ses mules, et c'est alors qu'il avait demandé à Rosemonde de veiller sur Pauline.

C'est à son contact et parce qu'il n'était pas humain de la laisser sombrer, qu'elle avait dû réagir; d'abord, pour faire taire ses propres pensées moroses et ses crises de cafard; ensuite, pour offrir à son amie un visage serein, des conversations optimistes, un appui solide.

Et, bientôt, un peu grâce à elle, Pauline était sortie du gouffre. Elle avait maintenant retrouvé tout son allant, toute sa vivacité et sa bonne humeur et, signe indiscutable de guérison, s'était même remise à chanter pour les jumeaux ou, même, pendant le travail, pour son plaisir.

A *La Maison de France,* la joie était revenue, et avec elle beaucoup de clientes qui, lâchement, avaient déserté le magasin après l'épreuve de Pauline. Ces dames fréquentaient *La Maison de France* pour y trouver des toilettes parisiennes ou du champagne, des alcools et des vins fins ; mais, en aucun cas, elles n'y venaient pour croiser le regard triste d'une jeune femme murée dans le silence.

Etroitement blottie contre Antoine qui semblait maintenant dormir, tant son souffle était redevenu paisible et régulier, Pauline se sentait si détendue et apaisée qu'elle ne voulait même pas ouvrir les yeux par crainte de briser le charme dans lequel elle flottait.

Elle dégagea pourtant délicatement son bras droit, coincé sous le torse de son époux, s'étira, puis se pelotonna de nouveau contre sa poitrine.

Il ne dormait pas, et elle frémit un peu sous la douceur de sa large main qui, partant de sa gorge, glissait maintenant délicatement sur sa hanche ronde en un tendre gage de gratitude.

Pauline adorait ces instants de retrouvailles lorsque, parfois après plus de trois semaines d'absence, Antoine, gris de poussière et tout tanné, recuit par le soleil et le grand air, revenait enfin au foyer.

Il s'offrait d'abord un interminable et bouillant bain, puis un solide repas. Ensuite, il jouait avec les jumeaux jusqu'au moment de leur coucher, attendait qu'ils se soient calmés et endormis et la rejoignait alors.

Lisse, parfumée, ses longs cheveux bruns épars sur ses épaules et sa poitrine, consciente et fière de son charme et de l'émouvante carnation, pleine d'ombres et de frémissements, que lui donnait la mouvante flamme de la lampe à pétrole, elle l'accueillait. Le retrouvait avec toute la fougue et la folie qui l'avaient animée dès la première fois sous le brûlant soleil de l'Hérault, mais aussi la totale complicité, la tendresse et le naturel acquis au fil des ans.

Elle ouvrit les yeux, soupira, lui posa un baiser dans le cou puis s'assit.

— Tu n'as pas soif? lui demanda-t-il en se redressant à son tour. Moi, si!

Il se préparait à se lever pour aller chercher la carafe d'eau et le gobelet posés sur le guéridon, lorsqu'ils entendirent distinctement tinter le verre, tandis que leur lit frémissait.

— Ça tremble! jeta Pauline en sautant hors du lit.

Ils se vêtirent en un instant et coururent vers la chambre des jumeaux. Sous leurs pieds, le sol semblait maintenant onduler.

Assis à son bureau, Martial, occupé à faire ses comptes, bondit dès la première secousse. Lampe à la main, il se précipita vers la pièce où dormait Rosemonde car il savait à quel point la jeune femme redoutait ce genre d'événement.

Il la trouva debout, en chemise, au pied du lit, gémissante et affolée, à la recherche des allumettes avec lesquelles elle comptait s'éclairer suffisamment pour quitter la chambre.

— N'aie pas peur! lui lança-t-il, on sera vite dehors!

Ils s'élancèrent dans le couloir et couraient vers la porte qui ouvrait sur le jardin lorsque, fou de panique, jaillissant de la cuisine, le chat se jeta dans les jambes de Martial. Il trébucha, battit des bras pour maintenir son équilibre, fut trahi par le sol qui tanguait sous ses pieds et roula à terre.

Il n'avait pas encore touché le carrelage quand la grosse lampe à pétrole lui échappa. Elle décrivit une brève parabole, puis explosa au pied de la cloison de planches qui séparait les rayons de *La Maison de France* de l'habitation ; une fulgurante et crépitante flamme bleue bondit jusqu'au plafond.

Hurlant de terreur, car maintenant la maison bougeait beaucoup, Rosemonde se porta vers Martial, l'aida à se relever.

— Vite ! cria-t-elle, sortons avant que les portes ne soient coincées, sortons !

C'était sa hantise, d'être bloquée entre quatre murs sans pouvoir ouvrir les issues.

— Non ! il faut éteindre ça ! rugit-il en se ruant vers la cuisine.

Il empoigna le seau, posé dans l'évier, courut vers l'incendie qui, maintenant, ronflait comme un four. L'eau qu'il expédia fusa dans les flammes, s'évapora et ne diminua en rien l'intensité du brasier.

Vivement tiré en arrière par Rosemonde terrorisée, il se laissa entraîner ; l'eût-il voulu qu'il n'aurait pu rester plus longtemps car maintenant que les planches de pin de la cloison étaient intégralement embrasées, la chaleur devenait insoutenable.

Ils sautèrent dans le jardin par la fenêtre de la salle à manger. Le seul fait de l'ouvrir, provoquant un appel d'air, fit bondir les flammes dans toutes les pièces et les poussa jusqu'au faîtage.

Bientôt, dans la réserve de vins et surtout d'alcool, explosèrent comme des grenades les bouteilles d'armagnac, de cognac, les cruchons de genièvre et les petites bonbonnes de cette délicate eau-de-vie de prune et d'eau de noix que, sur les indications d'Antoine, Martial avait fait venir du pays de Brive.

Alors, le sinistre redoubla. Et par un pan du toit, vite ouvert par les flammes, montèrent comme des mongolfières embrasées, en de fines, gracieuses et tourbillonnantes volutes, les crinolines et les jupons de popeline, tout garnis de tulle et de dentelles, les chemisiers de mousseline, d'organdi et de brocatelle, et toutes les toilettes à la mode de Paris.

Entouré par quelques voisins impuissants venus malgré le séisme, au demeurant peu violent, serrant contre lui Rosemonde secouée par les sanglots, Martial, atterré, muet, contempla jusqu'à la tardive arrivée des pompiers l'infernal et gigantesque brasier roux qui annonçait, haut dans le ciel de Santiago, la ruine de *La Maison de France*.

Assis dans le jardin, non loin des pins parasols maintenant superbes, berçant, pour les calmer, les jumeaux réveillés en sursaut et affolés car ils ressentaient toute la frayeur qui agitait leur mère, Antoine nota avec satisfaction la nette diminution des tremblements.

— Ce n'est rien, juste un *temblor,* commenta Joaquin accroupi au milieu de la pelouse. Il était entouré par M. Chou, sa femme et ses enfants, tous gris de peur, et leur expliquait gravement que, par rapport au séisme de 70, qui lui était un vrai *terremoto,* celui-ci n'était qu'un pet de viscache dans la poussière de la pampa !

— Ce n'est rien ! redit-il à l'adresse de Pauline car il savait qu'elle avait peur.

— Mais ça peut revenir ! gémit-elle.

Quoi qu'elle fasse, elle n'arrivait pas à s'habituer à ces coups de folie de la terre, à ces brefs mais terrorisants spasmes du sol.

— Joaquin a raison, assura Antoine, ce n'est pas méchant, on va bientôt pouvoir rentrer.

— Non ! non ! protesta-t-elle, pas encore, ça bouge toujours !

— Mais non, la rassura-t-il en se levant, tiens, regarde... Il brandit sa lampe à pétrole à bout de bras, puis leva une jambe et demeura en équilibre sur l'autre. Tu vois bien que ça ne bouge plus. Sans plaisanter, regarde, je marche normalement, fit-il en allant jusqu'au fond du jardin.

C'est en y arrivant qu'il vit la nuée rouge qui palpitait au centre de la ville.

— Qu'est-ce que c'est que ça ? murmura-t-il.

Placé comme il l'était et grâce à la situation de leur maison bâtie sur une légère hauteur, il dominait un peu l'agglomération et, en plein jour, pouvait même apercevoir *La Maison de France.* Il lui suffisait pour cela de se placer derrière un des araucarias du jardin et de viser entre ses deux plus basses branches pour en repérer le toit, non loin de la cathédrale.

Empoigné par un doute atroce, il recula précipitamment, se plaça derrière le conifère, jura sourdement et revérifia sa visée.

— Bon Dieu ! lança-t-il, c'est pas possible, c'est chez nous que ça crame ! Ah non ! pas une fois de plus !... Joaquin, attelle le cheval de Madame, vite, vite ! Je crois que le magasin brûle, il faut y aller.

Suivi par Pauline, maintenant prête à faire face, il bondit peu après dans le cabriolet et lança le cheval dans les ruelles.

Martial ne broncha pas lorsqu'Antoine, écartant les curieux, se glissa à ses côtés. Il reconnut tout de suite la lourde et large main de son camarade posée sur son épaule et, comme fasciné par le fumant brasier qu'inondait maintenant une équipe de pompiers, ne se retourna pas ; mais il ne fit rien non plus pour se débarrasser de cette amicale et réconfortante poigne.

— Ben voilà... dit-il simplement.

— Tu as pu sauver quelque chose ?

— Absolument rien, à part notre peau.

— C'est déjà beaucoup, assura Antoine. Il sentit sous ses doigts le léger haussement d'épaules de son ami, insista : Oui, c'est le principal, le reste, ma foi...

— Pauline est là ?

— Bien sûr.

— Il faudrait qu'elle s'occupe de Rosemonde. La pauvre petite est complètement effondrée, elle est chez nos voisins.

— Pauline l'a vue et se charge d'elle. Elle l'a ramenée à la maison, ne t'inquiète pas.

— Merci, dit Martial qui sembla soulagé. Il fouilla ses poches, se palpa, puis haussa les épaules : Merde ! j'ai même pas été foutu de sauver une boîte de cigares !

— Si c'est que ça... dit Antoine en lui tendant son étui.

Martial fuma quelques instants en silence, puis lança :

— Tu sais que j'avais investi la quasi-totalité de nos disponibilités dans la dernière livraison de marchandises ?

— Oui.

— Alors, tu sais qu'on est complètement ruinés ?

— Je sais...

— Qu'est-ce qu'on va faire ?

— Faut voir ça au calme, demain.

— Non, décida soudain Martial, tout de suite. Parce que demain, à la première heure, les banquiers seront là pour réclamer tout ce qu'on leur doit, et on leur doit beaucoup ! Elle était belle, *La Maison de France*, mais elle a coûté cher... Et va nous coûter plus cher encore... Je les connais, ces requins de banquiers, ils seront les premiers à venir voir si, par hasard, il ne reste pas quelques miettes à récupérer, quitte d'ailleurs à nous achever définitivement !

— C'est vrai, dit Antoine, tu as raison. Il se retourna, scruta la foule des spectateurs agglutinés en demi-cercle derrière eux, repéra Joaquin et l'appela. Tu vas aller chercher M. Chou, lui dit-il, et aussi Arturo. Allez, fais vite, et dis à Mme Pauline qu'on va bientôt revenir, et qu'elle fasse préparer du café.

— Qu'est-ce que tu veux faire ? demanda Martial.

— Je veux bien discuter toute la nuit pour mettre un plan en œuvre, mais pas ici, expliqua Antoine. Alors, on va regagner la maison dès que Joaquin sera de retour avec M. Chou et Arturo, ils monteront la garde autour des ruines.

— A quoi bon ? Il ne reste rien !

— A quoi bon ? Tonnerre ! Pour qu'on soit certain qu'aucun des pillards qui rôdent déjà dans le secteur ne mettra la main sur les pesos qui sont sous les décombres, car il y a au moins ceux de la caisse du magasin, oui ?

— Evidemment, quatre cent cinquante environ. Mais tes pesos, ils ont dû couler comme du plomb, ricana Martial.

— Sûrement pas ! Pour autant qu'il ait fait chaud, ça n'a pas duré assez longtemps pour faire fondre l'or ou l'argent des pièces. Les pesos sont toujours là, dans les décombres. J'ai appris ça de ma mère, plaisanta Antoine avec un petit rire triste, oui, aux Fonts-Miallet, la pauvre femme avait, en réserve, quelques sous de bronze et deux grosses pièces d'argent de cinq francs, c'était toute sa fortune. Elle avait mis si longtemps à la constituer, et elle y tenait tellement que, au lendemain de l'incendie, elle a fouillé les gravats encore fumants. Eh bien, elle a retrouvé ses pièces, toutes, pas même déformées. Tu ne me crois pas ?

— Si, si, assura Martial, mais ne te fais pas d'illusions. Tu sais très bien que la petite réserve que nous avions là ne comptera pas beaucoup par rapport à ce qu'on doit...

— Possible, mais ce n'est pas une raison pour la laisser se perdre. Allez, viens, on va commencer par faire comprendre à tous ces badauds que le spectacle est terminé, et que, s'il ne reste plus rien de *La Maison de*

France, c'est quand même, toujours, une propriété privée où ils n'ont plus rien à faire.

Après s'être aspergé le visage d'eau fraîche, Rosemonde se tamponna les yeux, se donna quelques coups de brosse dans les cheveux et sortit de la chambre de Pauline.

Elle s'y était réfugiée pour endosser les affaires prêtées par son amie car elle n'avait pu sauver, pour tout vêtement, que la fine chemise de nuit qu'elle portait au moment du séisme. Mais comme elle était plus grande et plus enveloppée que Pauline, elle se sentait engoncée et mal à l'aise dans la jupe et le corsage choisis. Elle s'efforça néanmoins de faire bonne figure, se redressa et entra dans le salon.

Elle eut un choc en notant à quel point Martial avait subitement vieilli et s'était voûté ; puis elle remarqua que Pauline et Antoine semblaient tout aussi touchés.

— Tu veux du café ? lui proposa Pauline.

— Oui, merci, dit-elle en s'asseyant à côté de Martial.

Il lui prit la main, la serra et ce contact la réconforta un peu.

— Alors, qu'est-ce que vous avez décidé ? demanda-t-elle.

— Rien, on t'attendait, dit Martial. Maintenant, on peut parler. Voilà, d'après ce que m'a dit Antoine, et en raclant nos fonds de tiroirs, nous avons à peine de quoi rembourser le quart de ce que nous devons aux banquiers. Alors, de deux choses l'une : ou bien ils acceptent de patienter ou bien ils réclament tout dès demain. Dans ce cas-là, on va furieusement regretter d'avoir quitté la Société de M. Delmas parce qu'ils vont pouvoir mettre la main sur cette maison et ce comptoir, puisque c'est tout ce que nous possédons... D'accord, reprit-il après avoir jeté un coup d'œil en direction d'Antoine, c'est ma faute, tu n'étais pas très partisan qu'on vole de nos propres ailes, ni que j'investisse nos gains en marchandises; enfin, c'est comme ça...

— Je ne te fais aucun reproche, coupa Antoine. Ce qui est fait est fait, et nous l'avons décidé ensemble, alors, n'en parlons plus.

— Si je comprends bien, murmura Pauline, si MM. Obern et Reckling décident de rentrer tout de suite dans leurs fonds, ils peuvent nous obliger à vendre?

— Tout juste, assura Martial, et c'est leur droit. Lorsqu'ils nous ont prêté, ils ont exigé comme caution et garantie le comptoir et *La Maison de France*...

— Alors, on se retrouvera à la rue? murmura Rosemonde qui, à son tour, venait de prendre l'exacte mesure de la situation.

Jusque-là, elle n'avait estimé que la perte, déjà énorme, que représentait la totale destruction de *La Maison de France* car elle connaissait parfaitement le prix du bâtiment et la valeur des marchandises stockées; mais elle venait juste de saisir à quel point cette catastrophe était encore plus terrible qu'elle ne l'avait d'abord estimée puisque, à la perte définitive de la majorité de leurs biens, s'ajoutait l'obligation de poursuivre le remboursement des dettes.

Comme Pauline, elle s'était vite habituée au train de vie que leur procuraient leur commerce ainsi que le travail de Martial et d'Antoine. Certes, ni elles ni leurs époux ne vivaient encore dans le luxe qu'affichait nombre de clientes et de clients de *La Maison de France,* mais, comparativement à leur vie de jadis, leur existence était confortable, agréable, bourgeoise même et, surtout, riche d'espoirs.

Et voilà que tout risquait de s'écrouler, de s'effondrer. Elle songea à toute la misère qu'elle côtoyait journellement dans les rues de Santiago, aux Indiens et *zambos* pouilleux qui demandaient la charité, mais aussi à quelques Blancs, des Français peut-être, qui, sans en être encore au stade de la mendicité, suaient quand même la pauvreté, l'indigence et, surtout, le désespoir car, bien sûr, ils n'avaient pas de quoi rejoindre leur pays.

— Mais alors, qu'est-ce qu'on va faire ? demanda-t-elle.

— Il faut trouver une solution, assura Pauline en se versant une tasse de café.

— Oui, mais laquelle ? dit Antoine.

— Il faut prévenir M. Edmond, décida-t-elle soudain Lui, il pourra garantir aux banquiers que nous les rembourserons, un jour...

— J'y ai pensé, mais c'est quand même délicat, dit Martial. D'accord, nous travaillons encore ensemble pour toutes les machines industrielles, mais... ça n'a vraiment rien à voir avec les dettes occasionnées par la mise en train de *La Maison de France*... Et puis, comme je le disais tout à l'heure, c'est maintenant qu'il risque de nous reprocher d'avoir pris ce comptoir à notre compte et d'avoir eu les dents un peu longues...

— Ça ne fait rien, Pauline a raison, intervint Rosemonde, c'est M. Edmond qu'il faut aller voir !

— Je le pense aussi, dit Antoine, mais qu'est-ce qu'on va lui dire, pour le décider à nous aider ? Nous n'avons plus rien à lui offrir en retour...

— C'est très simple, dit Pauline, on va lui rappeler que nos banquiers sont allemands, et qu'il n'est pas possible qu'un Français comme lui laisse d'autres Français dans l'embarras ! Mais ce n'est pas drôle ! protesta-t-elle en voyant sourire les deux hommes.

— Si tu crois que ça se passe comme ça, dit Antoine, Français ou pas, il va d'abord nous demander quelques solides gages, et c'est bien normal d'ailleurs. Et moi, en fait de gages, je n'ai rien à lui donner, sauf l'espérance d'un héritage aussi brûlé que *La Maison de France*... Oui, je crains que les Fonts-Miallet soient très insuffisants comme caution !

— Sûrement, mais ton idée est quand même excellente, lança Martial, à ce détail près que c'est moi qui vais mener cette affaire et offrir des garanties. Oui, la solution est là. Je vais mettre ma maison de Lodève dans la balance et la proposer à Edmond, il pourra toujours la vendre si on ne remonte pas la pente. Et, s'il refuse, ce qui m'étonnerait beaucoup de lui, je traiterai avec MM. Obern et Reckling, mais, là, ça me fera mal au cœur parce que, franchement, quand on songe aux intérêts qu'on leur a déjà versés...

— On peut toujours essayer, acquiesça Antoine, mais... — il soupira, hésita —, mais si Edmond et les banquiers refusent, tu as un autre plan ?

— Peut-être, mais il est beaucoup plus risqué. Emprunter ailleurs le double de ce qu'on doit déjà, rembourser tout de suite nos dettes et, avec le reste, refaire aussitôt *La Maison de France !* C'est dangereux, mais ça peut réussir.

— Et tu penses que tu trouveras un prêteur assez fou pour marcher dans cette combine ?

— Ça, c'est une autre histoire... Mais j'ai rencontré, il y a peu, un jeune Anglais, un certain Herbert Halton, qui, malgré tous les traquenards disposés par les financiers de Santiago, a réussi à ouvrir sa propre banque, alors, crois-moi, il n'est pas près de leur pardonner. Je sais qu'il serait heureux de nous compter parmi ses clients. Enfin, c'est ce qu'il m'a dit, mais, bien sûr, depuis, il y a eu cette nuit, et ça change beaucoup de choses...

Parmi tous les témoignages de sympathie — et ils furent nombreux — que reçurent Martial, Antoine et leurs épouses dès le lendemain du sinistre, celui du docteur Portales fut celui qui les toucha le plus. Il se présenta calle de los Manzanos très tôt dans la matinée, alors que Martial et Antoine se préparaient à aller chez Edmond.

— Dès que j'ai appris la nouvelle, hier soir, je suis venu à *La Maison de France,* mais vous étiez déjà partis, expliqua le docteur. Heureusement, Joaquin m'a rassuré lorsqu'il m'a garanti que personne n'était blessé. C'est le plus important, n'est-ce pas ?

— Bien sûr, fit Martial.

— J'espère maintenant que cette épreuve ne sera pas un trop grand choc pour mesdames vos épouses, à qui vous voudrez bien transmettre tous mes respects, poursuivit le docteur. Il se tut, regarda tour à tour Martial et Antoine. Evidemment, reprit-il enfin, c'est quand même une rude catastrophe matérielle... Je m'excuse, poursuivit-il en hésitant un peu, tout cela ne me regarde pas, mais... Enfin, vous savez ce que c'est, un médecin, ça entend beaucoup d'histoires, elles sont souvent fausses, mais...

— Où voulez-vous en venir ? coupa sèchement Antoine, peu disposé à subir la narration de ragots dont il devinait la trame.

— Eh bien, poursuivit le docteur, on raconte çà et là, enfin, j'ai entendu ça depuis plusieurs mois, on assure, oui, que vous avez beaucoup emprunté pour monter *La Maison de France*. Ne vous fâchez pas, laissez-moi finir, dit-il à Antoine qui s'impatientait. Oui, il paraît que vous devez encore beaucoup d'argent. Je ne veux pas savoir si c'est vrai ou faux. Mais si, par hasard, c'était vrai, enfin, je veux dire si vous aviez besoin d'aide, ou si vous aviez des problèmes d'argent, eh bien, dites-le-moi franchement, je serais heureux et fier de vous aider, dans la mesure de mes moyens.

— C'est... c'est vraiment très aimable de votre part, et

nous sommes très touchés de votre proposition, assura Martial après un instant de silence dû à son étonnement.

— Oui, très touchés, renchérit Antoine. Je me suis un peu emporté tout à l'heure, poursuivit-il, ne m'en veuillez pas.

— Non, pas du tout, assura le docteur en grimpant dans son cabriolet. Alors, souvenez-vous, je serais heureux et fier de vous rendre service si vous avez besoin de moi.

Il les salua d'un coup de tête et poussa son cheval au petit trot.

Quand ils apprirent, par son majordome, qu'Edmond était absent de Santiago, Martial et Antoine ne furent pas loin de penser que la malchance s'acharnait sur eux.

Ils venaient de passer deux heures à fouiller les ruines de *La Maison de France,* à la recherche des pesos qui, d'après Antoine, n'avaient pas pu fondre. Mais le tas de gravats était tel — mélange de terre, de boue, de cailloux et de bois calciné — qu'il leur avait été impossible de retrouver les pièces.

Et, maintenant, ils étaient là, un peu gauches, avec leurs mains charbonneuses et leurs vêtements noircis, devant le majordome imperturbable, propre et bien sanglé dans son élégante livrée.

— Et, bien sûr, il n'a pas dit quand il rentrerait? insista Martial.

— Non, assura l'homme, mais, en général, lorsque Monsieur se rend dans la région de l'Atacama, c'est pour une quinzaine de jours et...

— Je sais, je sais! coupa Martial, dites-moi plutôt depuis quand il est parti!

— Avant-hier...

— Alors, on ne le reverra pas avant la fin de la

semaine prochaine, grogna Martial en tournant les talons.

Suivi par Antoine, il rejoignit le cabriolet et s'y installa.

— Qu'est-ce qu'on fait? demanda Antoine. On retourne gratter les ruines?

— Tu n'y crois pas plus que moi! lança Martial en haussant les épaules. Non, on peut faire notre deuil des pesos que j'ai eu la bêtise de ne pas emporter cette nuit.

— Je vais quand même dire à Arturo et à Joaquin de poursuivre les fouilles, décida Antoine, ce serait trop bête d'abandonner si vite. Tu m'entends? insista-t-il en constatant que son compagnon semblait absent.

— Oui, oui! fais ce que tu veux! lâcha Martial. Ecoute, dit-il soudain en lui empoignant le bras, on ne va pas rester comme ça à attendre je ne sais quelles décisions tordues que risquent de prendre Obern et Reckling, et on ne peut pas non plus attendre qu'Edmond revienne, alors...

Il se tut, mordit nerveusement son cigarillo.

— Alors? insista Antoine.

— On rentre chez toi, on se lave, on se change... Tu me trouveras bien de quoi m'habiller, oui? Et, après, on fonce!

— Où?

— Chez nos banquiers. Il faut qu'on sache ce qu'ils comptent faire, tout de suite. Après, quand on saura à quoi s'en tenir, on pourra se battre et, bon Dieu! gare à tous ceux qui vont trop m'échauffer les oreilles!

Quelques instants suffirent à Antoine pour deviner que leur démarche était inutile et que, quoi que dise Martial, leur interlocuteur ne ferait absolument rien pour les aider.

D'abord, M. Reckling les avait fait longuement attendre avant de les recevoir, ne s'en était pas excusé et n'avait pas daigné leur expliquer l'absence de son collègue. Ensuite, c'est à peine s'il avait compati au malheur qui venait de les frapper. Enfin, il avait presque tout de suite interrompu Martial qui, pourtant, s'y entendait à merveille pour parler affaires.

— Nous ne vous mettrons pas le couteau sous la gorge, rassurez-vous, avait-il dit en ébauchant un sourire, mais, enfin, vu les circonstances, je pense qu'il est indispensable de reconsidérer nos relations... Et de savoir comment, et surtout quand, vous allez pouvoir honorer vos dettes. Mais, bien entendu, nous ne sommes pas à un jour près...

Et depuis cette perfide mise au point, il écoutait, distraitement presque, la plaidoirie de Martial.

« On perd notre temps », songea Antoine, et il faillit se lever tant il était certain que tout ce que pourrait encore dire son camarade serait vain.

— Vous devez comprendre qu'il faut nous laisser le temps, insista Martial, et aussi nous soutenir pour que nous puissions remettre *La Maison de France* sur pied.

— Franchement, s'il n'en tenait qu'à moi, c'est bien volontiers que je vous aiderais, assura M. Reckling, qui, un bref instant, parut presque sincère, mais... Oui, je dois tenir compte de l'opinion de mon collègue. Or, il se trouve qu'il ne veut plus prendre le moindre risque...

— Ah ! c'est M. Obern qui renâcle ? sourit Martial. Alors, d'accord, n'en parlons plus ! Il se leva, marcha vers la porte puis se retourna. Vous serez intégralement remboursés avant quinze jours. Ça va ? lança-t-il.

— Nous ne sommes pas si pressés et...

— Mais si, vous êtes pressés, ricana Martial, ça se voit, et ça s'entend ! Vous êtes pressés et vous crevez de peur à l'idée de perdre votre mise ! Mais, voyez, je crois qu'un jour ou l'autre vous regretterez d'avoir voulu nous mettre à genoux, oui, je crois sincèrement que vous le regretterez ! dit-il en sortant.

— Qu'est-ce qui t'a pris de lui dire qu'on le paierait

sous quinze jours ? Tu es devenu fou ? dit Antoine peu après. Et où allons nous trouver l'argent en si peu de temps ?

— Je n'en ai pas la moindre idée... Mais, si j'ai pris cet engagement envers ce rat, c'est qu'il ne faut jamais faiblir devant des types pareils, jamais, autrement ils vous marchent dessus ! Tandis qu'avec mon coup de gueule, là, il est déjà en train de se demander s'il n'a pas fait une bêtise !

— Peut-être, reconnut Antoine, mais nous voilà dans de beaux draps. Dis, au sujet d'Obern, tu crois que... Enfin, tu crois comme moi que c'est à cause de sa femme qu'il veut nous enfoncer ?

— Il y a des chances, oui. Va savoir ce qui a pu lui venir aux oreilles, tout peut-être ! Alors, comme il sait qu'on est en relation avec Edmond... Ou alors, il n'est au courant de rien, et c'est uniquement sa femme qui le pousse à nous égorger !

— Et pourquoi, diable ?

— Sans doute parce qu'elle ne nous pardonne pas de savoir... Tu sais, les femmes, ça a des rancunes terribles ! N'empêche, tout à l'heure, j'ai failli demander à Reckling s'il était au courant de cette histoire, juste pour voir sa tête ! Mais je ne suis pas assez salaud pour employer ces procédés. Enfin, ce qui est sûr, c'est que ces deux rapias veulent nous foutre sur la paille, et qu'il n'est pas question qu'ils réussissent ! Et même, crois-moi, si tout va bien, un jour on leur coûtera très cher !

— C'est ça, dit Antoine, un peu amer, mais, en attendant, on doit les rembourser dans deux semaines, et on n'a quasiment rien pour le faire !

Herbert Halton essuya délicatement ses lorgnons, puis les rééquilibra sur l'arête de son nez et se laissa aller dans son profond fauteuil de cuir rouge.

Il paraissait très jeune et très sûr de lui, maniait la langue française à la perfection et avait poussé la politesse jusqu'à offrir un verre de sherry, puis des cigares à ses visiteurs. Après quoi, il avait écouté Martial sans l'interrompre, mais en opinant souvent pour bien prouver qu'il était très attentif.

— Résumons-nous, dit-il enfin, MM. Obern et Reckling vous font des misères, c'est bien normal, ces gens-là n'ont vraiment aucun savoir-vivre ni aucune éducation. De plus, j'ai appris récemment qu'ils envisageaient d'ouvrir un magasin dans le genre du vôtre, c'est dire si votre malheur les arrange !

— Un établissement comme *La Maison de France ?*

— Oui, un peu... Disons qu'ils espèrent y vendre tous les produits de luxe que notre belle Europe est capable d'engendrer.

— Ah, les voyous ! Alors, comme ça, tout s'explique ! s'exclama Antoine.

— Eh oui, renchérit Martial, ils ont donc tout intérêt à ce qu'on ne se relève pas.

— C'est une habitude chez eux, ils détestent la concurrence, je suis bien placé pour le savoir, sourit le jeune banquier. Et vous leur devez beaucoup ?

— Quatre mille pesos.

— Je vois... Et vous auriez besoin de combien ?

— Huit mille, annonça Martial sans tenir compte de l'air effaré d'Antoine qui, manifestement, était de plus en plus inquiet.

Il avait eu beau s'habituer, depuis quatre ans, à bien gagner sa vie et à brasser de belles sommes, le chiffre avancé par son camarade lui semblait considérable car il ne pouvait s'empêcher de le transcrire en francs, c'est-à-dire de les multiplier par cinq. Et là, ça faisait vraiment beaucoup ! c'était énorme, écrasant ! Et, surtout, follement élevé par rapport aux deux francs cinquante qu'il gagnait par jour lorsque Jules lui faisait laver les barriques dans son chai de Lodève.

— Et avec ça, vous pourriez régler vos dettes et rebâtir *La Maison de France,* c'est ça ? insista Herbert Halton.

— Exactement.

Le banquier médita un instant, enleva ses lorgnons, les essuya une nouvelle fois, puis les remit.

— Huit mille pesos, dit-il enfin, c'est quand même une somme, n'est-ce pas ? Et l'immeuble que vous me proposez en gage et qui se trouve je ne sais où, en France, à combien l'estimez-vous ?

— C'est-à-dire, fit Martial. Il toussota un peu, comme pour s'éclaircir la voix, sourit : C'est une belle maison, vous savez, avec un beau jardin, en pleine ville...

— Combien ? insista Herbert Halton en souriant lui aussi.

— Je pourrais vous dire vingt-cinq mille francs, ou cinq mille pesos, mais ce serait complètement faux. Franchement, je pense qu'elle ne vaut pas plus de dix mille francs, deux mille pesos quoi, et, avec ça, elle serait bien payée ! Mais c'est quand même un gage. Le plus important restant naturellement notre comptoir et la maison de la rue des Pommiers, immeubles sur lesquels MM. Obern et Reckling sont prêts à mettre la main... acheva-t-il d'un ton innocent.

— Bien sûr, dit Herbert Halton, mais, franchement, monsieur, si vous étiez à ma place et moi à la vôtre, vous me prêteriez huit mille pesos ?

Ils s'observèrent en silence pendant quelques secondes, puis Martial hocha la tête.

— Oui, dit-il enfin. Je prêterais cette somme sans hésiter parce que je ferais confiance à des gens qui sont arrivés ici il y a quatre ans avec environ quinze cents francs en poche et à peu près autant en marchandises, c'est-à-dire, en tout, pas plus de six cents pesos ! Et qui, trois ans plus tard, ont pu racheter une affaire de colportage et une maison. Ensuite, ils ont monté une entreprise comme *La Maison de France*. Il me semble tout à fait normal qu'ils aient aujourd'hui l'audace de vouloir emprunter huit mille pesos. D'ailleurs, s'ils demandaient moins, je suis certain qu'ils passeraient pour des imbéciles, à vos yeux !

— C'est un bon raisonnement, reconnut le jeune banquier en souriant, mais ce n'est pas une garantie !

— Certes, dit Martial sans se démonter, mais je pense que notre compatriote et ami, M. Edmond d'Erbault de Lenty, représentant au Chili de la Société commerciale Delmas et Cie, nous épaulera et se proposera comme caution. Il se tut, fuma un instant en silence avant d'ajouter : Naturellement, si cela ne vous suffit pas, nous disposons aussi de la caution d'un de nos ami chilien, le docteur Arturo Portales, un homme sérieux et très honorablement connu.

— Très bien ça, approuva Herbert Halton, très bien ! Il faudra donc que nous voyons ça avec votre compatriote dès qu'il sera de retour et aussi avec ce docteur Portales. Si, comme vous le dites, ils sont disposés à se porter garants, eh bien, je pense que nous ferons affaire. Il se leva, hocha la tête. Oui, poursuivit-il, j'aimerais que nous puissions nous entendre, ne serait-ce que pour donner une leçon à MM. Obern et Reckling qui, vraiment, n'ont aucun savoir-vivre !

Parce qu'il importait avant tout de ne négliger aucun moyen de limiter la perte énorme due à l'incendie, Antoine reprit la piste trois jours après le sinistre.

La veille de son départ, aidé par Martial, Joaquin et Arturo, il avait dégagé une partie des gravats qui encombraient les ruines de *La Maison de France*. Et, en fin de soirée, alors qu'ils désespéraient de jamais remettre la main sur les pesos enfouis, Arturo avait trouvé les premières pièces. Alors, à genoux dans ce qui avait été le bureau de Martial, les quatre hommes avaient minutieusement gratté les décombres et récupéré, peu à peu, la totalité de la somme : quatre cent cinquante-trois pesos. Ce n'était pas énorme, mais, néanmoins, réconfortant.

— C'est toi qui avais raison, avait reconnu Martial en essuyant ses mains noires de cendre et de charbon, heureusement qu'on s'est entêtés.

— Oui, je m'en irai plus tranquille, ça m'ennuyait de partir en laissant ce petit magot sous les ruines.

— J'espère qu'Edmond sera là à ton retour pour qu'on puisse régler cette histoire d'emprunt avec Halton. D'ici là, j'irai voir le docteur Portales pour lui demander de nous cautionner, lui aussi. Dans le fond, c'est lui qui nous a proposé son aide, et il serait stupide de refuser.

— Alors, c'est décidé pour huit mille pesos ? Tu es sûr que nous avons besoin de tout cet argent ?

Ils avaient discuté de tout cela la veille au soir avec leurs épouses, et Antoine s'était incliné devant les arguments de Martial, soutenu par les deux jeunes femmes. Malgré cela, il estimait toujours que c'était une très grosse somme.

— Oui, et, crois-moi, dès qu'on pourra en disposer, je te jure que *La Maison de France* ressortira de terre presque aussi vite qu'elle est partie en fumée !

— Espérons... En attendant, moi, je vais aller vendre ma camelote, c'est ce que j'ai de mieux à faire. Parce que remonter la maison et le magasin, c'est bien beau, mais si on n'a plus un sou pour reconstituer le stock, autant faire l'économie de la reconstruction.

C'est pendant qu'il surveillait l'ouverture d'un nouveau chantier d'extraction de nitrates de soude dans la région de Taltal, au sud d'Antofagasta, qu'Edmond fut mis au courant de la catastrophe qui avait anéanti *La*

Maison de France huit jours plus tôt. La nouvelle l'attrista beaucoup car il avait de la sympathie, et même de l'amitié, pour Martial et Antoine.

C'est avec un intérêt d'abord amusé puis de plus en plus admiratif qu'il les avait vus progresser au fil des ans, prendre de l'assurance, de l'envergure. Quant à leurs épouses, elles ne le laissaient pas indifférent ; il trouvait Rosemonde tout à fait ravissante, gracieuse, émoustillante même, et, n'eût-elle été sérieuse et l'épouse d'un homme qu'il considérait comme un ami, il eût tenté sa chance. Auprès de Pauline aussi, d'ailleurs, car en plus de son apparente et très émouvante fragilité, qui donnait toujours envie de la cajoler, il émanait d'elle un charme paisible, solide, protecteur et très attirant ; mais pas plus que son amie elle n'était du genre à se laisser conter fleurette. Estimant que Martial et Antoine pouvaient avoir besoin de lui, il abrégea sa tournée d'inspection et rejoignit Santiago.

Là, ce fut sans la moindre hésitation qu'il accepta, accompagné par le docteur Portales, ému qu'on eût accepté son offre, de cautionner le prêt de huit mille pesos que Martial et Antoine contractèrent auprès d'Herbert Halton. Deux jours plus tard, commençait la reconstruction de *La Maison de France*.

L'élection d'Annibal Pinto, qui succéda à Federico Errazuriz Zañartu à la présidence de la République chilienne ne fut pas, pour Martial, le fait marquant de l'année 1876.

Et même la résurrection d'une *Maison de France* agrandie et embellie qui, dès sa réouverture en mai, retrouva toute son ancienne clientèle n'en fut pas l'événement le plus important.

En revanche, la naissance, le 10 septembre, de la ravissante petite fille que lui donna Rosemonde le combla d'une joie sans limites et se grava dans sa mémoire comme le fait capital de cette année-là.

Par égard pour son épouse, et parce qu'il savait bien qu'elle désespérait d'atteindre jamais à la maternité, il avait toujours feint de n'être point pressé de devenir père. Et même, en se forçant et parce qu'il redoutait une définitive stérilité de leur couple, il était presque parvenu — du moins le croyait-il — à faire admettre à sa femme que l'absence de descendant ne le dérangeait guère.

Rosemonde n'était pas dupe de cet énorme mensonge, mais faisait semblant de s'en accommoder ; exactement comme elle faisait semblant d'avoir, elle aussi, pris son parti de leur situation de ménage sans enfants.

Et, pourtant, la vie commune qu'ils avaient dû reprendre avec Antoine et Pauline, calle de los Manzanos, avait ranimé la blessure de Rosemonde. Les rires des jumeaux, leurs batailles, leurs jeux et leurs chansons, auxquels répondait la joyeuse exubérance des bambins de M. Chou, lui rappelaient chaque jour le bonheur dont elle était privée.

Aussi, au début de l'année, lorsque commencèrent à s'accumuler les jours, puis les semaines sans l'événement habituel et de plus en plus redouté, elle n'osa en parler à personne. Et surtout pas à Martial, par crainte de lui donner de faux espoirs.

Ce ne fut qu'à la fin du premier mois, parce que jamais elle n'était allée si loin dans l'espérance, qu'elle demanda à Pauline — après lui avoir fait promettre le secret — quels étaient, en plus d'un retard déjà exceptionnel, les signes tangibles d'une véritable attente. Et tout ce que lui dit son amie la réconforta dans l'allègre certitude qui croissait en elle de jour en jour.

Comme Pauline lorsqu'elle était enceinte, elle avait la tête qui tournait chaque matin au saut du lit, dès qu'elle posait un pied à terre. Dans la matinée, la prenait la sensation d'avoir l'cstomac entre les dents. Enfin, depuis deux semaines, elle ne supportait plus l'odeur du tabac. Les cigarillos que fumait Martial qui, naguère, ne la dérangeaient nullement lui soulevaient maintenant le cœur, la rendaient vraiment malade, la contraignaient à fuir. Par chance, la température estivale de ce mois de janvier lui permettait d'ouvrir portes et fenêtres ou d'aller prendre l'air au jardin dès que Martial ou Antoine se mettait à fumer.

Malgré cette accumulation de symptômes qui, selon Pauline, étaient d'irréfutables preuves, elle attendit encore six semaines avant d'aller consulter la femme du docteur hollandais, celle qui avait accouché Pauline quinze mois plus tôt. Et elle pleura de joie en entendant confirmer la nouvelle qu'elle attendait depuis cinq ans.

Au soir, ce fut un Martial, fou d'allégresse et fier comme un paon qui fit irruption dans la chambre d'Antoine et de Pauline pour leur faire partager son bonheur, demander à Antoine l'aumône d'une bouteille de champagne et l'ouvrir sur-le-champ en riant aux éclats.

Et le champagne coula encore à flots lorsque, six mois plus tard, le 10 septembre, à 5 heures du matin, Rosemonde donna le jour à la petite Armandine qui, au dire de son père, était — et de très loin ! — le plus beau bébé du monde et de tous les temps !

13

Après plus de cinq ans de colportage, Antoine avait tellement l'impression de connaître le moindre caillou de la piste, qu'il se sentait capable de faire toute sa tournée les yeux fermés et de pouvoir dire, à bon escient : « Nous passons au pied du Cerno del Crane » ou « ... A une lieue, il y a l'hacienda des Ovales », ou encore « ... A notre droite, en direction de l'Aconcagua, à deux heures de piste, se trouve le pueblo San Pedro. »

Aussi, ce fut surtout pour rompre la monotonie de son travail, qu'il décida de monter dans cette zone redoutable du désert d'Atacama, dans le Norte Grande, à la sinistre mais pourtant excitante réputation. La richesse de son sous-sol dépassait, disait-on, tout ce qu'on pouvait imaginer. A en croire certains, l'or, l'argent et le cuivre affleuraient : quant aux gisements de nitrates, on les assurait presque inépuisables.

Outre l'espoir d'étendre l'éventail de sa clientèle et de découvrir de nouveaux paysages, ce fut peut-être aussi l'attitude de Martial qui le stimula et lui donna, inconsciemment, l'envie de montrer qu'il pouvait, lui aussi, faire preuve d'initiative.

En effet, dès qu'il avait appris sa prochc patcrnitć ct

surtout depuis la naissance de la petite Armandine, Martial était devenu encore plus entreprenant, encore plus décidé à forcer le destin. Désormais, il n'hésitait plus à couvrir les trois quarts du pays et, même, à en dépasser la frontière puisqu'il montait jusqu'à Iquique, en territoire bolivien, vendant, ici, un concasseur à minerai, là, une minoterie, ailleurs, quelques kilomètres de rails, plus loin, une scierie et, partout, de la quincaillerie diverse. Grâce à toutes ces activités, il était en train de prouver à MM. Obern et Reckling qu'ils avaient eu grand tort de manquer de patience, et à Herbert Halton qu'il avait eu un trait de génie en prenant quelques risques.

Et ce furent aussi des risques qu'Antoine décida de prendre lorsqu'il partit pour le Norte Grande. Il le fit après en avoir discuté avec Martial qui connaissait les proches régions de Chañaral, Taltal et Antofagasta, mais n'avait pas encore poussé dans le centre où d'importants gisements de nitrates venaient d'être découverts. Mais il le fit également contre l'avis de Joaquin, qui ne se priva pas de marmonner que tous ceux qui s'attaquaient à ce désert maudit étaient complètement *locos !*

Malgré cela, même s'il se cantonna pendant deux jours dans une bouderie grognonne en assurant, à qui voulait l'entendre, qu'il ne partirait pas, le métis veilla au bon embarquement et à l'arrimage de toutes leurs marchandises sur le petit vapeur qu'Antoine fréta à Coquimbo, et ne les quitta pas des yeux jusqu'à leur débarquement à Antofagasta.

Anéanti par une chaleur d'enfer, Antoine, bercé par le cahotement du chariot, n'avait même plus la force d'ouvrir les yeux et luttait pour ne pas s'assoupir.

A ses côtés, dodelinant lui aussi au rythme de la lente progression des mules, Joaquin, muet, fixait l'horizon éblouissant de chaleur tout en passant presque sans arrêt sa langue sur ses lèvres sèches.

Par prudence, Antoine avait quitté Maldonado très tôt le matin, avant même que ne se devine l'aube à la crête de la Cordillère, espérant ainsi atteindre l'étape prévue bien avant midi. Mais il comprenait maintenant qu'il avait stupidement sous-estimé le fait que son attelage, privé de deux mules — crevées la veille et l'avant-veille —, peinait pour tirer le chariot pourtant maintenant vide de toute marchandise. Aussi commençait-il, comme Joaquin, à scruter les alentours dans l'espoir d'y distinguer les quelques cahutes à l'ombre desquelles ils pourraient enfin s'abriter, laisser souffler les bêtes et faire la sieste en attendant la fraîcheur de la nuit.

Car, maintenant, alors que midi approchait et que le soleil, presque au zénith, semblait avaler leur ombre qui diminuait de minute en minute, la canicule, comme les jours précédents, dépassait tout ce qu'il avait pu imaginer. Et, pourtant, il pouvait se flatter d'avoir déjà eu chaud dans sa vie ! Soit pendant les trois ans passés en Algérie, soit encore depuis qu'il était au Chili, lors de ses expéditions dans les régions désertiques du Norte Chico.

Mais la chaleur alors ressentie n'avait rien de commun avec celle qu'ils subissaient depuis cinq jours. Une chaleur à ce point oppressante et suffocante, que Joaquin n'avait même plus le courage de s'insurger contre la folie que représentait, à ses yeux, cette aventure. Tout au plus, parfois, mais de plus en plus rarement car parler devenait vite épuisant, marmonnait-il : « C'est l'enfer, l'enfer, pas un pays pour des chrétiens ! » Et, pour une fois, Antoine n'était pas loin de partager son point de vue.

Car il en venait à admettre qu'il fallait en effet être complètement fou pour prendre le risque de se lancer dans ces étendues d'une aridité si totale qu'il était indispensable, pour avoir une chance d'y survivre, d'emporter, en plus des provisions de route destinées aux humains, l'eau et le fourrage pour les mules !

Rien ne poussait sur ces immenses plateaux, tantôt rocailleux, tantôt sableux, mais toujours écrasés par la canicule, encerclés par les sierras sur lesquelles se réverbéraient les insoutenables flammes d'un soleil éblouissant comme du cuivre en fusion.

Heureusement, cinq ans de piste avaient rendu Antoine prudent et prévoyant. Et ce n'était qu'après avoir mis le maximum d'atouts de son côté, s'être bien renseigné sur l'emplacement exact des étapes, des gisements et des mines, qu'il avait commencé à rayonner dans toute la région d'Antofagasta, dont le Chili et la Bolivie se disputaient la possession.

Et son expédition s'était tout de suite révélée comme une incontestable réussite, car très rares étaient les colporteurs assez fous, inconscients ou avides qui se lançaient dans ce désert, surtout en été ! Aussi étaient-ils accueillis comme des sauveurs et payés sans lésiner par tous les prospecteurs, mineurs indépendants et aventuriers attirés par les fabuleuses richesses du sous-sol.

En quatre jours, Antoine avait écoulé toute sa marchandise au prix le plus fort. Et maintenant, riche de pesos et même de plusieurs petits sachets d'or et d'argent, il n'avait qu'une hâte, atteindre l'étape qu'il s'était fixée, puis Antofagasta dès le lendemain et, ensuite, par bateau via Valparaíso, Santiago, sa civilisation, son climat tempéré, ses ombres et sa verdure, Pauline et les jumeaux.

Agacé par la lenteur des mules — elles se traînaient au pas, et il eût été imprudent de les activer — et un peu soucieux de ne pas apercevoir la moindre trace du pueblo qu'il cherchait, Antoine se pencha hors du chariot pour scruter les environs mais fut aussitôt ébloui par la violence du soleil.

« Bon Dieu ! songea-t-il en se réfugiant aussitôt à l'ombre de la bâche, il est midi passé et on devrait être arrivé depuis plus d'une heure ! Pourvu que ces pauvres garces de mules tiennent le coup... »

Il les observa, redoutant d'en voir une se voûter peu à peu, haleter, frissonner puis, tête et oreilles basses, s'arrêter. Et il savait qu'il n'y aurait plus rien à faire, sauf dételer la bête qui, chancelante, ferait encore quelques pas avant de se coucher, pour toujours. Ou encore, comme celle qui avait crevé la veille, elle serait subitement foudroyée par la chaleur et elle chuterait, museau en avant, dans un sourd gémissement, ponctué par l'affreux bruit de ses dents éclatant au sol.

Et les urubus, jusque-là invisibles dans l'azur, pourtant présents et attentifs, seraient sur elle, par dizaines, avant même que la poussière levée par le chariot ne soit retombée sur la piste...

« Oui, pourvu qu'elles tiennent le coup... »

Il n'était pas encore trop inquiet car la provision d'eau était suffisante, tant pour les bêtes que pour Joaquin et lui. A tel point qu'il n'hésita pas à s'offrir plusieurs délicieuses gorgées d'une eau pourtant maintenant chaude.

— Tu en veux ? proposa-t-il à Joaquin.

— Oui.

— On va bientôt arriver, décida Antoine en épongeant la subite poussée de sueur qui s'était mise à ruisseler sur son front et sur son torse dès qu'il avait commencé à boire.

Il reprit la gourde que lui rendit Joaquin, avala une nouvelle ration.

— Tu n'aperçois toujours pas ce foutu pueblo ? demanda-t-il.

Joaquin essuya son menton où perlaient quelques gouttes et se rafraîchit un peu les joues et le front.

— Non, dit-il enfin, et puis... peut-être qu'il n'est pas dans cette région...

— Dis pas de bêtises ! coupa Antoine en haussant les épaules. Il est là, devant nous, il suffit d'aller tout droit et on finira par le trouver !

— Peut-être, dit le métis, oui, peut-être qu'il est devant nous. Sauf si on n'a pas pris la bonne piste...

— Comme si on avait eu le choix ! ricana Antoine pour chasser le doute que son compagnon venait de semer en lui. Tu as vu une autre piste, toi ? D'ailleurs, on va droit vers le sud-ouest, regarde le soleil ! Et aussi les Andes, on leur tourne bien le dos, oui ? Alors ?

— *Si*... admit Joaquin, mais...

Il haussa les épaules puis se tut.

— Mais quoi ? insista Antoine. Parle, si tu as quelque chose à dire !

Joaquin le regarda, hésita, puis haussa les épaules avec fatalisme car il savait que l'explication qu'il ne pouvait taire plus longtemps allait lui attirer les foudres de son maître.

— Ce coyote blanc, tout blanc, qui courait devant nous au lever du soleil, c'était mauvais signe, murmura-t-il, très mauvais. Il aurait fallu faire demi-tour, tout de suite...

— Allons bon, soupira Antoine, tu trouves que la chaleur n'est pas suffisante, il faut encore que tu en rajoutes avec tes foutaises ! Si j'avais su, ton coyote blanc, je lui aurais déchargé le Remington dans le cul !

— Dites pas ça ! supplia Joaquin. Un coyote blanc, c'est pas un vrai coyote, c'est l'âme d'un homme qui s'est perdue, et qui veut nous prévenir...

— Très bien, coupa Antoine. Maintenant, arrête tes racontars de bonne femme !

— Et il y a aussi le vent, poursuivit Joaquin. Oui, avec

tous les vents qui soufflent sur ces plateaux... Des fois, les vraies pistes, elles s'effacent... Et les vents, dans le sable et la poussière, ils en fabriquent d'autres... Alors, peut-être que ce matin, dans la nuit, en quittant Maldonado peut-être qu'on en a pris une fausse, une qui ne va nulle part... C'est pour ça qu'on a vu ce coyote blanc !

— Mais non ! protesta Antoine. Tu racontes vraiment n'importe quoi ! Si on n'est pas encore arrivés, c'est parce qu'il nous manque deux mules et que celles-là sont épuisées, alors ne me casse plus les oreilles avec tes couillonnades !

— Eh oui, dit Joaquin en hochant la tête, elles ont chaud, les bêtes, très chaud, et il n'y a pas d'ombre.

— C'est bien pour ça qu'il faut qu'on arrive au plus vite à ce foutu pueblo ! Et je pense que ça ne va pas tarder ! décida Antoine.

Mais il fut bien obligé de reconnaître qu'il venait de prononcer cette affirmation dans le seul dessein de se rassurer car, maintenant, devant cet horizon vide, un petit doute, presque une crainte, l'agaçait.

— Ecoute, décida-t-il soudain, on pousse jusqu'à cette colline, là-bas. Si on n'aperçoit pas le pueblo, on s'arrête. On trouvera bien quelques rochers pour se mettre à l'ombre. On fera boire et reposer les bêtes et, s'il le faut, on attendra la soirée et la fraîcheur pour repartir. Qu'est-ce que tu en penses ?

— C'est bien, approuva Joaquin, mais, à la nuit, comment on retrouvera notre chemin ?

— T'inquiète pas pour ça, on le retrouvera ! D'ailleurs, rien ne prouve qu'on l'a perdu !

Mais, une fois encore, il eut l'impression d'être en train d'essayer de conjurer le sort.

Joaquin se retourna vers Antoine et fit non de la tête, puis il redescendit vers l'attelage, arrêté au-dessous d'eux, à cinquante pas de là, dans l'ombre grise d'un rocher.

Antoine n'insista pas. Depuis qu'il faisait équipe avec le métis, il connaissait et appréciait son exceptionnelle acuité visuelle et son sens de l'orientation, et il ne lui vint même pas à l'idée de mettre sa réponse en doute. Si Joaquin, comme il venait de le confirmer, n'avait rien repéré dans l'immensité désertique qui ressemblât à un pueblo, c'est qu'il n'y avait pas de pueblo, que la piste qu'ils suivaient depuis des heures n'aboutissait nulle part, et qu'ils étaient perdus.

Rabattant son feutre sur ses yeux, il scruta une nouvelle fois l'horizon, non pour y découvrir une quelconque case, mais pour essayer de savoir vers quel point il importait maintenant de se diriger.

Mais ce qui était effrayant, c'était justement de ne pas savoir, de ne plus savoir, s'il fallait pousser vers la droite et ses rugueux et chaotiques amoncellements de roches violettes, ou poursuivre tout droit, dans l'aride pampa grise que quelques bancs de sable mouchetaient d'un blanc jaunâtre.

« Une chose est sûre, songea-t-il, il ne faut surtout pas marcher vers l'est. Et l'est, c'est là-bas, vers cette sierra, à gauche. Sauf, naturellement, si j'ai perdu tout sens de l'orientation et que, croyant tourner le dos au nord, je lui fais face... Mais non, c'est impossible ! A moins qu'à force d'avoir zigzagué depuis ce matin... Non, Joaquin me l'aurait dit. »

Il se passa la langue sur les lèvres, fendillées par la chaleur, puis jeta un bref regard vers le soleil ; mais il ne put rien déduire de cette observation car l'astre était encore presque à la verticale.

« Non, non, décida-t-il en redescendant vers l'attelage, nous sommes dans la bonne direction, enfin, à quelque chose près... »

Mais il savait bien que cet à-peu-près risquait d'être

mortel et qu'il importait de savoir, au plus tôt, vers où ils devaient maintenant se diriger. Et le savoir avec une parfaite exactitude, avec la rigueur absolue d'un marin établissant son cap. Faute de quoi, Joaquin et lui risquaient de s'enfoncer encore un peu plus dans le désert et d'y succomber très vite ; dès le lendemain sans doute, au mieux dans deux jours. Il atteignit le chariot et s'empressa de se réfugier à son ombre.

— Tu as fait boire les mules ? demanda-t-il en empoignant la gourde.

— Oui.

— Il reste beaucoup d'eau ?

— Un peu, pas trop...

— Bon Dieu ! qu'est-ce que ça veut dire pas trop ? questionna-t-il en s'arrêtant de boire.

Il grimpa dans le véhicule, secoua le tonneau et fit la grimace en le trouvant bien léger.

— C'est vrai, va falloir faire attention... Tu crois que les mules pourront reprendre la piste d'ici... disons une heure ? dit-il en sautant à terre.

— Peut-être, fit Joaquin.

Il était assis par terre, le dos contre une roue et, de la main, accumulait minutieusement entre ses pieds un petit monticule de sable.

— Peut-être, redit-il, mais pour aller où ?

— Tout droit, là-bas, expliqua Antoine avec un coup de menton en direction d'une brèche qui s'ouvrait dans les rochers.

D'une pichenette, le métis balaya le petit cône de sable, l'éparpilla entre ses orteils.

— Non, dit-il enfin.

Il était exceptionnel qu'il prît aussi nettement position. Généralement, lorsqu'une décision d'Antoine le heurtait, le gênait ou contrariait ses projets, il le faisait savoir d'une façon détournée en s'enfermant dans un épais mutisme, ponctué de grognements et de haussements d'épaules. Mais de là à dire non, il y avait un abîme qu'il ne franchissait pour ainsi dire jamais. Aussi Antoine attacha-t-il le plus grand sérieux à sa réponse.

— Tu crois que c'est une bêtise d'aller tout droit ?

— Oui.

— Alors, c'est plus à droite qu'il faut se diriger ?

— Non, dit Joaquin en recommençant à rassembler la poussière entre ses pieds. Il regarda Antoine, devina qu'il était excédé par son laconisme et jugea prudent d'expliquer : devant, ou à droite, c'est tout pareil, c'est le désert. Et là, sûr qu'on va y crever !

— Alors, tu veux peut-être qu'on attende ici qu'il pleuve ? grogna Antoine. Si j'en crois les gens de cette foutue région, ça peut prendre des années !

— Il faut revenir en arrière, dit Joaquin, resuivre nos traces et retrouver la bonne piste, autrement... Autrement, Mme Pauline bientôt veuve... Et les petits, malheureux aussi... Il faut revenir en arrière, répéta-t-il.

Bien que prêt à s'insurger contre une opinion aussi opposée à la sienne, Antoine garda le silence. Dans son idée, il n'était pas possible que le pueblo recherché se trouve à plus de trois heures de piste et peut-être moins. Il était incapable de dire pourquoi il s'accrochait à ce laps de temps, relativement court et somme toute rassurant, mais il y tenait, même s'il ne pouvait étayer son sentiment sur des données concrètes. Et tout ce qu'il savait, c'est que Joaquin et lui allaient parcourir ce chemin dès que les mules auraient repris quelques forces.

Mais ça, c'était ce qu'il se proposait de dire et d'entreprendre avant que le métis ne parle avec, au fond de la voix, une gravité et un sérieux dont il importait de tenir compte.

— Ecoute, dit-il enfin, moi je crois qu'on est près du but, qu'il se trouve là-bas, pas très loin ; je ne peux pas le prouver, mais je le sens, là, dans cette direction, à deux ou trois heures de marche. Tandis que si on fait demi-tour, et vu tout le chemin qu'on a fait depuis ce matin, on a au moins huit ou dix heures de piste à refaire, et pour rien !

— Non, non, s'entêta Joaquin, pas pour rien, pour vivre ! Devant, c'est tout mauvais, moi aussi je le sens. Il n'y a pas de pueblo, rien, juste le désert et le soleil... Il faut revenir en arrière, comme nous l'a dit le coyote blanc.

— Bon Dieu ! protesta Antoine, arrête un peu tes conneries ! Je te dis qu'on est presque arrivé !

Joaquin fit non de la tête, puis se replongea dans l'édification de la petite colline de sable qui grossissait entre ses pieds.

— Tu sais que tu finis par m'emmerder sérieusement, grommela Antoine.

Il était énervé, par la chaleur et l'envie de boire, par l'attitude de son compagnon, par le doute oppressant qui croissait en lui, par cette décision qu'il devait prendre au plus vite, mais qu'il n'arrivait pas à formuler.

Et, surtout, il devait choisir, et, s'il en était besoin, exiger de Joaquin qu'il réattelle les mules et les guide, sans discuter, dans la direction qu'il lui dirait de prendre, même si ce n'était pas celle préconisée par le métis.

« Mais aussi, quelle idée j'aie eu de venir traîner dans ce pays du diable ! songea-t-il en observant Joaquin. Bon Dieu ! c'est lui qui avait raison, et aussi le père Damien et tous ceux qui m'avaient prévenu : il faut être complètement fou pour se hasarder dans cet enfer ! Alors, autant en sortir le plus vite possible et par le plus court chemin ! »

Il faillit prendre sa décision mais se tut et, malgré la canicule, quitta l'ombre et regrimpa en haut de la colline pour observer, une nouvelle fois, l'immensité du désert, tout frémissant de volutes brûlantes.

Quand il revint au chariot, Joaquin, toujours assis,

l'observa en silence, attendant un ordre qui, maintenant, devait être pris.

— On va laisser reposer les mules encore une petite heure, dit Antoine en s'asseyant, et, après, on repartira... Et, rassure-toi, même si ça m'ennuie, je pense que c'est toi qui as raison. On va revenir sur nos pas ; comme ça, on saura au moins vers où on marche...

Il était environ 17 heures, et le soleil, presque aussi chaud qu'à midi, était encore haut dans le ciel lorsque la mule avant droite multiplia les signes de fatigue.

Antoine, qui observait sa démarche depuis plusieurs minutes, nota avec inquiétude que l'animal trébuchait de plus en plus souvent, au risque de se couronner, et s'envoyait même avec les postérieurs de grands coups de sabot dans les boulets.

— Regarde la mule, dit-il à Joaquin, elle va crever si on ne la laisse pas souffler un peu. Bon sang ! à cette allure, on n'arrivera jamais !

Joaquin haussa les épaules avec fatalisme sans cesser de mâchonner sa chique d'*acullico*. Il était rare qu'il se mît ainsi à ruminer des feuilles de coca, et Antoine avait remarqué qu'il le faisait surtout lorsque quelque chose l'inquiétait. Or, depuis qu'ils avaient rebroussé chemin, trois heures plus tôt, le métis mâchouillait sa boulette de feuilles.

— Qu'est-ce que tu en penses ? insista Antoine. Il faut qu'on s'arrête un peu ?

Il n'attendit pas la réponse de son compagnon et dirigea l'attelage vers l'ombre que projetaient quelques rochers, à deux cents pas de là.

Les bêtes s'arrêtèrent d'elles-mêmes dès qu'elles se sentirent à l'abri du soleil. Figées sur leurs jambes raidies par la fatigue, elles paraissaient fourbues, presque à bout de forces.

— Humecte-leur un peu le museau, mais ne gaspille pas l'eau, ordonna Antoine en sautant à terre.

— Je la laisse attelée ? demanda Joaquin en désignant la bête la plus pitoyable.

Antoine haussa les épaules, soupira.

— Fais comme tu veux. Ou plutôt comme tu ferais si tu étais seul !

— Vrai ? insista le métis.

— Vrai. Pourquoi, tu as une idée ?

— Peut-être... fit Joaquin entre deux mastications. Il observa le soleil, réfléchit, compta silencieusement sur ses doigts. Ce matin, on a bien fait huit heures de piste, hein ? Et à bonne allure, dit-il enfin. Et maintenant, on se traîne depuis trois heures, et on n'a pas regagné la moitié de la moitié du chemin...

— Et alors, où veux-tu en venir ? demanda Antoine en essayant, en vain, de sécréter un peu de salive pour humecter ses lèvres noircies par la chaleur.

Il avait maintenant une soif atroce mais savait qu'il fallait patienter avant de s'offrir une gorgée. Car Joaquin avait raison. Au mieux, ils avaient encore sept à huit heures de piste avant d'atteindre leur point de départ. Or, même si, dès la nuit, la température allait considérablement chuter, leur soif irait en s'accentuant d'heure en heure. Déjà, et depuis longtemps, il ne transpirait plus, et sur ses bras et son visage, exposés au soleil, sa peau se couvrait de minuscules mais bien visibles stries blanchâtres ; elle se craquelait, perdait peu à peu son élasticité, devenait douloureuse.

— Alors, parle ! insista-t-il.

— Faut dételer toutes les mules, expliqua Joaquin, on en prend une chacun comme monture, sur une autre on charge quelques affaires, ça lui pèsera pas lourd, et on garde la quatrième en réserve. Comme ça, peut-être qu'on réussira à sortir d'ici, peut-être...

Antoine faillit lui demander s'il savait ce que coûtait un

chariot, mais il jugea cette question si ridicule, comparée à leur situation, qu'il se tut et hocha simplement la tête en guise d'assentiment.

— Ça se tient, mais je ne suis même pas sûr que les bêtes soient capables de nous porter...

— Il faut essayer, dit Joaquin, autrement... Et puis, avec cette mule moitié crevée, le chariot est trop lourd pour les trois autres...

— C'est vrai, vas-y, dételle-les, décida Antoine.

Il soupira, grimpa dans le chariot, décrocha la gourde pendue à l'intérieur et la secoua.

— Ecoute, dit-il en refrénant son envie de boire, il doit rester à peu près un litre pour nous deux, il faudra faire avec. Et pour les mules... Il remua le tonneau, haussa les épaules : pour elles, peut-être deux litres par tête, autant dire rien pour les bestiaux qui crèvent de fatigue et de soif!

Il s'en voulait de ne pas avoir économisé l'eau et d'avoir agi, jusqu'à midi, comme si le pueblo recherché était à portée de vue; c'était une impardonnable erreur qui risquait de leur coûter la vie.

« Trop tard pour les remords », pensa-t-il en remuant une nouvelle fois le tonneau.

— Deux litres par bête, redit-il à Joaquin. C'est à se demander si... si on n'aurait pas plus de chances en conservant toute cette eau pour nous et en partant à pied...

— Non, dit Joaquin, il faut pousser les mules jusqu'au bout. Après, il sera bien temps de marcher...

— Mais, alors, on n'aura plus rien, et si on doit avancer sans boire, on n'ira pas loin!

— Je n'ai pas dit qu'il fallait donner l'eau aux bêtes, dit Joaquin en dételant la dernière mule.

— Tu as raison, acquiesça Antoine, mais il faut quand même les rafraîchir un peu, ces pauvres vieilles! Alors, on va juste leur humecter la bouche, occupe-toi de ça Moi, pendant ce temps, je prépare ce qu'on va emporter. Pas trop, rassure-toi, mais au moins de quoi nous couvrir cette nuit! Quelle putain de contrée! grommela-t-il en regrimpant dans le chariot. Non content d'y crever de soif, on risque, la nuit, d'y crever de froid! Un comble! Mourir de soif en claquant des dents!

La mule de réserve, celle dont l'état d'épuisement les avait contraints à abandonner le chariot, s'écroula juste après le coucher du soleil. Elle vacilla pendant quelques mètres puis, membres raidis, bascula sur le flanc en gémissant.

Antoine prit le fusil qu'il avait glissé dans le petit chargement que portait la troisième mule et, sans même descendre de sa monture, se pencha vers la bête agonisante et l'acheva d'une cartouche de gros plombs en plein crâne.

Une heure plus tard, alors que la fraîcheur de la nuit faisait frissonner les deux hommes sans pour autant éteindre leur soif, ce fut la troisième mule qui s'arrêta. Et rien ne parvint à la faire avancer. Bloquée, tête basse, comme honteuse de sa faiblesse, elle demeura ainsi quelques instants, comme pour laisser à Joaquin le temps de la soulager de sa charge, puis s'effondra, museau en avant, dans un vilain craquement de gencives et de dents brisées par tout le poids du corps.

Celle d'Antoine se comporta de la même façon après une autre petite demi-heure de marche. Elle stoppa net, et ni les encouragements ni les pressions ne parvinrent à l'ébranler.

Antoine eut juste le temps de sauter à terre avant que sa bête ne chute dans la poussière.

— Cette fois, on est bon! A ton avis, il nous reste combien d'heures de chemin avant d'être arrivés?

— Si on avait un bon attelage, trois ou quatre, estima

Joaquin en mâchant lentement sa boulette d'*acullico*, mais, maintenant, à pied, sept, peut-être huit.

— C'est ce que je pense aussi, approuva Antoine.

Il soupesa la gourde dans laquelle il avait transvasé toute leur réserve d'eau et la trouva dangereusement légère car, bien qu'ils se soient tous les deux rationnés au maximum, il avait bien fallu qu'ils boivent, pour éviter de finir comme les mules...

« Huit heures de marche, avec environ un litre d'eau par personne, ça va être dur... Et tout ça à condition qu'on soit dans la bonne direction... »

Déjà inquiet en plein jour, car rien ne ressemble plus à une piste peu fréquentée qu'une autre piste, il se faisait beaucoup de soucis depuis que la nuit était tombée. Une nuit sans lune, épaisse, avec un ciel heureusement découvert qui permettait de se guider d'après les étoiles. Mais qui pouvait dire s'il fallait marcher nord-est, comme ils le faisaient, ou s'il était nécessaire de s'orienter un peu plus vers le nord ? A moins que ce ne soit vers l'est... Car Joaquin avait beau assurer qu'ils progressaient dans la bonne voie, rien ne prouvait qu'il ne se trompait pas. N'avait-il pas dû attendre midi pour s'apercevoir que son sens inné de l'observation était, pour une fois, en défaut puisque le pueblo recherché n'était pas dans le secteur où ils venaient d'aboutir ?

« Et moi aussi, je me trompe peut-être », pensa Antoine avec un méchant petit pincement au creux du diaphragme.

Et cette idée l'angoissait et l'agaçait car, une fois de plus, c'était la faute de ce pays du bout du monde et de son ciel si différent. En France, ou même en Algérie, il aurait pu dire avec certitude : « Nous marchons droit sur le nord, il suffit de ne pas perdre la polaire des yeux ! »

Mais ici, dans cette voûte céleste inversée, tout était différent. Faute de pouvoir se fier à une étoile polaire fixe, il fallait se repérer sur la constellation de la Grande

Ourse, encore à moitié cachée par l'horizon, dont la position changeait imperceptiblement au fil des heures...

« De toute façon, il est maintenant trop tard pour changer de direction. Ou bien Maldonado se trouve au bout du chemin, ou bien c'est terminé pour nous... »

Maldonado ! Ils ne l'avaient même pas quittée depuis vingt-quatre heures, et, cependant, il avait l'impression d'avoir laissé cette petite agglomération bolivienne depuis des jours et des jours !

— Allez, charge les bagages qui nous restent sur ta mule, décida-t-il vivement pour réagir contre la torpeur qui l'envahissait, ça ne pèse rien et ça lui permettra peut-être de se reposer.

— Vous voulez pas monter dessus ? s'étonna Joaquin.

— Fais ce que je te dis, et discute pas !

— Vous devriez en profiter, insista Joaquin, elle peut faire encore un peu de chemin.

— Je ne te demande pas ton avis ! s'emporta Antoine, et dépêche-toi ! Il me semble qu'on a assez traîné comme ça aujourd'hui !

Il se sentait devenir très agressif et se le reprochait ; mais sa fatigue et sa soif étaient telles qu'il lui était de plus en plus difficile de maîtriser la colère qu'il sentait croître en lui. Colère contre lui-même, colère contre Joaquin, ses trop longs silences, son horripilante mastication, ses inutiles questions.

« C'est idiot, se dit-il en s'efforçant au calme, il faut que je me raisonne, autrement on finira par se battre et on a encore un sacré bout de chemin à faire ensemble. »

Il palpa ses lèvres, maintenant toutes craquelées, coupées de profondes gerçures et sèches comme du cuir.

— On va marcher une heure, dit-il d'une voix plus douce, ensuite, à tour de rôle, on se reposera un quart d'heure en grimpant sur la mule.

— J'ai pas besoin de la mule, assura Joaquin.

— Eh bien, on verra. Tu veux boire une gorgée avant qu'on parte ?

— Non, il faut garder l'eau. Et puis, moi, j'ai mon *acullico,* ça coupe la faim et la soif, un peu... Vous devriez en prendre.

C'était la quatrième fois, depuis midi, que Joaquin lui proposait ce remède ; jusque-là, Antoine avait toujours refusé. Il n'avait jamais chiqué de sa vie, pas même du tabac, et se méfiait de la boulette offerte par le métis. Sans doute avait-elle quelque attrait puisque les nombreux Indiens qu'il avait vus en user semblaient en retirer un évident plaisir, mais ce n'était pas suffisant pour le convaincre. Il avait vu ces mêmes Indiens se régaler avec le *chuno,* qui n'était autre qu'une purée de pommes de terre fabriquée à base de tubercules gelés ; et c'était, à son goût, absolument infâme !

— J'ai déjà la langue sèche comme du bois, et qui enfle, dit-il. Qu'est-ce que ça serait avec ta saloperie ! Allez, marchons !

— Prenez un peu d'*acullico,* insista Joaquin, juste un peu. On a beaucoup de piste à faire et il faut avoir des forces, autrement... autrement, on ne reverra pas le soleil... Prenez, dit-il en tendant une boulette. Vous verrez, c'est bon, ça coupe la fatigue, et la soif. Prenez, pour me faire plaisir...

C'était la première fois, depuis qu'ils travaillaient ensemble, que le métis faisait une telle demande. Aussi Antoine fut-il surpris. Surpris, mais aussi inquiet.

« Bon Dieu ! songea-t-il, s'il pense vraiment que seule sa mixture peut nous sauver, eh bien, on est vraiment foutus ! »

— Je n'ai même plus de salive, alors, comment veux-tu que je mastique tes feuilles ? Allons, viens, on a déjà perdu trop de temps.

— Prenez un peu d'*acullico*, répéta Joaquin. Vous

verrez, ça vous aidera. Prenez, pour me faire plaisir. Et, aussi, pour Mme Pauline...

Il avait l'air si convaincu et si triste, surtout, que son maître refuse son aide, qu'Antoine céda.

— D'accord, soupira-t-il, donne. Mais si c'est aussi infect que je le pense, ma parole, pour fatigué que je sois, tu vas m'entendre !

Ils marchaient depuis des heures et, déjà, au-dessus de la Cordillère, le ciel pâlissait, estompait une à une les étoiles.

Bientôt, le jour serait là et, avec lui, le soleil qui, très vite, viendrait à bout des trois ombres qui, lentement, progressaient dans la nuit encore glacée.

Contre toute attente, la mule n'avait pas crevé ; elle titubait souvent, comme ivre, ahanait, soufflait, mais guère plus que les deux hommes, maintenant à bout de forces. Tellement épuisés et assoiffés, qu'ils ne se parlaient plus.

Comme Antoine l'avait décidé, ils se hissaient de temps en temps, à tour de rôle et pour quelques minutes sur la bête qui, alors, à chaque pas, semblait devoir s'effondrer dans les secondes suivantes. Pourtant, elle tenait et elle marchait.

« Va savoir ce qui la soutient... se redemanda Antoine. Moi, je sais ce qui me pousse, mais elle ? »

Depuis des heures, il ressassait cette question pour son propre compte, s'y accrochait ; et sa réponse, immédiate, était la seule raison qui l'obligeait à remettre — avec une obstination de mule justement — un pas devant l'autre, indéfiniment. Il n'y avait plus que ça à faire et rien d'autre ne comptait ; et rien n'était plus important que d'avancer et de resuivre, mètre après mètre, cette piste qui n'en finissait pas.

Mais qu'est-ce qui soutenait la mule ?

Lui, il savait pourquoi il continuait à progresser, malgré ses pieds et ses jambes dans lesquels, par moments, fusaient d'intolérables et violentes douleurs, des crampes paralysantes qui, pendant quelques secondes, coupaient le souffle et broyaient le cœur.

Il savait pourquoi il se traînait sur ce sol cahotique, malgré sa poitrine, sa gorge et sa bouche en feu, malgré cette petite voix insistante qui lui susurrait de s'asseoir un instant, de s'allonger, de se reposer, longtemps, longtemps, jusqu'à ce que vienne l'apaisante inconscience.

Il savait pourquoi il était toujours debout et bien décidé à le rester. Il avançait vers un but qui avait nom Pauline, Pierrette et Marcelin. C'étaient eux, et eux seuls, qui le tiraient en avant, qui le retenaient lorsqu'il trébuchait, qui l'empêchaient de chuter dans la poussière et de s'y endormir. Pauline, Pierrette, Marcelin. Ils étaient la vie, sa vie. Ils l'attendaient, et il ne pouvait pas les trahir en s'effondrant là, à quelques kilomètres du but et après avoir tant lutté.

Et il avançait en ne voyant plus qu'eux, et leurs prénoms défilaient dans sa tête en une litanie sans fin, Pauline, Pierrette, Marcelin, Pauline...

Ce qui soutenait Joaquin, c'étaient sans doute toutes les femmes qui l'attendaient dans chaque ville étape. Pour lui, elles étaient la vie, la merveilleuse vie, et c'est vers elles qu'il marchait et, peut-être, qu'il se récitait lui aussi leurs prénoms : Lucia, Maria, Jacinta, Gabriela !

Mais qu'est-ce qui soutenait la mule ? Qu'est-ce qui la relevait lorsqu'elle chutait sur les genoux ? Qu'est-ce qui la poussait à les suivre alors que rien ne l'y forçait, et qu'elle pouvait, si elle voulait, se coucher et se reposer.

« Se reposer enfin, songea-t-il, quelles délices ! Mais ce serait mortel, il faut qu'on marche avant que le soleil ne nous achève, qu'on marche, qu'on marche encore... »

D'un coup de langue, il changea sa chique d'*acullico* de

côté et la mâcha lentement, difficilement car il avait la bouche douloureusement sèche.

« L'*acullico*, c'est quand même une trouvaille », se dit-il.

Au début, la boulette de feuilles de coca lui avait semblé affreusement amère, infecte, malgré la chaux qui la saupoudrait, et il avait failli la recracher. Puis, rapidement, il s'était senti pris par une douce et reposante sensation, juste assez euphorisante pour lui permettre d'oublier la soif qui, quelques minutes plus tôt, lui tordait l'estomac. Et sa fatigue s'était évanouie, et il s'était même surpris à penser que leur aventure était assez cocasse !

Soudain volubile, il avait parlé à Joaquin, d'abord de tout et de rien, et, ensuite, de Pauline et des enfants. Il avait évoqué le premier souvenir qu'il conservait de la jeune femme, malade et titubante de fièvre, émergeant de la grange des Fonts-Miallet, de la grange qui puait tant le bouc ! Il avait parlé de Pauline à Lodève, et du merveilleux regard noir qu'elle lui avait offert, un dimanche, matin, au milieu du pont sous lequel ruisselait en chantant la fraîche et merveilleuse Lergue, cette eau si belle, si claire et abondante...

Et il avait aussi parlé de Martial, de Rosemonde et de leur bébé. Et le fait que Joaquin restât silencieux ne l'avait pas gêné, et il avait continué à raconter tout ce qui lui passait par la tête. Sa vie en France et en Algérie, son enfance aux Fonts-Miallet et même les campagnes de son grand-père avec l'Empereur !

« Pauvre Joaquin, pensa-t-il, il n'a rien dû comprendre ! Qu'est-ce que ça veut dire pour lui Austerlitz, Iéna et la Berezina ! Et la Corrèze, Brive, ou encore Lodève et Bordeaux ! Mais... dans le fond, est-ce que je lui ai vraiment parlé ? Peut-être que je n'ai pas prononcé un seul mot, que je n'ai rien dit ; peut-être que j'ai rêvé. Comment savoir ?... N'empêche, une fois de plus il avait raison : son *acullico* est un sacré remède. Dommage que sa provision soit épuisée... »

Il se retourna car, depuis quelques minutes, il n'entendait plus derrière lui les pas de son compagnon. Dans la nuit maintenant très claire, il l'aperçut là-bas, qui gisait dans les cailloux, à au moins cinquante mètres en arrière.

Cinquante mètres ! C'était si loin, si difficile à refaire qu'il faillit abandonner à son tour, s'allonger, s'emmitoufler dans son poncho, car il faisait encore très froid, et attendre. Attendre en fermant les yeux.

Puis il entendit le rire de Pauline et des enfants, là, tout proches, et il vit même le sourire de sa femme et son regard espiègle, et le visage réjoui des jumeaux, alors, il marcha vers Joaquin.

— Allons, debout, essaya-t-il de dire en s'approchant.

Mais sa langue était si lourde, si épaisse et gonflée qu'il ne fit d'abord que marmonner, et qu'il dut faire un gros effort pour articuler :

— On arrive...

Il lui fallut plusieurs minutes et des efforts épuisants pour aider son compagnon à se redresser, puis à se hisser sur la monture. Il s'assura ensuite que Joaquin était capable de s'y maintenir et reprit sa marche titubante.

Une heure plus tard, alors que le soleil, déjà brûlant, les torturait de nouveau et qu'ils ne progressaient plus qu'à tout petits pas, en s'appuyant l'un et l'autre à la mule, la pauvre bête creva ; foudroyée, elle expira avant même de rouler dans la poussière.

Ce fut quelques instants après qu'Antoine et Joaquin, se soutenant mutuellement, aperçurent enfin, non loin, les cases poussiéreuses de Maldonado.

— Gagné, chuchota Antoine. Maintenant, oui, on peut la finir...

La gourde contenait encore quatre ou cinq petites

gorgées d'eau. Il n'avait pas voulu y toucher car, pour symboliques qu'elles fussent, et très insuffisantes, elles représentaient l'ultime réserve, la récompense suprême. Celle qui lui avait permis de repéter inlassablement et au fil des heures : « On boira tout à l'heure, quand on aura atteint ces rochers... » Et puis, cette étape dépassée : « On boira là-bas, après ce tournant... » Ou encore : « C'est décidé, on boira en haut de cette butte, on boira plus tard, plus tard... »

— Maintenant, oui, on peut, souffla-t-il.

Et malgré ses lèvres complètement déformées par la soif, craquelées, éclatées, il sourit à Joaquin. Puis il cracha sa chique d'*acullico* et, lentement, absorba les deux gorgées d'eau de sa ration, les meilleures gorgées d'eau de sa vie.

14

Quand il poussa la porte de *La Maison de France,* Rosemonde et Pauline, sans se concerter, devinèrent que seul un événement exceptionnel pouvait expliquer sa visite. Et ce ne fut pas l'heure matinale qui les surprit, mais le fait que depuis maintenant trois ans Edmond d'Erbault de Lenty s'était abstenu de fréquenter le magasin.

Tout au plus avait-il donné une entorse à ce qui semblait être devenu un principe lors de la réouverture de la nouvelle *Maison de France ;* comme elle n'avait pu renaître de ses cendres que, en partie, grâce à lui, nul à Santiago n'eût compris son absence ce jour-là.

Mais, ce jour-là, justement, il y avait beaucoup de monde, et Edmond n'avait pas eu à redouter de se retrouver seul en face des deux jeunes femmes.

Et parce qu'elles avaient très bien compris son attitude et qu'elles lui étaient reconnaissantes de sa discrétion Rosemonde et Pauline furent presque aussi gênées que lui lorsqu'il entra dans *La Maison de France.*

Immobile au milieu du magasin, tournant son feutre entre ses doigts il demeura quelques secondes sans rien dire, puis sourit enfin timidement et s'inclina :

— Je m'excuse, dit-il, pourrais-je voir vos époux? J'espère qu'ils sont là?

— Martial est là, assura Rosemonde, je l'appelle tout de suite.

— Antoine est parti depuis plus de quinze jours vers Antofagasta, expliqua Pauline, il veut trouver de nouveaux clients...

— Ah oui! oui, j'ai appris ça... fit-il.

Son ton, un peu distrait, et son allure — sa mise était beaucoup moins recherchée que d'habitude et son habit froissé — intriguèrent Pauline. Néanmoins, elle ne dit rien et s'absorba dans le rangement d'un rayon de lingerie en attendant le retour de Rosemonde.

Ce fut Martial qui revint le premier. Etonné, lui aussi, par l'exceptionnelle visite d'Edmond, il lui serra la main puis l'entraîna aussitôt dans son bureau et ferma la porte.

— Qu'est-ce qui vous arrive? demanda-t-il aussitôt. Vous avez une vraie tête d'enterrement!

— Pas exactement, mais enfin... dit Edmond en s'asseyant. Je sais bien qu'il est encore tôt, mais servez-moi donc un peu d'alcool; et prenez-en aussi, vous allez en avoir besoin...

— A ce point? fit Martial en débouchant un flacon de cognac.

Il remplit deux petits verres, en poussa un vers son visiteur.

— Et, maintenant, je vous écoute, dit-il.

— La société de M. Delmas va faire faillite. Je le pressentais depuis quelque temps; j'en ai eu confirmation hier soir, par un courrier de France.

— Aaaah... souffla Martial. Il vida la moitié de son verre puis alluma un cigarillo. Comment ça « va faire faillite »? C'est fait ou ça va se faire?

— Ça va se faire. Au pis dans quelques jours, au mieux d'ici à quelques semaines, mais pas plus.

— Alors, si je comprends bien, et si je vous ai bien

entendu, vous venez m'annoncer que je vais perdre les quelques quatre mille cinq cents pesos de mes dernières commissions, non encore réglées par la Soco Delmas et Cie ?

— Il y a des risques...

— Eh bien, bravo ! soupira Martial, bravo ! Mais comment diable votre société s'est-elle enfoncée dans un tel pétrin ? Bon Dieu ! dans le temps, M. Delmas savait où il mettait les pieds, et, surtout, il savait compter !

— Il sait toujours, c'est pour cela qu'il veut arrêter la casse...

— Que s'est-il passé ?

— Bah ! ces messieurs de France n'ont pas compris la situation d'ici. Ils ont vu à la fois trop grand et trop petit. Et ils ont cru que le commerce se faisait partout de la même façon. C'est une erreur. Les investissements dans les nitrates et le guano, les prospections sur le cuivre auraient été parfaitement valables si nous avions été seuls sur le marché et, surtout, oui, surtout, si nous avions eu notre propre compagnie maritime ; mais ce n'est pas le cas. Alors, voilà, les autres nous ont étranglés avec les prix des transports, c'est de bonne guerre.

— Eh bien, encore une chance qu'on ait pris notre autonomie, dit Martial. Vous voyez notre situation si tout notre commerce dépendait encore de la société de M. Delmas ? On faisait la culbute, nous aussi ! Mais, au fait, dans cette histoire, qu'est-ce que vous devenez ?

— Pour moi, c'est terminé, dit Edmond en haussant les épaules. Vous pensez ! Sur qui croyez-vous que va retomber cette faillite ? Sur les actionnaires ou les messieurs de France qui envoyaient leurs ordres ? Sur les comptables ? Sur les banquiers ? Sur les ingénieurs qui ont fait monter des installations ruineuses ? Non, non ! Avant tout sur moi, représentant ici de la société !

— Et qu'allez-vous faire ?

Edmond haussa les épaules, soupira, puis poussa son verre en direction de Martial.

— Redonnez-m'en une goutte, dit-il, ça me réveillera ; je n'ai pas dormi de la nuit.

— Vous allez rentrer en France ?

— Non, certainement pas ! Vous connaissez mon train de vie ici ! Comment voulez-vous que je me réhabitue à la petite vie étriquée et médiocre qui m'attend là-bas ? Surtout avec la réputation qu'on va me faire ! Non, impossible de revenir au pays. D'autre part, outre le train de vie, j'ai aussi pris l'habitude de gagner de l'argent, beaucoup d'argent, alors...

Il se tut, comme s'il hésitait à poursuivre.

— Alors ? répéta Martial.

— Je vais tenter de monter une affaire, mais... Oui, j'ai besoin de votre aide, avoua Edmond avec gêne.

Martial contempla longuement la mince volute bleue qui s'échappait de son cigarillo, puis sourit.

— Vous ne manquez pas d'audace, dit-il enfin mais sans acrimonie. Non content de m'annoncer que je laisse quatre mille cinq cents pesos dans votre foutue faillite, vous me demandez, en plus, de vous aider ? Mais, rassurez-vous, j'ai bonne mémoire. Vous nous avez soutenus lors de l'incendie de *La Maison de France,* alors, si on peut, on vous aidera, c'est normal. Enfin, je ne parle pas au nom d'Antoine ; mais je suis certain de sa réponse, il suffit d'attendre son retour. Mais en quoi pouvons-nous vous être utiles ?

Edmond sembla très soulagé et se redressa dans son fauteuil, comme si un lourd fardeau venait de glisser de ses épaules.

— Merci, dit-il, j'espérais cette réponse, mais... on ne sait jamais, n'est-ce pas ? Alors, merci. Et, maintenant, avant de vous expliquer comment vous pouvez m'aider, sachez que si vous faites vite, vous ne perdrez rien de ce que vous doit la société. Je ne vous l'ai pas dit tout de suite, parce que vous auriez peut-être cru que je vous prévenais pour mieux extorquer votre aide... Or, ce n'est pas le cas, et je tiens à ce que vous en soyez sûr.

— Effectivement, reconnut Martial, j'aurais pu me méprendre, et je suis heureux que vous ne m'en ayez pas laissé l'occasion. Cela étant, comment diable vais-je être payé si votre société est morte ?

— C'est simple, dit Edmond, pour autant que la faillite soit due aux entreprises de la société au Chili, c'est de la maison mère qu'elle part, de France donc... Nos banquiers d'ici, même s'ils savent que les affaires vont plutôt mal, n'en sont pas au point de refuser de vous régler, pour l'instant... En revanche, ils bloqueront sûrement tous paiements dès l'annonce officielle de la faillite. Alors, dans l'immédiat, rien ne vous empêche, en toute légalité, d'encaisser ce que l'on vous doit... Et, croyez-moi, c'est tout à fait faisable puisque, moi-même, je viens de retirer quinze mille pesos... Mais n'attendez pas plus. Ensuite, ce sera plus difficile, sinon impossible, car nos banquiers vont d'abord chercher à récupérer leurs propres mises.

— Merci pour l'information, dit Martial, et, croyez-moi, cette affaire sera réglée d'ici à ce soir. Voyons la vôtre, maintenant. Si on peut, on vous aidera, mais à condition de savoir comment.

— Oh ! c'est très simple. Depuis que je suis ici, c'est-à-dire depuis six ans, j'ai investi la quasi-totalité de mes disponibilités dans la société. A l'heure actuelle, je possède, en action de la Soco Delmas et Cie pour environ quatre-vingt-dix mille pesos...

— Bigre ! souffla Martial.

— Oui, acquiesça Edmond, ça fait beaucoup d'argent, et ça prouve au moins que j'avais confiance en l'avenir de la société. Oui, ça fait beaucoup de sous, à condition de pouvoir les encaisser... Car s'il m'a été facile de retirer l'argent que j'avais mis en dépôt, il n'en sera pas de même pour des actions... Il se tut, médita quelques instants, puis lança : C'est là que j'ai besoin de vous, enfin, si vous voulez toujours m'aider...

Martial hocha la tête, se leva, arpenta silencieusement la pièce puis s'arrêta devant la baie qui donnait sur le jardin.

— Laissez-moi deviner, dit-il enfin, vous voulez transformer vos actions en liquidités ; mais vous avez peur, si vous le faites vous-même, de mettre la puce à l'oreille de vos banquiers, c'est ça ?

— Exactement. Tous me connaissent, et tous savent quelles sont mes fonctions dans la société. Alors, si moi, représentant de la Soco Delmas et Cie au Chili, je réclame le remboursement de toutes mes actions, ce sera la panique ! Et parce que nos banquiers sont tous directement intéressés, avant de me payer, ils voudront savoir pourquoi je vends, et alors... Alors, ils comprendront, et je serai pratiquement ruiné.

— Logique, reconnut Martial.

— En revanche, si c'est vous qui mettez les actions en vente, il n'y aura pas de problème, poursuivit Edmond. Certes, tout le monde sait que vous travaillez avec nous pour le matériel industriel, mais tous les banquiers savent aussi que vous êtes de l'espèce d'homme qui, un jour ou l'autre, aura sa propre affaire. D'ailleurs, vous et Antoine en possédez déjà deux, *La Maison de France* et le comptoir de la rue des Pommiers. Bref, vous avez une solide réputation d'homme qui réussit ce qu'il entreprend et qui ira beaucoup plus loin. Alors, nul ne s'étonnera que vous vendiez des actions de la Soco, surtout si vous annoncez haut et fort que vous vous préparez à investir ailleurs — dans une entreprise allemande, par exemple ; ce sont elles qui font le plus d'affaires en ce moment...

— Ce n'est sûrement pas si simple, dit Martial, car vos banquiers ne sont sans doute pas aussi crédules que vous semblez le croire. Mais en admettant même qu'on arrive à les berner, ce dont je doute, il y a autre chose qui me gêne. Oui, franchement, ça me gêne de faire ce coup-là à M. Delmas. Je lui dois d'être ici. N'oubliez pas que c'est lui qui a payé nos billets et tout le reste ; alors, je ne veux pas accélérer sa faillite en réclamant votre argent.

— Je sais tout ça, dit Edmond, et je vous comprends... Il eut un petit sourire triste, haussa les épaules et reprit : Je ne vous aurais pas cru si naïf, oui, vous êtes naïf, et vous vous faites encore des illusions. Alors, mettons cartes sur table. D'abord, le fait de récupérer la valeur de mes actions n'accélérera en rien la faillite de la Soco. Elle va se jouer sur des dizaines de millions, alors qu'est-ce que quatre-vingt-dix mille pesos ? Rien du tout ! Ensuite, sachez-le, sauf miracle, ni M. Delmas ni les actionnaires de France ne reverront un centime de ce qu'ils ont investi dans ce pays, pas un centime ! Et moi-même, si je laisse l'affaire suivre son cours, je ne toucherai pas un centavo, rien ! Parce que, s'il y a eu des investissements en provenance de France, il y a eu, aussi, depuis le début, d'énormes mises de fonds faites par les banques allemandes, anglaises ou américaines installées ici. Et, croyez-en mon expérience et ma connaissance de ce milieu, il ne viendra pas une seconde à l'idée de tous ces banquiers de rembourser qui que ce soit avant d'être eux-mêmes rentrés dans leurs frais, et même au-delà ! Et si leur avenir vous donne aussi des scrupules, sachez qu'ils vont se payer en mettant la main sur nos gisements de guano, de nitrates, sur toutes nos installations, et même sur les mines de cuivre que nous commencions à exploiter. Voilà, libre à vous de me croire, mais sachez que mes quatre-vingt-dix mille pesos n'aideront en rien M. Delmas. En revanche, ils permettront sûrement à MM. Obern et Reckling d'agrandir un peu leur entreprise...

— Ah ! ils sont dans le coup, ces deux vautours ?

— Eux et bien d'autres ! Enfin, voilà. Maintenant c'est à vous de décider. Ou vous m'aidez et je monte alors une affaire commerciale dans laquelle vous aurez votre place, et je pense aussi à Antoine, ou vous refusez et je suis à peu près ruiné.

— Je vois... dit Martial. Il médita pendant plusieurs minutes, puis jeta son cigarillo par la fenêtre et revint s'asseoir devant son visiteur. Et dans tout ça, dit-il en souriant, il ne vous vient pas à l'idée que je puisse tranquillement encaisser vos quatre-vingt-dix mille pesos et les garder ? Car rien ne prouvera qu'ils vous appartiennent.

— Oh non ! dit Edmond, de ce côté-là, j'ai confiance. Il y a maintenant presque six ans que vous êtes dans ce pays et que nous travaillons ensemble, je commence à vous connaître. Si vous étiez malhonnête, ça se saurait, croyez-moi ! Et puis, surtout, vous seriez beaucoup plus riche que vous ne l'êtes ! Non, vous ne partirez pas avec mes quatre-vingt-dix mille pesos !

— Ça fait pourtant quatre cent cinquante mille francs de chez nous, une sacrée fortune ! J'en connais qui seraient tentés pour beaucoup moins que ça !

— Oui, mais pas vous. Vous n'êtes pas un homme d'argent, pas du tout. Vous faites des affaires pour le plaisir des affaires, parce que ça vous excite de gagner des marchés, d'étendre vos prospections et de vendre. L'argent vient en plus, mais ce n'est pas lui qui vous pousse au travail ! C'est le goût de l'aventure, du risque, du commerce, mais pas de l'argent ! C'est aussi à cause de ça que j'ai toute confiance.

— Vous avez peut-être raison, reconnut Martial. Bon, d'accord, dit-il en se levant, je vais essayer de récupérer votre mise, dès aujourd'hui, parce que, si j'ai bien compris, tout peut exploser d'un instant à l'autre ?

— Oui, c'est ça, dit Edmond en se levant à son tour. Ah ! naturellement, si vous réussissez, il y aura dix pour cent pour vous. Si, si, j'y tiens, et vous me ferez plaisir en acceptant.

— Dix pour cent ? Fichtre ! c'est beaucoup plus que ne me concédait votre société sur mes ventes de machines !

— Normal, pour la Soco Delmas et Cie, vous n'étiez que courtier. Avec moi, si vous le voulez, vous serez associé, et je suis certain que nous réaliserons de grandes choses ensemble ! Pas seulement dans ce pays, mais dans tout ce continent.

— Ça se pourrait bien, sourit Martial, et votre proposition tombe à point. Figurez-vous que je commence à trouver que, tout compte fait, le Chili, c'est un peu petit !

Après quarante-huit heures de repos, pendant lesquelles ils dormirent nuit et jour, n'interrompant leur sommeil que pour avaler des litres et des litres d'eau et de maté, Antoine et Joaquin reprirent la piste en direction d'Antofagasta.

Cette fois, soucieux de ne courir aucun risque, ils attendirent le jour pour partir. C'est à quelques kilomètres de Maldonado qu'ils découvrirent l'embranchement qui avait failli leur coûter la vie. Là, à leur gauche, encore presque parallèle à la bonne direction, filait imperceptiblement vers le sud, vers le plein désert, la piste qu'ils avaient empruntée cinq jours plus tôt.

— Tu avais raison, reconnut Antoine, c'est là qu'on s'est trompé. On le saura pour la prochaine fois, alors, tâche de t'en souvenir quand on reviendra, plaisanta-t-il en pressant les flancs de sa monture.

— Il n'y aura pas de prochaine fois, fit le métis, je veux dire pas de prochaine fois avec moi...

— Tu as bougrement raison. Moi non plus, je ne suis pas près de remettre les pieds dans ce maudit secteur. Pourtant, je suis sûr qu'un commerçant y ferait vite fortune. Mais ce ne sera pas moi, il y fait vraiment trop chaud. Alors, au diable, les pesos !

Ils chevauchèrent plusieurs minutes sans mot dire, et ce fut Joaquin qui osa rompre le silence.

— C'est vrai, insista-t-il, on ne reviendra plus dans le Norte Grande ?

— Oui, c'est vrai, il ne faut pas tenter le sort, une expérience suffit.

— Très bien, approuva Joaquin, alors, peut-être que je resterai encore un peu...

— Qu'est-ce que ça veut dire : « Je resterai encore un peu ? » Qu'est-ce que tu racontes ? interrogea Antoine en poussant sa mule pour se mettre à la hauteur de son compagnon.

— Faut pas m'en vouloir, s'excusa Joaquin, mais moi... Il soupira puis secoua la tête : Moi, je deviens vieux, alors, depuis le temps, je me fatigue à courir les pistes...

Il se tut et, gêné, attendit qu'Antoine le questionne, le pousse à s'expliquer ; entre eux, c'était presque devenu un principe.

— Alors ? insista Antoine. Va, parle !

— Déjà, je voulais pas venir dans ce désert, c'est pas des contrées pour les chrétiens ! Moi, maintenant, je voudrais faire comme Arturo, m'occuper du jardin ou conduire le cheval de Mme Pauline, ou même aider M. Chou dans le magasin, ou livrer les marchandises des clients de *La Maison de France,* mais plus prendre la piste. Moi, maintenant, je veux rester à Santiago.

— Alors, c'est pour ça que tu t'es tant fait tirer l'oreille pour me suivre, cette fois ?

Joaquin haussa les épaules et fit oui de la tête.

— Je comprends, dit Antoine, mais je viens de te dire que je ne mettrai plus les pieds ici ! Alors, si je repars simplement autour de Santiago, pas trop loin, ou vers le sud ? Tu te souviens quand on a accompagné le padre ? Rappelle-toi toute cette verdure, ces champs, ces forêts ! Alors, tu me suivras ?

— Oui, mais il faudra quand même bientôt trouver un remplaçant. Moi, je veux bien finir l'année, mais après... Faut pas m'en vouloir, je me fatigue à courir les pistes.

Antoine l'observa et eut soudain des remords de ne pas avoir décelé plus tôt cette espèce de lassitude qui, effectivement, semblait peser sur les épaules de son vieux compagnon de route. Tassé, voûté sur sa mule, avec son visage maigre, recuit par le soleil de l'Atacama, il avait piteuse allure.

« C'est vrai qu'il a l'air fatigué, l'ami Joaquin, pensa-t-il, mais je ne dois pas avoir l'air beaucoup plus frais ! On revient quand même de loin... »

— Vous m'en voulez ? demanda le métis, inquiet de son silence.

— Non, pas du tout. Je pense simplement qu'on a bien besoin de repos, tous les deux. Tu verras, après quelques jours à Santiago, ça ira mieux, beaucoup mieux ! Et je suis même certain que tu auras bientôt envie de reprendre la piste avec moi.

— Jusqu'à la fin de l'année, redit Joaquin, après...

— D'accord, on en reparlera, coupa Antoine, un peu agacé.

Il ne se voyait pas du tout faisant route avec un inconnu, à qui il aurait besoin de tout dire, de tout apprendre, à qui il devrait s'habituer.

En cinq ans passés avec Joaquin, il avait parcouru tant de milliers de kilomètres et vécu de telles épreuves, qu'il n'envisageait pas qu'un autre pût le remplacer. Un autre, dont il devrait découvrir les manies, les défauts, les travers, les qualités aussi, le caractère, tout. Non, il n'avait aucune envie de former un autre équipier.

Et, pourtant, cette fois, Joaquin semblait bien décidé. Il ne marchandait pas, ne jouait pas. Il était sérieux et, ce qui était plus inquiétant encore, un peu triste.

Ce fut dans le regard de Pauline, pourtant folle de joie de l'accueillir, qu'Antoine mesura à quel point l'épreuve qu'il venait de vivre l'avait marqué; les jumeaux eux-mêmes hésitèrent un instant avant de lui sauter au cou.

— Que vous est-il arrivé? demanda Pauline après avoir constaté que Joaquin était aussi brûlé et amaigri qu'Antoine.

Il embrassa longuement Pierrette et Marcelin, les serra presque violemment contre lui.

— Je t'expliquerai, promit-il en entrant dans la maison.

— Vous vous êtes perdus, n'est-ce pas?

— La preuve que non, puisqu'on est là!... Enfin, oui, reconnut-il, on s'est perdu, mais on s'est retrouvé!

— Je m'en doutais, dit-elle, oui, je l'ai senti. J'ai eu peur, encore plus que d'habitude quand tu t'en vas...

— Allons, allons, pas de drame! Je suis là? Bon, alors? Allez, dis à Jacinta de me préparer un bain. Et ici, quoi de neuf? interrogea-t-il en s'asseyant pour enlever ses bottes.

— Oh, ici!... fit-elle. Ici...

Intrigué, il la regarda, la vit tendue, soucieuse et comprit que ce n'était pas seulement son allure d'homme épuisé qui l'inquiétait.

— Dis-moi ce qui est arrivé, insista-t-il en déposant doucement à terre les jumeaux qui, déjà, s'étaient installés sur ses genoux. C'est grave? Quelqu'un est... est mort?

— Non, non!

— Alors, ça va! soupira-t-il. Maintenant, dis-moi ce qui se passe. Puisque personne n'est mort, ça doit pouvoir s'arranger. Allez, raconte!

— Je t'expliquerai pendant que tu prendras ton bain. En attendant, sers-toi un verre, je crois que tu en auras besoin.

Il la regarda avec inquiétude, mais elle prit les

jumeaux par la main et sortit de la pièce en appelant Jacinta.

— Je t'écoute, dit-il un peu plus tard alors que plongé jusqu'au menton dans la baignoire, toute fumante d'eau chaude, il se sentait peu à peu revivre.

— La Soco Delmas et Cie a fait faillite... dit Pauline.

— Ah ça !... fit-il. Eh bien, pour une nouvelle... Enfin, heureusement qu'on n'a plus rien à voir avec elle. Il faudra simplement qu'on trouve d'autres fournisseurs, ce n'est pas un problème.

— Ce n'est pas si simple...

Il fut surpris par le ton de sa voix, l'observa.

— Qu'est-ce qui se passe ? demanda-t-il en lui prenant la main. Vas-y, raconte !

Alors, elle parla. Et, au fur et à mesure qu'elle avançait dans son récit, il eut la désagréable impression d'entendre claquer les pièges qui, un à un, s'étaient refermés sur Martial et Rosemonde, mais aussi sur Pauline et lui, sans oublier Edmond.

— Bon Dieu ! murmura-t-il lorsqu'elle se fut tue, quelle déveine !

— Eh oui, dit-elle en haussant les épaules, à quelques heures près, ça pouvait marcher...

En effet, tout avait failli réussir. Martial, peu après la visite d'Edmond, se préparait à pousser la porte des premiers banquiers qu'ils voulaient voir, lorsque la dépêche annonçant la faillite de la Soco Delmas et Cie était tombée.

Dès cet instant, l'affaire était perdue, et, depuis, tout allait de mal en pis. Furieux, les financiers se retournaient contre Edmond, mais aussi contre Martial. Assiégés par plusieurs gros clients qui réclamaient le remboursement immédiat des arrhes versées pour l'achat de machines non livrées, les banquiers s'abritaient maintenant derrière Martial et Edmond. Le premier parce que c'était lui qui avait passé les marchés, le second parce qu'il s'était engagé, en tant que représentant de la société, à fournir le matériel dans les meilleurs délais possible. Or, faute de pouvoir être réglées aux fabricants européens, les machines n'avaient toujours pas quitté la France et ne la quitteraient sans doute jamais...

— Et tu dis qu'ils en sont au point de vouloir tout nous faire vendre ? interrogea Antoine.

— Oui, tout. Non seulement le domicile de M. Ed mond, mais aussi *La Maison de France* et ici...

— Sont fous, ces gens-là ! On n'a rien à voir dans cette histoire, et si quelqu'un a le droit de se plaindre, c'est d'abord Martial qui laisse sa commission dans l'histoire ! protesta Antoine. Il se versa un broc d'eau sur la tête, s'ébroua. Faut que j'aille le voir, dit-il en sortant du bain. Mais comment réagit-il ?

— Bien, assura Pauline, et Rosemonde aussi. On ne va pas se laisser faire, dis ? demanda-t-elle en se pressant soudain contre lui. On peut faire quelque chose, n'est-ce pas ? C'est pas possible qu'on se laisse tout prendre alors qu'on n'a rien fait de mal ?

— On ne va sûrement pas se laisser faire, la rassura-t-il. Il y a certainement un moyen de se sortir de cette sale affaire, et on va le trouver... Passe-moi des habits propres et fais-moi aussi un solide café, je vais en avoir besoin pour tenir le coup. Tu vois, dit-il en la prenant dans ses bras, j'avais espéré qu'on se coucherait de bonne heure. J'ai tant pensé à toi, là-haut sous le soleil... Eh bien, ce sera pour une autre fois. Alors, ne m'attends pas ce soir, je risque de revenir très tard.

— Il n'est pas question que je reste ici, décida-t-elle, je t'accompagne chez Martial et Rosemonde. On nous attaque, il faut faire bloc, ça nous a toujours réussi.

— Bon sang ! on jurerait que tu es passé au four ! plaisanta Martial dès qu'il aperçut Antoine. Qu'est-ce qui t'est arrivé ?

— T'es peut-être moins cramé que moi, mais t'as pas meilleure mine, répliqua Antoine en lui serrant la main.

— Moi, c'est normal, ça fait deux jours que je bataille et que je ne dors pas, mais toi ?

— On s'est perdu, avoua Antoine, et, crois-moi, il s'en est fallu de rien qu'on y crève dans ce foutu désert ! Mais ne parlons plus de ça. Alors, ici ?

— Pauline t'a expliqué ? demanda Martial en l'entraînant dans son bureau.

— Bien sûr... C'est vraiment aussi grave qu'elle le dit ?

— Je crois. Moi, je laisse quatre mille cinq cents pesos dans cette faillite ; quant à Edmond, il est quasiment ruiné ! Enfin, il n'est pas à la rue, mais, quand même, c'est un rude coup !

— Et pour nous ? Je veux dire pour *La Maison de France* et le comptoir. C'est exact qu'on risque d'être obligé de les vendre ?

— Si on se laisse faire, oui. Mais c'est un grand coup de bluff des banquiers, et ça ne tient pas debout. Sur le coup, j'ai cru qu'on était refait, et puis j'ai mené mon enquête. Ça ne t'étonnera pas si je te dis que ce sont surtout Obern et Reckling qui sont derrière tout ça ? Ils ne nous ont pas pardonné la résurrection de *La Maison de France* et notre remise à flot grâce à Herbert Halton. Alors, assiégés par les clients, ils les orientent vers nous. Pendant ce temps, ils voient venir, ils s'organisent et, surtout, ils commencent à récupérer leurs mises. Mais ça ne marchera pas du tout comme ils le pensent, j'ai trouvé la riposte. Et c'est une chance que tu sois rentré aujourd'hui : on sera ensemble pour parer le coup. Oui, j'ai demandé à Edmond de venir dîner ici, et aussi à Herbert Halton. C'est, je crois, le seul banquier de tout le

Chili qui n'est pas concerné par la faillite de la société, alors, crois-moi, il s'amuse un peu !

Malgré la gravité de la situation, Edmond d'Erbault de Lenty s'en tint au principe de bonne éducation qui lui était cher, et qui voulait que l'on ne parlât jamais affaires pendant un repas auquel participaient des dames. Et parce qu'Herbert Halton partageait en tout point ce savoir-vivre, le dîner se déroula sans qu'il fût un seul instant question de la faillite de la société de M. Delmas.

En fait, ce fut Antoine qui fit les frais de la conversation ; il dut raconter son expédition dans le désert d'Atacama ; et, même s'il tenta de parler de son aventure avec humour, personne ne fut dupe, car son visage recuit, ses lèvres éclatées et son nez qui commençait à peler prouvaient bien qu'il ne revenait pas d'une partie de plaisir.

— Je n'arrive pas à croire que Joaquin veuille abandonner, dit Martial quand Antoine eut fini son récit. Bon sang ! il n'est pas si âgé que ça !

— Il ne connaît pas son âge, expliqua Antoine. Moi, je lui donne dans les trente-cinq, quarante ans. Mais qu'est-ce que ça prouve ? Il veut abandonner, c'est certain... Il se tut, vida son verre. Mais, tu vois, reprit-il, je vais finir par croire qu'il a raison. Oui, j'ai beaucoup réfléchi depuis qu'il m'a prévenu. Et peut-être que, pour moi aussi, il est temps de laisser les mules à l'écurie. Tu parlais de l'âge de Joaquin ? Moi, je vais avoir trente-deux ans, et je trouve que ça fait déjà beaucoup. Tu sais, à force de prendre des coups de sabre, des coups de fusil et des coups de soleil, on finit par se dire un jour qu'il est temps de déposer son sac... Mais le problème, c'est de savoir où, et surtout de pouvoir... Et, de ce côté, j'ai pas l'impression que ça s'arrange !

— Effectivement... fit Martial en repoussant son

assiette et en posant sa serviette sur la table. On va passer à côté, dit-il en se levant, on y sera plus au calme pour travailler.

Il attendit que ses invités aient quitté la pièce et se pencha alors vers Rosemonde qui conversait avec Pauline.

— Il vaudrait mieux que vous restiez là toutes les deux, dit-il. Oh ! ne le prends pas mal, et vous non plus, Pauline, mais... si j'étais Edmond, je n'aimerais pas discuter de ma ruine devant vous, surtout devant vous. Oui, ça me gênerait beaucoup.

— Vous avez raison, approuva Pauline, et puis, vous allez sûrement parler de M. Obern ?

— Sans aucun doute.

— Alors, tu as raison, intervint Rosemonde, il vaut mieux qu'on reste là.

— Très bien... Sois gentille de nous faire donner du café, la soirée risque d'être très longue. Et puis, ne vous faites plus de souci, dit-il en souriant aux deux jeunes femmes, je crois qu'on va s'en sortir. Enfin, j'espère...

Antoine écouta sans intervenir le résumé de la situation que lui firent Martial et Edmond. Il correspondait à ce que lui avait dit Pauline, à cette différence près qu'il était soutenu par des chiffres aussi impressionnants qu'irréfutables.

— Alors, comme ça, dit-il, ces deux voyous d'Obern et Reckling s'imaginent qu'on va rembourser les sommes versées par les clients de Martial et déjà encaissées par la société ? Ah, les fumiers ! J'ai toujours pensé qu'on ne pouvait pas faire confiance à ces salauds de Prussiens, mais à ce point ! De toute façon, leur histoire ne tient pas debout !

— C'est exact, reconnut Edmond, et ils le savent bien, mais allez dire ça aux clients ! Ils sont fous de rage, et on les comprend. Comme ils veulent des responsables, ils se retournent vers ceux qui ont signé les contrats...

— D'accord, mais cet argent qu'on nous réclame, insista Antoine, vous l'avez reçu, mais vous ne l'avez pas gardé chez vous ?

— Bien sûr que non. Je l'ai aussitôt déposé en banque, sur le compte de la Soco Delmas et Cie. Mais ça ne change rien, tous les fonds de la société sont bloqués. Et ils risquent de l'être aussi longtemps que n'auront pas été vendues toutes les entreprises de la société dans ce pays ! Alors, en attendant, et comme les banquiers sont furieux que j'aie réussi à récupérer les quelques liquidités que j'avais chez eux...

— Il ne faut pas nous fourvoyer dans cette direction, intervint Martial en déposant sur la table un flacon de vieille prune et des verres. Voyez-vous, dans un premier temps, on a été pris de court, car on a mal réagi à cet énorme coup de poker lancé principalement par Obern et Reckling.

— A ce sujet, coupa Herbert Halton, je me dois de vous faire part de la dernière démarche de ces messieurs... Oui, poursuivit-il après s'être imprégné les narines d'une petite pincée de tabac à priser, ils ont poussé l'audace jusqu'à passer ce soir, chez moi, juste au moment où j'allais me rendre chez vous. Il éternua discrètement, se moucha et reprit : Oui, vous avez tout à fait raison, c'est bien au poker qu'ils jouent, ces barbares, mais ils ne sont pas assez civilisés pour pratiquer ce jeu ! La preuve, ils sont venus me faire des propositions d'achat pour *La Maison de France* et le comptoir ! Et ils ont parlé exactement comme si vous aviez déjà admis votre totale responsabilité dans cette histoire de matériel non livré ! Je les ai fait jeter dehors par mon maître d'hôtel !

— Les immondes salauds ! souffla Martial. Donc, j'avais bien vu : ce qu'ils veulent, c'est nous enfoncer dans notre position d'accusés. Mais, nom de Dieu, ça va changer, et ils vont s'en apercevoir !

— Tout a fait d'accord, approuva Antoine. Il ne faut pas se défendre, il faut attaquer, tout de suite ! Autrement, bientôt, et une fois de plus, ce sera Sedan. Ils y prendraient goût, ces charognards !

— Exactement, renchérit Martial, il faut attaquer et cogner sec, et vite !

— Et comment ? hasarda Edmond.

— En donnant à nos clients ce qu'ils réclament, dit Martial.

— Vous n'y pensez pas ! protesta Edmond. Et où voulez-vous trouver tout cet argent ? Ça doit faire pas loin de trente mille pesos ! D'autant que ce serait immoral. Ni vous ni moi ne sommes responsables de cette faillite, or, si vous remboursez les arrhes, vous admettez votre responsabilité et...

— Qui parle de rembourser ? coupa Martial. Ferait beau voir ! Non, non, vous m'avez mal compris. Ce qu'il faut, c'est fournir le matériel promis. Moi, j'ai vendu des machines pour le compte de votre fichue société ; elle est incapable de me les fournir, il faut donc que je les trouve autre part, c'est tout ! D'ailleurs, si je ne réussis pas, qui, à votre avis, prendra ma place, hein ? Pas besoin de chercher loin, M. Halton a déjà reçu la visite des successeurs ! Oui, ces deux cloportes d'Obern et Reckling veulent ma place et mes clients, naturellement ! C'est bien ça, monsieur Halton ? demanda-t-il en se tournant vers le jeune banquier.

— Oui, approuva l'Anglais. En fait, les individus dont nous parlons savent très bien que vous n'avez pas à rembourser ce qu'on vous réclame. Juridiquement, ça ne tient pas debout. Mais ils s'en moquent. Tout ce qu'ils cherchent, c'est ruiner votre réputation de façon à pouvoir ensuite occuper le terrain que vous avez gagné.

— Exactement, dit Martial.

— Mais, intervint encore Edmond, vous savez à combien s'élève la commande totale?

— Evidemment! C'est quand même moi qui l'ai établie! Pas tout à fait trois cent mille pesos, dit Martial. Mais où est le problème? Il ne s'agit pas de prendre des risques! Le matériel, mes clients l'attendent, et ils le paieront dès qu'on le leur livrera. Et j'irai même jusqu'à dire que si on réussit ce coup, notre réputation deviendra inébranlable! Parfaitement! Nous apparaîtrons comme des gens qui, envers et contre tout, remplissent leurs engagements. De plus, ça nous permettra de nous démarquer complètement de la Soco Delmas et Cie.

Il se tut, trempa ses lèvres dans son verre, puis alluma un cigare avant de reprendre :

— Oh! bien sûr, ça ne vous rendra pas vos quatre-vingt-dix mille pesos, mais ça vous évitera sans doute d'être obligé de quitter ce pays comme un voleur! Eh oui, et il en serait de même pour nous. Or, moi, je n'ai aucune envie de rentrer en France encore plus pauvre que j'en suis venu!

Il se leva, marcha un moment dans la pièce, puis se retourna vers Herbert Halton.

— Monsieur Halton, nous avons besoin de vous. Tout le matériel que mes clients attendent, il faut que vous le commandiez et, bien sûr, que vous le payiez aux fournisseurs... Mais où est le risque puisque je l'ai vendu en tenant compte de marges bénéficiaires, à mon avis tout à fait correctes, que se réservait la société et que, naturellement, vous empocherez. Certes, vous ne toucherez rien sur les arrhes déjà versées et bloquées, mais je ne doute pas que vous vous rattraperez sur le reste... La Société commerciale Delmas et Cie est morte? Prenons tous les quatre ensemble la place qu'elle occupait, du moins pour ce qui est des ventes de matériel. Quant à ses affaires dans les nitrates, le guano ou les minerais, je n'y connais rien, mais je suis certain qu'Edmond a des idées là-dessus. Et je suis sûr, aussi, qu'il sera le premier informé lorsque seront mis en vente les terrains et les mines de la défunte société. Oui, monsieur Halton, franchement, pour vous, je crois que le moment est venu d'investir !

Il dégusta une gorgée de prune puis reprit sa marche dans la pièce en attendant que le jeune banquier se décide à répondre.

— Votre idée est assez alléchante, dit enfin Herbert Halton après plusieurs minutes de silence au cours desquelles il se contenta de humer le parfum du verre d'alcool qu'il réchauffait entre ses paumes. Oui, très alléchante même. J'aime cette façon de vouloir remplir vos engagements commerciaux et aussi de redresser la barre tout en ridiculisant vos adversaires. Car, dès que vos clients seront rassurés au sujet de leurs biens, MM. Obern et Reckling feront figure d'imbéciles, et même, si l'on sait y faire, d'escrocs, ce qui ne serait pas pour me déplaire... Et, enfin, j'aime la facilité avec laquelle vous vous êtes mis à jongler avec les chiffres, ça prouve que vos affaires ont de l'ampleur. Oui, il y a moins de deux ans, vous m'avez emprunté huit mille pesos, et c'était pour vous une très grosse somme ; c'est d'ailleurs pour cela que vous n'avez eu de cesse de me l'avoir remboursée. Mais, aujourd'hui, c'est trois cent mille pesos que vous réclamez, quelle progression !

— Ce n'est pas un emprunt que je demande, rectifia Martial en souriant, c'est un placement que je vous propose !

— Si l'on veut, concéda Herbert Halton en riant, si l'on veut ! Parlons donc d'un placement ! Eh bien, si toutefois vous me fournissez le détail des commandes passées, les prix, les pourcentages et aussi vos espérances commerciales, bref, tout ce qui me permettra de savoir où je vais, alors, d'accord, je financerai le prix d'achat du matériel promis. Ensuite, oui, après de sérieuses études de marchés, de tous les marchés, nitrates et minerais compris, je me demande s'il ne serait pas en effet opportun que nous travaillions ensemble...

— Eh bien, souffla Antoine, on peut dire qu'on revient de loin ! Alors, si vous permettez, je vais aller prévenir nos épouses, je suis sûr qu'elles se font du souci en nous attendant.

— Sûrement, dit Martial, et demande à Rosemonde de nous apporter une bouteille de champagne, on ne l'a pas volée ! Je m'excuse, dit-il en se tournant vers Edmond, je sais bien que pour vous l'affaire n'est pas fameuse. Mais il faut nous comprendre, comme l'a dit Antoine, on revient de loin ! Et vous aussi, d'ailleurs, même si vous laissez beaucoup de sous dans cette histoire...

— C'est le moins qu'on puisse dire, fit Edmond avec amertume. Mais n'ayez crainte, je vais trinquer avec vous car, effectivement, ç'eût pu être pire. Il haussa les épaules, sourit un peu tristement. Et puis, il ne faut jamais manquer une occasion de boire du champagne, surtout entre amis.

— Et associés ? demanda Martial en regardant Herbert Halton.

— Oui, entre amis... et associés, approuva celui-ci.

Détendu, Antoine caressa tendrement la hanche tiède de Pauline lovée contre lui. Elle avait posé sa tête sur sa poitrine et, yeux clos, goûtait toute la quiétude de ces instants. Et elle respirait si régulièrement et si faiblement qu'il se demanda si elle ne s'était pas endormie là, blottie, bras encore noués à lui et jambes emmêlées dans les siennes.

Mais elle soupira, ouvrit les yeux et lui sourit avant de s'étirer et de s'allonger en ronronnant.

— Il doit être affreusement tard ? chuchota-t-elle.

— Certainement, dit-il en se redressant sur un coude

pour regarder sa grosse montre posée au pied de la lampe à pétrole. Deux heures et demie. Faudrait dormir maintenant.

— Oui, éteins, approuva-t-elle en remontant le drap et la couverture qui avaient glissé au pied du lit.

Il baissa au maximum la mèche de la lampe et contempla pendant quelques secondes la petite flamme blanche qui diminua, bleuit, vacilla, puis disparut. Alors, il se retourna vers sa femme, lui posa un baiser entre les seins et s'installa contre elle pour sombrer dans le sommeil qui l'envahissait.

— Tu dors? murmura-t-elle après plusieurs minutes de silence.

— Si je te dis oui, tu ne me croiras pas! grogna-t-il en s'installant sur le dos.

Il connaissait son épouse et savait bien que rien n'allait l'empêcher de poursuivre la conversation qu'elle venait d'amorcer.

— Bon, que se passe-t-il?... Vas-y, parle! Je sais bien que lorsque tu me demandes si je dors, c'est pour m'empêcher de le faire!

— Mais tu ne protestes pas toujours... plaisanta-t-elle en se nichant de nouveau contre lui. Non, reprit-elle avec sérieux, il faut que je sache. Dis, ce soir, chez Martial, tu pensais vraiment ce que tu disais?

— Je n'ai pas dit grand-chose, c'est surtout Martial qui a mené l'affaire, et comme un champion!

— Non, je ne parle pas de ça! Pendant le repas, quand tu as dit que c'était peut-être Joaquin qui avait raison de vouloir s'arrêter, et que tu avais presque envie de faire pareil, c'était sérieux?

— Oui, pourquoi?

— Parce que ce serait merveilleux..

— Tu n'aimes pas que je parte?

— Tu sais bien que non! Depuis que tu as eu cette histoire avec ce voleur, j'ai peur chaque fois que tu prends la piste. Peur que tu reçoives un autre mauvais coup. Et maintenant, je vais aussi avoir peur que tu te perdes... Alors, pourquoi n'arrêtes-tu pas ? Tu pourrais travailler avec Martial, il te l'a proposé vingt fois !

— C'est pas si simple, soupira-t-il.

— Mais si. Tu trouveras très facilement un remplaçant pour ta tournée, c'est ce qu'a fait Martial, et personne ne s'en plaint !

Il bâilla longuement, car il avait de plus en plus sommeil.

— C'est vrai que je suis fatigué de courir les pistes. Mais, d'un autre côté, ça ne me dit pas grand-chose de faire le même travail que Martial, c'est trop grand et trop compliqué pour moi. Enfin, s'il fallait...

— Mais oui, il le faut, et tu y arriveras très bien !

Il bâilla de nouveau, puis l'attira contre lui et posa sa tête sur sa poitrine.

— Peut-être, dit-il, mais, pourtant, crois-moi, je n'arrive pas à me mettre dans la peau d'un vrai commerçant. Il soupira, frotta doucement sa joue contre le torse de sa femme. Oui, dans le fond, plus j'y pense, plus je m'aperçois que j'ai besoin de vivre au grand air. On ne se refait pas, et moi je suis resté un paysan, et ça me plaît bien.

QUATRIÈME PARTIE

LA CLOCHE DE SANTA GAUDIO

15

Malgré le brio avec lequel il avait retourné la situation, Martial ne fut pleinement rassuré qu'après plusieurs mois de lutte. En fait, entre le soir où Herbert Halton eut pris l'engagement d'assurer le financement du matériel commandé et l'arrivée des machines à Valparaíso, Martial fut contraint de se battre sur trois fronts pendant plus d'un trimestre.

Il dut d'abord se démener et multiplier les courriers avec la France et l'Angleterre pour trouver, au plus vite, de nouveaux fournisseurs. Ensuite, il eut à faire face à certains de ses clients qui refusaient de croire plus longtemps à ses promesses d'une proche livraison et réclamaient leur argent. Enfin, il dut se défendre contre les persiflages, fausses nouvelles et autres calomnies que propagèrent MM. Obern et Reckling, furieux de se voir, une fois de plus, bernés.

Si Martial, aidé par Antoine, batailla ferme, il fut constamment épaulé par Edmond et Herbert Halton. Malgré cela, un an leur fut nécessaire pour retrouver la confiance de leurs clients et les marchés brutalement bloqués par la faillite de la Soco Delmas et Cie. Pour montrer que ses amis et lui ne craignaient plus rien ni personne, Edmond n'hésita pas à organiser chez lui une soirée à laquelle il convia toutes les relations qu'il s'était faites dans la haute société de Santiago depuis qu'il était arrivé au Chili.

Tout le monde ne vint pas, car il se trouva quelques personnes pour s'étonner et se scandaliser qu'un failli ait l'audace de vouloir relever si rapidement la tête. Mais, dans l'ensemble, la majorité des invités, que n'offusquait nullement le krach de la société de M. Delmas — ou qui l'avait déjà oublié —, se présenta et fit honneur à la soirée.

Elle fut très gaie. Il est vrai que le champagne, gracieusement fourni par *La Maison de France,* coula à flots, et que le maître d'hôtel d'Edmond, superbe dans sa livrée à la française, veilla à ce que nul n'en manquât.

Ce fut à l'occasion de cette réception que Martial et Antoine acceptèrent, pour la première fois, une invitation d'Edmond. Depuis bientôt cinq ans — exactement depuis l'ouverture de *La Maison de France* —, Edmond les avait plusieurs fois conviés à l'une ou l'autre de ses soirées. Ils avaient toujours poliment refusé car, outre le fait que Rosemonde et Pauline mouraient de peur à l'idée de rencontrer, hors du magasin, toutes leurs riches clientes, Martial et Antoine estimaient que leur position de petits commerçants leur interdisait de fréquenter le monde d'Edmond. Et ils n'avaient jamais regretté de s'être tenus dans cette prudente réserve car ils n'étaient pas persuadés qu'Edmond, quoi qu'il prétendît, était vraiment désireux de les voir accepter ses invitations ; surtout après un certain dimanche de mars 1874...

Mais, depuis peu, tout avait changé. Certes, Edmond d'Erbault de Lenty, malgré la précarité de sa situation financière, continuait à incarner, pour Martial et Antoine — et surtout pour leurs épouses —, une impressionnante et encore intimidante classe sociale; mais il ne leur semblait plus du tout déplacé de s'y mêler. En effet, tout le monde savait, ou était en passe d'apprendre, que Martial et Antoine étaient désormais les associés d'Edmond, au même titre que Herbert Halton. Et il était même de bonne politique que tout le monde sût que la Société franco-anglaise de commerce (Sofranco) qu'ils avaient fondée leur appartenait pour moitié.

Aussi, même s'ils se sentaient un peu mal à l'aise — surtout Antoine et les deux jeunes femmes — en arrivant chez Edmond, s'efforcèrent-ils de n'en rien laisser paraître. Ils avaient tous les quatre conscience que leur avenir se jcuait ce soir-là. De leur attitude, de leur aisance, des réponses qu'ils allaient fournir aux multiples questions dépendait leur situation. Ou ils allaient gravir un échelon important et devenir vraiment des personnages avec qui il faudrait compter, ou ils allaient rester de modestes commerçants, voire pour Antoine, un simple colporteur.

Or, Martial avait de grands et vastes projets. Quant à Antoine, à la grande joie de Pauline, il avait décidé d'abandonner ses tournées et de travailler avec Martial dans le cadre de la Société franco-anglaise de commerce.

Ce furent donc ses associés et amis qu'Edmond accueillit ce soir-là et présenta à tous. Parce qu'il craignait que Rosemonde et Pauline, intimidées et gênées, se cantonnent dans un coin, il avait invité le docteur Portales et son épouse, avec qui elles purent converser.

Au cours de cette soirée, Antoine discutait avec le docteur Portales lorsqu'un petit homme d'une trentaine d'années marcha droit sur lui et l'aborda.

— Vous êtes bien l'associé de M. Castagnier, n'est-ce pas ? demanda-t-il après s'être excusé d'avoir interrompu la conversation.

— Oui, fit Antoine, qui, redoutant d'avoir affaire à un client mécontent, l'attira à l'écart et se prépara à lui prouver que ni Martial ni Edmond n'étaient responsables de la faillite de la Soco Delmas et Cie, qu'ils ne lui devaient donc rien et que, comme promis, son matériel lui serait bientôt livré.

— Alors, vous êtes son associé ? insista le petit homme.

— Oui, dit une nouvelle fois Antoine.

— Je m'appelle Pedro de Morales et j'ai besoin de vous.

— Ah ? fit Antoine, prudent.

— Vous vendez bien des machines ?

— Mon collègue, oui, assura Antoine, et moi aussi, se reprit-il aussitôt.

— Toutes les machines et tous les outils ?

— Enfin... oui !

— Très bien. Je possède une hacienda, non loin de Concepción, vous connaissez cette région ?

— J'y suis passé...

— Il me faudrait des outils, beaucoup d'outils.

— Aucun problème, assura Antoine qui, déformé par sept ans de colportage et de petit commerce, pensait que l'autre voulait quelques douzaines de pelles, pioches et autres bricoles.

— J'ai besoin de charrues, de herses, de rouleaux, de faucheuses, de moissonneuses, de tout, quoi ! expliqua Pedro de Morales. Vous avez tout ça, naturellement ?

— Pas en stock, éluda Antoine en perdant un peu pied.

Il savait pertinemment que Martial n'avait jamais vendu de matériel de cet ordre. Pourtant, depuis l'exposition de 1869, le machinisme agricole était en expansion dans tout le pays ; mais son commerce était aux mains de quelques puissantes maisons spécialisées et bien organisées qui laissaient très peu de place à la concurrence. Malgré cela, peut-être parce qu'il s'agissait d'instruments qui lui étaient familiers et qui évoquaient tant de souvenirs, il se jeta à l'eau.

— Vous comprenez que nous ne pouvons avoir toutes

ces machines en stock, reprit-il d'un ton qu'il espérait calme et détaché, mais nous pouvons vous les faire parvenir rapidement ! Et parce qu'il sentit qu'il devait faire preuve de compétence : Comme charrues, vous voulez des Dombalses, je pense ? A moins que ce ne soit des défonceuses de Bonnet ? Ou les deux ? proposa-t-il en se souvenant avoir vu, dix ans plus tôt, ce genre d'instruments dans une immense ferme de la région d'Oran.

— Ah ! je vois que vous vous y connaissez ! apprécia Pedro de Morales. Oui, il me faudra sans doute les deux sortes. J'ai beaucoup à faire, soupira-t-il, je viens juste d'hériter. Or, jusqu'à sa mort, mon père n'a pas voulu sortir de la routine. Nos péons travaillent encore avec de misérables choses. Mais je veux changer tout ça ! Oui, oui, dit-il avec conviction, il faut vivre avec son temps ! Je veux faire quelque chose de bien, de très bien et, si j'ose dire, du... du XXe siècle ! Vous comprenez ?

Il sourit, puis se tut et parut emporté par quelque rêve mirifique et somptueux. Antoine en profita pour héler le maître d'hôtel et lui demanda d'apporter du champagne.

— Oui, reprit le petit homme après avoir vidé la moitié de sa coupe, j'ai de grands projets, mais, autant vous le dire, je ne me rends pas très bien compte de ce qu'il me faut...

— Vous devez quand même avoir une idée du nombre de machines qui vous sont nécessaires ?

— Pas très bien, non.

— Vous connaissez au moins la surface de ce que vous voulez cultiver ?

— Ah oui ! ça, je sais, dit Pedro de Morales en souriant. Je crois que mon hacienda fait environ seize mille *cuadras*.

— Pardon ?

— Excusez-moi, je parle comme mon pauvre père... Ça doit faire environ vingt-huit mille hectares. Mais je ne peux pas tout travailler, naturellement! acheva-t-il en riant.

— Bien sûr... fit Antoine en s'efforçant lui aussi de rire.

Il avait souvent traversé des propriétés de cette taille, et de plus vastes encore, mais, jamais, il n'avait pensé qu'un jour viendrait où on lui demanderait de fournir les instruments nécessaires à leur culture. Aussi était-il suffoqué par le chiffre qu'il venait d'entendre car, même si son interlocuteur ne voulait faire cultiver que le quart de cette étendue, cela représentait encore une surface gigantesque... et un nombre considérable d'outils.

— Alors, vous pensez que vous pourrez me vendre tout ce dont j'ai besoin? insista Pedro de Morales.

— Naturellement, assura Antoine en priant le ciel que sa voix ne le trahisse pas car il était affolé par l'énormité du marché. Malgré tout, reprit-il, ce n'est pas à moi d'établir la liste des engins dont vous avez besoin.

— Je comprends, je comprends, dit doucement Pedro de Morales, et il sembla si dépité qu'Antoine craignit un instant qu'il n'abandonne son projet de modernisation.

— Ecoutez, proposa-t-il, pris d'une soudaine inspiration, si vous voulez et si ça peut vous rendre service, je vais aller visiter votre hacienda; je verrai les terres, les cultures, tout. Ensuite, je vous dirai ce qu'il vous faut comme matériel.

— Voilà une bonne idée, sourit le petit homme, oui, il faut faire ça! Il remercia Antoine qui venait de remplir sa coupe, but une gorgée et reprit : Oui, faites ça, cela me permettra de voir si vos chiffres concordent avec ceux qu'on m'a déjà donnés...

— Ah! dit Antoine, soudain dépité, nous ne sommes pas seuls sur ce marché? Dans ce cas, je me demande si je vais pouvoir...

— Mais si! Mais si! Au contraire! Pourquoi croyez-vous que je suis venu vous voir? Simplement parce que les premiers vendeurs que j'ai contactés, sur les conseils de mes régisseurs, m'ont donné des chiffres si importants que je pense qu'ils se sont tous mis d'accord pour m'escroquer ; pour en être sûr, encore faut-il que je compare avec vos estimations.

— Je vois, dit Antoine, pris par le jeu, vous voulez nous mettre en compétition ? D'accord, on va vous établir ce que vous demandez et vous verrez alors que la Sofranco est imbattable ! Quand puis-je aller voir votre hacienda ?

— Je suis à Santiago pour un bon mois encore, ensuite je rejoindrai Concepción. Vous pourrez alors venir, et nous irons regarder mes terres.

— Non, décida Antoine.

Il était encore un peu vexé d'avoir été manipulé, et, même s'il se réjouissait de n'avoir rien dit qui risquât de compromettre le marché, il tenait maintenant à faire comprendre au petit homme malicieux qu'il prenait les affaires en main.

— Vous ne voulez plus me fournir ce que je veux ? s'inquiéta Pedro de Morales.

— Si, si, le rassura Antoine, mais ce que je veux, c'est ne pas perdre de temps. Je ne peux pas attendre plus d'un mois avant de savoir si nous pourrons nous entendre. Et puis, ajouta-t-il avec conviction, nous sommes déjà fin mai. Si vous voulez votre matériel pour la saison prochaine, les labours de printemps, les fenaisons et les moissons, il est grand temps de le commander.

— Oui, vous avez raison, je n'avais pas pensé à tout ça... Et vous voudriez partir quand ?

— Cette semaine, si possible.

Le petit homme réfléchit, puis se décida.

— Bon, je vais m'arranger pour faire un saut avec vous jusque là-bas.

— Si ça vous dérange vraiment, j'irai seul, proposa

Antoine. Donnez-moi simplement une lettre pour que vos régisseurs ne me jettent pas dehors, et ça ira.

— Non, non, dit Pedro de Morales, j'aurais trop peur que mes gens ne vous entortillent et ne vous persuadent de gonfler un peu la facture...

— Ce n'est pas le genre de la maison ! lâcha Antoine Et si vous pensez que je risque d'agir ainsi, autant en rester là !

— Allons, ne vous vexez pas ! Mais comprenez-moi. Après tout, on ne se connaît pas... Quand je vois ce qui est arrivé à M. d'Erbault de Lenty, que pourtant je connais bien...

— Prudent, hein ?

— Oui, très...

— Ce n'est pas un défaut, reconnut Antoine d'un ton radouci. Comme il se trouve que, moi aussi, je suis très prudent, on devrait pouvoir s'entendre.

Lorsque la légère mais solide carriole bâchée, tirée par deux chevaux, déboucha dans la clairière, Antoine et Joaquin reconnurent aussitôt les lieux.

— Nous y voilà enfin, dit Antoine en mettant les bêtes au pas. On va maintenant savoir s'il est toujours là, ou si, une fois de plus, il est parti baptiser quelques pueblos perdus !

Mis à part de modestes parcelles de terre cultivée qui mordaient sur la forêt et une chapelle en terre battue surmontée d'un clocher de bois, rien ne semblait avoir bougé depuis bientôt quatre ans. Et, devant les cases, sur les berges du ruisseau boueux où ronflaient des myriades de moustiques, au milieu des cochons et des volailles, jouaient toujours des gamins crasseux, aux ventres ballonnés mais aux yeux rieurs.

Soucieux de mener à bien l'affaire qu'il avait engagée avec Pedro de Morales, mais redoutant de ne pas être à la hauteur de la tâche — elle exigeait des compétences qu'il était loin de posséder —, Antoine avait fini par décider qu'un seul homme pouvait l'aider, le père Damien. Le père qui, contrairement à lui, grâce à sa formation, n'aurait pas peur d'aborder une hacienda de vingt-huit mille hectares.

Encouragé par Pauline et par Martial, impressionné lui aussi par l'importance de l'affaire, Antoine avait pris la route du sud, en direction de ce village perdu en pleine forêt, non loin du rio Bio-Bio où, espérait-il, vivait toujours le père Damien.

Il ne l'avait pas revu depuis qu'il l'avait accompagné dans ce coin perdu et gardait le souvenir, un peu poignant, de cet homme souriant qu'il avait dû abandonner dans ce misérable pueblo, peuplé d'indigènes complètement ahuris et un peu inquiets d'apprendre qu'un padre blanc allait habiter parmi eux.

Et maintenant, renaissaient en lui les remords qui l'assaillaient parfois de n'avoir pas tenu la promesse faite au père d'une visite de Martial. La vie en avait décidé autrement. Et le frère de M. Chou, qui remplaçait Martial dans sa tournée, n'avait, paraît-il, jamais pu retrouver le chemin du petit village de Santa Gaudio ; c'était possible, mais Antoine pensait que le Chinois n'avait mis aucun empressement à venir se perdre en des lieux où il ne pouvait rien vendre.

« J'aurais dû insister, se reprocha Antoine, et l'obliger à pousser jusqu'ici pour prendre des nouvelles du père et lui apporter quelques gâteries. Aujourd'hui, je n'aurais pas l'air d'un lâcheur et d'un quémandeur ! »

— Là-bas ! fit Joaquin en tendant l'index en direction d'un petit champ qui s'étalait derrière la chapelle.

— Oui, c'est bien lui, approuva Antoine en reconnaissant à son tour la silhouette du père au milieu d'un petit groupe d'hommes.

Il sourit et poussa ses bêtes vers le lopin.

Antoine dut faire un effort pour que sa voix ne le trahisse pas et, surtout, pour que son sourire ne s'efface pas. Il comprit que s'il avait pu, de loin, reconnaître le padre, ce n'était pas à son allure, mais uniquement à cause de sa barbe blanche qui tranchait au milieu du petit groupe d'Indiens. Maintenant qu'il était à quelques pas de lui, c'est avec une infinie tristesse qu'il réalisait que, dans le visage méconnaissable, maigre à faire peur, creusé par la fatigue et la maladie, même les yeux bleus avaient perdu leur éclat.

Troublé, il faillit sursauter lorsque le père l'interpella d'une voix qui, elle aussi, était changée ; joyeuse sans doute, mais faible, cassée, usée, un peu tremblante.

— Eh bien, quel bon vent vous amène à Santa Gaudio ? Vous vous êtes perdu, ou c'est moi que vous venez voir ? plaisanta le père en marchant vers lui.

— On ne s'est pas perdus, non, assura Antoine en laissant le père lui étreindre les bras de ses mains déformées par le travail.

— Alors, c'est exprès pour me voir que vous avez fait tout ce chemin ?

— Oui. Oh ! je sais, on aurait dû venir plus tôt, je vous l'avais promis et...

— La belle affaire ! coupa le père en reculant un peu pour mieux examiner Antoine. Ça n'a vraiment aucune importance, et puis... on ne fait pas toujours ce qu'on veut, n'est-ce pas ? Je n'ai pas appris grand-chose dans ma vie, mais ça, je le sais ! Vous avez bonne mine, décida-t-il enfin, c'est bien. Et les enfants ? Et votre petite épouse ? Et votre ami Martial et sa femme, ça va ? Et là-haut, dans les villes, à Santiago ? Partout, ça va ?

— Très bien.

— Vous ne repartez pas tout de suite, j'espère ?

interrogea le père en l'entraînant à petits pas vers la chapelle.

— Non, enfin... non.

— Tant mieux, soupira le père en s'arrêtant pour s'appuyer contre un arbre. Il fut soudain secoué par une longue quinte de toux qui le laissa tout essoufflé. Il la maîtrisa enfin, essuya la sueur de son visage d'un revers de manche puis posa sur Antoine son regard bleu, redevenu malicieux. Vous tombez bien, dit-il en reprenant sa marche, oui, vous arrivez encore à temps. Je crois que si vous aviez tardé un an de plus à venir, vous n'auriez trouvé que ma tombe! Et encore, c'est pas sûr, parce que, moi parti, tous ces champs vont retourner à la forêt!

— Pourquoi dites-vous ça?

— Parce que tous mes braves paroissiens se moquent pas mal de l'agriculture! Ils font le minimum pour vivre, ça leur suffit; alors, le peu que j'ai pu défricher retournera à la brousse!

— Je ne parlais pas de ça, insista Antoine, mais de ce que vous avez dit avant...

— Au sujet de ma tombe? Ben oui, et alors? On ne va pas se jouer la comédie, non? Ce n'est plus de votre âge ni du mien. Et puis, quoi que vous fassiez, je lis mon état dans votre regard. Et, surtout, dans celui de votre métis; il doit moins bien mentir que vous, pourtant, d'habitude, ils sont doués de ce côté! Enfin, vous le voyez, j'arrive au bout de la piste, mais ce n'est pas une affaire, surtout quand on croit qu'elle débouche ailleurs... Tenez, asseyez-vous là, sur les marches de ma chapelle. Si, si, elle me sert aussi de case, et ça n'offusque pas du tout mes paroissiens. Et, maintenant, parlez-moi de tout ce que vous avez fait depuis qu'on ne s'est pas vu. De tout, n'est-ce pas? Il faut vous dire que je n'ai pas revu de Blancs depuis que vous êtes parti, et que je n'ai pas quitté ce pueblo non plus, alors, les nouvelles... Ah si! je suis injuste, je vois une ou deux fois par an un jeune confrère qui passe gentiment prendre de mes nouvelles et m'entendre en confession ; mais il dessert un pueblo aussi perdu que le mien, alors...

— Je comprends, dit Antoine, mais... Pourquoi ne pas vous soigner ? Pourquoi être resté là et, surtout, ne pas nous avoir prévenus ? Nous ou d'autres, peu importe. Pourquoi ?

— Que de questions ! Que de questions !... dit le père. Il médita, soupira, puis haussa les épaules. Est-ce que je sais, moi ? Et puis, est-ce qu'il faut toujours savoir pourquoi on agit d'une certaine façon et pas d'une autre ? Moi, je ne sais pas. Je crois que j'ai fait ce que j'ai cru bien, c'est le principal, non ? Mais de là à dire pourquoi... Et puis, ça n'aurait servi à rien de prévenir qui que ce soit, à rien, sauf, peut-être, à me faire plaindre, et j'ai horreur de ça !

— Ça aurait servi à vous soigner !

— Mais non, pas du tout, dit le père en posant la main sur sa poitrine, c'est là-dedans, dans les poumons, que tout est détraqué. Je suis usé et fatigué comme un vieux soufflet de forge, et rien ni personne ne peut soigner ça, alors... Allons, assez parlé de moi. Racontez-moi plutôt ce qui se passe dans le monde.

Roulé dans son poncho, à côté de Joaquin, à même le plancher de la carriole, Antoine ne pouvait dormir. Ce n'étaient pas les ronflements du métis qui l'empêchaient de trouver le sommeil, mais les terribles quintes de toux qui, trop souvent, s'élevaient de la proche chapelle où reposait le père.

« Il est flambé, pensa Antoine, il le sait et pourtant il ne fait rien. »

Cette attitude le surprenait et le choquait un peu. Lui, il n'avait jamais voulu s'avouer vaincu, et il s'était toujours battu ; aussi comprenait-il mal que le père ait sciemment choisi d'attendre la mort, avec détachement et sérénité.

« C'est vrai qu'il n'en a pas peur, songea-t-il, ou, s'il en a peur, il cache bien son jeu... N'empêche, je suis certain qu'on aurait pu limiter ce gâchis si seulement on était venu le voir comme promis. »

Cette pensée et ce remords l'empêchaient de dormir, autant sinon plus que les longues et lugubres quintes qui, régulièrement, couvraient le sifflement des moustiques et le chant des batraciens.

Il avait été tellement attristé par l'état du père qu'il ne lui avait même pas exposé les véritables motifs de sa visite, tant cela lui eût semblé indécent. Il avait préféré éluder en expliquant que des affaires l'avaient conduit non loin de là, et qu'il avait tout naturellement poussé jusqu'à Santa Gaudio.

« Et, maintenant, il va falloir que je me débrouille tout seul pour régler cette affaire avec Pedro de Morales, et ça... Oh ! et puis, qu'importe ! » songea-t-il en se retournant pour essayer de trouver le sommeil.

Il nota soudain que la toux rauque qui résonnait dans la nuit ne venait plus de la chapelle ; elle était maintenant plus proche, plus distincte encore.

« Il est sorti et il marche dans la clairière », pensa-t-il en se dressant sur un coude. Il écarta la bâche et, sous la lune, aperçut le père, assis à vingt pas de là, au pied d'un hêtre. « Pas question de dormir tant qu'il sera là. Autant veiller ensemble ! »

Il se leva, sauta à terre et marcha vers la pitoyable petite silhouette recroquevillée.

— C'est moi qui vous empêche de dormir avec ma toux, n'est-ce pas ? demanda le père dès qu'Antoine l'eut rejoint.

— Pas du tout, ce sont les moustiques.

— Les moustiques ? Tiens donc... fit le père. Il étouffa une nouvelle quinte dans son poing serré, reprit lentement son souffle avant de poursuivre : Va pour les moustiques, mais de toute façon, je tiens à vous dire que vous mentez mal.

— Ah bon ! fit Antoine en frissonnant. Dites, il reste des braises là-bas, à côté de la carriole. On serait mieux au coin du feu que plantés ici, dans la fraîcheur et l'humidité.

— Vous avez raison, et puis le feu chasse les moustiques, c'est bien connu...

— Vous voulez que je fasse réchauffer du café ? proposa Antoine dès qu'ils se furent installés autour du foyer.

— Volontiers. Ensuite, s'il vous plaît, vous me direz ce qui vous a conduit jusqu'ici. Je ne sais pas pourquoi, mais je ne crois pas un mot de votre histoire d'affaires à régler non loin, pas un mot ! dit le père en tendant les mains vers les braises.

— Et vous avez tort, assura Antoine en posant la cafetière sur le trépied. Parole, je suis bien venu pour régler une affaire... Il poussa quelques brindilles dans le feu, prépara les bols et le sucre avant de poursuivre : Mais ça ne veut pas dire que j'ai réussi cette affaire...

— Ah... Et est-ce que, par hasard, j'y serais pour quelque chose ? questionna le père juste avant qu'une quinte ne le secoue.

Antoine haussa les épaules puis alluma un cigarillo.

— Pourquoi ne vous soignez-vous pas ? demanda-t-il. C'est stupide de rester comme ça sans rien faire et de laisser gagner le mal ! Stupide, et ça ne vous ressemble pas !

— Je vous ai posé une question.

— Et moi aussi !

— Ce que j'ai ne peut pas se guérir, surtout à mon âge, soupira le père, je vous l'ai déjà dit.

— A votre âge ! A votre âge ! N'exagérons rien, vous n'êtes pas si vieux !

— Tout est relatif... Mais vous avez raison car, même si j'ai cinquante-trois ans, le problème n'est pas là. Vieillir, c'est autre chose qu'une simple addition d'années. Oui, c'est autre chose... Il frissonna un peu et reprit après avoir serré son poncho autour de ses épaules. Vieillir, c'est d'abord s'apercevoir un jour que sa propre carcasse est usée, et qu'elle ne répond plus comme avant ; mais c'est aussi perdre peu à peu cet enthousiasme qui permet aux hommes de refaire le monde chaque matin... C'est surtout pour ça que je vous parle de mon âge.

— Peut-être, mais ce n'est pas une raison pour ne pas vous soigner !

— Me soigner ? Allons, soyons sérieux ! Tout ce que je peux faire, et je le fais, c'est prendre des infusions de plantes, d'écorces et de miel, et aussi un peu de coca, pour moins souffrir. C'est un vieil Indien qui me procure tout ça, il est très compétent et...

— Ridicule ! coupa Antoine. Ecoutez, je repars demain vers Concepción. Suivez-moi et, là-bas, trouvez un médecin, un vrai ! Ou même, si vous voulez et ce serait encore mieux, venez jusqu'à Santiago. Là-haut, un de nos amis médecin vous soignera. C'est un Chilien, il a guéri Rosemonde, et il est sûrement plus compétent que votre foutu sorcier indien !

— Non, il ne me reste pas assez de temps à vivre pour le perdre à courir les médecins ! Et puis, par Dieu, cessez de vous occuper de ma carcasse ! Elle n'a aucun intérêt.

— Nom de Dieu ! sacra Antoine, vous dites que votre carcasse n'a aucun intérêt ? Mais pourquoi croyez-vous que je suis venu exprès de Santiago, hein ? Pourquoi croyez-vous que j'ai fait près de cinq cents kilomètres ? Pour la rencontrer, votre sacrée carcasse ! Mais en bonne santé, tonnerre de Dieu ! J'avais besoin de vous ! Voilà, besoin de vous ! Et qu'est-ce que je trouve ? Un fantôme moitié pourri et qui se laisse couler ! Merde, alors !

Il empoigna vivement la cafetière, se brûla et lâcha l'ustensile qui roula dans l'herbe.

— Saloperie de vérole ! grogna-t-il en frottant sa paume contre son poncho, saloperie de vérole de... Voilà ce qui arrive quand on s'énerve ! D'abord, on dit n'importe quoi, et, après, on fait des bêtises. Bon, dit-il en se calmant, je vais refaire du café, et puis, excusez-moi pour ce que j'ai dit.

— Sûrement pas. Vous avez dit la vérité, et vous n'avez pas à vous en excuser, assura le père. Alors, comme ça, vous aviez besoin de moi ? Il se tut, dans l'attente d'une quinte qui ne vint pas, se racla la gorge. Et vous pensez que c'est trop tard ?

— Je le crains...

— Dites toujours, on verra bien...

— Je dois fournir du matériel agricole à un monsieur qui possède une hacienda de vingt-huit mille hectares non loin de Concepción. Et moi, même si je suis né paysan, je ne connais rien à l'agriculture d'ici, rien ! Parce que chez nous, en Corrèze, on travaillait sur à peine deux hectares, vous entendez ? Pas tout à fait deux hectares d'une méchante terre caillouteuse ! Alors, qu'est-ce que vous voulez que je fasse devant vingt-huit mille hectares, deux cent quatre-vingt mille cartonnées de chez nous ! C'est fou, une pareille surface ! Et, en plus, ça me fait peur ! C'est pour ça que je m'étais dit : « Le père, lui, il s'y connaît, c'était son premier métier, il saura quoi faire, il ne s'affolera pas devant une telle étendue. » Eh oui, je me suis souvenu de ce que vous nous avez dit sur le bateau, qu'au Mexique vous vous étiez occupé d'un domaine, qui faisait plusieurs dizaines de milliers d'hectares ; alors, pour vous, vingt-huit mille, c'est pas une affaire, tandis que pour moi...

— Vingt-huit mille hectares, murmura le père, Jésus ! Quelle merveille ! Alors, c'est pour ça que vous avez besoin de moi ?

— Oui.

— Et qu'est-ce qu'il cultive sur tout ça, votre client ?

— Je ne sais pas. Tout ce qu'il m'a dit, c'est qu'il voulait moderniser, acheter des charrues, des défonceuses, des herses, tout ! Et même des faucheuses à herbe et des faucheuses-moissonneuses, comme il en existe en Amérique du Nord ! Vous vous rendez compte ? Moi, les seules faucheuses que j'ai vues de ma vie, c'est du côté de San Felipe, il y a deux ans ; mais je ne sais même pas comment ça fonctionne !... Il veut aussi des machines à battre les céréales, et ça je n'en ai jamais vu. Alors, qu'est-ce que vous voulez que je fasse ?

— La terre est riche du côté de Concepción, riche et belle, dit le père. Il toussa un peu, puis reprit à voix basse, comme s'il parlait pour lui seul : Naturellement, il faudrait voir ça de près, connaître le sol et le sous-sol, les cultures, tout, quoi ! Mais, dites, en venant ici, vous espériez m'exposer votre problème ou m'emmener voir cette hacienda ?

— Les deux. Je pense qu'il faut être sur place pour bien se rendre compte. C'est d'ailleurs pour ça que M. de Morales m'attend après-demain sur ses terres.

— Eh bien, nous y serons, affirma le père d'un ton allègre qui surprit Antoine. Oui, nous y serons, et ne protestez pas, je ne veux rien entendre ! Vous n'avez quand même pas cru une seconde que j'allais me priver de ce dernier bonheur ?... Il sourit, toussota un peu. En arrivant ici, je m'étais dit : la région est belle, riche, je vais faire défricher de grands coins de forêt par mes paroissiens et je leur apprendrai à cultiver la terre, sérieusement, comme elle doit l'être.

— C'est ce que vous m'avez dit il y a quatre ans, je n'ai pas oublié.

— Eh bien, je n'ai pas réussi, avoua le père un peu tristement. Oui, c'est l'échec presque total. Ils sont pourtant gentils, mes fidèles, mais travailler ne les intéresse pas. Tout ce qu'ils demandent, c'est subsister au jour le jour, sans s'inquiéter du lendemain ; il ne leur vient même pas à l'idée de faire des réserves ! Et je ne peux leur en vouloir puisqu'ils appliquent à la lettre les préceptes des saints Evangiles : « *Voyez les oiseaux du ciel, ils ne sèment, ni ne moissonnent ni ne font de provisions dans les silos, cependant notre Père Céleste les nourrit !* » Dans le fond, ils ont peut-être raison, mais, avec ce principe, pas question de faire de l'agriculture ! Pourtant, j'aurais tant aimé leur laisser au moins ça : quelques superbes champs qui les auraient mis à l'abri de la misère. Ça leur paraît inutile, alors, n'en parlons plus... Il étouffa de nouveau sa toux dans son poing et poursuivit : Mais c'est parce que je n'ai pas eu mon content de travail de la terre que je vais vous accompagner. Si, si ! j'y tiens, et j'en suis encore très capable, insista-t-il en s'animant. N'ayez pas peur, je ne vous laisserai pas ma carcasse sur les bras, je peux encore tenir, beaucoup plus que vous ne le pensez. D'accord, la coca n'y est pas pour rien, mais baste ! Il faut faire avec ce qu'on a. Et puis quoi, Concepción n'est jamais qu'à une petite centaine de kilomètres d'ici. La belle affaire !

— Ce n'est pas mon avis, dit Antoine qui se reprochait maintenant d'avoir parlé. D'abord, le trajet vous fatiguera. Une fois sur place, il faudra encore faire des heures et des heures de carriole pour voir les champs. Il saisit la cafetière avec précaution, emplit les bols. Oui, je crois que vous avez tort de vouloir me suivre. C'est ma faute, je n'aurais rien dû dire. Mais vous avez tort !

— Eh bien, si c'est le cas, j'en rendrai compte là-haut, dit le père en levant l'index vers le ciel. Mais c'est surtout si je ne vous accompagne pas, alors que vous avez besoin de moi, que j'aurais des comptes à rendre !

— Qu'est-ce que vous me chantez là ?

— La vérité. Voyez-vous, en plus de mes pauvres talents de pauvre moine, Dieu m'a donné celui de m'y connaître un peu plus que vous, et que beaucoup d'autres, dans l'art de cultiver la terre et de la rendre belle, pour la plus grande gloire du Créateur ! Il faut toujours faire fructifier les talents que Dieu nous confie ; ça aussi, c'est écrit dans les saints Evangiles.

— Vous y trouvez vraiment n'importe quoi lorsque ça vous arrange, dans vos Evangiles ! grogna Antoine en haussant les épaules.

— Pas n'importe quoi, mais tout ! Et vous le sauriez si vous les aviez lus ! A quelle heure partez-vous demain ?

— Au jour.

— Alors, il est grand temps d'aller dormir, décida le père. Il vida son bol de café puis se leva. Allons, dit-il à Antoine, toujours assis, ne vous inquiétez pas pour moi. Non seulement, vous ne m'enterrerez pas en chemin, mais encore il faudra que vous me rameniez et que vous m'aidiez à installer ce qu'on rapportera de Concepción, si toutefois vous réussissez votre marché...

— Quoi donc ?

— Vous n'avez pas remarqué ? Il n'y a rien dans le clocher de ma chapelle, et je ne sais rien de plus triste qu'un clocher vide et silencieux, surtout un jour de baptême. Alors, je veux une cloche, voilà.

Il salua Antoine de la main et s'éloigna dans la nuit.

Cinq jours furent nécessaires au père Damien et à Antoine pour se faire une idée du genre et du nombre de machines indispensables à la modernisation de l'hacienda.

Accompagnés par Pedro de Morales, ils arpentèrent les vergers et les vignes, les champs et les prairies. Non seulement le père ne parut pas en ressentir de fatigue supplémentaire, mais il sembla même se mettre à revivre.

Et n'eût été la toux qui le secouait trop souvent, sa respiration courte et sifflante et les marbrures violacées qui tachaient ses pommettes et ses ongles, Antoine aurait fini par penser que son compagnon n'était pas si malade que ça.

Au soir du premier jour, après dîner, alors qu'ils se promenaient ensemble dans le somptueux et gigantesque parc qui entourait la demeure de leur hôte, Antoine voulut connaître les premières conclusions du père.

— Trop tôt pour vous répondre. Tout ce que je peux vous dire, et que vous avez sûrement remarqué, c'est que cette propriété est bien mal entretenue, sous-cultivée même.

— Oui, et ça fait pitié, car la terre est exceptionnelle, enfin, je crois.

— Et vous avez raison... Je pense que vous avez un énorme marché à emporter. Mais si vous devez établir un devis, j'espère que vous avez pris la précaution, avant de venir, de vous renseigner sur les prix car, moi, je n'y connais rien !

— J'ai quand même pensé à ça ! fit Antoine, presque vexé.

— Alors, tout va bien. Ah ! j'ai déjà noté quelques terres très fortes, surtout dans les vignes. Prévoyez plusieurs grosses défonceuses car les petites charrues ne résisteront pas dans ce genre de sol... Il s'arrêta car la marche l'avait essoufflé, s'appuya contre un énorme eucalyptus aux branches parasitées par de grosses touffes d'orchidées. Et puis, reprit-il, quand vous aurez conclu ce marché, car vous allez le conclure, j'en suis certain, n'oubliez pas que nous devons aller à Concepción chercher une cloche. Vous me devrez bien ça, non ?

— J'y pense, à votre cloche, assura Antoine, mais du diable si je sais où en trouver une !

— Ça, mon cher, c'est votre affaire, mais ce n'est

sûrement pas en invoquant Satan qu'elle vous tombera du ciel !

Le petit homme abandonna précipitamment son profond fauteuil de cuir lorsque, peu avant midi, le père Damien et Antoine entrèrent dans son bureau. Ils étaient arrivés à l'hacienda depuis maintenant six jours et avaient dû, la veille au soir, travailler tard pour établir le devis.

— Asseyez-vous, asseyez-vous ! s'empressa Pedro de Morales en désignant les fauteuils. Que voulez-vous boire ?

— Un verre de votre excellent *mosto,* demanda le père.

— Vous aimez mon vin doux ?

— Oui, beaucoup.

— Alors, vous m'honorerez en acceptant d'emporter le tonnelet que je vous ferai préparer. Et vous, M. Leyrac, que prendrez-vous ?

— La même chose. Votre vin est remarquable et tout à fait digne de faire concurrence au meilleur muscat.

Pedro de Morales remplit les verres, les tendit à ses invités, regagna son fauteuil.

— Alors, fit-il, je vous écoute.

— Vous m'arrêterez si quelque chose vous choque, commença Antoine. Voilà, pour établir votre devis, nous avons tablé sur six mille cinq cents hectares, toutes cultures confondues.

— C'est bien ça, opina Pedro de Morales.

— Vous voulez le détail ?

— Inutile. Ce qui m'intéresse, ce sont vos conclusions, dit le petit homme en ouvrant un classeur dans lequel il puisa une feuille couverte de chiffres.

— La somme est importante, poursuivit Antoine. Alors, non pour la diminuer, mais pour l'expliquer, permettez-moi de vous citer quelques prix. Il faut, rendue ici naturellement, cent soixante pesos pour une faucheuse et trois cent soixante pour une moissonneuse. Mais je vous garantis que cette dernière avalera ses cinq hectares en dix heures, avec seulement deux chevaux et deux hommes.

— Et une machine à battre? demanda Pedro de Morales tout en consultant ses notes.

— Mille deux cents pesos. C'est une somme, reconnut Antoine, mais si vous voulez vraiment moderniser votre propriété... En fait, dans l'état actuel de vos terres, et sans tenir compte naturellement des possibilités de défrichement, qui sont énormes et pourraient tripler vos cultures, il vous faut, au minimum, vingt-cinq faucheuses, trente moissonneuses; quant aux machines à battre, je pense que...

— Donnez-moi donc le montant total du devis...

— Trente-sept mille neuf cent quatre-vingt-dix pesos, annonça Antoine d'un ton neutre.

Le Chilien vida son verre d'un trait, se resservit, observa tour à tour les deux hommes puis se mit à rire.

— Non seulement vous venez d'emporter cette affaire, dit-il, mais, en plus, vous m'apportez la preuve que mes régisseurs et les marchands que j'ai déjà contactés me prennent pour le dernier des imbéciles! Je m'en doutais un peu, mais à ce point! Figurez-vous que tous m'ont assuré que je ne m'en tirerais pas à moins de cinquante-cinq mille pesos! Quelle audace! Il se leva, marcha vers Antoine. Affaire conclue, dit-il en lui serrant la main, et sachez que je suis content que ce soit vous qui l'emportiez. Oui, quand je vous ai vu à Santiago, j'ai tout de suite compris que vous étiez honnête, honnête et, surtout, très compétent! ajouta-t-il.

Et, par politesse, persuadé que le soudain fou rire d'Antoine était dû au bonheur d'avoir emporté le marché, il partit à son tour d'un grand rire.

Antoine vérifia une dernière fois la solidité de son travail puis, avec précaution et après s'être assuré que Joaquin tenait bien l'échelle, redescendit du clocher dans lequel il venait d'installer, non sans mal, la cloche tant désirée par le père Damien.

— Et, maintenant, à vous l'honneur, dit-il en lui tendant la corde.

Alors, devant tous les Indiens ravis, pour la première fois dans ce coin de forêt, résonna, haut et clair, le chant de la petite cloche de la paroisse Santa Gaudio. Et la joie du sonneur était si éclatante qu'Antoine se sentit largement payé de tout le temps qu'il avait dû passer pour découvrir l'objet.

Comme il l'avait craint, aucun commerçant de Concepcion n'avait de cloche à vendre. Désireux de tenir malgré tout sa promesse, il avait eu soudain l'idée d'aller jusqu'au port pour y marchander une cloche de navire.

Le premier capitaine auquel il s'était adressé, choqué qu'un vil terrien pût le croire capable de dépouiller son vaisseau, avait failli le faire jeter par-dessus bord ; c'était un Anglais très sourcilleux.

Pas découragé pour autant, Antoine avait poursuivi sa quête. Toujours flanqué de Joaquin — le père, fatigué, était resté à l'hacienda —, il avait visité plusieurs bâtiments et essuyé maints refus, polis, agacés ou franchement hilares, avant de dénicher enfin un capitaine que n'effarouchait pas l'idée d'amputer son navire d'un modeste accessoire, moyennant finances naturellement.

A l'énoncé du prix, Antoine n'avait pu s'empêcher de demander à l'homme si son bateau — un méchant rafiot aux voiles en loques, au pont défoncé par endroits et aux flancs rongés par les tarets — allait avec la cloche !

S'était ensuivie une longue et âpre discussion qu'Antoine, au vue de la trogne de son interlocuteur, avait jugé utile de poursuivre dans un proche estaminet.

Trois pichets de vin, quatre gobelets de rhum et cinquante pesos — une vraie fortune, le prix de deux charrues vendues à Pedro de Morales ! — avaient fini par vaincre la résistance du vendeur.

Et, maintenant, la petite cloche était en place, et elle chantait, chantait comme jamais.

Antoine veillait encore devant le feu lorsque le père, épuisé par ses quintes, abandonna les quelques planches qui lui servaient de lit et sortit dans la clairière pour essayer de retrouver son souffle à la fraîcheur de la nuit.

— Un peu de café ? proposa Antoine.

— Pourquoi pas, dit le père.

Il prit la timbale que lui tendit Antoine et but quelques gorgées avant de s'asseoir.

— Je me doutais bien que vous ne dormiez pas, dit-il, je fais tellement de bruit...

— Vous savez ce que j'en pense ?

— Mais oui, vous me l'avez seriné vingt fois par jour depuis votre arrivée. C'est toujours non : je ne vous suivrai pas à Santiago pour me faire soigner.

— C'est vous que ça regarde, fit Antoine en haussant les épaules.

— Exactement, approuva le père. Il vida son gobelet et le reposa à côté du foyer. Vous reviendrez ? demanda-t-il soudain. Je veux dire, dans la région, pour affaires ?

— Peut-être, dit Antoine. De toute façon, rassurez-vous, je vous l'ai promis, et cette fois je tiendrai parole, je veillerai à ce que notre domestique chinois passe régulièrement vous voir, que ça lui plaise ou non !

— Très bien, murmura le père. Il reprit sa timbale, la tendit vers Antoine. Redonnez-moi un peu de café, ça réchauffe. Ecoutez, dit-il après avoir bu, il faut que vous sachiez que ça m'a fait grand plaisir de vous revoir et d'avoir des nouvelles de votre famille, de Martial, de sa femme et de sa petite fille, de vous tous... Et grand plaisir, aussi, d'aller là-bas, visiter cette hacienda. C'est un très beau cadeau que vous m'avez fait.

— N'exagérons rien, j'avais besoin de vous.

— Peu importe, c'est un très beau cadeau. D'ailleurs, ce que vous dites n'est pas tout à fait vrai, vous vous seriez très bien débrouillé sans moi.

— Je ne crois pas.

— Si ! si ! Je vous ai vu dans les champs de M. de Morales. Vous m'aviez dit que vous n'y connaissiez rien, quelle farce ! Excusez-moi, dit le père en se détournant. Il toussa longuement et reprit, le souffle court : Oui, vous vous y connaissez, ça se voit. Vous vous y connaissez, car vous avez l'instinct de la terre et que vous l'aimez, ça crève les yeux ! Je crois que vous étiez fait pour être paysan, ça ne veut pas dire que vous n'êtes pas un bon commerçant, loin de là, mais, vraiment, oui, je pense que vous étiez fait pour travailler la terre.

— Je le pense aussi, mais... On ne fait pas toujours ce qu'on souhaite ; alors, autant s'accommoder du reste...

— Vous avez raison, c'est la sagesse même, approuva le père. Il se tut et médita en regardant le feu qui crépitait entre eux. Puis il observa Antoine, hésita un peu, se décida enfin. Je vous l'aurais dit demain matin, au moment de votre départ, mais c'est plus simple maintenant... Vous m'avez bien promis de m'envoyer votre domestique de temps en temps... De temps en temps, ça fait tous les combien ?

— Je ne sais pas, dit Antoine, disons tous les mois et demi, guère plus...

— Alors, je pourrai lui confier un message ?

— Naturellement ! Et même lui donner la liste des objets ou des denrées qui pourraient vous être utiles.

— Ce n'est pas ce que je voulais dire, dit le père. Vous allez peut-être rire, poursuivit-il d'un ton faussement badin, voyez-vous, le vieil Indien dont les infusions me soulagent, mon sorcier comme vous dites, eh bien, il m'a promis de me prévenir lorsque le moment viendra... Oui, il m'a dit : « Quand je t'annoncerai : l'heure est proche, il te restera encore une bonne lune à vivre. » Vous me croyez ?

— Pourquoi pas. Depuis que je suis dans ce pays j'en ai entendu d'autres !

— Moi je le crois parce que j'ai souvent vérifié qu'il ne se trompait pas... Une lune, c'est vingt-neuf jours. C'est peu, ou c'est beaucoup, selon que l'on attend ou qu'on redoute le départ. Moi, si ce vieil homme ne se trompe pas, et surtout si Dieu le permet, ça me permettra de me mettre en règle avec tout et tout le monde. Il s'arrêta, secoué par la toux, et reprit... Alors, quand votre Chinois vous dira de ma part : « C'est pour la prochaine lune », vous comprendrez. Je ne vous raconte pas ça pour que vous interveniez d'une façon ou d'une autre ; d'ailleurs, si je craignais que vous le fassiez, je me serais tu. Mais je vous le dis parce que je pense que, quand on le peut, la politesse veut que l'on prévienne ses amis qu'on est sur le départ. Oui, répéta-t-il en se levant, je trouve que c'est la plus élémentaire des politesses, et j'y tiens. Je vous préviendrai donc, sauf, naturellement, si l'idée de ce dernier message vous choque.

— Pas du tout, soupira Antoine, une seule chose me choquerait : que vous soyez pressé de me le faire parvenir. Parce que, moi, je ne suis pas pressé de l'entendre.

— Je ne suis pas pressé non plus. J'attends, c'est tout. Ni patient ni impatient, même si, souvent, les nuits sont longues avant l'aube.

16

Ce fut la comptine que Pauline était en train de chanter aux jumeaux qui raviva la nostalgie de Rosemonde.

Il y avait maintenant plusieurs mois qu'elle devait se défendre contre la sournoise emprise de la mélancolie et de ce vague à l'âme douloureux et paralysant qui l'envahissaient de plus en plus fréquemment.

Et, soudain, à cause de quelques notes chantées par son amie, qui tenait à transmettre aux jumeaux tout ce qui, pour elle, représentait la France, Rosemonde flancha. Et elle dut se faire violence pour continuer à déballer et à ranger les toilettes de Paris, reçues la veille, sans que sa brutale peine transparaisse sur son visage et surprenne les quatre jeunes Chiliennes qui travaillaient maintenant comme vendeuses à *La Maison de France*. Elle serra les dents et poursuivit sa tâche tout en se reprochant sa stupidité.

Mais, quoi qu'elle fît, le chagrin était en elle. Il y entrait à chaque phrase de la chanson que Pauline, dans la pièce voisine, chantait aux jumeaux en les faisant goûter :

Dans les jardins de mon père,
Les lilas sont fleuris...

Il y entrait malgré tout ce qu'elle échafaudait pour le contrer, le rejeter... D'abord Martial, qui faisait tout pour lui rendre la vie la plus agréable possible, une vie qu'elle n'aurait jamais pu connaître en France. Enfin il y avait surtout la petite Armandine, cet adorable et merveilleux bout de femme de deux ans maintenant, qui avait transformé toute son existence, lui avait donné un sens.

Et ma jolie colombe
Qui chante jour et nuit.
Auprès de ma blonde...

Oui, Pauline avait raison d'apprendre cette chanson aux enfants ; elle était vraiment la France, le pays, si beau dans les souvenirs, si embelli, mais si lointain aussi. Et les notes et les mots qu'égrenait la jeune femme et que répétaient les jumeaux s'envolaient, chargés d'images, d'odeurs, d'émotions.

Avec eux revenaient, pêle-mêle et magnifiées, l'enfance et l'adolescence de Rosemonde, toute sa vie de jadis. Avec eux revivait le pays natal que Pauline et elle, cœur serré, avaient vu disparaître dans la brume, sept ans plus tôt Car il y avait maintenant sept ans, à quelques semaines près que le *Magellan* les avait déposés tous les quatre, gauches et inquiets, sur les quais de Valparaíso.

Sept ans ! C'était si loin maintenant, et cela représen tait tellement de travail, de soucis, de combats ! De joie aussi, bien sûr ! De bonheur, mais également d'années passées loin des berges de la Garonne, des vignobles et des champs du Bordelais, de la luminosité et de l'ineffable douceur des ciels de France.

... Je donnerais Versailles
Paris et Saint-Denis...

— Continuez à déballer tout ça, ordonna Rosemonde, je reviens.

Et elle se détourna aussitôt pour que les employées ne puissent apercevoir les larmes qui roulaient sur ses joues.

— Qu'est-ce qui t'arrive ? s'inquiéta Pauline dès qu'elle la vit entrer dans la pièce.

— Rien, rien, assura Rosemonde en essayant d'ébaucher un sourire à l'adresse des enfants, médusés par son visage luisant de pleurs.

— Tenez, leur dit Pauline en leur donnant un gâteau à chacun, allez jouer dans le jardin et ne faites pas de bêtises !

— Qu'est-ce qu'elle a, marraine ? demanda Pierrette en dévisageant la jeune femme. Dis ? Tu t'es fait mal ?

— C'est ça, approuva Rosemonde, je me suis coincé les doigts dans le tiroir du comptoir...

— Fais voir ! demanda Marcelin, soudain très intéressé. Y a du sang ?

— Mais non ! intervint Pauline en les poussant dehors. Allez jouer !... Alors qu'est-ce qui se passe ? Tu es malade ?

— Non, non, je suis idiote, c'est tout, dit Rosemonde en s'essuyant les yeux.

— Dis-moi ce qui se passe, insista Pauline.

— Je te dis que c'est rien, juste un petit coup de cafard, pas grave. C'est un peu ta faute, avec ta chanson... Elle m'a rappelé tant de souvenirs, de souvenirs de France...

— Je comprends, dit Pauline. Moi aussi, quelquefois, je m'ennuie de là-bas, de Paris, de mon quartier de Grenelle, de mes amies. Pourtant, ce n'était pas toujours gai... Alors, j'essaie de ne pas trop y penser

— Moi, j'ai envie de revoir la France... En ce moment,

chez nous, c'est le début de l'automne et, tu vois, s'il y a eu quelques bonnes pluies d'orage, bien chaudes, et si c'est la bonne lune, ils auront des cèpes... Et puis, bientôt, ils vont commencer les vendanges...

— Tais-toi, dit Pauline, ça ne sert à rien.

— Si, ça m'empêche d'oublier, je ne veux rien oublier du pays. Et, un jour, je veux pouvoir tout dire, tout expliquer à Armandine, pour lui donner envie d'y aller... Ils vont faire les vendanges, poursuivit-elle, et pendant des semaines tous les villages et toute la campagne vont sentir le raisin mûr, le jus sucré ; et l'air sera plein de guêpes et d'abeilles ivres. Tu n'as pas de souvenirs comme ça, toi ?

— Non... fit Pauline, songeuse. Nous, en septembre, pour peu qu'il y ait eu quelques belles journées, on avait à repasser tout le linge des grandes lessives d'avant l'hiver. Dans les maisons riches des quartiers des Invalides ou de Bellechasse, les gens avaient assez de linge pour ne faire laver que deux fois par an. Ça nous donnait beaucoup de travail, mais, aussi, ça rapportait bien... Et puis, en cette saison, on pouvait encore travailler avec les fenêtres ouvertes, comme ça on ne prenait pas trop chaud avec les fers. Elle se tut, haussa les épaules. On est stupide de réveiller tout ça...

— J'aimerais tant revoir la France, redit Rosemonde en se mordant les lèvres, mais je sais que c'est impossible. On pourrait pourtant, et on aurait de quoi, et on ne ferait pas la traversée à fond de cale, cette fois... Oui, si Martial voulait, on pourrait rentrer en France. Mais on ne le fera pas. Martial, ce qui lui plaît, c'est toujours aller plus loin, plus haut ! Il n'a jamais envie de s'arrêter, jamais ! Et ton Antoine est bien devenu comme ça, lui aussi, n'est-ce pas ?

— Oui, lui non plus ne peut pas rester assis à ne rien faire. Pourtant, moi aussi, quelquefois, j'aimerais bien qu'il prenne un peu son temps, et qu'il cesse de courir aux quatre coins du pays... Mais on ne peut pas leur en vouloir d'être comme ça ! On ne peut pas leur reprocher de n'avoir pas voulu rester de simples colporteurs employés de la société de M. Delmas ! Regarde ce qu'ils sont devenus ; imagine ce qu'ils deviendront maintenant qu'ils sont associés avec M. Edmond et M. Halton ! Et, pense à ce que nous avons fait toutes les deux ! *La Maison de France,* ce n'est pas rien ! On a monté le plus beau et riche magasin de tout Santiago !

— Je sais... Mais, moi, quelquefois, je préférerais que Martial cesse de gagner des marchés et qu'on prenne le temps de revenir un peu en France... Mais c'est impossible. Jamais il n'acceptera de s'absenter six mois ou même trois. Alors, autant ne pas partir...

— N'y pense pas trop, fit Pauline. Peut-être qu'un jour...

— Un jour, oui, murmura Rosemonde en haussant les épaules, un jour, plus tard, jamais sans doute... C'est si loin, la France ? Et puis, je crois que Martial a deviné que, si j'y revenais, je n'aurais peut-être plus le courage de repartir...

Conscient que le marché passé avec Pedro de Morales pouvait être la première étape d'une longue série d'affaires du même ordre, Antoine veilla à ce que les livraisons de matériel se fassent dans les meilleures conditions possible.

Pour ne rien laisser au hasard, il assista en personne au débarquement de chaque cargaison dans le port de Concepción et accompagna les convois jusqu'à l'hacienda.

Là, il poussa la conscience professionnelle jusqu'à expliquer le fonctionnement des machines. Si cela lui fut très facile pour les charrues, il n'en alla pas de même pour les faucheuses, râteaux-faneurs et moissonneuses, et il dut sérieusement étudier les notices fournies par les fabricants avant d'oser assurer aux contremaîtres de l'hacienda que l'usage de ces engins était on ne peut plus simple...

Ce fut au cours de la dernière livraison, début octobre, pendant le repas pris en compagnie de Pedro de Morales, que celui-ci lui parla du père Damien. Antoine avait eu récemment de ses nouvelles grâce au frère de M. Chou qui, désormais, comme promis, faisait un détour par Santa Gaudio à chacune de ses tournées. D'après lui, le padre n'allait ni mieux ni plus mal ; il ne se plaignait pas et, à l'en croire, n'avait besoin de rien.

— A deux jours près, vous le rencontriez ici, dit Pedro de Morales.

— Il est passé vous voir ? s'étonna Antoine.

— Oui, il était en route pour Santiago.

— Pour Santiago ? Il a donc décidé de se faire soigner ? Eh bien, voilà une bonne nouvelle !

— Je ne sais pas s'il partait se faire soigner, il ne m'a pas parlé de ça. En tout cas, il ne semblait pas très heureux.

— Ah ?

— Oui. J'ai cru comprendre qu'il rentrait à Santiago sur ordre de ses supérieurs. Je dis bien : j'ai cru comprendre, car nous avons surtout parlé d'agriculture.

— Ça ne m'étonne pas, dit Antoine, c'est un passionné de la terre...

— Vous aussi, à ce qu'il m'a dit ?

— Oh ! moi... fit Antoine. Alors, comme ça, on l'a rappelé là-haut ? Eh bien, décidément, faut croire qu'il n'est pas fait pour rester longtemps à la même place. Pauvre bougre, je suis pourtant certain qu'il espérait finir là..

— Pourquoi dites-vous ça ?

— Oh ! c'est toute une histoire. Toute son histoire, je crois, éluda Antoine.

Et il se tut car il était soudain un peu triste.

Comme prévu, Edmond avait été le premier averti de la vente des divers terrains de la Soco Delmas et Cie. Ils s'étalaient dans le Nord du pays, le long de la côte, entre Taltal et Antofagasta et, vers l'est, en plein désert d'Atacama, dans les régions des sierras Amarilla, Vicuña, Remiendos et de la cordillère Domeyko. Ils comprenaient des exploitations de nitrates et des mines de cuivre et d'argent.

L'ensemble représentait une somme beaucoup trop considérable pour que la Sofranco, même financièrement soutenue par Herbert Halton, pût acheter la totalité des biens. Néanmoins, grâce aux renseignements d'Edmond, qui connaissait parfaitement les installations et les rendements de chaque mine, la Sofranco avait pu acquérir à bon compte quelques excellents gisements.

C'est au retour de la mine de cuivre d'Iglesias, dans laquelle un concasseur récemment installé posait quelques problèmes, que Martial prit vraiment conscience de l'état dans lequel sombrait Rosemonde. Il avait déjà noté, depuis quelque temps, qu'elle paraissait moins heureuse, moins enjouée que naguère. Il avait mis cela sur le compte d'une fatigue passagère, d'une indisposition typiquement féminine.

Aussi fut-il surpris et peiné quand elle l'accueillit avec une froideur et un détachement auxquels il n'était pas habitué. Il revenait après plus de huit jours d'absence, et Rosemonde semblait n'éprouver aucune joie à le revoir.

— Mais... tu es malade ? demanda-t-il, un peu interloqué en voyant son air fermé. Ou alors, c'est Armandine ? s'inquiéta-t-il.

— Non, elle va très bien, et je ne suis pas malade.

— Alors, pourquoi fais-tu cette tête de carême ?

— Ce n'est rien, dit-elle en se détournant.

— Mais, bon Dieu ! qu'est-ce que j'ai fait ? s'emporta-t-il soudain, parle, bon sang ! Je rentre après plus de huit jours, fatigué mais heureux de vous revoir, toi et la petite, et on dirait que tu m'en veux !

— Mais non, ce n'est rien, je t'assure, laisse-moi.

Comme elle lui tournait le dos, il la prit par le bras, la força à le regarder et fut désarmé en constatant qu'elle pleurait en silence.

— Dis-moi ce qui se passe ! supplia-t-il en la nichant contre lui. Allez, parle !

— Tu ne comprendras pas...

— Mais si ! Je peux tout comprendre, si toutefois, tu veux bien m'expliquer ! assura-t-il en lui caressant le visage.

— Je m'ennuie, avoua-t-elle enfin, si tu savais comme je m'ennuie !

— Quoi ? tu t'ennuies ? Qu'est-ce que tu racontes ?

— Tu vois bien que tu ne peux pas comprendre...

— Qu'est-ce que ça veut dire : « Je m'ennuie ? » insista-t-il.

Elle s'essuya les yeux d'un revers de main, haussa les épaules.

— Ça veut dire que je veux revenir en France ! Je veux la revoir ! Je m'ennuie d'elle, j'ai le mal d'elle, j'en ai besoin ! Et je veux aussi revoir mes sœurs, mes neveux, tout le monde !

— Tes sœurs ? protesta-t-il en perdant pied devant de pareils arguments, mais tu es brouillée avec elles ! La preuve : tu ne leur as même jamais écrit ! Alors, qu'est-ce que tu me chantes là ?

— Tu ne comprends rien, rien. Je m'ennuie et je veux rentrer chez nous...

— Mais tu es heureuse ici ! essaya-t-il, de plus en plus désarmé. Tu as une vie agréable, une belle maison, des serviteurs, de l'argent — tout ! Et, en plus, une belle petite fille. Et, si tu veux, on lui fabrique tout de suite un petit frère ! proposa-t-il en essayant de plaisanter. Tu veux ? C'est ce que tu veux ?

— Je savais bien que tu ne comprendrais pas, dit-elle en se dégageant. Mais ça ne fait rien. Oublie tout ce que j'ai dit. Tu as raison, je dois être un peu fatiguée. C'est d'ailleurs ce que pense Pauline, ajouta-t-elle avant de quitter la pièce.

— Ne vous dérangez surtout pas, recommanda Martial en entrant dans le jardin de la calle de los Manzanos, où Pauline était en train de tailler les rosiers. Il se pencha vers les jumeaux, les embrassa, puis serra la main de la jeune femme. Antoine n'est pas là ?

— Pas encore. Il est à Concepción pour la dernière livraison de matériel. Je pense qu'il rentrera demain.

— Très bien... murmura-t-il. Il alluma un cigarillo, regarda le jardin. Vous avez des massifs et des fleurs magnifiques, dit-il, on voit que vous vous en occupez. Quant aux pins parasols, qui aurait dit qu'ils pousseraient si vite ! Ils sont impressionnants !

— Oui, Antoine pense qu'ils ont trouvé leur terre et leur climat.

— Sans doute... fit-il distraitement.

— Vous avez des problèmes, n'est-ce pas ? demanda Pauline en s'asseyant sur un banc.

— Oui, soupira-t-il. Je suis venu parce que je crois que Rosemonde, sans l'avouer, m'a poussé à le faire. Dites-moi ce qu'elle a. Vous le savez ? Alors dites-le-moi !

— Le mal du pays...

— Mais... mais c'est stupide ! Elle a tout ici, tout ! Et ce n'est qu'un début !

— Sûrement, dit Pauline en caressant les boucles brunes de Pierrette qui, depuis quelques instants, s'était installée sur ses genoux. Oui, ce n'est sûrement qu'un début. C'est aussi ce que me dit Antoine. Il est comme vous, tout plein d'idées et de projets. Mais tout ça n'intéresse plus Rosemonde, plus du tout...

— Qu'est-ce qui l'intéresse, alors ?

— Revoir la France, c'est tout, et je ne crois pas que ça puisse se raisonner ni s'expliquer...

Il fuma quelques instants en silence, marcha un peu dans l'allée puis revint.

— Et ça fait longtemps qu'elle est comme ça ?

— Oui, mais ce n'était pas trop grave jusque-là, vous l'aviez bien vu. Ça s'est vraiment développé depuis quelques jours et, maintenant, c'est Jean qui pleure, Jean qui rit, un matin gai, un matin noir, mais avec toujours cette idée de rejoindre le pays...

— J'avais bien vu alors, mais j'avais cru... C'est ma faute, quoi !

Il avait maintenant des remords de ne pas avoir tout compris, tout décelé et aussi, sans doute, d'avoir porté plus d'attention à son travail qu'à sa femme.

— Vous n'y êtes pour rien, dit Pauline. Personne n'y est pour rien.

— Mais il n'est pas possible de la laisser dans cet état !

— Est-ce qu'il vous est possible de rentrer en France ? demanda-t-elle doucement.

— Bien sûr que non ! Ce serait la dernière des bêtises !

— C'est tout à fait ce que pense Rosemonde, et c'est bien ce qui la mine...

Il laissa tomber son cigarillo entre ses pieds, l'écrasa d'un coup de talon.

— Merci de m'avoir expliqué tout ça, soupira-t-il, je vais réfléchir à ce que je peux faire.

Il caressa la joue de la petite Pierrette et se dirigea vers la porte du jardin.

— Donnez-lui au moins quelque espoir pour se raccrocher ! lança alors Pauline.

— Qu'est-ce que vous voulez dire par là ?

— Je ne sais pas, moi ! Promettez-lui un séjour en

France pour... disons l'an prochain, ou dans deux ans ! Donnez-lui une date, même lointaine, qui lui permettra de compter les jours et même, déjà, de penser au voyage et de le préparer. Il faut lui donner un peu d'espoir, vous comprenez ? insista Pauline.

— Oui. Mais je ne peux pas promettre ce que je ne suis pas sûr de pouvoir tenir, c'est plus fort que moi. Et là, vraiment, je ne peux pas lui donner une date. Vous le savez bien, pensez à tout ce que nous avons à faire ici !

— Eh bien, s'entêta Pauline, dites-lui au moins qu'un jour ce sera possible ! Un jour, ça n'engage à rien !

Il réfléchit, hocha la tête.

— Un jour, oui, ça, je peux le promettre... Mais, comme vous dites, ça n'engage à rien, alors, je ne crois pas qu'elle se contente de ça. Je suis même certain qu'elle ne s'en contentera pas...

En le voyant entrer dans le jardin qui s'étendait derrière *La Maison de France,* les employées chiliennes crurent, un instant, que c'était un audacieux mendiant qui venait quémander quelques centavos. Puis l'une d'elle remarqua la grande croix noire qui émergeait de lá barbe blanche ; alors, elle appela Rosemonde.

— Quelle pitié !... murmura la jeune femme en observant le père.

Depuis son retour de Concepción, deux jours plus tôt, Antoine leur avait reparlé du père Damien qui, d'après Pedro de Morales, avait dû rejoindre Santiago : « S'il est là, et s'il en a la force, il viendra certainement nous voir », avait-il prévu.

Et, maintenant, il était là, dans le jardin, maigre à faire peur, méconnaissable. Marqué à tel point par la maladie que Rosemonde sut qu'elle ne l'aurait pas reconnu si Antoine ne les avait prévenus de son état. Elle oublia tous ses problèmes, toutes ses pensées nostalgiques et moroses, s'efforça même de sourire et ouvrit la porte.

— Entrez par là, dit-elle, entrez ! Martial va être ravi de vous revoir. Vous avez de la chance, il est à Santiago en ce moment et Antoine aussi.

— C'est de la chance, oui, souffla-t-il en souriant. Vous n'avez pas changé, dit-il après l'avoir regardée. Est-ce que vous allez bien, au moins ? Et votre petite fille, dont m'a parlé Antoine ?

— Elle va très bien, assura Rosemonde, de plus en plus bouleversée par le pitoyable état du père. Et vous, demanda-t-elle timidement, ça va ?

— Oh, moi ! sourit-il, il est inutile de s'occuper de ma santé. Mais je présume qu'Antoine a dû vous en parler ?

— Oui, avoua-t-elle, il nous a dit que vous étiez un peu... un peu fatigué !

— Un peu fatigué ? S'il vous a dit ça, c'est un rude farceur ! s'exclama le père. Il se détourna soudain, toussa longuement, douloureusement. Oui, redit-il en haletant, un rude farceur ! Ah, Seigneur ! si je suis un peu fatigué, qu'est-ce que ça va être quand je serai vraiment malade !

— Venez vous asseoir, proposa Rosemonde. Je vais faire prévenir Antoine et Pauline, et nous déjeunerons tous ensemble dès que Martial sera de retour. Venez vous reposer.

Le père fit à peine honneur au repas. Il semblait ne plus avoir le moindre appétit. Comme quatre ans plus tôt, lors de son dernier passage, il évita de répondre aux questions que lui posèrent Martial et Antoine sur sa présence à Santiago. Manifestement, il ne voulait pas parler de sa vie devant Rosemonde et Pauline ; elles le devinèrent et s'éclipserent discrètement dès que les hommes se furent installés au salon et que la domestique eut servi le café.

— Un peu de prune de Corrèze ? proposa Martial en tendant un verre ballon au père.

— Ah ! si c'est de Corrèze, ça ne peut pas se refuser, dit le père. Mais, alors, juste une goutte, simplement pour sentir et tremper les lèvres. Il ferma un instant les yeux, huma longuement son verre. Vous voulez savoir ce que je fais à Santiago, n'est-ce pas ? dit-il en regardant Antoine. Si, si ! pendant tout le repas, vous avez essayé de savoir. Mais je ne voulais pas parler de mes petites misères devant vos épouses, ça ne se fait pas.

— Vous êtes venu pour vous faire soigner, j'espère ? dit Antoine.

— Pas du tout. Oh ! c'est encore une histoire un peu bête ! Vous vous souvenez, je vous ai dit que j'avais un jeune confrère qui a une paroisse du côté de Cabrero, et que je le voyais une ou deux fois par an. Il est passé à Santa Gaudio il y a un mois. J'étais malade, alors. Je veux dire, un peu plus que d'habitude, une méchante crise. Il a pris peur, et il a pensé que j'allais mourir sous huit jours ; alors, il a fait prévenir mes supérieurs ici. Il a cru bien faire, je ne lui en veux pas... Il but une petite gorgée d'alcool, toussa un peu et reprit : Alors, on m'a rappelé ici. Voilà, j'ai obéi, je suis venu. C'est tout.

— Comment, c'est tout ? s'étonna Antoine. Je pense que vos... supérieurs ? C'est ça ? Bref, j'espère qu'ils ont vu dans quel état vous êtes.

— Oui, bien sûr.

— Alors, ils vont vous faire soigner ?

Le père fit non de la tête, ferma les yeux puis s'adossa confortablement dans son fauteuil de cuir.

— Comment ça, non ? intervint Martial.

— Non, c'est tout ! eut le temps de dire le père avant d'être secoué par une terrible quinte... vous voyez bien, dit-il un moment après en s'essuyant les lèvres, vous voyez bien que c'est totalement inutile de vouloir me soigner ! N'importe quel médecin vous le dira. Et c'est d'ailleurs ce que m'ont dit les deux qui m'ont examiné avant-hier... Oui, j'ai accepté, par obéissance, de me prêter à leur examen ; il paraît que mon état est des plus éloquents, ce dont je ne doute pas ! Mais, rassurez-vous, dit-il en s'adressant à Antoine et en s'efforçant de sourire, avant de quitter Santa Gaudio, en plus de ses potions et de sa coca, j'ai demandé à mon sorcier si c'était pour la prochaine lune, il m'a garanti que non !

— Grotesque ! dit Antoine en haussant les épaules. Enfin, ici, au moins, même si vous ne guérissez pas, vous serez toujours mieux que là-bas, dans votre pueblo perdu.

— Non, je vais repartir.

— Quoi ? Mais vous ne tenez plus debout ! protestèrent ensemble Martial et Antoine.

— Mais si, vous n'y connaissez rien ! Je tiendrai assez longtemps pour aller rejoindre le Seigneur là où je pense qu'il m'attend.

— Et vos confrères vont vous laisser faire ? s'insurgea Antoine. Ils sont aveugles ou quoi ?

— Mais non, réalistes, simplement. C'est pour ça que je me suis très bien entendu avec mon supérieur. C'est un nouveau, jeune encore, et c'est un homme intelligent. Il a tout de suite deviné qu'il allait être responsable de ma dernière désobéissance s'il m'ordonnait de rester ici. Oui, je lui ai dit que, avec ou sans son autorisation, j'irais passer mes derniers jours dans mon pueblo. C'est là que je souhaite être enterré ; alors, pour simplifier, autant m'y rendre tout de suite pour être sur place le moment venu ; il a très bien compris.

— Il va vous laisser faire ça ? demanda Antoine qui n'en croyait pas ses oreilles. Mais est-ce qu'il sait au moins dans quelles conditions vous vivez là-bas ?

— Mais oui, il le sait, et j'ai son autorisation pour rejoindre mon pueblo, voilà.

— Bon ! lâcha Antoine. Après tout, c'est votre affaire ! Enfin, si ça vous intéresse, vous pourrez profiter du chariot de la maison. Notre Chinois part en tournée du côté de votre village à la fin de la semaine prochaine ; il pourra facilement vous déposer chez vous.

— C'est très gentil, dit le père, et je vous remercie, mais... même si je n'ai, paraît-il, rien à redouter de la prochaine lune, il ne serait pas sérieux d'attendre si longtemps pour me mettre en route ; je ne veux pas perdre tous ces jours. Surtout, ne vous inquiétez pas pour moi, tout ira très bien désormais. Il but les quelques gouttes de vieille prune qui tiédissaient au fond de son verre et se leva. Il faut que je rentre, maintenant, je suis un peu fatigué. Avant de partir, j'aimerais, si possible, saluer vos épouses et vos enfants.

— Bien sûr, dit Martial en se levant à son tour. Il se dirigea vers la porte pour appeler Rosemonde et Pauline, se retourna soudain. Au fait, comment allez-vous rejoindre votre village ? demanda-t-il.

— Ne vous souciez pas pour ça, je me débrouillerai très bien.

— Vous n'êtes vraiment pas sérieux, dit Martial en revenant vers lui. Il fouilla dans ses poches, en sortit une poignée de pièces de dix pesos. Tenez, prenez ça pour payer votre voyage, et, surtout, ne vous avisez pas de donner cet argent au premier pouilleux que vous rencontrerez en sortant d'ici ! On va aussi vous faire préparer un paquet de victuailles ; mais promettez-moi de garder tout ça pour vous, d'accord ?

— Entendu, assura le père, et merci, merci pour tout.

Quelques instants plus tard, ses adieux faits à tous, il quitta *La Maison de France*. Il s'éloigna sans se retourner, et Martial, Antoine, Rosemonde et Pauline, le cœur serré, suivirent des yeux sa silhouette frêle, parfois agitée par la toux, jusqu'à ce qu'elle se fonde dans la foule.

Martial et Antoine étaient tellement persuadés qu'ils ne reverraient plus le père Damien vivant, qu'ils ne prêtèrent d'abord aucune attention à la pauvre silhouette qui se faufilait au milieu des matelots, dockers et badauds qui grouillaient sur le quai.

Deux jours après son passage à *La Maison de France,* les deux hommes avaient dû se rendre à Valparaíso pour y prendre livraison d'une importante cargaison en provenance de France et d'Angleterre. Extraites de la profondeur des cales de l'énorme vapeur qui avait quitté le Havre quarante jours plus tôt, les caisses de marchandises étaient, sur ordre de Martial et d'Antoine, dirigées soit vers les entrepôts de la Sofranco, où Joaquin les réceptionnait, soit aussitôt rechargées sur les caboteurs qui desservaient les ports de Coquimbo, Caldera, Chañaral et Taltal.

Ce fut Martial qui, le premier, reconnut le père.

— Ça alors ! s'exclama-t-il, qu'est-ce qu'il fabrique ici ?... Il appela Antoine. C'est bien le padre, là-bas ?... Il désigna un homme à barbe blanche qui, à quatre-vingts pas de là, discutait avec un marin.

— C'est bien lui, approuva Antoine. Il doit vouloir rejoindre Concepción. Mais pourquoi s'embarquer ici et non à San Antonio ? Il cherche vraiment les complications, cet homme !

— Avec lui, on peut s'attendre à tout, dit Martial. Le voilà qui vient par ici. Ne dis rien, je crois qu'il ne nous a pas vus.

Le père sursauta en les apercevant, puis il regarda le grand vapeur, les grues qui puisaient dans ses cales et sourit.

— Pas besoin de vous demander ce que vous faites là ! C'est à vous tout ça ? questionna-t-il en désignant les caisses qui s'entassaient sur le quai.

— Une partie, acquiesça Martial.

— Très bien, très bien, fit le père.

— Si vous nous aviez dit que vous comptiez venir ici, on aurait pu faire la route ensemble, remarqua Antoine.

— Eh oui... dit le père.

Il semblait embarrassé, un peu comme si la présence des deux hommes contrariait ses plans.

— Vous cherchez un bateau pour Concepción ? interrogea Martial. Alors, allez au bout du quai et demandez si la *Gaviota Blanca* est là ; le capitaine est un de nos amis, il se fera un plaisir de vous prendre gratuitement à son bord. Ou plutôt non, attendez que nous ayons fini notre travail, et nous irons le voir ensemble.

— Ne vous donnez pas toute cette peine, fit le père. Il hésita un peu, observa tour à tour les deux hommes, comme s'il tentait de prévoir leur réaction. Ecoutez, dit-il enfin, presque brutalement, je ne vais pas à Concepción. Ce n'est pas Santa Gaudio que je veux rejoindre, c'est mon pueblo, mon premier pueblo, celui de Santa Prisca, au Mexique...

Stupéfaits et incrédules, Martial et Antoine se regardèrent ; ils restèrent sans voix pendant plusieurs secondes.

— Mais... mais vous êtes fou ! dit enfin Antoine. Vous savez où ça se trouve, le Mexique ? Excusez-moi, se reprit-il aussitôt, bien sûr que vous savez où ça se trouve, mieux que nous ! Mais alors, justement parce que vous le savez, c'est vraiment de la folie pure !

— De la folie ? dit le père, peut-être, et alors ? Est-ce que cela concerne quelqu'un d'autre que moi ? Est-ce que cela vous regarde ? Je ne vous demande ni votre approbation ni votre aide, tout au plus, peut-être, un peu de compréhension. Le reste, tout le reste, c'est mon problème.

— Sans aucun doute, reconnut Antoine. Mais là, vous ne nous ferez pas croire que vos collègues de Santiago sont d'accord pour vous laisser partir là-haut !

— Je n'en sais rien, dit le père. Il fouilla dans les poches de sa soutane, en sortit deux lettres. Voyez, dit-il, celle-ci est pour vous. Je l'aurais postée dès mon départ, pour vous prévenir, comme promis ; non pas que c'était ma dernière lune, mais mon dernier voyage, ça revient au même...

Il déchira lentement la missive, éparpilla les morceaux au vent, et les sternes, frégates, mouettes et goélands, un instant leurrés, plongèrent en criant vers les fragments de papier blanc qui papillonnaient en descendant vers la mer.

— L'autre lettre, reprit-il en la remettant dans sa poche, elle est pour mon supérieur. Je lui explique où je vais. Je crois qu'il comprendra ; peu importe d'ailleurs, maintenant... Et je lui demande aussi de me pardonner le petit mensonge par omission qui va me permettre de rejoindre mon pueblo. Oui, quand je lui ai demandé de repartir, ni lui ni moi n'avons cité le nom du village qu'il m'a autorisé à rejoindre, alors... J'expédierai ce message d'Iquique ou de Callao, quand il sera beaucoup trop tard pour discuter géographie... Et puis, il ne peut pas me reprocher grand-chose. C'est quand même lui qui m'a obligé à remonter à Santiago. Alors, puisque j'ai quitté Santa Gaudio, pourquoi y revenir ? D'ailleurs, j'avais fait mes adieux à mes paroissiens, et je leur ai même recommandé de sonner l'angélus chaque jour, en souvenir. Je crois qu'ils n'oublieront pas, ils sont très fiers de leur cloche !

— On ne peut pas vous laisser faire cette bêtise, intervint Martial, vous ne tenez plus debout. Ce serait de l'assassinat pur et simple ! Reste avec lui, dit-il à Antoine, je finis de surveiller le déchargement, et je vous rejoins.

— Fais prévenir Joaquin qu'on sera chez Miguel, dit Antoine. Venez, on va aller s'asseoir là-bas, dans cette auberge, dit-il en entraînant le père. Miguel est un brave homme, nous déjeunons souvent chez lui, et ce sera bientôt l'heure.

— Vous feriez mieux de me laisser chercher un bateau, dit le père, je suis en train de perdre mon temps.

— Pour votre bateau, on verra plus tard. Maintenant,

venez vous asseoir. Je suis sûr qu'un bon verre de *mosto* vous fera le plus grand bien, en attendant le déjeuner.

Accompagné par Joaquin, Martial les rejoignit une demi-heure plus tard. Il attendit que le serveur eût apporté les plats, se servit un verre de *chacoli* — il aimait ce vin qui lui rappelait certains crus italiens —, puis se lança :

— J'ai repensé à votre projet. Je tiens à vous dire qu'il n'est vraiment pas sérieux, pas sérieux du tout. D'ici à votre sacré pueblo mexicain, il doit y avoir dans les cinq mille cinq cents kilomètres, peut-être plus ; cela représente dans les vingt jours de mer, et de mer pas toujours bonne !

— C'est ça, approuva le père. Grâce aux courants favorables, dans les vingt jours, à condition de ne pas trop s'attarder aux escales...

— Vous ne résisterez pas à ce voyage, dit Martial, il est trop long, trop fatigant.

— C'est ce que je lui répète depuis une demi-heure, coupa Antoine qui ne put poursuivre car sa voix fut soudain couverte par la toux du père. Il attendit que ce dernier eût repris son souffle. Je m'excuse de vous le dire, mais est-ce que vous vous êtes vu ? Vous savez à quoi vous ressemblez ?

— Je sais, dit le père, à un moribond. Et alors ?

— Comment, alors ? Nom de Dieu ! vous n'êtes quand même pas assez naïf pour croire qu'on va vous laisser faire cette bêtise, et qu'on va vous regarder partir en agitant nos mouchoirs et en vous souhaitant bon vent ? Bon Dieu, ça serait pas humain ! Non, on ne peut pas vous laisser faire ça !

— Et alors, dit le père, vous allez m'attacher pour m'empêcher de partir ? Vous allez m'enfermer ? De quel droit ? Vous voulez absolument me priver de ma dernière joie ? Je veux revoir mes premiers paroissiens, vous comprenez ? Les retrouver et leur dire que je ne les ai jamais oubliés. Je veux revoir les couples que j'ai mariés, les enfants que j'ai baptisés avant de partir. Les retrouver, tous : ils sont ma seule famille... Et vous voulez me priver de ça ? Ah ! fit-il avec lassitude, je pense que vous ne pouvez pas comprendre, mais ça ne fait rien. Il toussota un peu, avala distraitement un petit morceau de viande grillée et quelques haricots noirs. De toute façon, reprit-il, quoi que vous fassiez et disiez, ma décision est prise, et je n'y reviendrai pas, prévint-il d'une voix soudain ferme. Alors, s'il vous plaît, cessez de vous occuper de moi, je ne suis plus un enfant, et, quoi que vous ayez l'air d'en penser, je ne suis pas sénile. Et si vous insistez, je vais regretter de vous avoir rencontrés tout à l'heure.

— Possible, dit Martial, mais si je vous laisse faire cette... cette stupidité, je le regretterai toute ma vie. Eh oui, c'est plus fort que moi, je n'ai jamais pu me résigner à laisser quelqu'un se noyer, et vous êtes dans l'eau jusqu'aux yeux... Car, en supposant qu'un capitaine soit assez fou pour vous prendre à son bord malgré votre état, qui ne trompe personne, qui s'occupera de vous si... si, par malheur, vous êtes un jour incapable de vous lever ? Qui ?

— Je me débrouillerai.

— Ne rêvez pas ! intervint Antoine qui, depuis plusieurs minutes, avait très bien compris où son compagnon voulait en venir.

Et s'il l'avait compris, c'est parce que la décision qu'ils allaient prendre était la seule possible. Et même si elle levait une foule de problèmes et nécessitait des sacrifices, c'était celle qu'il fallait choisir. Celle qui, peut-être, leur permettrait d'effacer l'oubli de quatre années dans lequel ils avaient laissé le père, seul et malade, dans son village de Santa Gaudio.

— Voilà ce qu'on va faire, décida-t-il. Vous voulez coûte que coûte rejoindre votre foutu pueblo pour y voir se lever votre... dernière lune ? D'accord, c'est votre droit et personne ne peut vous en empêcher. Pas plus que personne ne peut empêcher l'un de nous de vous accompagner, s'il en a envie. Et c'est ce qu'on va faire, que ça vous plaise ou non. Parce que, comme l'a dit Martial, si on ne le fait pas, on se le reprochera toute notre vie ; et la vie est vraiment trop courte pour s'empoisonner avec des remords, surtout quand on peut les éviter !

— Voilà exactement ce que je voulais dire, approuva Martial.

— Non, murmura le père après un long silence, là, je ne peux pas accepter, c'est absolument impossible.

— Et comment nous empêcherez-vous de vous accompagner ? dit Antoine. Vous voulez nous attacher ? Nous faire enfermer ? De quel droit ?

— Et puis, croyez-le ou pas, dit tranquillement Martial, nous devions bientôt monter jusqu'à Lima et, de là, pousser jusqu'à Quito et même jusqu'à Bogota. Oui, les affaires sont les affaires, et la Sofranco a besoin d'agrandir son terrain de chasse. Alors, l'un de nous va vous suivre, et il traitera nos affaires sur le chemin du retour. D'accord le Mexique est beaucoup plus haut, mais qui sait si, en route, il n'y a pas quelques marchés intéressants à conquérir ?

Sceptique, le père les observa longuement, scruta leur regard puis fit la moue.

— C'est vrai cette fable d'aller jusqu'à Quito et Bogota ? demanda-t-il enfin en plongeant ses yeux fiévreux dans ceux d'Antoine. C'est vrai ? Ce n'est pas un gros mensonge ? Si, c'est un gros et pitoyable mensonge, et vous devriez avoir honte d'avoir voulu me le faire avaler !

— Vous vous trompez, c'est la pure vérité, assura Antoine en levant la main comme pour prêter serment. Et il n'eut pas le sentiment de mentir, même si, jusqu'alors, le voyage annoncé avec tant d'aplomb par Martial n'avait été envisagé entre eux, Edmond et Herbert Halton, que comme un très vague et lointain projet, une expédition qu'il faudrait entreprendre dans les années à venir.

— Dans ces conditions... fit le père.

— Le tout est maintenant de savoir qui sera du voyage, dit Martial. Je crois qu'il faut laisser au hasard le soin de choisir, c'est le plus simple. Il sortit une pièce de monnaie de sa poche. Pile ou face ?

— Te fatigue pas, tu sais très bien que tu ne peux absolument pas partir, dit Antoine.

— Tiens donc, et pourquoi ?

Antoine regarda le père puis Joaquin qui, nez dans son assiette, feignait de ne rien comprendre.

— Tu sais très bien pourquoi.

— Pile, dit Martial, comme s'il n'avait rien entendu, en lançant sa pièce en l'air. Il la rattrapa au vol, la plaqua sur la table. Pile ! annonça-t-il, c'est moi qui embarque !

— Non, dit paisiblement Antoine. Il rafla la pièce et la fit rouler vers Joaquin. Tiens, dit-il, va vérifier que personne ne pille nos marchandises. Ensuite, attends-nous à la taverne de l'*Agua del fuego*. Allez, file et ne bois pas trop !

Soulagé de ne plus avoir à être témoin d'une conversation qui le gênait beaucoup, Joaquin remercia d'un sourire, empocha la pièce et s'éloigna vers le port.

— Pourquoi ne veux-tu pas que je parte ? demanda alors Martial, et il y avait un peu de colère dans sa voix.

— Tu le sais très bien, dit calmement Antoine. Toi, oui, tu partirais tout de suite... Je me souviens comment tu as sauvé Pauline, à Paris ; ni elle ni moi n'avons oublié. Mais, à l'époque, personne ne t'attendait à la maison... Ou si Rosemonde t'espérait, elle savait patienter plus d'un mois sans devenir malade... Je me trompe ?

— Non, soupira Martial, mais, si je lui explique, elle comprendra !

— Ne joue pas à ça, coupa Antoine. Pauline m'a tout dit. Rosemonde a de plus en plus besoin de toi. Ce n'est pas le moment de partir...

— Je ne sais pas de quoi vous parlez, intervint le père après un long silence, mais... Il regarda Martial. Votre femme est malade, n'est-ce pas ?

— Même pas, elle se languit de la France, c'est tout ! Ce n'est pas une maladie !

— Mais ça peut y conduire, dit le père. Il fit tourner son verre entre ses doigts, but une gorgée de vin, observa de nouveau Martial. Vous dites qu'elle n'est pas malade ? C'est peut-être vrai. Pourtant, je lui ai trouvé bien mauvaise mine et...

— Ah ! ça vous va bien de parler de mauvaise mine ! ricana Martial.

— Très mauvaise mine, poursuivit le père, et surtout, oui, surtout avec des yeux tristes. Des yeux qui ne savent plus regarder la beauté du monde, de la création, de la vie, les sourires de votre petite fille ou les gambades des jumeaux, des yeux éteints, et ça, c'est grave. Alors, d'après ce que je crois comprendre, Antoine a raison : vous avez beaucoup mieux à faire que de jouer les bons Samaritains, surtout avec moi qui ne vous demande rien.

— D'accord, soupira Martial, vaincu et surtout très troublé par la perspicacité du père. D'accord, c'est Antoine qui vous accompagne.

— Je n'oublierai pas que le sort vous avait désigné, et que vous étiez prêt à partir.

— C'est ça, s'emporta Martial, et vous allez aussi me dire qu'il n'y a que l'intention qui compte ! Alors, restons-en là !... Quand embarquez-vous ? demanda-t-il à Antoine.

— Au plus tôt, demain ou après-demain. Je vais passer un câble à Pauline pour la prévenir, et tu lui porteras une lettre. Elle comprendra ; tu lui expliqueras tout... Pour le reste, je crois que le mieux est de louer un cotre. Avec un bon bateau et un bon équipage, on gagnera plusieurs jours sur la traversée. D'ailleurs, comme l'a dit le padre, grâce aux courants, ce n'est pas l'aller qui m'inquiète, mais le retour. Enfin, on verra... Et où se trouve-t-il exactement, votre pueblo de rêve ? demanda-t-il en se tournant vers le père.

— A environ cent kilomètres de la côte Ouest. Il faudra débarquer à Porto Angel et finir avec des chevaux ou des mules. Mais il faut que je vous prévienne, je me suis renseigné, même si la révolution est finie là-bas, je ne sais pas si on sera très bien reçus. Je ne peux rien promettre. Tout ça pour vous dire que rien ne vous oblige à m'accompagner.

— Ne revenons pas là-dessus, trancha Antoine en se levant, vous n'avez pas besoin de me dire que c'est une bêtise, je le sais, et c'est même le genre de bêtise qui m'ennuie prodigieusement ! Mais nous la ferons ensemble. Mettez-vous ça dans la tête, et n'en parlons plus !

17

Il fallut vraiment que Pauline eût à s'occuper de Rosemonde, de plus en plus sujette à d'éprouvantes crises, pour ne pas sombrer, elle aussi, dans le plus noir chagrin. Depuis plusieurs jours, elle se sentait fatiguée, nerveuse, irritable, et l'absence d'Antoine lui pesait beaucoup.

Maintenant qu'il avait abandonné ses longues tournées de colportage pour se consacrer uniquement à son rôle d'associé de la Sofranco, Pauline, avec bonheur, s'était très vite habituée à ce qu'il s'absente beaucoup moins longtemps — il passait désormais plus de temps à Santiago ou dans ses environs immédiats que dans le reste du pays.

Aussi resta-t-elle muette et paralysée de chagrin lorsqu'elle déchiffra le câble expédié de Valparaíso. Quelques lignes laconiques, froides, comme s'il avait été gêné de confier des mots tendres à l'employé chargé de transmettre le message :

« *Obligé partir plusieurs semaines pour Mexique. Vraiment impossible faire autrement. Lettre et explications suivent avec Martial. Baisers. Antoine.*

Refrénant ses larmes qu'elle ne voulait pas laisser

paraître devant les jumeaux et Rosemonde, elle se maîtrisa et s'efforça de faire bonne figure. Pour ne pas choquer les enfants et accroître la tristesse de son amie, elle feignit l'insouciance et la gaieté, s'obligea même à chantonner.

Elle résista pendant trois jours, jusqu'au retour de Martial. Mais dès qu'il fut là, qu'elle ne se sentit plus tenue de veiller sur Rosemonde, et dès qu'elle eut pris connaissance de la longue lettre d'Antoine, elle faiblit.

— On ne pouvait pas faire autrement, dit Martial, gauchement et, comme toujours, désarmé par les larmes. Non, on ne pouvait pas laisser le père partir seul, c'était humainement impossible. Je ne suis même pas sûr qu'il arrivera vivant au Mexique, alors...

— Je comprends, dit-elle.

Elle essaya de sourire, mais ne parvint qu'à grimacer, puis se détourna, courut jusqu'au fond du jardin, et là, la tête contre le tronc parfumé d'un pin parasol, laissa enfin libre cours à son chagrin

Moyennant une belle somme en pièces de vingt pesos d'or, Antoine trouva rapidement le bateau capable de les conduire jusqu'au Mexique. Pour inciter le capitaine du *Chico Guanaco* à ne pas folâtrer en route, à limiter les escales et à revenir jeter son élingue d'amarrage à Valparaíso, il promit de doubler la somme déjà versée dès qu'il serait de retour à bon port.

Cette affaire réglée, il s'équipa pour une longue traversée, fit charger ses bagages à bord du cotre, puis, juste avant d'embarquer, appela Joaquin.

— Voilà, tu sais que je dois partir, et pour longtemps, lui dit-il. Mais tu n'es pas du tout obligé de me suivre. Tu peux donc rentrer à Santiago, et personne ne te le reprochera.

— Oh là là ! si ! dit vivement Joaquin. Moi, je ne

reviens pas tout seul à la maison ! J'ai bien trop peur que Mme Pauline me crève les yeux si j'arrive sans vous !

— Dis pas de bêtises ! plaisanta Antoine. C'est moi qui te permets de rentrer, je vais l'écrire à Mme Pauline, si tu veux.

— Non, non ! protesta Joaquin, il faut me laisser vous suivre ! Je dormirai sur le pont, s'il n'y a pas de place ailleurs, mais il faut que je vous suive. Oui, expliqua-t-il avec véhémence, même depuis qu'on ne prend plus les pistes, chaque fois qu'on part pour d'autres affaires, Mme Pauline me fait promettre de ne pas vous quitter, jamais ! Alors, y a pas de risque que je rentre seul à Santiago, non y a pas de risque !

— Ah bon ? fit Antoine, décontenancé et ému en imaginant Pauline faisant ses recommandations au métis. Alors, tu veux me suivre ?

— Oui, j'ai promis. Et puis, ajouta Joaquin avec un coup de menton en direction du père assis à la proue, regardez-le, il est de plus en plus faible. Je crois bien qu'on sera pas trop de deux pour s'occuper de lui et l'accompagner jusqu'à son pueblo...

— C'est bien possible, reconnut Antoine. Bon, c'est d'accord, décida-t-il soudain, va chercher ton sac et embarque.

Pauline comprit qu'elle était enceinte deux semaines après le départ d'Antoine. En d'autres temps, sans doute eût-elle été ravie de son nouvel état. Mais là, seule, inquiète, fatiguée, sans personne à qui se confier — car, désormais, Rosemonde, habitée par son idée fixe était incapable de l'aider —, elle faillit se laisser aller au désespoir.

Et si elle n'y succomba point, ce fut grâce à cette force de caractère qui, maintes fois, l'avait portée à réagir, à se battre, à se défendre, à accepter le combat et non à le subir.

Depuis que Rosemonde n'était plus assez solide pour tenir sa place à *La Maison de France,* elle était seule pour veiller à la marche du magasin. Seule aussi pour accueillir comme il convenait les clientes. Ces soucis, ces travaux l'obligeaient à faire bonne figure, toute la journée. Le soir venu, les enfants couchés, souvent elle s'effondrait. Mais chaque matin la retrouvait d'humeur égale et les yeux vifs.

Il restait encore dans les six cents milles à couvrir quand le père Damien s'affaiblit brutalement. Jusque-là, il avait très bien supporté le voyage, comme si le grand air, le vent et les embruns lui avaient redonné force et appétit.

Soudain, terrassé par la fièvre, il sombra dans un état presque comateux qui inquiéta vivement Antoine et Joaquin, mais aussi le capitaine et les quatre matelots qui formaient l'équipage du *Chico Guanaco.*

— Je n'aurais jamais dû accepter d'embarquer cet homme, j'avais bien vu qu'il était malade ! grogna le capitaine en contemplant le père qui, malgré la chaleur du tout proche équateur, frissonnait sur sa couchette. Mais je vous préviens, dit-il à l'adresse d'Antoine, s'il casse sa pipe sur mon bateau, moi je le passe par-dessus bord, vite fait, et je vous débarque sur la côte la plus proche, que ça vous plaise ou non !

— D'accord, dit Antoine avec lassitude, et vous pourrez dire adieu au joli tas de pesos qui vous attend à Valparaíso !

— Mais vous vous rendez compte ? C'est peut-être contagieux ! insista l'homme en allumant un cigare noir dont l'âcre fumée empuantit la minuscule cabine.

— Contagieux ? fit Antoine en haussant les épaules. Si

ça l'était, je serais mort depuis longtemps, assura-t-il en entraînant le capitaine sur le pont.

— N'empêche ! s'entêta l'autre, je n'aurais jamais dû laisser cet homme malade monter à bord !

— Possible, dit sèchement Antoine, mais il est là ! Et, maintenant, le seul moyen de vous en débarrasser le plus vite possible, c'est de forcer un peu l'allure de votre sabot !

— On fait ce qu'on peut ! Pas ma faute si le vent est tombé ! Et puis, si vous n'êtes pas content, je peux toujours vous déposer là-bas ! indiqua le capitaine en désignant, à l'horizon, la ligne bleue de la côte. C'est le Nicaragua, expliqua-t-il en ricanant. Alors, si le cœur vous en dit, de là, vous pourrez toujours finir à pied à travers la jungle, mais je doute que vous alliez très loin avec votre barbu plus qu'aux trois quarts foutu !

— Moi aussi, reconnut Antoine, soudain soucieux à la pensée de la centaine de kilomètres de piste qui les attendait quand ils auraient touché la terre mexicaine. « Il faudrait au moins que le père puisse tenir sur un cheval, songea-t-il. Tel qu'il est là, c'est impossible... Il faudra louer un attelage et on ira beaucoup moins vite. »

Parti depuis quatorze jours, il redoutait que cette expédition ne prît beaucoup plus de temps qu'il ne l'avait prévu, et, s'il ne regrettait pas de l'avoir entreprise, il s'ennuyait déjà de Pauline et des jumeaux.

Il s'inquiétait aussi pour le travail qu'il avait laissé derrière lui, au risque de lasser certains clients, voire de les perdre. Car si Martial lui avait promis de veiller au grain, il doutait que son ami eût le temps de s'occuper de tout.

Depuis quelques mois, grâce à la formidable impulsion donnée par la création de la Sofranco, leurs affaires avaient pris une telle ampleur qu'il s'en effrayait parfois. Toujours prudent, il ne pouvait oublier avec quelle rapidité un homme aussi fortuné qu'Edmond s'était retrouvé ruiné. Et même s'il avait réussi, presque aussi rapidement, à se remettre en selle, cela ne le rassurait pas. Pour lui, tout cela allait trop vite, ressemblait trop à une folle partie de poker qui, d'une donne à l'autre, vous met sur la paille ou vous couvre d'or. Et autant Martial, Edmond et Herbert Halton aimaient cette permanente jonglerie, autant elle le rendait circonspect, méfiant. Il préférait, d'instinct, une lente, profonde mais durable progression, à la flamboyante, vertigineuse mais peut-être éphémère conquête que, par le jeu des marchés industriels, des mines de cuivre et des nitrates, la Sofranco menait tambour battant.

Il entendit tousser dans la cabine, faillit se rendre au chevet du père, puis se souvint que Joaquin le veillait et resta accoudé à la rambarde.

— Pourquoi faites-vous tout ça? lui demanda le capitaine.

Perdu dans ses pensées, il regarda son voisin sans comprendre.

— Pourquoi je fais quoi? questionna-t-il.

L'homme tira sur son cigare, en mâchouilla le bout avec autant d'application que de satisfaction et cracha dans l'eau.

— Lui, dit-il, le padre, qu'est-ce qu'il est pour vous? Ça me regarde pas, mais j'ai quand même envie de savoir! ricana-t-il.

– Pour sûr que ça ne vous regarde pas! approuva Antoine, amusé par le sans-gêne de son interlocuteur. Mais je vais quand même vous répondre. Ce qu'il est pour moi? Bah! comment dire... dans le fond, je n'en sais trop rien. Pas exactement un ami, pas non plus un camarade. Peut-être tout simplement un homme. Mais un homme qui m'aura toujours étonné. Et puis non, je ne sais pas... Mais ça n'a aucune importance!

— Alors, il n'est rien pour vous? fit le capitaine en

riant, ça alors ! Et qu'est-ce que ça vous rapporte de l'accompagner ?

— Rien non plus, dit Antoine, mais je sais ce que ça m'aurait coûté de ne pas le faire ! De toute façon, je ne crois pas que vous puissiez comprendre grand-chose à tout ça, ajouta-t-il en allumant un cigarillo.

— Et pourquoi je comprendrais pas ? demanda le capitaine, vexé.

— Parce que, moi-même, je n'arrive pas à m'expliquer ce que je fais là, à plus de quatre mille kilomètres de Santiago, en train de voguer vers un pays inconnu, uniquement pour accompagner un padre qui veut aller mourir dans un pays qui n'est même pas le sien !

— Vous êtes un peu *loco,* hein ? ricana le capitaine.

— Sûrement, reconnut Antoine en riant, mais le padre aussi est *loco*. Et, voyez, c'est peut-être ça, la clé de l'histoire.

Malgré les soins et les attentions que lui portait Martial, l'état de Rosemonde se dégradait dans d'inquiétantes proportions. Prostrée, ayant désormais pour seule idée, pour unique désir de revoir la France, elle s'isolait de plus en plus dans un épais et poignant mutisme dont personne ne pouvait la sortir.

Même Pauline et ses réconfortants bavardages se heurtaient désormais à un mur de silence ; et même la petite Armandine, avec ses gazouillements et ses sourires, n'arrivait plus à la distraire de l'état morbide dans lequel elle s'engloutissait. Aussi, Pauline ne put-elle se dérober lorsque, impérativement contraint de s'absenter pour une petite semaine, Martial lui confia son épouse.

Pour simplifier, et parce que Rosemonde donnait au moindre événement une importance démesurée, et que la seule idée d'avoir à vivre quelques jours hors de chez elle lui était insupportable, Pauline vint s'installer à *La Maison de France* avec les jumeaux.

Ce fut dans le courant de la troisième nuit qu'elle comprit que l'état de son amie dépassait, et de très loin, la simple crise de mélancolie. Vers 3 heures du matin, comme souvent, la terre trembla légèrement, à peine, d'un faible frémissement, juste suffisant pour réveiller un médiocre dormeur ; à tel point que Pauline ne se serait sans doute rendu compte de rien si Antoine avait été à ses côtés.

Mais, seule, elle réagit dès la première petite secousse et se leva aussitôt. Elle avait heureusement un peu moins peur qu'au début de leur installation au pays, mais chaque séisme la mettait malgré tout très mal à l'aise et la poussait toujours hors de la maison.

Elle courut dans la chambre où les jumeaux dormaient à poings fermés et se préparait à les transporter dans le jardin, lorsque après une nouvelle secousse, un épouvantable hurlement la pétrifia. Paralysée, elle resta quelques secondes sans comprendre et sans oser bouger, puis réalisa que c'était Rosemonde qui criait de la sorte.

Lampe à la main, elle bondit jusqu'à sa chambre et la trouva tassée dans un coin de la pièce, accroupie, bras sur la tête, blême, folle de terreur. Et parce qu'elle balbutiait des mots incohérents, des phrases sans suite, qu'elle se débattait, Pauline craignit de ne pouvoir parvenir à la calmer et, d'abord, à la faire taire.

De plus, soudain réveillée par les cris de sa mère — et nullement par le *temblor* maintenant fini —, la petite Armandine se mit à pleurer, imitée presque aussitôt par les jumeaux tirés, eux aussi, de leur sommeil.

— Mais taisez-vous ! taisez-vous ! supplia Pauline.

Découragée, débordée, à deux doigts, elle aussi, de mêler ses cris à ceux de Rosemonde et aux braillements des gamins, elle faillit flancher. Puis elle pensa aux enfants et à la frayeur qui allait s'emparer d'eux si elle succombait à son tour à la panique.

Alors, elle prit Armandine dans ses bras, appela Pierrette et Marcelin, et les conduisit tous les trois dans la cuisine. Là, elle posa entre eux un pot de confiture d'abricots, qui eut pour effet immédiat de couper leurs sanglots, et repartit s'occuper de son amie.

Rosemonde n'avait pas bougé. Toujours tapie dans l'angle de la chambre, elle s'était enfin tue, mais les spasmes qui l'agitaient maintenant impressionnèrent Pauline presque autant que ses cris.

— C'est fini, n'aie plus peur, dit-elle en se penchant vers la jeune femme pour l'aider à se relever.

Elle l'accompagna jusqu'à un fauteuil, imbiba une compresse de coton d'eau de Cologne et la lui posa sur le front. Alors, lentement, Rosemonde retrouva son calme.

— Excuse-moi, dit-elle enfin d'une voix encore apeurée, je ne peux pas m'habituer à ces tremblements... Et puis... Oui, je crois que je deviens folle...

— Mais non ! fit Pauline. Moi non plus, je ne peux pas m'habituer à ces *temblores,* et même Antoine déteste ça !

— Pas autant que moi, pas autant ! dit Rosemonde en secouant la tête. On n'a pas toutes ces saletés-là en France, jamais ! Là-bas, au moins, on est tranquille ! On ne risque pas de recevoir le toit sur la tête, et puis...

— Mais oui, mais oui, coupa Pauline qui, voyant son agitation, craignait qu'elle ne ressombre dans une nouvelle crise. Allez, insista-t-elle, c'est terminé, n'y pense plus.

— Je vais rentrer chez nous, gémit Rosemonde, je vais rentrer chez nous, et personne ne m'en empêchera... Tu sais, dit-elle en s'agrippant brutalement au bras de son amie, je me suis renseignée sur le prix du voyage et sur les dates de départ. Oui, oui ! Je sais tout ça ! Et j'ai de quoi payer ! N'est-ce pas qu'on a de quoi payer ? Après tout, l'argent de *La Maison de France,* c'est bien notre argent, à nous aussi ? A moi ? Alors, je vais prendre un billet, et...

— Arrête ! intervint Pauline, arrête, tu te fais du mal pour rien ! Ce n'est pas comme ça qu'il faut faire. Ecoute, si tu veux, dès que Martial sera là, je lui parlerai. Je lui expliquerai qu'il doit te ramener en France pour quelque temps. Tu veux ? Et je dirai aussi à Antoine de m'aider à le décider. Voilà, c'est ce qu'on va faire.

— Non, non ! s'entêta Rosemonde. Il n'a pas le temps de m'accompagner, je le sais. Alors, je vais partir toute seule. Avec Armandine, bien sûr...

— Tais-toi, dit Pauline, il ne faut pas te monter la tête comme ça, c'est stupide et ça te fait mal.

— Mais je ne peux plus vivre ici ! protesta Rosemonde sur un ton aigu. Je deviens folle ! hurla-t-elle soudain, folle, tu comprends ? Je le sais, je le sens ! C'est pas ma faute ! Je ne peux plus vivre ici, tu comprends ?

— Bien sûr, assura doucement Pauline, je comprends, mais calme-toi. Ecoute, maintenant, il faut dormir. Va t'allonger, va. Je vais aller recoucher les petits et, ensuite, si tu veux, je reviendrai te tenir compagnie. Tu veux ?

— Oui, dit Rosemonde soudain très calme. Et puis, pardonne-moi, je sais que je suis ridicule, mais c'est plus fort que moi, je n'arrive plus à me raisonner, je voudrais pourtant ! dit-elle en se mettant à sangloter, je voudrais, mais je ne peux pas !

— N'y pense plus, n'en parle plus, ce n'est pas grave. Allez, arrête ! insista Pauline. Je reviens tout de suite, et après on essaiera de dormir. Tiens, je vais faire une infusion de fleurs d'oranger, je suis sûre que ça nous fera le plus grand bien à toutes les deux, tu veux ?

— Oui, mais, alors, reviens vite, parce que toute seule j'ai peur, trop peur.

Parce qu'elle ne l'avait entrevu qu'une fois, plusieurs mois plus tôt, au milieu des invités d'Edmond, Pauline ne reconnut pas Pedro de Morales lorsqu'il entra dans le magasin. Très fatiguée par les événements de la nuit précédente, elle se sentait peu disposée à servir personnellement un client qu'elle voyait pour la première fois à *La Maison de France,* et qui semblait se satisfaire des renseignements fournis par une jeune vendeuse chilienne. Aussi, fut-elle un peu surprise lorsque le petit homme vint vers elle.

— Je m'appelle Pedro de Morales, et je vous présente mes hommages, dit-il en s'inclinant.

Elle répondit à son salut, tout en se demandant avec inquiétude ce qui pouvait motiver cette visite inattendue. Antoine lui avait tellement parlé du contrat passé avec le petit homme, mais aussi de ses craintes de n'avoir pas été à la hauteur de sa tâche, qu'elle craignit que Pedro de Morales ne fût là pour se plaindre.

— Je viens de la place des Armes, expliqua le visiteur, oui, des bureaux de la Sofranco.

— Ah ! bien...

— On m'a dit que M. Antoine Leyrac était absent pour quelque temps. Pourrais-je savoir quand il rentrera ?

— Je ne peux pas le dire avec certitude, expliqua Pauline, j'espère qu'il sera là d'ici à... trois semaines, peut-être. Mais, si vous voulez, vous pourrez voir M. Castagnier ; lui, il rentre après-demain.

— Vous êtes très aimable, mais c'est M. Antoine qu'il faut que je voie.

— Bon... fit Pauline, de plus en plus inquiète. Quelque chose ne va pas avec vos... machines ?

— Oh non ! tout va très bien. Le choix de monsieur votre époux était excellent, et ses outils aussi.

— Tant mieux, dit-elle, soudain rassurée.

— Est-ce que vous pensez qu'il pourra descendre me voir chez moi dès qu'il sera de retour ?

— Vous voulez dire à votre hacienda? Je crois que... oui, il ira si vous avez besoin de lui.

— C'est ça, approuva le petit homme. S'il peut venir, ce sera très bien. Et si, par hasard, il était de retour avant un mois, pouvez-vous lui dire que je serai encore ici, à Santiago, et que je suis descendu à l'hôtel San Cristobal.

— Je le lui dirai, promit Pauline.

— Parfait, dit Pedro de Morales. Et, maintenant, j'aimerais voir quelques-unes de vos toilettes de Paris. Oui, expliqua-t-il en souriant, si ma femme apprend que je suis venu ici et que j'en suis reparti les mains vides, elle ne me le pardonnera pas! Parce que vous savez, même nous, en province, on connaît la réputation de *La Maison de France*...

Le *Chico Guanaco* toucha la terre mexicaine au matin du vingt-deuxième jour de navigation. Jamais Antoine n'avait envisagé que la traversée serait si longue. Aussi, malgré son appréhension devant cette terre inconnue, ce fut avec soulagement qu'il vit le capitaine diriger le voilier vers la crique de Porto Angel.

— Eh bien, nous y voilà enfin, soupira le père Damien, debout à côté d'Antoine à la proue du bateau.

— Pas trop tôt...

— C'est vrai, reconnut le père. Mais, maintenant, si vous voulez, vous pouvez me laisser. Je suis sûr que je pourrai finir le chemin tout seul. Je vais mieux, beaucoup mieux.

— Ne revenons pas là-dessus, dit Antoine. Je n'ai pas fait plus de cinq mille cinq cents kilomètres sur ce maudit sabot, pour vous abandonner à cent kilomètres de votre pueblo. Quant à aller mieux, sauf votre respect, vous dites n'importe quoi!

En effet, même si, depuis deux jours, la fièvre avait enfin quitté le père, elle l'avait laissé si faible, si décharné qu'Antoine, Joaquin et les hommes d'équipage se demandaient comment il était parvenu à se relever. Et tous se demandaient, à chacune de ses quintes de toux sanglantes, s'ils n'allaient pas être les témoins de cette fin qui, déjà, presque d'heure en heure, imprimait sa marque sur ses traits pâles et dans ses yeux bleus.

— J'arriverai à Santa Prisca, ne vous inquiétez pas, assura le père.

— Fichtre si, je m'inquiète ! dit Antoine. Surtout depuis que l'autre nous a prévenus de ce qui nous attendait...

— Il a raconté n'importe quoi, il n'y connaît rien ! Comme je vous l'ai dit à Valparaíso, je me suis renseigné. Je ne sais pas si nous serons très bien reçus, mais je suis sûr que le capitaine exagère beaucoup !

— Espérons-le, dit Antoine.

Deux jours plus tôt, alors que le cotre longeait les côtes mexicaines, le capitaine, son cigare noir à moitié mâchouillé au coin de la bouche, était venu s'accouder à la rambarde, à côté du père et d'Antoine.

— Dites, vous savez au moins où vous allez mettre les pieds, une fois à terre ? avait-il demandé en ricanant.

— Naturellement, avait dit le père, je connais ce pays, j'y ai vécu dix ans !

— Ah ! Et ça fait longtemps que vous l'avez quitté ?

— Il y a eu exactement onze ans le 16 août dernier...

— Foutre ! Il s'en est passé là-bas des choses, depuis !

— Je sais, et pas toutes très belles.

— Ah ça ! on peut le dire ! Pas très belles, oui ! C'est pour ça que moi, si j'étais vous, je me méfierais. Ouais, j'ai fait escale dans ce pays il y a quinze mois. Eh bien, même dans les plus petits ports, on comprenait vite que les Français n'étaient pas toujours à la noce ! Paraît que les Mexicains adorent les fusiller, et même les pendre, juste histoire de rigoler un peu !

— C'est fini tout ça, et depuis longtemps, avait affirmé le père.

— Fini ? Ah bon !... avait ricané le capitaine en mastiquant un énorme morceau de son cigare. Il avait craché dans l'eau avant de reprendre, en tendant l'index vers la croix noire pendue au cou du père : Pourtant, je crois aussi que certains curés ont dû repartir plus vite qu'ils n'étaient venus... Et encore heureux quand ils ont pu repartir !

— Je ne suis pas curé, mais franciscain. Et je serais très étonné qu'on m'en fasse grief dans ce pays, surtout dans ce pays. Vous verrez, tout ira bien !

— Oh ! moi, ce que j'en dis ! Enfin, je vous aurai prévenus.

— Et je vous en remercie, avait assuré le père avant d'être secoué par la toux.

Le capitaine n'avait plus abordé le sujet, mais, depuis, Antoine était inquiet quant à l'accueil qui les attendait au Mexique.

Très choquée par l'état de Rosemonde, Pauline n'hésita pas, dès le retour de Martial, à lui faire part des soucis que lui inspirait la santé de son amie.

— Rosemonde est malade, lui dit-elle, très malade...

— J'en ai de plus en plus peur, soupira-t-il. Si, au moins, je savais comment l'aider ! Mais c'est là, expliqua-t-il en portant la main à son front, là, dans sa tête ; ce sont toutes les idées qu'elle se fait qui la rendent comme ça !

— Peut-être, mais c'est grave. Et puis, elle ne mange plus ; je veux dire, pas assez. Et elle n'a même plus envie de s'occuper comme il faut de la petite Armandine. Il faut que vous la fassiez soigner, tout de suite !

— Soigner ? Par un médecin ? Oui, pourquoi pas, mais je doute qu'il arrive à quelque chose.

— Appelez le docteur Portales, insista Pauline, tout de

suite ! Je vous jure que Rosemonde est très malade. Elle... oui, j'ai peur qu'elle soit en train de... perdre la tête.

— Qu'est-ce que vous racontez ? Il s'est passé du nouveau en mon absence ?

— Oui, je crois. L'autre nuit, pendant un *temblor,* un tout petit *temblor* de rien du tout...

— Expliquez, insista Martial.

Il écouta sans l'interrompre le récit détaillé qu'elle lui fit, puis resta silencieux pendant si longtemps que la jeune femme, craignant de l'avoir blessé par sa trop grande franchise, tenta d'intervenir.

— Remarquez, moi aussi, j'ai peur des tremblements et...

— Vous êtes gentille, dit-il. Je sais que vous avez peur, comme Rosemonde. Elle a toujours eu peur des séismes, toujours, mais jamais au point d'en arriver à ce que vous venez de me décrire, jamais. Bon, je vais tout de suite faire appeler le docteur Portales, décida-t-il, et j'aimerais bien que vous soyez là quand il viendra. Enfin, si ça ne vous dérange pas trop...

— Pas du tout.

Il la remercia d'un vague sourire, puis s'ébroua, comme pour se décharger d'un fardeau.

— Je suis passé au bureau, avant de venir. On m'a dit que M. de Morales était ici.

— Oui, il est même venu au magasin, il voulait voir Antoine. Je lui ai dit que vous alliez être bientôt de retour, mais il m'a précisé que c'était Antoine qu'il voulait rencontrer.

— Parfait, il doit avoir besoin d'autres outils. Voilà au moins une bonne nouvelle, dit Martial sans quitter son air soucieux. Oui, reprit-il distraitement, c'est une bonne nouvelle... Et maintenant, si vous voulez bien, venez m'aider à prévenir Rosemonde que le docteur Portales va venir, j'ai peur qu'elle accepte mal cette visite.

Après avoir passé presque deux heures à ausculter Rosemonde, puis à l'interroger et, enfin, à tenter de la raisonner et de la calmer, le docteur Portales entraîna discrètement Martial dans le jardin.

La nuit était tombée, douce, parfumée, calme ; à peine troublée par le chant des insectes ou, parfois, par le passage dans la rue proche d'une carriole au petit trot

Les deux hommes marchèrent d'abord en silence, puis le docteur s'arrêta et fit face.

— Je ne peux rien faire si vous ne m'aidez pas, dit-il.

— Vous êtes sûr que ce n'est pas à moi de vous dire ça ? fit Martial, décontenancé.

— Non. Votre femme est tombée dans un dangereux état consomptif; elle est en train de s'épuiser physiquement. Déjà, elle est à deux doigts d'une anémie très grave, irréversible si elle persiste... Ça, je peux le soigner, enfin, je crois, mais à condition qu'elle cesse d'être rongée par le reste...

— Quel reste ?

— Je veux dire la raison de sa consomption. Oh ! vous n'êtes en rien responsable de cet état, mais il existe, et vous le connaissez.

— Oui, elle veut revenir en France, c'est tout ce qu'elle veut.

— Exactement, elle ne désire rien d'autre et, maintenant, rien d'autre ne la sortira de cet état.

— Vous voulez dire... murmura Martial après un long silence.

— Oui, je veux dire qu'il faut la ramener en France, dès que possible. C'est la seule solution.

— Mais, bon Dieu ! protesta Martial, vous croyez que c'est simple, vous ?

— Je ne dis pas que c'est simple, mais c'est à vous de décider si c'est possible, voilà.

— Et... et si ça ne l'est pas, qu'est-ce qui se passera ?

— Oh ! vous voulez que je vous réponde franchement ? dit le docteur en allumant un cigare. Eh bien, de deux choses l'une : ou votre épouse dépérira jusqu'à l'issue fatale, au fil des mois, par manque d'alimentation et, sans doute, de sommeil ; ou elle se remettra à s'alimenter, mais alors, oui, je crains qu'elle ne sombre dans la folie...

— Mais c'est pas possible ! s'insurgea Martial, ce n'est pas le bagne ici ! Elle a tout, tout ce qu'elle veut ! Je ne sais combien de domestiques maintenant, sans compter les employées du magasin ! Tout, je vous dis ! Ah ! si vous saviez quelle était sa vie en France ! Une misère à côté de celle d'ici, un esclavage !

— Eh oui, mais c'était en France, chez elle... Vous ne vous ennuyez jamais de votre pays, vous ? demanda doucement le docteur.

— Non, pas de cette façon. D'ailleurs, je n'ai pas le temps !

— Vous avez de la chance. Moi, pendant mes études en France, je me suis langui d'ici. Oui, parfois, surtout pendant vos hivers qui sont vraiment tristes et sombres, j'avais envie de revoir notre cordillère, nos sommets, nos ciels, tout. Et envie aussi de retrouver l'odeur d'ici, l'air, la lumière et mon peuple. Et pourtant, Dieu sait si j'aime votre pays et si je m'y plaisais ! Mais ça n'a rien à voir... Alors, voilà, pour votre épouse, je crois que tout le problème est là. Maintenant, c'est à vous de réfléchir et de décider.

— C'est tout réfléchi, dit Martial abruptement, car la décision lui pesait beaucoup. Pour lui, elle marquait la fin d'une fantastique aventure, d'une épopée qu'il avait intensément vécue, la fin de mille rêves et de mille espérances. C'est tout décidé, poursuivit-il, je vais la ramener en France. Je ne sais pas encore comment je vais m'arranger, mais je vais la ramener. J'y suis obligé car j'aurais autant de remords à ne pas le faire que j'en aurais eu à ne pas l'amener. Mais ça, vous ne pouvez pas comprendre.

Rosemonde parut d'abord ne même pas entendre ce que Martial lui disait.

Assise au milieu de son lit, hébétée, encore un peu perturbée par la visite du docteur Portales, elle sembla avoir du mal à réaliser que Martial ne venait pas, une fois de plus, de lui faire une vague et lointaine promesse, mais qu'il venait bel et bien de lui annoncer qu'elle allait enfin rentrer en France, avec lui.

Elle l'observa attentivement, puis quêta un soutien en se tournant vers Pauline, qui lui sourit et fit oui de la tête.

— Est-ce que tu as compris ? insista Martial.

— Oui, murmura-t-elle enfin, oui. Mais quand ? s'exclama-t-elle soudain, quand ?

— Le plus tôt possible, dit-il, mais il faut quand même que tu me laisses le temps de régler toutes mes affaires ici...

— Oui, mais... Donne-moi une date, supplia-t-elle, il faut que je sache ! Dès que je saurai, promis, on n'en parlera plus. Donne-moi une date !

— Après tout... fit-il en haussant les épaules. Au point où on en est ! Eh bien, soupira-t-il, disons... On arrive à la mi-novembre. Le temps de tout régler nous poussera bien à la fin de l'année, et encore, il faudra faire vite ! Bon, on partira la première quinzaine de janvier...

— Et tu vas aller retenir nos billets, tout de suite ? insista-t-elle.

— Bah ! pourquoi pas ?...

— Promis ?

— Promis. Tu peux déjà préparer tes malles et, surtout, compter les jours. Maintenant, il faut que je parte au travail. Oui, je ne vais pas avoir trop de ces quelques semaines pour essayer de... de... Il se tut, fit un geste fataliste de la main et sortit de la chambre... Pour essayer de limiter un peu tout ce foutu gâchis, acheva-t-il dès qu'il fut seul.

18

Par prudence, craignant que le père Damien ne soit incapable de se tenir en selle, Antoine avait acheté un attelage pour rejoindre Santa Prisca.

Après avoir péniblement grimpé l'étroite piste qui serpentait dans la sierra Madre del Sur, ils étaient redescendus vers Miahuatlan où, sur les indications du père, ils avaient pris la direction d'Ejutla puis de Santa Prisca.

C'est peu après leur avoir indiqué le chemin que le père, à la suite d'une longue et sanglante quinte, était entré dans un état inconscient qui, pour Antoine, ressemblait fort à un coma d'agonisant.

Allongé à l'arrière de la carriole, inerte, insensible a tous les cahots que la mauvaise piste infligeait au véhicule, le père respirait si faiblement qu'Antoine était périodiquement obligé de se pencher vers lui pour s'assurer qu'il était toujours vivant.

Et c'était pour essayer, coûte que coûte, de le maintenir en vie, au moins jusqu'à son pueblo tant désiré, tant attendu, qu'Antoine lui parlait, à voix basse, mais inlassablement. Il lui décrivait le paysage, l'encourageait à tenir encore, à s'accrocher à cette bribe de vie qui, de plus en plus rarement, poussait le moribond à ouvrir les yeux et à remuer faiblement les lèvres.

— On va arriver, dit Antoine pour la centième fois, vous allez bientôt retrouver votre pueblo. Et vous avez raison : s'il n'y a que onze ans que vous en êtes parti, je suis certain que beaucoup de péons vont vous reconnaître, et, vous aussi, vous allez les reconnaître, n'est-ce pas ? On va arriver, encore une heure ou deux, pas plus, et on sera chez vous...

Ils n'étaient plus qu'à une dizaine de kilomètres du pueblo lorsque Joaquin aperçut, au loin et encore visible pour lui seul, un groupe de cavaliers qui progressaient vers eux.

— Des hommes, là-bas, dit-il en tendant l'index vers un des thalwegs qui débouchaient dans la vallée.

— A part un peu de poussière, je ne vois rien, dit Antoine en se glissant à côté de lui.

— Ils viennent, et vite ! dit Joaquin.

— Et alors, fit Antoine, ils ne vont pas nous manger ! Depuis qu'ils avaient quitté Porto Angel, trois jours plus tôt, personne ne leur avait témoigné la moindre hostilité ; aussi ne voyait-il rien d'inquiétant dans l'arrivée des cavaliers que lui annonçait le métis.

Il changea d'avis dès qu'ils approchèrent. D'abord, parce qu'il comprit tout de suite que plusieurs des douze *rurales* qui encerclaient l'attelage étaient sinon franchement ivres, du moins suffisamment excités pour être dangereux ; d'autant qu'ils n'arrêtaient pas de se passer un cruchon de *pulque*. Ensuite, parce que tous brandissaient leurs carabines d'une façon qui déplaisait franchement au soldat qui sommeillait encore en lui.

« N'ont pas l'air commode, ces andouilles », songea-t-il en s'efforçant d'avoir l'air détaché et surtout innocent. Et il s'obligea même à ne pas se retourner lorsqu'il entendit, dans son dos, un des hommes détacher la bâche pour jeter un coup d'œil à l'intérieur du chariot.

« Difficile de vouloir faire croire à ces abrutis qu'on est des colporteurs, nous n'avons pas la moindre marchandise. Et que vont-ils penser en voyant le padre ? »

— Qu'est-ce qu'il a, cet homme ? Il est ivre ? demanda justement le cavalier qui venait de regarder dans la carriole.

— Non, il est malade, très malade, expliqua Antoine.

— Et d'où venez-vous ? questionna le *rurale* en poussant sa monture jusqu'à la hauteur d'Antoine.

— De Porto Angel, et on va à Santa Prisca.

L'homme le détailla longuement, puis observa ensuite Joaquin.

— Gringos, hein ? dit-il enfin, americanos ?

Non, français !

— Français ? s'exclama l'homme. Il se tourna vers ses compagnons, éructa. Français ! et partit d'un grand rire. Et ils vont à Santa Prisca, les Français ! s'esclaffa-t-il.

— Qu'est-ce qui vous amuse ? demanda Antoine, agacé.

L'autre se retourna de nouveau vers ses compagnons et se tapa sur les cuisses en riant de plus belle.

— Et il veut savoir pourquoi on s'amuse ! Ah, les Français ! les Français ! fit-il en essuyant ses yeux pleins de larmes. Bons soldats, les Français ! Courageux, mais beaucoup moins bons et courageux que les Mexicains ! Nous, on les a fait courir, les soldats français, et même les empereurs...

— Ah ! c'est ce qui vous fait rigoler ? dit Antoine en haussant les épaules.

— Ça fait du bien, assura l'autre. Il prit le cruchon d'alcool des mains d'un de ses voisins, but longuement et s'essuya la bouche d'un revers de bras. Mais pourquoi allez-vous à Santa Prisca ? questionna-t-il d'un ton soudain soupçonneux

Antoine le regarda et pressentit que le moindre mensonge de sa part serait aussitôt décelé par cet homme grassouillet, au sourire engageant, mais aux yeux vifs, pleins de malice, d'astuce et de perspicacité. Alors, il choisit la franchise, et il raconta tout.

Tout ce qu'il savait sur la vie du père à Santa Prisca et sur ce coup d'audace qui l'avait poussé, onze ans plus tôt, à aller, drapeau en main et *Marseillaise* aux lèvres, au-devant des soldats venus pour l'arrêter. Puis il expliqua son dernier vœu, qui était de mourir là, dans ce village mexicain, au milieu de ceux qu'il aimait.

— Et nous, dit-il en désignant Joaquin, nous l'accompagnons car il était trop malade pour voyager seul. Et nous avons fait plus de vingt jours de mer pour arriver jusqu'ici, chez vous.

Il se tut et nota que tous les hommes s'étaient regroupés autour de lui et l'avaient écouté avec la plus grande attention.

— Alors, c'est lui, le padre au drapeau ? dit enfin l'un des cavaliers, d'un ton plein de respect.

— Vous le connaissez ? demanda Antoine.

— Non. Mais on en a beaucoup parlé, dans le temps, de ce padre français qui voulait arrêter toute une armée mexicaine avec juste un drapeau et une chanson ! Oui, on en a beaucoup parlé de cet homme, dans toute la région, et peut-être même jusqu'à Mexico. D'ailleurs, on en a fait une chanson de son histoire !

— C'est vrai, approuva un autre *rurale*. Mais à moi, on avait dit qu'il avait été fusillé, là-haut, dans la ville de notre président, à Oaxaca.

— Non, dit Antoine, il est là et... Oui, il faudrait nous laisser passer. Je voudrais bien qu'il arrive vivant à Santa Prisca, et si on attend trop...

— Bien sûr, dit le chef. Il fit un signe et ses hommes s'écartèrent. Allez, dit-il à Antoine, et faites vite. Vous avez encore plus d'une heure de piste avant d'atteindre le pueblo du padre. Et dites-lui bien, lança-t-il, alors qu'Antoine avait déjà mis les bêtes au galop, dites-lui bien, au padre, que c'est pas nous qui avons brûlé son église ! C'est les soldats, pendant la guerre... Il y a onze ans... Les soldats, dites-le-lui !

Dès qu'il eut rassuré Joaquin, qui avait peine à croire qu'on ne les eût pas fusillés, Antoine revint s'asseoir à côté du père, s'assura qu'il vivait toujours et reprit son monologue.

— Voilà, cette fois, plus rien ne nous arrêtera, dit-il. On arrive. Encore quelques kilomètres, et on sera chez vous.

— Bientôt ? balbutia le père.

Comme c'était la première parole qu'il prononçait depuis des heures, Antoine sourit et reprit un peu espoir.

— Bravo, dit-il, ça fait plaisir de vous entendre. Vous voulez quelque chose ? Boire, peut-être ?

— Non... m'asseoir.

— Comment ça, vous asseoir ? Ce n'est pas sérieux, vous ne pourrez pas tenir !

— M'asseoir... pour voir et me reconnaître... chuchota le père en essayant de se redresser.

Antoine l'aida à se hisser jusqu'à l'avant de la carriole et à s'installer à côté de Joaquin.

— Vous êtes sûr que vous pourrez tenir ? insista-t-il en envoyant une bourrade au métis pour lui faire comprendre qu'il devait se pousser contre le père pour le caler, le maintenir droit. Ça ira ?

Le père fit oui de la tête, puis, ouvrant les yeux avec infiniment de peine, comme un homme que terrasse le sommeil, il s'absorba dans la contemplation du paysage tandis que, entre ses doigts, défilaient lentement les gros nœuds de sa cordelière.

Alors, peu à peu, sous les regards étonnés d'Antoine et

de Joaquin, son visage, pourtant marqué par la mort, sembla rajeunir. Et le masque que la souffrance avait forgé dans tous ses traits s'atténua, s'effaça.

Et quand la piste déboucha des flancs de la sierra violette pour s'engager dans une nouvelle vallée, c'est un homme serein, rayonnant, qui tendit une main tremblante vers les quelques misérables cases tapies là-bas loin encore, au pied d'un *cerro* gris de poussière.

— Santa Prisca, enfin ! murmura-t-il, transfiguré par la joie. Santa Prisca ! Maintenant... maintenant...

Il se tourna vers Antoine, sourit puis bascula brusquement vers l'avant.

Ce fut un peu plus tard, en poussant l'attelage vers le pueblo, qu'Antoine réalisa, en voyant la petite église, que le padre était mort avant d'avoir eu le temps de constater qu'elle était en ruine.

En ruine, comme la totalité du pueblo, où les seuls êtres vivants qui les accueillirent furent un coyote efflanqué et quelques zopilotes au vol lourd.

Ils ensevelirent le père au milieu de ses anciens paroissiens, dans le petit cimetière envahi par les cactus qu'ils découvrirent derrière les vestiges de l'église.

Ce fut Joaquin qui fabriqua la croix au pied de laquelle Antoine déposa la pierre tendre et plate sur laquelle il avait gravé, tant bien que mal, de la pointe de son couteau :

PÈRE DAMIEN, Prêtre français
Novembre 1878

Et ce fut encore Joaquin qui, gauchement, après avoir récité trois Pater et trois Ave, bénit la tombe.

Cela fait, ils grimpèrent dans la carriole et, malgré l'approche de la nuit, reprirent la piste de Porto Angel.

Même s'ils ne furent pas dupes des explications de Martial, Edmond et Herbert Halton feignirent de les croire. Par politesse, mais aussi par intérêt car, s'ils connaissaient bien les vrais motifs qui poussaient Martial à partir — l'état de Rosemonde n'était plus un secret —, les raisons qu'il évoqua n'étaient pas sans valeur. De plus, il faisait tellement pitié qu'ils auraient eu mauvaise conscience à l'enfoncer davantage.

Aussi acceptèrent-ils son idée d'ouvrir en France une succursale de la Sofranco, dont l'objet serait de remplacer presque tous les courtiers qui travaillaient pour la société et qui, naturellement, retenaient leur pourcentage.

— J'ai bien réfléchi au problème, assura Martial à la fin du repas au cours duquel il avait exposé ses projets. Je pense m'installer à Bordeaux. De cette façon, je surveillerai aussi le bon embarquement des marchandises.

— Excellente idée, approuva Edmond. En fait, vous allez prendre la place de ce bon M. Delmas et de sa société !

— En mieux, car moi je ne ferai pas faillite, assura Martial.

— Nous l'espérons bien ! dit Herbert Halton.

— En ce qui concerne ma participation dans toutes les affaires que nous traitons ici, j'espère que vous ne voyez aucun inconvénient à ce que je confie mes intérêts à mon ami Antoine ?

— Aucun, assura Herbert Halton. M. Antoine est un homme très compétent, honnête et de bonne fréquentation. Mais quand rentre-t-il ?

— Après-demain, par le vapeur de Panama. Oui, il a eu peur que le retour soit encore plus long que l'aller, surtout avec un voilier, et je crois qu'il a eu raison de choisir un bateau plus sérieux ; il a adressé un télégramme à sa femme, dit Martial en se levant. Maintenant, excusez-moi, je dois partir. J'ai encore beaucoup d'affaires à régler...

— Quelle tristesse! dit Herbert Halton dès que Martial les eut quittés. Voilà un homme brisé.

— Il est solide, dit Edmond, et batailleur. Là, il est dans une très mauvaise passe, mais... Non, il n'est pas brisé, vous verrez, je pense qu'on s'en rendra vite compte.

Déjà très fatigué par son équipée au Mexique — le voyage avait duré quarante-six jours —, Antoine fut abasourdi par les nouvelles qu'il apprit dès son arrivée. Et s'il fut tout d'abord surpris, mais ravi, de savoir que Pauline attendait un bébé pour le mois de mai, il fut comme assommé lorsqu'elle lui annonça le départ de Martial et de Rosemonde.

Muet de stupeur, il la regarda comme si elle venait de proférer une insanité, puis s'assit et resta silencieux pendant un long moment avant de réagir.

— Répète! dit-il enfin.

— Rosemonde est très malade, il faut qu'elle rentre en France, avec Martial.

— Mais... ils reviendront?

— Je ne sais pas, Martial n'en a pas parlé...

— Bon Dieu! il ne peut pas nous faire ça! C'est... c'est impossible! protesta-t-il. Il faut que je le voie, décida-t-il en se relevant.

— Il t'attend, dit-elle. Mais, tu sais, ça lui fait beaucoup de peine de partir, et c'est vraiment parce qu'il est obligé qu'il agit ainsi.

— Pas possible, pas possible! marmonna-t-il en marchant dans la pièce. Mais comment diable ça s'est fait si vite? Je sais bien que c'est à cause de ça que j'ai dû aller au Mexique à sa place, mais quand même!

— Calme-toi, dit-elle, je vais t'expliquer. Mais avant,

tant que j'y pense, M. de Morales veut te voir. Il est encore en ville, je lui ai promis que tu irais.

— Au diable, Morales et ses foutues machines ! lança-t-il. Explique-moi plutôt pourquoi Martial nous laisse tomber !

— J'ai failli t'en vouloir, dit plus tard Antoine à son camarade. Oui, heureusement que Pauline m'a tout raconté. Vrai, pendant un moment, je ne comprenais pas, et j'ai cru que tu nous laissais tomber !

— Et tu avais raison.

— Non, maintenant je sais que tu ne peux pas faire autrement. Je veux dire, moi, je ferais la même chose, alors...

— Merci, dit Martial. Il sourit un peu tristement puis s'efforça de rire. Dans le fond, poursuivit-il, on se ressemble tous les deux, et on aura passé notre chienne de vie à essayer de faire ce qu'on se croit obligé de faire... A propos, le padre ?

— Il a revu son pueblo... Et quel pueblo ! dit Antoine qui, brièvement, conta la fin du père Damien.

— Pauvre vieux, dit Martial lorsque Antoine eut achevé son récit. Je l'aimais bien, cet homme...

— Moi aussi. Enfin, voilà, il a retrouvé son Mexique. Ah ! bien sûr, vu la longueur du voyage, je ne me suis pas arrêté à Callao au retour, ni ailleurs.

— Aucune importance, dit Martial, surtout maintenant... Ah ! j'y pense, Pedro de Morales est passé me voir, il avait peur que Pauline ait oublié de te parler de sa visite.

— Elle m'a prévenu. Mais que me veut-il ?

— Je n'en sais rien, mais va le voir. Il est à l'hôtel San Cristobal, et dépêche-toi : il doit partir après-demain pour Concepción. A mon avis, il va encore te commander pour quarante ou cinquante mille pesos de machines !

Sacré veinard, quand je pense que tu ne voulais pas te lancer dans les affaires !

— S'il n'en avait tenu qu'à moi... dit Antoine. Bon, décida-t-il, j'irai le voir demain, comme ça on n'en parlera plus.

— Je suis vraiment très content de vous voir, assura Pedo de Morales en serrant la main d'Antoine. J'avais peur d'être obligé de repartir avant votre retour. Mais venez donc vous asseoir là-bas, proposa le petit homme en entraînant son visiteur vers un des coins les plus agréables du grand jardin qui entourait l'hôtel.

Garni d'une opulente et somptueuse végétation, le jardin, malgré la chaleur estivale, était délicieusement frais.

— Si vous le voulez bien, j'irai droit au but, proposa Pedro de Morales après avoir commandé une bouteille de *mosto*.

— Je vous écoute, dit Antoine.

— Est-ce que vous seriez disposé à travailler pour moi ?

— Pardon ? fit Antoine, un peu surpris. Qu'appelez-vous travailler pour vous ? Il vous faut d'autres machines ?

— Pas du tout. Enfin, pas pour l'instant. Non, j'appelle travailler pour moi : prendre en main la marche de mon hacienda.

Malgré tout son sang-froid, Antoine sursauta. Pour retrouver ses esprits, il alluma un cigarillo en prenant son temps.

— Expliquez-moi un peu ça, dit-il enfin.

— Vous connaissez ma propriété. Vous avez pu vous rendre compte qu'elle est sous-cultivée. Et ce, malgré les régisseurs et autres intendants qui sont censés lui faire rendre son maximum, mais qui s'emploient surtout à me soutirer le maximum de pesos. Alors, voilà, puisque vous vous y connaissez, vous prenez tout ça en main et...

— Je m'y connais? coupa Antoine. D'où sortez-vous ça?

— C'est votre ami, le padre, qui me l'a dit. A propos, comment va-t-il, ce saint homme?

— Il est mort, dit brièvement Antoine, peu désireux de narrer son expédition mexicaine.

— Ah! il est mort? Quelle tristesse! Mais ça ne m'étonne pas, il était vraiment très malade et aurait dû se faire soigner.

— Oui. Alors, comme ça, c'est lui qui vous a dit que je m'y connaissais? insista Antoine.

— Exactement, lorsqu'il est passé chez moi avant de remonter ici. Et il m'a même dit qu'en France vous aviez une très belle propriété!

— Il vous a dit ça? s'exclama Antoine. Eh bien... souffla-t-il en se retenant pour ne pas pouffer de rire. Soyons sérieux, reprit-il. D'abord, j'ai beaucoup de travail ici, et je vais en avoir de plus en plus, ensuite...

— Je sais que vous avez beaucoup de travail, mais je ne vous demande pas l'impossible. Il suffirait que vous organisiez tout, et que vous supervisiez les travaux. Ça vous prendra peut-être... quinze jours par mois au début, parce qu'ensuite ça ira tout seul!... Mais, si vous préférez, et j'en serais vraiment ravi, vous pourriez aussi vous installer à plein temps, et c'est avec grand plaisir que je vous aiderais à le faire!

— Nous n'en sommes pas là! D'ailleurs, en admettant même que je puisse consacrer un jour sur deux à votre propriété, il faut que vous sachiez que...

— Ne dites pas que vous n'y connaissez rien. Votre ami le padre m'a prévenu que vous répondriez ça! Mais c'est une très mauvaise excuse, il me l'a dit, et je le crois!

— C'est quand même un peu fort! protesta Antoine, et puis pourquoi avez-vous discuté de moi avec le padre?

– Ça s'est fait comme ça. Je lui ai expliqué que j'étais très mécontent de mes régisseurs, que je voulais m'en débarrasser. Alors, il m'a répondu : « Essayez de convaincre Antoine Leyrac de s'occuper de vos terres, vous verrez, il fera merveille ! » Alors, j'ai longuement réfléchi, et c'est pour ça que je ne vous ai rien demandé quand vous êtes venu pour la dernière livraison, je n'avais pas encore pris ma decision. Mais, maintenant, c'est fait, et je suis bien décidé à vous convaincre, assura le petit homme en levant son verre à la santé de son interlocuteur.

— Mais pourquoi moi spécialement? demanda Antoine de plus en plus stupéfait. Ecoutez, je connais un peu votre région. Là-bas, il y a un bon nombre de mes compatriotes qui sont déjà dans l'agriculture, des Basques surtout; j'en ai même rencontré certains à qui j'ai vendu quelques outils. Ils sont travailleurs, et ils s'y connaissent, eux... C'est bien le diable si vous n'en trouvez pas un !

— Non, non ! dit Pedro de Morales, je sais de qui vous parlez. Vous avez raison, ces hommes sont travailleurs et sûrement compétents. Mais ce ne sont que des petits fermiers, habitués à travailler sur trois cents ou quatre cents hectares, rien quoi ! Moi, j'ai besoin de quelqu'un qui voie beaucoup plus grand, qui vise beaucoup plus haut !

— Et vous croyez que moi... ? s'esclaffa Antoine. Mais c'est une plaisanterie !

— Pas du tout. Il vous a suffi de quelques jours pour établir la liste du matériel dont j'avais besoin. Non ! laissez-moi parler ! Vous allez me dire que n'importe quel bon vendeur aurait fait la même chose et sans se donner la peine de quitter Santiago ! C'est vrai. Mais vous, justement, vous êtes venu voir sur place, et ça m'a plu. Vous avez tout regardé, tout étudié et, en plus, vous n'avez pas essayé de me voler comme les autres. Voilà pourquoi je vous demande maintenant de vous occuper de mon hacienda. Ah ! il y a aussi autre chose que le padre m'a expliqué et qui m'a convaincu. Il m'a dit : « Vos régisseurs ne donnent pas de bons résultats parce qu'ils aiment plus votre argent que vos terres. Ce qu'il vous faut, c'est un homme qui, lui, aime la terre. Décidez M. Antoine à vous aider, et vous aurez un jour la plus belle hacienda du Chili ! »

— Ah ! il vous a dit ça, fit Antoine, ça ne m'étonne pas de lui. Mais, au fait, pourquoi est-il passé vous voir avant de monter ici ?

— Par hasard, je crois, j'étais sur sa route.

— Par hasard, hein ? Ben, pardi ! s'amusa Antoine. Enfin, ne tenez pas trop compte de ce qu'il vous a raconté sur moi. Lui aussi se faisait des idées !

— Ecoutez, dit le petit homme, je ne vous demande pas une réponse immédiate. Réfléchissez avant de me répondre. Mais souvenez-vous, j'ai vingt-huit mille hectares à mettre en valeur, et j'ai besoin d'un homme compétent. J'aimerais que ce soit vous.

— D'accord, dit soudain Antoine, touché par la franchise de son interlocuteur, je vais réfléchir et étudier votre proposition. Je vous donnerai ma réponse demain, avant votre départ. Mais, de toute façon, merci d'avoir pensé à moi.

— C'est votre ami le padre qu'il aurait fallu remercier. Je vous ai vu sourire, il y a un instant. Oui, plus j'y songe, plus je crois qu'il avait, à votre sujet, une petite idée en tête lorsqu'il est passé me voir, par hasard...

— Sûrement, dit Antoine, et, croyez-moi, je suis bien placé pour savoir que, lorsqu'il avait une idée en tête, il savait la mener jusqu'au bout. C'est pour ça qu'on s'entendait bien tous les deux.

Quand il revint calle de los Manzanos, peu avant dîner, Antoine était encore tellement abasourdi par la proposition de Pedro de Morales qu'il n'en toucha mot à Pauline.

Et parce qu'il ne voulait pas aborder le sujet devant les serviteurs, il l'évita pendant le repas, préférant raconter aux jumeaux quelques bribes de son voyage au Mexique. Il leur parla surtout de l'océan, que les enfants n'avaient encore jamais vu, et leur promit que, un jour, eux aussi prendraient le bateau.

— Pour aller en France? Comme marraine Rosemonde et parrain? demanda Pierrette.

— C'est ça.

— Et c'est où la France? fit Marcelin.

— Je te l'ai expliqué cent fois, dit Pauline. C'est loin, très loin sur la mer.

— C'est là où y a la route de Louviers et le jardin de mon père, dit Pierrette sentencieusement.

— Ben, je sais! fit le petit garçon avec dédain. Et même, c'est là que le meunier y fait rien que de dormir!

— Exactement, approuva Pauline.

— Et quand c'est qu'on ira, nous, en France? insista Marcelin pour le seul plaisir de réentendre, une fois de plus, la phrase qui lui plaisait tant.

— Quand tu seras grand, dit Pauline

— Grand comme papa, hein?

— C'est ça, comme moi, assura Antoine.

— Ah! triompha le petit garçon en narguant sa sœur car c'était là qu'il voulait en venir, toi, tu seras jamais grande comme papa! Les filles, c'est pas des papas, c'est pas grands!

— D'accord, mais arrête! coupa Antoine qui connaissait l'immuable déroulement de la joute oratoire. Toi, tu seras comme moi, et Pierrette comme maman, voilà. Maintenant, tais-toi, mange et va vite au dodo, tu tombes de sommeil

Les enfants couchés, Pauline et Antoine sortirent dans le jardin pour y chercher un peu de fraîcheur.

— Allons nous asseoir là-bas, dit Antoine en désignant le bosquet où, maintenant superbes, croissaient les pins parasols. Voilà, dit-il dès que la jeune femme eut pris place dans un fauteuil de rotin, j'ai vu M. de Morales, tout à l'heure. Il m'a demandé de m'occuper de son hacienda, de la mettre en valeur, si tu préfères. J'aimerais que tu me dises ce que tu en penses ?

— La même chose que toi, dit-elle sans hésiter.

— Et qu'est-ce que j'en pense, à ton avis ? interrogea-t-il en lui prenant la main.

— Que c'est la plus belle proposition qu'on t'ait jamais faite !

— Sans doute, reconnut-il en souriant, mais c'est aussi la plus folle !

— Oh non ! elle est beaucoup moins folle que celle de Martial, un soir de juillet à Lodève, il y a... longtemps, très longtemps.

— Sept ans et demi, pas plus. Mais c'est vrai que c'est loin, très loin...

— Et qu'as-tu répondu à M. de Morales ? demanda-t-elle.

— Que j'allais réfléchir. Mais toi, tu crois qu'il faut que j'accepte ?

Elle eut un petit rire, dégagea sa main qu'il tenait toujours dans la sienne et lui caressa la joue.

— Même si tu n'as encore rien dit à M. de Morales, je sais que tu as déjà accepté ! Et je suis même certaine que tu avais accepté au fond de toi avant qu'il n'ait fini de t'expliquer ce qu'il voulait !

— Peut-être, reconnut-il. Il n'empêche que c'est quand même une folie. Il se tut, lui embrassa la paume et ajouta : Mais une folie que seul un fou refuserait de faire !

Si l'annonce de son tout proche retour en France combla Rosemonde de bonheur, la débarrassa de ses idées noires et lui redonna peu à peu l'appétit, l'état euphorique dans lequel la nouvelle l'avait plongée ne dura guère.

En effet, lorsque, quinze jours plus tard, tomba son excitation et qu'elle prit peu à peu conscience du sacrifice qu'elle imposait à Martial, une tristesse pleine de remords s'empara d'elle. Et si elle ne chuta pas aussi bas qu'auparavant, son état alerta quand même Pauline.

— Mais qu'est-ce qui t'arrive? lui demanda-t-elle lorsque, peu avant Noël, alors qu'elle l'aidait à faire ses malles, elle la vit s'essuyer furtivement les yeux.

— Rien, dit Rosemonde, je m'en veux, c'est tout.

— Tu t'en veux? Et de quoi? insista Pauline qui pourtant connaissait la réponse.

— Tu le sais très bien, dit Rosemonde. J'oblige Martial à rentrer, et ça, c'est impardonnable. Mais, pourtant, il faut que je revoie la France... Mais, dis, tu crois qu'il faut que je lui explique que je peux partir toute seule avec Armandine? Tu crois? Je peux, tu sais!

— Mais non! protesta Pauline, d'ailleurs il ne voudra jamais! Maintenant qu'il a tout réglé avec Antoine et avec MM. Edmond et Halton, de quoi aurait-il l'air? Et puis, tu ne vas quand même pas le priver de votre petite Armandine!

— C'est vrai, dit tristement Rosemonde. N'empêche, je suis sûre qu'il m'en veut...

— Tu te fais des idées, dit Pauline. Allez, n'y pense plus!

Elle regarda son amie, vit qu'elle ne l'avait pas convaincue, mais garda le silence car elle se sentait incapable de la raisonner et surtout de la consoler.

Même si Martial veilla à ce que le champagne coulât à flots, la nuit de la Saint-Sylvestre manqua d'entrain et de bonne humeur.

Outre Antoine et Pauline — qui, désormais, étaient presque chez eux ici, puisqu'ils allaient laisser l'ensemble de la calle de los Manzanos en gérance à M. Chou pour s'installer à *La Maison de France* —, Martial avait invité Edmond, Herbert Halton, le docteur Portales et sa femme. Il n'avait pas lancé d'autres invitations car il ne voulait pas avoir à s'expliquer sur son départ.

Même si chacun, par discrétion et par politesse, s'employa à ne pas parler du tout proche retour en France — le bateau levait l'ancre le 6 janvier —, la gaieté fut absente de cette dernière soirée de 1878. Et si, à minuit, tous feignirent, en levant leur coupe de champagne, de commencer l'année dans la joie, nul ne fut dupe car, intimement, chacun ressentait et partageait la tristesse que leur hôte, malgré tous ses efforts, ne pouvait dissimuler.

Aussi, peut-être un peu lâchement, mais surtout parce qu'ils savaient qu'ils ne pouvaient rien faire pour l'aider, les invités se retirèrent-ils assez vite. Tous évitèrent, en serrant la main de Martial et de Rosemonde, de leur dire : « Adieu ! » Ils marmonnèrent de vagues vœux de bon voyage, de bon retour, puis disparurent, le cœur vide.

— Et voilà, la boucle est bouclée... dit Martial lorsque Edmond, le dernier à prendre congé, eut refermé la porte, et que Rosemonde et Pauline, fatiguée, furent parties se coucher. Tu te souviens, dit-il à Antoine, de notre première soirée à Santiago ? C'était là-haut, calle de los Manzanos, au comptoir : on a bu le champagne au milieu des bagages, comme ce soir... On était un peu perdus, mais, bon Dieu ! c'était quand même plus gai !

— Je me souviens.

— On avait tout l'avenir devant nous, à cette époque, tout le Chili à conquérir ! Bon sang, quelle aventure !

Enfin, ça me fera des souvenirs, dit Martial en emplissant les coupes.

Il but, médita un instant puis s'emporta soudain car, maintenant, il avait besoin de laisser échapper son trop-plein d'amertume.

— Quel ratage ! Partir comme ça, au moment où tout se développait si bien ! Et si encore ça servait à quelque chose !

— Qu'est-ce que tu racontes ? dit Antoine. Tu sais bien que tu ne peux pas faire autrement ! Rosemonde a vraiment besoin de revoir la France.

— Parlons-en, de Rosemonde ! Non, mais tu as vu sa tête ? Ça recommence comme avant ! Alors, je plaque tout ici pour tenter de la guérir, et je vais me retrouver en France, comme un âne, avec une femme qui aura toujours la même face de carême ! Ça vaut vraiment pas la peine de s'en aller !

— Mais si, tu sais bien ce qui serait arrivé si tu n'avais pas pris la décision de rentrer... Et puis, une fois en France, je suis sûr que Rosemonde ira beaucoup mieux. Pour le moment, comme dit Pauline, elle est triste parce que tu es triste, mais ça doit pouvoir s'arranger, je suis certain que ça va s'arranger.

— Peut-être... N'empêche, ça me fait dépit de tout quitter. Ah, bon Dieu ! si tu savais comme ça me fait dépit ! Mais si je ne le fais pas et que Rosemonde, comme elle me l'a proposé, parte toute seule avec la petite, et que, sur un coup de tête, elle passe par-dessus la rambarde du vapeur — et elle serait bien capable de le faire —, je n'aurais jamais assez de toute ma vie pour me le reprocher. Malgré ça, crois-moi, ça me fait dépit de partir...

— Je te crois. Moi aussi, ça me peinerait, surtout maintenant.

— Veinard, dit Martial sans aucune jalousie. Non seulement tu as une femme sur mesure qui va te donner un autre petit, mais, en plus, tu vas pouvoir t'occuper de je ne sais combien de milliers d'hectares. Ton rêve, non ?

— Oui, reconnut Antoine. Mais je ne peux pas oublier que la femme sur mesure, c'est toi qui me l'as quasiment jetée dans les bras. Enfin, dans ma grange d'abord...

— ... qui puait le bouc...

— Et quant au reste, poursuivit Antoine, c'est aussi grâce à toi que je l'ai. Eh oui, sans ton idée de venir dans ce pays du bout du monde, peut-être que je serais encore en train de laver les bouteilles chez ton confrère de Lodève.

— Chez Jules...

— C'est ça, un brave homme. Mais, au lieu de me laisser là-bas, tu m'as poussé à venir jusqu'ici avec Pauline... Et, aujourd'hui, c'est toi qui t'en vas avec Rosemonde !... On faisait une bonne équipe, tous les quatre. Une fameuse équipe ! Bon sang, c'est quand même un drôle de bazar, la vie ! Il vida sa coupe de champagne, la tendit vers Martial. Un sacré bazar même ! poursuivit-il. Mais on a peut-être tort de se plaindre, oui, je crois qu'on a tort. Aucun de nous quatre n'est mort, pas vrai ? Donc rien n'est perdu !... Alors, dit-il en levant sa coupe, tiens, pour nous redonner un peu de rêve, je bois à ton retour. Je veux dire à ton retour *ici*, un jour... Tu reviendras, n'est-ce pas ? insista-t-il. On ne sait pas quand, mais tu reviendras ?

— J'essaierai, dit Martial après un long silence, mais je ne peux rien promettre. Pourtant, oui, crois-moi, je ferai tout pour revenir. Je ne sais pas quand, mais si je ne crève pas d'ennui avant, oui, je reviendrai...

— J'y compte, et je ne suis pas le seul. Alors, on t'attendra et ta place sera toujours libre. Tu verras, ce jour-là, dès ton retour, ce n'est pas seulement du Chili qu'on s'occupera, c'est de toute l'Amérique ! Tu reviendras, n'est-ce pas ?

— Je ne sais pas. Mais, comme tu dis, je vais y rêver, à ce retour. Y rêver et l'attendre...

Immobiles au milieu de la gare, Antoine et Pauline regardèrent disparaître le dernier wagon du train qui emportait Martial, Rosemonde et Armandine vers Valparaíso.

— Salut, l'ami !... murmura Antoine.

Puis il se tourna vers Pauline, vit qu'elle avait les yeux brillants de larmes. Alors, en s'efforçant de sourire, il sortit son mouchoir et, délicatement, tendrement, lui essuya les cils.

Puis il la pressa contre lui et appela les jumeaux qui, au bout du quai, agitaient toujours leur mouchoir en criant au revoir.

— Ils vont bien prendre un grand bateau, parrain et marraine ? demanda Pierrette.

— C'est ça, dit Antoine.

— Ah ! tu vois ! fit la petite fille en tirant la langue à son frère. Lui, il me disait que non !

— C'est pas vrai ! dit Marcelin. Il se retourna, comme pour vérifier que le train ne revenait pas, puis lança : Moi, j'ai demandé à parrain de me rapporter des soldats de plomb français, beaucoup !

— Et moi, intervint Pierrette, une poupée, une vraie ! Pas une en chiffon, mais en... tortelaine !

— Porcelaine, sourit Pauline.

— Et moi, reprit Marcelin, pour mes soldats, parrain m'a dit... euh... il m'a dit... Ah oui ! il m'a dit : « Marché conclu ! » Qu'est-ce que ça veut dire, « marché conclu » ?

— Ça veut dire, répondit Antoine, ça veut dire qu'il te ramènera sûrement tes soldats de plomb, un jour...

— Et c'est bientôt, un jour ? questionna le petit garçon plein d'espoir.

— Ça dépend, dit Pauline en lui caressant les cheveux, ça dépend de beaucoup de choses...

— De quelles choses ? insista l'enfant.

— De tout, de rien, dit Antoine, on ne sait pas... On ne peut pas savoir... Mais est-ce qu'il faut savoir ? demanda-t-il en se tournant vers Pauline.

Il médita un instant, puis lui sourit et fit lentement non de la tête, car il avait soudain en mémoire le souvenir d'un padre, d'un padre un peu fou, transfiguré de bonheur en apercevant, au loin, les cases de son pueblo ; de son pueblo en ruine...

Et, surtout, lui revenait l'image d'un homme, jeune encore, qui, parce qu'il ne savait pas, marchait gaiement vers une maison, une maison brûlée, à côté d'un pin parasol roussi et d'une grange.

Une grange où dormait une petite fugitive aux yeux sombres.

MARCILLAC, *décembre 1983,*
décembre 1984.

TABLE DES MATIÈRES

Aubin Imprimeur
LIGUGÉ, POITIERS

Achevé d'imprimer en décembre 1990
N° d'édition ES 91002 / N° d'impression L 36642
Dépôt légal janvier 1991
Imprimé en France

ISBN 2-73-82-0365-5
33-12-5365-01/3